黄河岸边看吕梁

"生态文明 美丽吕梁"采风作品集

吕梁市生态环境局 吕梁市文学艺术界联合会 编

山西出版传媒集团
山西人民出版社

序言

杜学文

中国作家协会第十届全国委员会委员、山西省文艺评论家协会主席

人常说山西"表里山河"。这真是再准确不过了。所谓"表",乃其外表边缘也。所谓"里",言其内里形势也。这句话最初出现在《左传》中。《左传·僖公二十八年》记载说,晋文公等带着军队进驻城濮,大约在今天河南陈留一带。楚国的军队在其附近一个非常险要的叫做郤的地方也扎下了营。晋文公很担心,怕遭到楚国的袭击,又不想主动开战,拿不定主意。他的大臣子犯说:"战也。战而捷,必得诸侯。若其不捷,表里山河,必无害也。"之后,改变晋楚两个诸侯国命运的城濮之战爆发了。此战奠定了晋国霸主的地位。"表里山河",确是"必无害也"。从此,"表里山河"就成为晋地地理形势最生动的概括。杜预曾对此作了注释,认为其意是指"晋国外河而内山"。就是说晋之外是黄河,而其内就是太行山。有山河护佑,当然是"必无害"了。

晋之地,如果其地域是今天的山西的话,我以为"表里山河"也可作进一步的分析。表,其实主要是山,是各种各样的山。其东有太行山,一直从北至南,再由南向西把山西的东南两面维护起来。其北,虽然在山西境内没有太大的山,但从地势来看,却有阴山绵延东西,把农耕地带与游牧地带分

割开来，至山西的东北角与燕山、太行山相交。在这三大山脉之间，留下了一个地势较为平缓的山口连通草原。当然，山西北部也有很多被视为阴山余脉的山。如洪涛山、武周山等。其西，由北至南，是一座绵延400余里的大山，就是吕梁山。吕梁山依傍伟大的黄河，曲折蜿蜒，从北向南，再一次阻挡了西部的冷空气，给其东的土地以温暖。但是，晋地并不是只有这样几座山，而是有更多的山。如熊耳山、恒山、管涔山、芦芽山、天龙山、太岳山，等等，均为名山。山其实也是晋之里。

但是，山西的"里"，很可能主要是说河。晋地河道众多，支干交错，流向复杂。除伟大的黄河外，所有的河都是在晋地发源的，没有一条河是经流河。桑干河，发源于宁武管涔山北麓，在河北怀来县与洋河汇合，成为今天的永定河。永定河是北京湾的主河，如果没有永定河，就不可能有这一块肥沃的冲积平原。滹沱河，发源于忻州繁峙县，经阳泉入石家庄，在河北沧州入子牙河，与桑干河同为海河水系之主要河流，对太行山东侧之河北地域有着极为重要的意义。而漳河，在山西境内有清漳河、浊漳河两支，发源于山西东南部太行山腹地晋中、长治一带的大山之中，出太行后在河北涉县一带清浊合流，又与卫河相汇，进入海河。据学者研究，沿漳河一带是商人的活动地域。而被视为山西母亲河的汾河，一般认为发源于忻州宁武县境内的管涔山，流经忻州、太原、吕梁、晋中、临汾、运城6市29县（区），在万荣县荣河镇汇入黄河。汾河的形成及其演变，与华夏文明的形成关系极大。汾河、渭河等构成的"汾渭平原"是华夏之腹地，中华之直根。而由吕梁山发源的河都流向了黄河。如蔚汾河，就是黄河中游的一级支流。它发源于岚县野鸡山，入兴县，至张家湾入黄河。而黄河，中华民族的母亲河，由西往南再向东，环护着晋地，终流入大海。

山西地势复杂，黄土深厚，植被多样，沟壑纵横，水系众多。她不仅成为连通东西与南北的重镇，亦成为孕育文明的母腹，向世人呈现出神秘的样貌。由此来看，虽然黄河在晋之表，晋之里却是难以计数的河。如果我们一定要讨论"表里山河"的含义，似乎更应该从其所体现的文化样貌来理解。就是晋地无论表里，都有巍巍之山，涛涛之河。晋是山与河的统一体，是山与河的精神结晶。而吕梁山中形成的河，都成为黄河的水。人们在岚漪河入黄河的兴县裴家川口可以看到，竟然是一泓清水。一泓清水入黄河！

黄河，因中下游水土流失而使河水变黄，至吕梁一带，尤为突出。近年来，随着黄河流域生态保护和高质量发展不断取得新进展，吕梁的生态修复保护取得了新成就，生态面貌得到根本性改善，流域经济发展质量变革、效率变革、动力变革显现出新活力。吕梁山，不再是一个被人视为偏远、落后、贫穷的地方，而是充满了生机与活力，在时代的大潮中新颜渐露，魅力四射。吕梁，已不再是曾经的吕梁。

收录在《黄河岸边看吕梁》这本书中的作品可以看作吕梁山区这种根本性变化的一个缩影。其中的作者大致可以分为两类。一类是吕梁之外的作家们在这里采风创作的，他们以"外来者"的身份发现了吕梁的美、吕梁的活力，并为之而惊叹感慨。另一类是本土作家，他们自己就是这一系列变化的亲历者、参与者，他们直接感受到吕梁人民在党和政府的带领下，久久为功，矢志不渝，改变生态面貌，寻求新的发展之路的奋斗过程。他们为自己家乡的变化而欣喜、自豪。不论是外来者，还是亲历者，他们的文字描绘出一个充满希望与活力的新吕梁。

吕梁的变化首先表现在生态面貌的改变上。一泓清水入黄河就是最生动的写照。这并不是文学的夸张，而是近在眼前的事实。在作家们的笔下，描绘了许多有关生态的人和事。如用 20 多年时间把一道黄土沟改造成生态园的高华处；每天都要走十几里路，坚持护林不松懈的护林员王明珍；开发六郎寨的郭永厚；大棚种植大户李祥田，等等。这里的人们对本地资源进行了现代化改造，出现了许多生态园区、文旅小镇、稻鱼水田、花卉基地、康养森林……发展出土豆产业、沙棘产业……经过现代技术与市场化的改造，它们正成为吕梁山地区新兴的发展业态。更令人欣喜的是具有新质的产业在吕梁山区兴起，如氢能产业、现代物流园、新兴文旅与康养产业、功能性全营养食品业、高科技花卉培育产业、稻鱼综合种养产业、智能温室高效农业示范基地，以及水质达到一级排放标准的污水治理体系、"空天地一体化"智慧环保网络平台、全国最大的单体铁矿及亚洲第二大露天铁矿、全氧窑炉烧制的像陶瓷一样的玻璃制品等。吕梁的变化与发展注入了现代化的新动力。这样的吕梁，与时代前进的步伐相伴随，是一个充满希望、拥有未来的吕梁。

更重要的是，这些作品也极为生动地表现出吕梁人民的精神世界，表现出他们对丰厚历史文化的自豪，对改变旧貌的信心，以及推动发展的责任感与实干、苦干的精神，对美好未来的向往与自信。很多人都提到了高华处，他本来是兴县林业局的副局长，从一线退下来后，他用20多年的时间完成了宋家沟大约4800亩荒山乱石沟地的绿化造林，又把周边村庄近2000亩的荒地全部绿化。此外，还打水井，建高位蓄水池，修公路、堤坝，架设高压线，开辟晋绥生态文化碑林、生态广场、采摘园、农家乐、教学实验基地，还帮助五保户、贫困户与残疾人士就业。20多年的时间不算短，但高华处的追求却永不止歇。他要把宋家沟流域的绿地产权无偿捐献给国家，身后要葬在林地的高岗上，继续守护这些越长越茂盛的树。"栽树就是我的爱好""将来种不动树了，死后护护树林也算是了却了一生心意"。

作家们笔下的郭永厚，人们习惯称他为郭二吞，是黄河六郎寨景区的投资人、开发者。这是一个风风火火的爽快人，说干就干。听说作家们来采风，自己开车拉着人就往山上跑。虽然山路陡峭狭窄，车却开得很自如。一边开车还一边向大家介绍景区的建设情况。不过，他说的并不是投入多少、用工多少，而是六郎寨景区的各种传说、规划，语言间洋溢着满满的自豪。他似乎不像一个投资人，而是一位大自然的雕刻师、设计家。更令人感动的是，在碛口，人们见到了说唱艺人张树元，他为大家演唱了碛口名妓冯彩云的故事。是不是历史上真的有一个叫冯彩云的人，已经难以考证，但冯彩云是碛口人从未离去、口口相传的情结。"家住陕西米脂城，市口小巷有家门。一母所生二花童，奴名就叫冯彩云。"作者虽然没有详细叙述冯彩云的遭遇，但却写到了一个细节——年仅27岁的冯彩云病逝于碛口，她的骨灰需要送回米脂。这时的张树元，这个一生中不知道演唱了多少次冯彩云的说唱艺人哭了。他的三弦颤抖着，人们也随着他的说唱而怆然涕下。张树元，一个真正的民间艺术家，他把自己的情感倾注在冯彩云的命运中，并为她而动容。他爱这里的山、这里的水、这里的人，也爱在这山水中生长着的生命。

其实，像张树元这样的艺术家在吕梁还有很多。他们可能不是说唱艺术家，但至少是生活的艺术家。他们总是在这土地上发现美、创造美，并从这发现与创造中展开自己期待与想象的翅膀，在自由的世界中飞翔。岚河，人们称之为岚州河，这是可以理解的，因为它发源于岚县马头山下。但是，吕梁人更称之为"绿水河"。六郎寨，古称"乳浪寨"，原因是山岩之状多似"乳浪"。什么是乳浪？这坚硬的巉岩又如何成为像乳一样的浪？吕梁山主峰骨脊山下，经风霜雨雪侵蚀至山体剥落，形成了一片乱石滩。但是，吕梁人称之为"石流海"。在干旱的山脊上，石头如何流成了海？风季，沙土弥漫。吕梁人用自己的土话说这是"黄风摆浪"。是的，吕梁人有着天生的骄傲。曾经，这里有李牧抗击匈奴沿黄戍边，有郭子仪被封，有杨六郎驻扎，有于成龙廉明，有抗日的英雄们严守母亲河的不屈。英雄是他们最自豪的称谓。吕梁人也非常浪漫。他们极富想象力，也充满了创造的热情。他们在黄土地上日复一日劳作时，会直起腰，仰着头，遥望高远的太阳，并说，好日头！所以，他们会在北方的土地上播种水稻，并在稻田里水稻旁养鱼，稻鱼相生，蔚为奇观。他们会把土豆，这被埋在土中的植物种成一片花海，让土豆长成海，把土豆做成宴。他们会赋予石头以生命，似"雄狮"在吼，如"棕熊"酣卧，在黄河沿岸的石壁上用河水与岁月描绘出世界上最长的长卷式印象派岩画……而一泓清水入黄河，也就成为现实。在这里，一切都是神奇的，是打破人的想象的，是充满了生机与希望的。

他们说——

在吕梁，读懂诗意中国；在吕梁，倾听奔流中国。

吕梁，中国新时代的生动剪影。

2023 年 3 月 20 日 22:59 于晋阳

2024 年 3 月 25 日 23:48 改于并

2024 年 3 月 26 日 9:48 改于并

目录

3／诗词

1 / 纪实文学

这些树就是他的丰碑

周俊芳

20 多年间，他在乱石滚滚的宋家沟造林 4800 多亩，将不毛之地的荒沟变成绿树成荫的生态园。

20 多年来，雇养残疾人、五保户、贫困户，手把手教他们怎样种树、修剪和养护，与他们同甘共苦，亲如一家。

古稀之年，被授予"光荣在党 50 年"奖章，他信心坚定地说："这是党对我的肯定，这辈子值了！"

宋家沟，2016 年入选省级休闲农业与乡村旅游示范点，他种植的 5 米高油松 300 多株，被北京和雄安新区选中移植。

他叫高华处，是兴县的"造林大王"。

愚公高华处扎根宋家沟

高华处退休前是吕梁市兴县林业局副局长。2001 年，他承包了宋家沟的 4800 亩荒沟。高华处植树造林的宋家沟，位于兴县蔡家崖乡碾子村。

宋家沟是兴县蔡家崖乡碾子村的一道沟，过去是"山上鸡爪沟，河里红泥流，山上山下没有一棵树"。

从一个人、一把锄头开始，他在乱石滩上支起帐篷，砌起炉灶，安营扎寨。他雇来村里的几个贫困户、五保户平整土地，一块石头、一个树坑、一棵树苗……常言道"不怕慢，就怕站"。开荒种树这个活，急不得，自然条件要看天，基础设施要看时机，好在高华处能耐得住寂寞，他不求功名，不计成本，带领乡亲们汗珠子摔成八瓣，咬紧牙关一起动手开荒种树。

最初几年，谁也没想到几个老头能干成啥事。

"旁人说闲话挖苦，老伴起初也不理解，连饭都不给我吃。除了几个老伙计，我孤立无援，两年下来，还欠下十几万的外债，说怪话的人就更多了，放着舒服不舒服，自己找罪受，还要拖累一家人……"73 岁的高华处讲起几年植树的艰辛，风轻云淡，但一步步走过来，谁也明白，他承受了怎样的压力，付出了多少辛劳。

为了结清施工队和村民的工钱，他曾经把儿子结婚的彩礼挪用，把城里的房子卖了……20 多年，为了打坝修路、通电通水、填土种树，每一件事都要付出心力，像为了平地搬过的石头一样，多少次磨破了手，多少次结痂长好，他从没有轻言放弃。

老话说得好，只要功夫深，铁杵磨成针。这些并不被看好的一群人，以艰苦卓绝的精神，战天斗地，向党和国家交出了一份优异的答卷：6000 多亩地，10 余万棵树，他们的意志力堪比愚公移山。

"我觉得栽树这件事很有意义。"有人喜欢钱财，有人喜欢权力，古稀之年的高华处越来越坚定，栽树造林是他毕生最爱，是值得坚持和钟爱的事业。他说，自己最大的兴趣就是种树，种一辈子也不烦，看着树木茂盛、绿意盎然就欢喜。

高华处先后被授予"植树大王"、优秀共产党员、流域治理先进个人、老区建设先进工作者、山西省林业建设先进工作者、山西省老有所为模范、山西省绿色生态大户、山西省种粮大户、吕梁市林业建设十大标兵、吕梁市小流域治理状元户、感动吕梁——2017 脱贫攻坚年度人物等荣誉称号。2021年，吕梁市委组织部为高华处颁发了"光荣在党 50 年"奖章。

这样一个老者，在兴县植树造林中，俨然就是一座丰碑。他先后投资600 余万元，完善附属设施，铺设电线管道，修建办公楼、生活服务区，让人们走进宋家沟，就可享受到鸟语花香、清新空气，观赏九曲黄河碑林、晋绥文化生态碑林等，全力打造休闲度假、生态观光，又富有教育意义的景点。2016 年，宋家沟入选省级休闲农业与乡村旅游示范点。

2023 年初秋，我们去兴县宋家沟时，秋雨连绵，在山岚雾霭的掩映下，山峦若隐若现，树木鳞次栉比。从公路拐进河谷，流水潺潺，绿树漫山，草木润泽，宛如到了江南水乡。

在宋家沟生态园里，种植有大片的野玫瑰，引进了广西的荔浦芋头、新疆的紫丁香、非洲的黄秋葵、日本的樱花，杏树、枣树、樱桃树漫山遍野。春天花开时节，漫山姹紫嫣红，夏季浓荫密布，蜂飞蝶舞，秋天可是不得了，硕果压弯枝头，一派丰收景象。

车停处，路边山花烂漫，办公楼前大丽花五颜六色，争奇斗艳，小雨淅沥中，别有一番情趣。高华处老人已经等候多时，房间里陈列着他的各种荣誉证书和奖章、宋家沟前后对照图、"九曲黄河阵"示意图……

黄河九曲民俗生态园建在园区南侧路边，"九曲黄河阵"是沿黄地区传承上千年的一种民俗活动。每年正月十五，附近村民端着灯来此转九曲，祈福纳祥，欢度元宵，非常隆重、热闹。

外面的雨急一阵缓一阵，房间里，采风团的作家们围坐在老人身边，听他讲与那些杨树、松树、栾树的故事。谈起来植树造林的事，高华处就兴致勃勃，对于造林他有着独到的见解。为了种好树，他外出学习育苗，守着宋家沟寸步不离，凭着对党的忠诚和对植树造林的热爱，凭着锲而不舍的执着和勤劳的双手，树在宋家沟扎下根，他也把根扎了下来。

"这里就是我的家，我要一辈子守着这些树，和他们在一起，看着这些树一点点长大，我心里头踏实，睡得香……"这些树对他来说，已经是一种信仰，是亲人一般的存在。"我所治理的流域不计划传给我的后代，我要以党费的形式，把流域产权无偿交给国家，让这些树发挥更大的效益，造福社会，造福子孙后代。"

70多岁的人了，高华处仍踌躇满志，斗志不减，筹划着生态园的长效发展。他正修建容量4000立方米的蓄水池，提升农家乐接待能力，助力乡村产业振兴发展，计划将宋家沟生态园纳入兴县红色旅游规划中，走出"红色＋绿色"的文旅融合发展之路。

作为一名老党员，高华处希望生态园不单是观光旅游的好去处，还要成为精神文明建设的教育基地。既是流域治理的示范园区，还是红色革命教育和历史传承的重要场所。

造福百姓者将永载史册

兴县作为晋绥革命根据地首府，是陕甘宁边区的屏障和中共敌后抗战的战略枢纽，留有大量八路军一二○师和晋绥边区抗战遗址遗迹。碾子村曾是晋绥边区后勤部所在地、晋西抗日干部休养所，贺龙同志在这里住过……绿意盎然的宋家沟，是一片红色的土地。

园区主路边有座晋绥文化生态碑林，立有88通石碑。晋绥老一辈无产阶级革命家的功德碑，包括贺龙、关向应、李井泉、续范亭、林枫、武新宇、刘少白等，是缅怀革命先烈，弘扬晋绥精神的珍贵历史遗迹。

还有兴县古今名人，其中最有名的是清代名臣孙嘉淦。

孙嘉淦（1683—1753），字锡公，又字懿斋，号静轩，赐谥文定，山西兴县人，是康乾之际敢言直谏的名臣。山西清代名臣，"实以嘉淦为第一人"。

第一次知道孙嘉淦，是看电视剧《雍正王朝》，孙嘉诚的原型就是孙嘉淦。他在大雨中跪在殿外哭喊，宁死不屈的气概，让人心疼又叹息；他家徒四壁，却一副傲骨宁折不弯，令人感佩不已。

在华为正盛的时代，有忧患意识的任正非居安思危，写出了令业界振聋发聩的《华为的冬天》《下一个倒下的会不会是华为？》……当华为处在风口浪尖时，任正非在讲话中多次提到孙嘉淦，其中缘由颇有深意。

孙嘉淦出身兴县贫寒人家，不同凡响的是，这个家庭因一门三进士而闻名乡里。孙嘉淦中进士时已经30岁，康熙朝默默无闻，雍正继位时，他年近不惑，竟然意气风发地给皇帝上书，劝诫其亲骨肉、停捐纳、罢西兵。雍正是何许人，从"九王夺嫡"中胜出，手段、心肠与他的父亲和儿子都不同。但有幸，雍正对孙嘉淦说真话不要脑袋的胆识表示佩服，"朕也服其胆"。

孙嘉淦是谏臣也是能臣，查贪官、平冤狱、整修河道、调和民族矛盾，有过许多出色的政绩。历任学政、盐务、河工等要差，官至工、刑二部尚书，协办大学士。"舍得一身剐，敢把皇帝拉下马。"孙嘉淦用一生诠释了这句老话。

敢讲真话，不畏权贵，是需要勇气的。溜须拍马，阿谀奉承，极易让人深陷其中而迷失自我。如果说孙嘉淦运气好，遇到雍正惜才，没有被砍头还升了官，那么到乾隆继位，他还执迷不悟，写了被誉为清代"奏议第一"的折子《三习一弊书》，即耳习、目习、心习，劝诫皇帝近君子远小人，重用敢言直谏的忠臣，那就不是光凭运气那么简单了，是有政治智慧和远见卓识在其中的。任何朝代，"为天地立心，为生民立命，为往圣继绝学，为万世开太平"，都该是读书人应有的气节和抱负。

这样历经三朝，直言劝谏而受到重用的名臣，历史上鲜有先例。孙嘉淦是被命运眷顾的人，这种幸运背后，其才华能力和对社稷江山、百姓疾苦的关照，显然是他为官为人的底色。以人民为中心，为百姓谋幸福，将会被历史所载，为百姓所敬仰。

企业是小社会，也是大机关。如何肃风正气，勇往直前，任正非无疑是敢为人先，敢于斗争的强者。他正是看中了孙嘉淦身上无所畏惧、直言敢谏的精神，才会多次提及他，以史为鉴，察往知来。华为是国人的骄傲，而孙嘉淦是兴县人、山西人的骄傲！

高华处与孙嘉淦身上，有着一些相似的气质，都有他们所处的时代难能可贵的品质。在建设生态文明的时代背景下，高华处以一己之力，不计得失，改造荒山荒坡，造福一方百姓，值得大书特书，他的事迹必将永载史册，流芳后世。

立誓言为林木站岗放哨

1971年，20岁的高华处刚刚加入中国共产党，就被派到兴县水江头大队担任党支部书记。那是个有名的烂摊子，村里几户人家穷得流落到口外去讨饭……他走访调研后，决定发展林业，从种树开始，在村里组织造林专业队，聘请技术人员住在村里手把手指导……6年时间，全村2100亩地栽上核桃树，人均用材林2亩、核桃林5亩、红枣林2亩、水果林2亩、灌木林2亩……村里修通了路，供上了电，村容村貌大为改观，日子越来越富裕。

2017年，在高华处治理下，宋家沟换了天地。高华处放心不下村里的乡亲，建立扶贫攻坚造林专业合作社，吸收几十名贫困户参与植树造林和林木管护。先后完成宋家沟周边荒山绿化3600亩，周边四村退耕还林2000亩，又在蔡家崖乡任家塔村荒山造林 1650 亩⋯⋯

据不完全统计，高华处累计造林 6000 亩，植树 10 余万株，培育苗木 50 余万株，筑坝 21 座；建农田 600 亩、河坝 200 米、高位水池 2 座、3000 立方米大口井 1 眼、普通井 9 眼；修水泥路 4 公里、田间道 5 公里、乡村路 4 公里；为周边村民无偿支援价值 50 万元的各种苗木 10 万余株，为宋家沟所属地碾子村 800 多村民无偿解决了吃水难的问题，为周边三村村民提供了日常生火做饭所需的柴火燃料⋯⋯

当年，他雇来一起种树的老伙计，有的是残疾人，有的是五保户、贫困户，他们也到了迟暮之年，干不了体力活，养老成了问题。高华处不忍心辞退，仍让他们每天到生态园来吃饭，力所能及，帮衬着干点活就行。"同甘共苦了 20 多年，就像一家人一样，宋家沟是我的家，也是他们的家。"70 岁那年，高华处就在宋家沟的山顶上给自己选中了一处墓地。"活着一辈子植树造林，死后树葬于这片绿地之中，为守护好这里的林木站岗放哨。这些树木就是我的丰碑，我要让他们为地球、为全人类永续利用。"清瘦的高华处敏于行而讷于言，干起事情来，有股豁得出去的劲头，论做人和心胸，有着清风明月般的豁达和悲悯。

那天，我们在生态园吃晚饭。蒸熟的毛豆、南瓜、玉米，自家地里种的黄瓜、西红柿，还有凉拌野菜、豆腐烩菜⋯⋯山野滋味可口难忘，吃得好畅快。雨未歇，歌又起，欢声笑语，让人流连忘返。朦胧的夜色中，院子里的花草水灵灵的绿，活泼泼的红，有种雨打芭蕉的意境。深呼一口气，湿润润的，空气里甜丝丝的，难怪人们都夸宋家沟是天然氧吧。

夜色深沉，灯光稀薄，山影如黛，树叶沙沙。踩着水花，在山间小路上行走，路边无名的花香扑鼻，看不清晰，显出神秘的气息，不由浮想联翩，想象着庄稼成片，树木成林的景象，想象着草木葳蕤，美好而妖娆⋯⋯离开时，雨还在下，风有些凉，心里却暖融融的，莫名，冒出了想再来一次的念头。

宋家沟翻天覆地的变化，只是兴县流域治理和生态建设的一个缩影。兴县是明洪武二年由元朝兴州改名而来，是山西省面积最大的县，比阳泉市面积略小，相当于半个太原市。兴县，高兴之所，兴旺之地。

离县城 60 公里外有座黑茶山，山势雄奇峻伟，松柏苍翠，山高林密气候多变，四季景色迥异，林中百鸟争鸣，褐马鸡、金钱豹、麝、山狍等珍贵动物出没其间。

黑茶山因"四八"烈士殉难于此而闻名全国。1946年初，国民党在国共谈判中横生枝节，4月8日，中共代表王若飞、秦邦宪（博古）等，不顾恶劣天气，由重庆飞往延安向党中央报告和请示。接近延安时，由于天空阴雨，能见度低，飞机迷失方向。当天下午，飞机撞击黑茶山失事。同机的还有新四军军长叶挺及夫人李秀文，中共中央职工运动委员会书记邓发，王若飞的舅舅、进步教育家黄齐生等共13位，还有4名美国机组人员全部遇难……毛泽东题写挽词：为人民而死，虽死犹荣。周恩来题写悼词：四八烈士永垂不朽！

如今，黑茶山建起了"四八"烈士纪念馆，这座山成为激励后人的精神丰碑。

以黑茶山命名的国有林局，是山西九大国有林局之一。跨涉吕梁岚县、兴县、临县、方山及忻州岢岚五县。境内石厚土薄，梁峁林立，地形复杂，自然条件较差，是典型的生态脆弱区。水土流失治理、生态防沙治沙任务极其艰巨。

在吕梁精神鼓舞下，经过数年奋战，林区推进"四化"（市场化造林、资产化管护、民营化产业、现代化管理）改革，生态建设能力和林区环境改善得以提升。境内林木茂盛植被繁多，野生动物资源丰富，形成青山绿水的崭新面貌。发源于黑茶山林区的蔚汾河、岚漪河、湫水河、北川河水流淙淙，源清流洁，自东向西，真正实现了"一泓清水入黄河"。

咬住青山不放松　一张蓝图绘到底

丁茂堂

为了让一泓清水入黄河，岚县咬住青山不放松，一张蓝图绘到底。12 任县委书记矢志不渝，以"功成不必在我，但功成必定有我"的精神，一任接着一任干，久久为功，坚持 45 年，走人与自然和谐共生，既要金山银山又要绿水青山的绿色发展之路，生态文明建设创新工作取得骄人的业绩。

水作琴中听，山疑画里看。6 月的岚州大地满目葱茏、青翠欲滴。湛蓝的天空飘浮着朵朵白云，如诗如画，美不胜收。当你或步行或乘车徜徉其中，仿佛置身于绿色的海洋，让人走走停停、停停走走，走出去又返回来。一座座或大或小的土石山，有的像金字塔、有的像馒头、有的像竹笋，一株株最新引进的"中蒙杂交杂雌 1 号 2 号 10 号深秋红""圣果 1 号""中华沙棘"以及新培育出的 "岚河 1 号、岚大 2 号、岚界 3 号、岚王 4 号、岚顺 4 号"等优质沙棘，安家落户后，小的苗壮成长，大的生机勃发。枝枝叶叶间显示出新的林业科技产品的独特魅力和发展前景。刚刚下过一场小雨，雨后初霁，天上，碧空万里；地上，澄明清新。沙棘从头到脚穿戴崭新。湿漉漉的碎叶叶在阳光的照射下，发出明晃晃的光泽。嫩嫩的沙棘苗散发出一股股淡淡的清香，沁人心脾。它们是那样的让人着迷，那样的惹人喜爱。别看这些小生命生长在荒山野岭，它们还挺有礼貌呢，见客人来，总要热情地招招手、点点头。你可别说，这些小可爱，见了生人还害羞呢。去年秋天我们来的时候，一个个圆圆的小脸蛋憋得通红通红。

沙棘，当地人称为醋柳。生长迅速，生命力顽强，性格随和，随遇而安，有广泛的适应性。根系发达，地下根系可达十多米，侧根十分旺盛，即使遇上滚滚洪水的冲刷也岿然不动。下面固土，上面挂果，利用价值可观。深秋时节，白雪皑皑霜满天，却是沙棘果实累累、红火热闹的时候。让人看了眼馋、闻了嘴馋。沙棘枝叶繁茂，分蘖萌生蔓延能力很强，通常四五年后，地面郁闭成林。据科学测定，沙棘果、沙棘叶含有 200 多种人体必需的生化成分，具有抗癌、消炎生肌、治疗溃疡等方面的药用价值，是生物活性物质的宝库，有"植物金矿""维 C 之王"之称，被科学界誉为"第三代水果"和"21 世纪最有希望的新型保健品原料和超级农作物"，在解决人类所面临的生态环境、贫穷、疾病三大难题方面将发挥重要作用。

沙棘深加工潜力巨大，产业发展前景广阔。岚县建立了全国首家沙棘院士专家工作站，特聘中国工程院院士肖培根、山西省果树研究所研究员王国平、水利部沙棘管理中心教授为工作站专家成员，全程跟踪技术指导。院士工作站将依托岚县丰富的沙棘资源进行深度科学研究和产业开发设计。

科学的支撑、技术的保障，为岚县发展沙棘产业化、规模化、标准化、精品化奠定了基础。先后引进股东成立了山西秀容沙棘制品有限公司，建设了 25 个沙棘系列品种采摘圃 1 处，40 万株选育棚，1 处沙棘原料林 3000 亩，沙棘储存库 3 座，现代化厂房 1 座。2023 年，又陆续投入 1000 万元上马标准化沙棘产品生产项目，设计建设原浆生产线、饮料生产线、果油生产线等 6 条标准化沙棘系列产品生产线。预计项目全部建成投产后，可生产原果 1 万余吨，就地生产转化 5000 吨，产沙棘原浆 3000 吨，产饮料 300 万件，果油 300 吨，籽油 150 吨，可实现产值 1.5 亿元，可解决周边村 200 人左右就业，带动产业所在地界河口镇 460 人实现持续增收。

目前，岚县形成了栽种沙棘、管护沙棘、采收沙棘、加工沙棘、销售沙棘的一条龙全产业链沙棘产业。成为农民增收致富的主导产业之一，走出了一条经济效益与生态效益相得益彰，产业发展和农民增收相辅相成的绿水青山就是金山银山，人与自然和谐共生的可持续、高质量发展新路子。按照规划，岚县将建设"一心、一圃、一园、二镇、八点、五基地"（一心：岚县沙棘产业创新中心；一园：岚县沙棘产业加工物流园；一圃：国家级沙棘种植资源圃；二镇：两个沙棘小镇；八点：八个沙棘冻果收集点；五基地：五个沙棘种植基地）发展模式，将沙棘产业做大做强，实现"三五"目标，即建设 5 个万亩片区沙棘基地、打造 50 万亩沙棘原料基地县、实现 50 亿元以上的产值。

"必须牢固树立和践行绿水青山就是金山银山的理念，站在人与自然和谐共生的高度谋划发展。"这是党中央从战略全局提出的新发展方略。中共岚县县委根据岚县实际，因地制宜，创造性地认真贯彻、深入践行这一发展理念，确立了扎实持续实施生态立县战略，接续推进生态优先、绿色、高质量发展进程。让天更蓝、地更绿、人更富。实现生态效益、社会效益、经济效益、农民收入同步提高。正如中共岚县县委书记张新春在参加造林绿化劳动时所说的："生态文明建设是我们岚县这样的欠发达、生态脆弱资源型县可持续、高质量发展的金光大道。我们要坚定不移一直走下去。喊破嗓子，不如做出样子。三分部署，七分落实。"张书记是这样语重心长说的，更是这样身体力行干的。为了将县委生态文明建设决策部署落到实处，他经常驱车深入山头、地头、炕头现场检查、指导、督促、了解工作进展状况，就地解决工作中存在的问题。张书记科学、严谨、务实的工作作风，体现了岚县县委的决策能力和执行能力。2023年，中共岚县县委制定实施了"三大生态文明建设工程"。将生态安全屏障保护作为基础性工作来抓。瞅住构筑山西中部城市群生态安全屏障战略机遇，实施国土绿化、退耕还林、吕梁山生态系统保护和修复等重大工程，巩固完善现代林业治理体制"林长制"。在原有128万亩林地的基础上，全年提高绿化率2个百分点，筑实筑牢县域生态屏障。巩固和发展蓝天碧水净土保卫战成果，同步一体化推进治山治水治气治城进程，实施总投资4.62亿元的岚河流域水环境综合治理工程，确保国考曲立断面水质稳定达地表三类以上，为"一泓清水入黄河"作出岚县贡献。把生态产业发展作为重点工作来抓。积极发展壮大沙棘特色产业经济，在原有30万亩的基础上，再增加50万亩，建成全省优质沙棘原料基地，延伸沙棘产业链条，建设一批沙棘小镇，形成一批沙棘产品。发展林草、林药、林菌、林牧、林禽等林业生态经济，打造具有岚县特色的生态富民产业品牌，让绿水青山颜值变成金山银山价值。将生态文旅康养作为产业融合、高质量发展的突破性工作来抓。当前，文旅康养产业是消费新蓝海、增长新动力。岚县紧紧抓住锻造黄河旅游板块这一难得的政策机遇，扎实推进国家全域旅游示范县创建进程，抢抓全省A级景区倍增机遇，实施"土豆花风景区""白龙山"等4A乃至5A级景区建设项目，全力创建"中国天然氧吧"，打响岚县文旅康养品牌，让"省城后花园"有看头、有玩头、有钱头、有赚头。

求木之长必固其根

习近平总书记指出：一切伟大成就都是接续奋斗的结果，一切伟大事业都需要在继往开来中推进。岚县生态文明建设就是历届县委、县政府接续奋斗，继往开来结出的累累果实。岚县生态文明建设从 1978 年算起，已走过 45 个春秋。45 年来，岚县历届县委、县政府团结带领岚州儿女立足县情实际，励精图治、砥砺奋进，以植树造林、种草种灌、治山治水、环境整治为抓手，生态文明建设、人居环境发生了巨大变化，宜人、宜业、宜居岚县呈现在世人面前。人民群众深切感受到生态文明建设带来的实实在在的好处。

岚县总面积 1512 平方公里，而水土流失面积就占到 76%，年均水土流失总量高达 600 万吨，经过 45 年的生态实践，昔日的荒山、荒坡、荒沟、荒滩变成林草丰茂的牲畜饲养、水产养殖基地。林木水草丰茂带来碧水青山，实现了"土不下山，水不出沟"。森林覆盖率达到 21.9%，高出全省 1.4 个百分点。从"大地披绿"到"身边增绿"和"心中播绿"，绿水青山变成了金山银山，岚县大地形成了人与自然和谐共生的良性循环，极大地增加了人民群众的获得感、幸福感，绿色发展理念深入人心。

经过 45 年的艰苦努力，岚县破解了林业生态保护与经济发展的难题，打通了生态建设与脱贫攻坚、巩固脱贫成果、乡村振兴"最后一公里"。实现了生态建设与经济发展的良性互动，成为全国既要金山银山又要青山碧水可复制可推广的先行示范县。这样的骄人业绩是岚县 12 任县委书记 45 年咬定青山不放松，一任接着一任干的结果；是对岚县老区人民 45 年艰苦奋斗、改革创新的回报；是大自然对 18 万岚州儿女的馈赠和恩赐。

中幼林自由买卖有偿转让

党的十一届三中全会以后，岚县通过实施稳权发证，下放自留山，个体户承包治理小流域等政策措施，以林业生产为主导的生态文明建设有了一定的发展。但在实践过程中，也遇到一些不容忽视的问题。一方面，由于林业本身受益周期长，要经历较长的中幼林抚育阶段，不少人在思想观念上对中幼林缺乏财富感和商品观念，没有把植树造林生产当成商品生产来看待；另一方面，大多数农民怕政策变，因而缺乏植树造林的自觉性和积极性。从1978年到1983年，国家用于岚县的林业专项投资达75万元。但人工造林面积仅18万亩。林业占农业生产总收入的平均比例不达10%，而且毁林事件时有发生。特别是集体果园，由于管理跟不上，掠夺性经营严重，大多数村子里果园发生成片成片死亡的现象。从1980年到1983年底，全县121处果园（6000亩，27.95万株）先后死亡报废了55处（3700亩，23万株）。面对这种严重局面，中共岚县县委清醒地认识到，要彻底改变岚县这种状况，必须充分调动广大农民植树造林的积极性，进一步落实"谁种谁有""谁种树谁受益"的林业政策，给农民吃上"放心药""定心丸"。当时的岚县县委书记牛西午同志横下一条心，要将这个事情搞出个子丑寅卯来。他无数次裤腿高绾，晴天一身土，雨天一身泥，深入农村进行调查研究并多次召开会议进行讨论，县委最终形成"中幼林自由买卖、有偿转让"的一致意见。1984年春，全县"中幼林自由买卖、有偿转让"试点工作在牛西午书记蹲点下乡的大蛇头乡小蛇头村开展起来。小蛇头村规定社员所栽林木可以折价买卖，并根据树木的品种、年限，确定折价标准。社员刘保则1983年秋种植落叶松200亩，村里想折价4000元收回，但刘保则不愿意。他扳着指头说："如果我今年以4000元的价格卖出去，也就只有这4000元了。如果再过20年后，其价值最少也值16万元。光这200亩落叶松林就够俺家子子孙孙过了。"刘保则这种植树造林既算经济账又算长远账的小算盘理念深得人心。小算盘不光算醒了刘保则本人，同时也算醒了小蛇头村全村人。一个季度小蛇头村这么一个甭说中国地图，就是岚县地图上也不好找的小村村造林就达1300亩，仅刘保则一户就在200亩的基础上又增加了100亩，一户造林就高达300亩。小蛇头村的成功实践，使岚县人深刻认识到，"中幼林折价有偿转让"确实是一项发展林业的好政策。于是，中共岚县县委在广泛征求民意支持的基础上制定出台了《岚县中幼林自由买卖、有偿转让实施意见》，意见明确规定：对集体原有的人工林、小片林、残次林、苗圃、果园进行民主评议，合理折价，采用投票的办法，由联户或独户购买，根据款额的多少，可以一次或几次交清。零星树木实行树随地走。社员在"四荒"地或承包的小流域内所造林木（包括购买集体的林木）可跨地区自由买卖。出卖的林木特别是中幼林木的价格，一定要高于现行的活立木价格。林木折价卖出后，由集体和社员办理专卖契约。并明确规定，林地属集体所有，林权归己，允许继承，采伐依法，产品处理自主。意见实施后，全县成交成片中幼林 1.74 万亩，其中果园 1200 多亩。杨柳树等零星树 37.84 万株，成交总额 130.544 万元。岚县推行中幼林折价、自由买卖效果明显，起到了四两拨千斤的作用。

当年全县植树造林出现了"三多"。一是自筹资金自备苗木的多。过去不少人育苗、植树只是为了领取资金补助款，当年在国家资助减少的情况下，群众积极自筹资金植树造林，当春全县自筹资金约 30 万元。梁衬会乡樊家塔社员郭元亮，第一年 7 月就承包了一条 700 多亩的荒沟，第二年春天投资 6283 元，植杨树 2.5 万株、榆树 3 万株、杏树 100 亩，育苗 30 亩。二是争相承包荒山、荒滩的多。过去，群众一怕政策变，二怕难管护，各户的树木全部栽在院子里，实行新政策以来，群众消除顾虑，大胆走出院门，向荒山、荒沟发展，争着抢着承包宜林地，当时全县发展承包户 10096 户，承包四荒 51 万亩。上明乡段家舍村的邸怀生，以 350 元现款接包了另一社员承包的 200 余亩小流域，全部植了树。还有不少乡镇的群众因包不到四荒地，而将承包的正耕地种了树。兰家舍乡下会村，是个只有 114 户的小村子，可当时一次性就拿出 400 亩正耕地搞了速生丰产林，全县正耕地植树面积达到 5032 亩。三是植树造林大户多。全县当年一季度就完成成片造林 6.9 万余亩，零星植树 120.3 万株，义务植树 31 万株，育苗 7083 亩，其中成片造林 500 亩以上的有 13 户，300 至 500 亩的 48 户，100 至 300 亩的 161 户，零星植树万株以上的 14 户，5000 至 10000 株的 18 户，1000 至 5000 株的 134 户，育苗 5 亩以上的达 211 户，光植树大户种植数就分别占到了全县成片造林总数的 90% 以上，零星植树总数达 50%。

过去，由于在林业生产上权属不清，责任不明，出现了"造林忙一阵，过后无人问""年年造林等于零"的劳民伤财、形式主义。新政实施后，权属归个人，谁有谁操心，凡有林木者都是护林员，全县种树、爱树、护树的良好风气蔚然成风。合会乡前合会村丁奶孩承包了村小流域后，阳坡种果树，阴坡种杨树，沟渠种编柳。为了经营管理方便，干脆在流域内打了一孔土窑洞将家搬进去住，与树同呼吸共命运，形成了命运共同体。兰家舍乡圪埚村苟满则等 18 户联合体用 10 万元买到集体的 540 亩成片林、1.2 万株零星树后，及时补栽，剪枝涂白，并且昼夜轮流看护。全县果园折价转让后，普遍加强了管理，恢复了生机。上明乡斜坡村果园，原有梨树 4300 株，从 1980 年到 1983 年的 4 年间，因管护不到位，死亡 1500 株，留下的也有 40% 感染了腐烂病，卖给 7 户社员后，他们新修了围墙，整理了树盘，喷洒了药剂，医治了腐烂病，使果园焕发了生机，挂果率明显提高。

中幼林折价买卖进入流通领域，真正成了随用随取的"绿色银行"。从群众中吸收了大量的闲散资金，为林业生产发展开辟了新的财源，走上了可持续发展的道路。上井乡规定林木折价的款项只能用于林业生产，群众每育苗一亩，集体提供现款 20 元，在公路上植一株杨树提供现款一角。其他地方每植一株杨树提供现款 3 分。为一些愿意种树但资金不足的群众解决了资金难的难题，极大地调动了群众植树造林的积极性。当时全乡共造成片林 3500 亩，零星植树 10 万株。

拍卖"四荒"地使用权

拍卖"四荒"地使用权，实现了责、权、利、治、管、用的高度统一，解决了包而不治、治而不力的难题，推动了农村土地制度变革，极大地调动了贫困山区农民治山治水的积极性，促进了农业后备资源的综合开发利用，大大加快了农民脱贫致富的步伐。

拍卖消除了农民怕"变"的心理，实现了"要我治理"向"我要治理"的根本性转变。农民舍得向"四荒"地投资、投劳、投物，精心管理和开发，使"四荒"地治理形成了投资热、科技热、种植热和养殖热的可喜局面。全县农户和购荒单位投入"四荒"地治理的资金达 1000 多万元，用于"四荒"地治理的工时达 1000 多万个。国家与农民的投资比由 1991 年前的 7.3∶2.7 变为 4.5∶5.5。

农业后备资源和剩余劳力有效结合，开辟了农民脱贫致富的有效途径。比较明显的变化是农民由闲变忙。买了"四荒"地的农民一家老小整天泡在山沟里忙于开发治理，有的还雇请长期工、季节工或亲朋好友帮助治理。农民李贵喜用 1000 元买下 200 亩荒沟，两年投入 5000 元进行开发治理。他不仅栽了大量果树，而且兼搞养猪、养羊、种药材，1993 年一年就收入 1 万元，走上了致富之路。国务院领导曾亲临现场参观指导。

将市场机制引入"四荒"治理工作中，促进了资金、劳力等生产要素的优化配置。在市场机制的作用下，不仅本县社会各界、机关、企事业单位的资金、技术、人才开始流向"四荒"地治理，而且外地投资者也瞄准岚县的"四荒"地，使"四荒"地治理的投资主体呈现多元化格局。陕西商人李林波于 1994 年春东渡黄河，出资 2300 元，在柳峪村购买 80 亩土石荒沟，填土造出 50 亩基本农田。

"四荒"地的开发利用，使农林牧、种养加等资源要素得到有效配置，从而取得了可观的经济效益和社会效益，促进了生态文明建设的持续健康发展。

林业资产收益造林

岚县是国家扶贫开发重点县，也是吕梁山生态脆弱治理重点县。全县林业用地 120 余万亩，广袤的林地资源与丰富的劳动力资源并存，给岚县开展林业资产收益扶贫提供了难得的有利条件。为破解脱贫攻坚、集体经济破零、农业供给侧结构性改革、生态文明建设等多重困难，中共岚县县委、县人民政府出台了《岚县林业资产收益扶贫试点方案》，把退耕还林地的所有权、承包权、经营权三权分置政策，按照群众自愿、公开、公示原则，将农户自己的退耕还林地经营权、部分退耕还林财政补助资金委托村集体进行流转、折股量化，由村集体代农户统一持股，以股权的形式入股造林企业，造林企业组建或对接由精准扶贫户参加的扶贫攻坚造林专业合作社，由企业出资、扶贫攻坚造林专业合作社组织贫困户参与退耕还林工程建设、管理、管护，形成"企业＋村集体组织＋合作社＋退耕农户"的新机制，形成"资源变资产、资金变股金、贫困户变股东"的新格局。同时制定出台了《岚县脱贫攻坚造林专业合作社管理办法》，特别规定在合作社成立时，优先鼓励具有一定经济实力的造林公司、社会组织和集体个人创办领办，合作社必须有 80% 的建档立卡贫困户参与其中，造林工程优先由合作社承担，获得利润的 60% 必须作为合作社红利分到贫困户手中，建立用工台账，保证贫困群众收益，实现了资源激活、产业发展、农民增收、荒山增绿、集体经济破零"五赢"。为了使工作顺利进行，乡政府居中协调服务，村集体代农户监督管理，企业承担经营风险，贫困户以退耕还林地经营权、部分退耕还林财政补助资金作为股份获得资产性收益和保底收益，同时参加劳动又获取劳务报酬，形成利益共同体。

以退耕还林工程为载体，建立 3 个林业资产收益扶贫试点区，分别由岚县晋森园绿化有限公司、岚县茂林绿化有限公司、山西红叶园林绿化有限公司三个公司作为实施主体，采取公司＋村集体组织＋基地＋退耕农户的模式，在王狮乡、界河口镇、河口乡三个乡镇流转土地 6024 亩，栽植树种选择中蒙杂交杂雌 1 号沙棘，将农户土地经营权流转村集体，村集体与各家公司分别签署了土地流转合同，在 6024 亩土地上栽植沙棘，成活率达 98%。同时，在野生沙棘集中分布区共流转林地经营权 9300 亩，其中：王狮乡阴湾村、蛤蟆神村流转林地经营权 4100 亩，界河口镇铁青村、岔上村流转林地经营权 5200 亩。2017 年全县 102 个扶贫攻坚造林专业合作社承接 13.87 万亩造林任务，带动 5155 名贫困人口累计增收 2000 万元，年内新增贫困户生态造林员 215 名，户均增收 7500 元。依托生态旅游，规范新建农家乐 42 户，户均增收 5000 元以上，经济效益和社会效益非常明显。

实现了机制上的创新。一是农村土地所有权、承包权、经营权三权分置，村集体组织行使所有权，贫困户行使承包权，造林合作社行使经营权；二是公司、扶贫攻坚造林专业合作社、村集体和群众（贫困户）实现"四方共赢"；三是创新了新科技成果的转化应用，使科研成果有效转化为现实生产力。

实现了生态建设与脱贫攻坚相融合。林业资产收益造林让广大贫困群众在参与造林营林、管林护林、产业发展中增收致富，将建设绿水青山的过程变成贫困群众增收致富的过程，形成治山治水、增绿增收的良好机制。

实现了农林旅游融合。林业资产收益造林既治理了水土流失，减少了灾害性天气，又为全县有机绿色农畜产品生产提供了品牌基础，保障了绿色农产品的品质，为人民群众发展林下中药材、养殖业、种植业和森林旅游服务业创造了条件，为贫困群众创造了多产业融合增收致富的平台。

实现了村集体与企业、脱贫攻坚造林合作社、贫困户利益融合。很好地兼顾了村集体、企业、脱贫攻坚造林合作社、贫困户四方利益，实现了荒山增绿、集体经济破零、资源激活、产业发展、农民增收。

权属不变、"树随地走"是推动合作社造林的基础。岚县合作社造林采取土地权属不变，"树随地走"的办法，不仅有效提高了贫困人员参与合作社造林的积极性，使贫困人员获得多项收益，而且达到稳定脱贫的效果，实现了"资源变资产、资金变股金、农民变股东"真扶贫、扶真贫的目标。

充分发挥市场在资源配置、生态脱贫中的积极作用，把过去政府行政推动的做法，转变为社会力量主动参与、盘活资源的实践创新。在推进生态建设、增加群众收入的同时，解放了群众的思想，增强了他们依靠自身脱贫奔小康的信心；培养了贫困群众的团队意识，提升了他们的组织化程度，拓展了他们的生存发展空间。

岚县生态文明建设实践创新45年积累了许多成功的经验。

党的领导是推进生态文明建设创新的关键。岚县生态文明建设创新45年的实践证明，中共岚县县委充分发挥党的核心领导和牵头抓总作用，有力地推动了全县生态文明建设创新的向前发展。在推进"四荒"拍卖、中幼林自由买卖、扶贫攻坚、合作造林、林业资产收益、巩固脱贫成果、乡村振兴等一大批建设事业过程中，坚持依靠人民，从人民群众中凝聚力量、吸取智慧，为取得事业成功提供了坚强的政治组织保障。

解放思想是生态文明建设创新的动力。岚县生态文明建设创新的45年，也是解放思想的45年。解放思想是党的思想路线的本质要求，解放思想的根本目的是为了解放生产力。没有思想的解放，就没有岚县生态文明建设创新；没有思想的解放，也就没有岚县生态文明建设创新的发展与深化。岚县生态文明建设创新45年的历史，同时也是思想不断解放的重要实践，每一次思想解放都极大地促进了全县生态文明建设创新的深入、经济的发展、社会的进步、生产力的提高。

激发人民群众参与生态文明建设创新的主动性、自觉性、积极性。要激发农民的内生动力，变要我做为我要做。重点在扶志、扶智上下功夫。只有提振人民群众参与生态文明建设创新的主动性、自觉性、积极性，生态文明建设创新才有希望。

岚县生态文明建设创新工作之所以取得如此骄人的业绩，是与以牛西午、高奇英、张新春等为代表的 12 位县委书记的担当精神和必胜信念分不开的。他们直面现实、勇于实践，大胆改革、吃苦耐劳，创造性工作，从群众中来、到群众中去，不唯上不唯书的崇高精神和工作作风是岚县生态文明建设实践的制胜法宝。

绿水青山就是金山银山。要实现可持续发展，让一泓清水入黄河，像岚县这样的生态脆弱资源型地区，必须走人与自然和谐共生，既要金山银山又要绿水青山的绿色发展之路。岚县先后被评为"国家卫生县城""全省绿色低碳试点县""省级卫生县城十佳县""全省城乡清洁工程先进县""2011年中国管理创新示范城市""'十二五'首批生态人文宜居县"等。

这些含金量颇高的奖项，其底色就是生态文明。

2／散文

吕梁五章

高海平

2023年8月23日至27日，山西文学院和吕梁市文联联合举办了"一泓清水入黄河——'生态文明　美丽吕梁'文学采风创作活动"。我有幸成为其中一员，走访了汾阳市、离石区、临县、兴县和岚县5个县市区。深入厂矿、企业，参观了一些景区和示范区，对这些地方的生态环境治理和建设多少有所了解。常言道，弱水三千，我只能取一瓢饮。下面分别撷取每一地的一个切面谈谈自己的感受，以飨读者。

汾阳的水

世人皆知，汾阳有汾酒，汾酒的名声响彻海内外，被誉为"中国酒魂"。除了精湛的酿酒技艺之外，那就是汾阳有好水，好水成就了汾酒。只要说起汾阳，首先想到的是汾酒，说起汾酒来，又会想到汾阳的水。

这次来汾阳采风，环保部门让我们看了智慧环保的视频短片，都是和水有关。汾阳大地的一条条河流从画面流过，像大地的一根根血脉，水质清洌，碧波荡漾，滋养着两岸的肥田沃土，稼禾草木。这些美好的景象背后是环保人辛勤的付出，正是他们不讲私情，敢出重拳，对那些破坏河水的行为给予严肃处理，才保障汾阳的生态环境迈上了一个新台阶。

治理和破坏是一对天然的矛盾，没有破坏就没有治理。破坏行为分两种，一种是大自然造成的，一种是人为造成的。大自然对生态的破坏属于天灾，大禹治水之所以成为流传千古的佳话，体现的是人与大自然不屈不挠抗争的精神，传颂的是故事，传承的是精神；人为的破坏纯属人祸，像视频短片中播放的：企业工厂向河流排污，居民把死牲畜扔进河流，生活垃圾随意倾倒……

这些通常见怪不怪的行为，严重影响了生态环境，影响了生存环境。必须坚决制止。

水是万物之源，它和土地、阳光、空气共同构成了人类生存的基本要素，缺一不可。有人说过，如果人类最后的一滴水是自己的眼泪，那就是人类的悲哀。为有源头活水来，保护水资源是刻不容缓的当务之急，重中之重。汾阳的水，一旦被污染，汾酒的质量就会受到影响，汾酒的品牌必然遭到重创。何况，山西省政府明确将"杏花村汾酒"作为首批十大省级重点专业镇之首予以培育，汾蕴 5000 吨、市酒厂 3000 吨等产业项目已建成投产，新晋商 3000 吨白酒生产项目已开工建设，山东一藤 1 万吨、河南恒通 4800 吨等白酒生产项目已完成签约。这些项目的落实，首先是由高质量的水做保证的，否则只是纸上谈兵，一纸空文，汾阳人心里明镜一般清亮。

行动见证一切。建设磁窑河、文峪河段防洪能力的提升工程，是对大自然天灾的有效抵御。开展董寺河、禹门河等河道及排退水渠综合治理，是对人为破坏后果的及时补救。完成南马庄水库、花枝水库中部引黄水网建设和郭庄泉域石门沟超采区地下水源置换工程，是对地表水的增值利用。这一系列计划的推进，让人们看出汾阳对水资源有条不紊的谋略思路和大刀阔斧的治理力度。

汾阳和水的缘分真是不浅，拥有了汾酒所使用的好水，已经让周边县市羡慕嫉妒恨了，这还不算，还要继续"拉仇恨"。这个仇恨在哪里呢？那就是上林舍的一泓清水。据悉，国家修建铁路，在汾阳的上林舍一带打隧道时，却意外地打出了一泓清泉，真是上天的眷顾。

上林舍利用这股清泉大做文章，在高高的钻天杨树林里，修建了树屋酒店。这个酒店的特色就是每一栋小屋为一个独立的空间，可以住一个人或者一户人，这样的小屋有十几间。清泉流过树林，流过小屋，和客人打着招呼，像一位熟悉的老朋友。搬一把椅子坐在树下看泉水欢快地流过，惬意万分。

游人沿着清泉行走，看浪花翻飞，不由自主会蹲下身子掬一捧水花洗把脸，顺便与同伴打闹嬉戏，孩童更不遑让，拿着水枪吸足了水，比赛谁射得更远。清泉带来的乐趣不仅限于此，还有儿童游乐场，其中的空中冲浪水道吸引了游人的眼光。清泉引进冲浪水道，坐上橡皮船沿着水道一路下行，有种坐太空船的感觉，绝对刺激，这都是清泉为上林舍带来的福利。

上林舍人很会利用这股清泉，把这里建成了 AAA 级生态旅游景区，供游人游览观光，这里还是山西省德育基地、汾阳市中小学研学实践教育基地。节假日，成群结队的少先队员高举旗帜，统一着装，来上林舍与山泉亲密接触，与大地亲密接触，感受大自然的美好。

汾酒的水好，体现在酒中；上林舍的水好，浸润了土地，苗壮了庄稼，滋养了百姓。

提起汾阳，不能不说贾家庄，这里是中华人民共和国走社会主义集体经济道路的一面旗帜，至今依然高高地飘扬着。从"一百把镢头闹革命"到"贾家庄精神"，书写着一篇篇壮丽的新篇章。说它是农村却洋溢着浓浓的都市风情，说它是城市又有着亲切的田园风光。它是城乡结合的典型，是农业文明和工业文明的完美统一。

高粱、玉米、谷子、大豆、绿豆、向日葵、花生等农作物作为土地的宠儿，遍布四野；酒厂、酒瓶厂、粮仓基地、塑料厂等工业元素星罗棋布。著名导演贾樟柯把电影艺术引进了贾家庄，原来的特种水泥厂改造为种子影院，86358 艺术短片周，已举办了七届，吸引了众多的电影艺术家和爱好者前来贾家庄学习和观摩。正在修建的山西电影学院更是为贾家庄增添了文化的色彩。

农业和工业是贾家庄的两大支柱产业，文旅产业更使贾家庄如虎添翼，来贾家庄旅游成为一种时尚。参观村史馆，了解贾家庄的发展史。邢宝山、邢利民、邢万里祖孙三代带领贾家庄村民共同富裕，坚持社会主义集体经济，把一个贫穷落后的贾家庄发展成为具有几十亿资产的现代化新农村，祖孙三代为贾家庄书写着一个个传奇。

逛贾街，品尝美食和佳酿，美食来自四海之内，而佳酿就是贾家庄酒厂生产的酒，和汾酒同属一个水系，也是一等一的好酒，醇香、内敛、甘绵。奇石馆，也是不可或缺的打卡地，世上的收藏可谓五花八门，收藏奇石，应该是一件辛苦活。小型的石头不说，单说那几吨、几十吨重的石头，搬运都是一件难事。

参观马烽故居是作家们的题中应有之义。马烽不是汾阳人，但他对汾阳情有独钟，在贾家庄住了很多年，创作了《三年早知道》《我们村里的年轻人》

等优秀作品。词作家乔羽在贾家庄创作了《人说山西好风光》等经典作品，被传唱至今。

采访中，有一个入户了解村民情况的环节。贾街上，几个老党员义务负责照看管委会的几家小商品店铺。据说，三年疫情，游人稀少，商店无法经营下去，老板直接走人，甩货给了贾家庄村管委会。管委会把这些商铺交给几个老党员照看。老党员兢兢业业，恪尽职守，每天把推销出去的货款交给管委会。

这几位老党员中，有位姓贺的 75 岁老大妈，让我印象深刻。她长期从事妇女主任工作，练就了一张能说会道的嘴，说起老本行头头是道，什么计划生育工作啦、调解离婚吵架琐事啦，都是拿手好戏。我想起山西电视台有一档节目《小郭跑腿》，专门报道如何解决邻里纠纷、家长里短，其中的一位老大妈正是扮演了眼前这位贺大妈的角色。人常说，清官难断家务事，可见家务事的麻烦。剪不断，理还乱，敢揽这些"瓷器活儿"的都是"金刚钻"。

我问贺大妈，村民的福利如何。她说，贾家庄 65 岁以上的党员村民，可以每天免费吃两顿食堂，普通村民 70 岁以也能享受这一待遇。我开玩笑地问，为什么党员是 65 岁，而普通村民却要 70 岁，党员搞特殊化吗？她非常严肃地给我解释说，党员比普通村民贡献大，有困难先上，每年要做十几次、几十次的好事，这是党员和普通村民最大的不同之处。话语铿锵，掷地有声，不得不佩服。

我的提问步步升级，再问道，贾家庄走的是集体经济的路子，而别的村子都是私有经济，您的亲戚家、朋友家肯定有发家致富、光景过得比您好的，按理说，靠您的聪明才智应该过得比他们更好，您后悔过吗？贺大妈爽朗地笑了，语气坚定地说："不后悔。我们贾家庄走的是共同富裕的道路，虽然没有外面村子个别人富有，但是比大多数人生活有保障，所以很满足。"贺大妈真是说到点子上了。

汾阳的水，是这篇文章的主题，怎么说到了贾家庄，这和水有关系吗？看似无关，其实密不可分，我写的是贾家庄的风水。在汾阳，乃至三晋大地，贾家庄是一个独立的存在。既是传奇，也是神话。坚持走社会主义集体经济共同富裕的路子，几十年不动摇，而且生命力越来越旺盛，得到社会的普遍认可和赞誉，这一切难道不是贾家庄的好风水带来的吗？而好风水又是人创造的，这一点毋庸置疑。

离石的绿

离石，古称石州，"三山抱石州，清水绕城流"，是对离石地理位置的概括。

秋天的离石，天空格外蓝，白云似棉花团般在涌动，以各种不同的姿态吸引着大街小巷行走的市民驻足仰望。从任意一个角度去观察，城市和天空完全融为一体，就像一幅山水画，有山有水有人物，漂亮极了。

来离石要参观的是王营庄乡村振兴示范区。吃过早餐，趁着清晨的凉爽出发了，车子行驶在弯弯曲曲的乡间公路上。秋天的田野总能给人以希望和惊喜，庄稼成片，郁郁葱葱，树木成行，俨然哨兵。王营庄处于一片开阔的河谷地带，车子驶进村庄时，比我们更早到来的是一队少先队员，他们身着绿色上衣，胸前的红领巾在朝阳的照射下闪着亮光。

王营庄属于乡村振兴示范区，不同于沁源和沁水的康养模式。后者把老旧村落改造成宾馆式的房屋，吸引游客携家带口居住休闲，享受山水之间的灵秀之气，与大地亲密接触，这也是目前康养基地发展的一个趋势。王营庄是另外一种风格，注重的是旅游观光。街道整饬一新，引进各种小吃，文创商店摆放着各种文创产品，供游人选择。特别富有创意和吸引眼球的要数科幻屋一类的游玩区。里面有 3D 打印，任凭你设计出怎样的图形，都能通过 3D 打印技术变成现实。还有梦幻世界等项目，年轻人趋之若鹜。这些对我们来说只是观赏，重点要考察王营庄的绿色田野。

观光车载着我们前往示范基地，路边各种花草恣意地绽放，三三两两的游人在园子里与花合影。导游给大家介绍王营庄乡村振兴的战略思路和发展前景。大家戴着耳机边听边随手拍照。山坡上，红色标语格外醒目："懂农村，爱农业，爱农民。"农村、农业、农民，正是我们平常所强调的"三农"问题。看似被高高地悬挂在绿色葱茏的山坡上，事实上是时刻提醒着要牢记在心间。

稻田是参观的一个重点，几十亩稻田像绿色地毯铺在河谷，稻穗已经开始出类拔萃地泛着金黄色。这里也能种植水稻吗？我在心里追问。导游明白大家的疑虑，介绍说，这是中国农业大学的教授们搞的试验田，今年是第一次。如果能够成功，将会优化离石农作物的多样性。

我低头看着这些水稻，既感陌生又觉新鲜。陌生不是说没见过，是在山西属于稀罕物。太原晋祠的稻田近几年复播了，还是小面积种植，因为它依仗的是晋祠的水源，离开了晋祠水就不是晋祠大米了；新鲜是指在离石的王营庄这样祖祖辈辈种植玉米、高粱、大豆的土地上也能看见水稻的身影，希望在即将迎来的收获季节听到丰收的消息。

王营庄的大棚绿植栽培格外引人注目。我专门留意了种植的品种：丽格海棠、仙客来、常春藤、变叶木、小发财树、蝴蝶兰、金鱼吊兰、红掌、油画微型月季、龟背竹、也门铁、墨兰、鸭掌木、龙须……这些绿植、花卉培育成功会走进城市的公园、街道，走进城市家庭，走进农家小院。

农人是最热爱花草树木的，一辈子与土地打交道，土地上长出的任何一种植物都会引起他们的兴趣。只要稍加留意会发现，每个农家院落的外面都种着蜀葵、大丽花、月季等，那种大红大紫渲染的是一种浓浓的生活气息。院子里面，有一株或几株要么枣树，要么梨树，枝头伸出院墙，累累果实吸引着过路的行人。这些普普通通随随便便的不经意的点缀，能深刻地透视出农人对生活的热爱，对美的追求和向往。

下一站是千年景区大东沟，沿途路边书写着这样的标语："骨脊山，以梦为马，向山而行"，一看就是出自诗人之手。海子在《祖国，或以梦为马》中写道："我要做远方的忠诚的儿子 / 和物质的短暂情人 / 和所有以梦为马的诗人一样 / 我不得不和烈士和小丑走在同一道路上 / 万人都要将火熄灭我一人独将此火高高举起 / 此火为大 开花落英于神圣的祖国 / 和所有以梦为马的诗人一样 / 我借此火得度一生的茫茫黑夜 / 此火为大 祖国的语言和乱石投筑的梁山城寨……"全诗把以梦为马和诗人紧紧联系在一起，独将此火高高举起，得度一生的茫茫黑夜。以梦为马既是一个浪漫的词，也是一种追求的精神。

我们眼下以梦为马，向山而行。要看看千年景区到底是个什么样子。时值正午，阳光洒满沥青路面，车子疾驰，行道树在窗前倏然而过，路边漂亮的村庄给人以闪念的动态感。头顶的蓝天白云也处于极度兴奋的状态，我们一路走，它们一路追，天上地下形成呼应，挑逗之意，展露无余。车子一直在爬坡，我越来越对千年景区大东沟有种神秘的期待。

果然让我大开眼界，山谷辽阔，沟壑大开。青草茵茵满山坡，山坡之上是森林。草坪上游人如织，像是团队出行，自拍、合影忙得不亦乐乎。孩童放着风筝，打闹嬉戏，权当在公园玩耍。婚庆公司见缝插针，把新人带进了这神仙一般的世界里拍照。新娘子拖着长长的白色婚纱，摄影师不断地支使其摆各种姿势，新娘子配合默契，摄影师一边摁快门，一边说OK。

头顶直升机在盘旋，也不知这玩意儿凑什么热闹，最大可能是森林防火队的专用工具。我们在绿色的草坪上做短暂停留，便进入林区。

林区的路不是很陡，适合慢走。我看见千年景区的标识，想起了李白当年被邀请去安徽泾县桃花潭游玩的情景。汪伦给李白去信说，桃花潭有万家酒店，保你吃好喝好玩好。李白到了桃花潭一看，所谓的万家酒店其实是个名字，并不是真有一万家。李白不仅没有觉得被骗，反而和汪伦成了朋友，还为他写了一首诗《赠汪伦》："李白乘舟将欲行，忽闻岸上踏歌声。桃花潭水深千尺，不及汪伦送我情。"千年景区的千年是不是也如出一辙呢？兀自一乐。

大东沟属于原始森林，树木品种繁多，树身长有苔藓，一些裸石也被苔藓所包裹。这里的生态环境极好，山高林深，树密鸟多，偶尔几声鸟鸣衬托了林中的幽静。有山必有泉，山有山声，泉有泉音。山声响彻林杪，泉音叮咚谷底。

我不是一个林业专家，对林中的各种树木知之不多，好在有些树种挂有标牌。茶条槭，别名华北茶条槭、茶条、茶条枫，无患子科属。特征：落叶灌木或小乔木，株高6米。树皮呈稀深灰色或灰褐色。小枝近于圆柱形，当年生枝绿色或紫绿色，多年生枝淡黄色或黄褐色，皮孔椭圆形或近于圆形。白桦，是我非常喜欢的树种，从艺术欣赏的角度，它太适合拍照了。摄影人都会为它而流连忘返，尤其是深秋或冬天叶子掉落以后，树干出奇得白。白桦喜欢扎堆生长，很少孤零零地站在那里，线条特别优美，黑白对比效果也明显。此时，还不到落叶时节，白桦的白枝干已经突出，夺人眼球。山丁子，这是一个非常富有诗意的名字，看上去没有什么出众之处。介绍说，蔷薇科，苹果属。落叶乔木或灌木，树干灰褐色，光滑，新梢黄褐色，无毛，嫩梢绿色微带红褐，单叶互生，叶片椭圆形，叶缘锯齿细锐。花为白色或淡红色，果实近球形，红色或黄色，味酸而涩。喜光，耐寒性极强，耐瘠薄，不耐盐。这些树种的标牌做得真是专业，对我这样的游客是一个极好的科普。

景区植入了很多人文元素，丰富了游人的各种需求。比如在平坦的地方搭设了白色的帐篷，这些帐篷适合游人栖息和野餐，谈天说地，吹牛放屁都没问题，甚至打麻将、斗地主也在情理之中。有些人在帐篷里唱卡拉 OK，不要说撕心裂肺的吼，哪怕专业水平的演唱也是一种冒犯。这里是原始森林，是动植物的王国，应有起码的尊重。

值得记述的还有那些带着画夹写生的孩子们。这样的团队不少，人数有十几个，也有几个的，在专业老师的指导下，用稚嫩的笔在画板上一笔一画地描摹。一幅幅作品挂在树林里，游人路过也能看到。我仔细看了一个团队的作品，有画动物的，有画树林的，还有画蘑菇的。儿童画的最大特点，也是最可爱的便是童真和童趣。同样的事物，孩童笔下的表现和大人完全不同。有时候孩童的作品更有韵味，所谓的大智若拙说的正是这个道理。

千年景区大东沟，是离石生态保护的典范。生态文明的显著特征就是人与自然和谐共生，大东沟给了一个完美的诠释。

不管是王营庄的乡村振兴示范区，还是千年大东沟景区，给我最大的启示是，人虽然是宇宙之精华，万物之灵长，也不要凌驾于万物之上，人和自然要和谐相处，谁也不要受到伤害，平等对待，真正的生态文明就会实现。

临县的山

碛口很有名，它是临县对外宣传的一张名片。很多年前，在离石工作的大学同学陈殿生邀我去过碛口。殿生的老家就在碛口旁边的西湾村。印象比较深的是，殿生的母亲为我炸油糕吃。晋西北一带的风俗，接待客人最高规格就是炸油糕。我在殿生家第一次享受到了最高的礼仪，至今想起依然心存温暖和感激。离石还有我一位大学同学武守良，他们两个一起陪我游览了碛口和西湾。碛口和西湾风格不同，碛口主要是石板街、石头房，商业气息比较浓。西湾是一个传统古村落，房屋是土木结构，几进几出的院子，彰显主人耕读传家的本色。西湾的内容比碛口更丰富，可品鉴的东西多一些。但是，碛口的名气却比西湾大得多，这是碛口的码头地位所决定的。

黄河出内蒙古一路南下，流经山西和陕西的黄土高原，在碛口有一个明显的跌荡，这个跌荡直接导致原本能够行船的河道，不能再走了，只能上岸卸货，走旱路；同样，需要北上的货物也在碛口装船。碛口充当了南来北往的码头，客栈林立，商贾云集，茶楼酒肆，五方杂处，一时之间，热闹非凡。俱往矣，如今的碛口此一时彼一时也，虽无往日的商贸繁华，却有如今的流风余韵。

黄河两岸沿黄公路的开通，是山西和陕西两省不约而同的举措。走黄河，看黄河，欣赏黄土高原特有的自然风光，是近几年旅游的热门选择。黄河岸边的自然生态比较脆弱，旅游开发的同时，更要注重修复。临县在这方面走在了前头。

离碛口不远的月镜河流域，是临县中兴社林草生态综合修复工程的现场。工程总面积3万亩，其中生态修复2万亩，涉及碛口、丛罗峪、刘家会3个乡镇7个自然村，这些自然村包括前山、后山、枣岭子、琉璃畔等。

站在山顶上，遥望那片修复过的山洼坡地，沟壑纹理清晰，每一处褶皱都能看出绿色植被的有效分布。据林业系统的人员介绍，月镜河流域的生态修复工程持续了三四年时间，投入了上千人力和几千万元的财力，目前已初具规模。

介绍人员为我们轻描淡写，一语带过，听者能从中体会那种壮观场面。尤其像我这样经历过农业学大寨洗礼的人，自然而然会联想到上千人在那面山坡上劳作的场景。红旗猎猎，插在山顶。一排排山民撅着屁股、挥着锄头，他们分工明确，有条不紊地劳作。可以畅想一下，每当锄头抡起，又划着弧线奋力落下时，锄头与身体形成的力学结构应该是无与伦比的美。锄头与土壤或者岩石接触的一刹那，或深沉或尖锐的撞击声多么富有穿透力，而这样的声音不是来自一个人，而是来自上千人，浑然而成打击乐的节奏。

根据地理特点以及所要种植的树木品质要求，坡度大的地形要挖鱼鳞坑，这是一般常规操作。鱼鳞坑里还要填客土，也就是从别的地方运来沃土填进去，改善土壤质量。除了鱼鳞坑，还有水平阶、反坡梯田整地技术。除了填客土，有的还要用地膜石板覆盖等手段。从流程来看，这是一项复杂的工程，工序很多，形式多样，目的是保障成活率，栽下去一棵要成活一棵。还有更重要的一环，那就是提水工程。这里的气象特征非常怪异，黄河滔滔不绝地奔流，两岸却极度缺水，每年的降雨量稀少。守着一条黄河，忍着四季干旱。老百姓望河兴叹，黄河是别人的，不是咱家的。像这样大规模植树造林绿化山川，必须动用机械提水。七八十度的坡度，浇灌一次水，要费九牛二虎之力，何况不是一次两次能解决问题。

月镜河流域种植的树种很多，针叶林有：油松、侧柏、白皮松、桧柏；阔叶林有：火炬、金叶槭、白蜡、五角枫、国槐、栾树、法桐；经济林有：连翘、山桃、山杏、山楂、文冠果、龙桑、玉露香、樱桃、花椒；小乔木及灌木有：木槿、金叶榆、丁香、黄栌、紫叶矮樱、海棠、柠条、华北卫矛、珍珠梅、月季、紫枝玫瑰、黄刺玫、紫穗槐，另外还有苜蓿、八宝景天、三七景天、红叶景天、金鸡菊、大花萱草等植物。每一个物种都有不同的特性，其管理方式也需要分别对待。

望着满山坡的绿色，林业局同志说得很兴奋，我们听得很入迷。这些成绩是有目共睹的，人们往往忽略一个重要问题，只看结果，不问过程，实施的过程中所付出的艰辛常常被人忘记。我们恰恰是那些不让忘记过程的人，要用自己的笔追溯那些奋斗者的历程，记住那些默默无闻为林草生态修复奉献了汗水甚至鲜血的人。

临县对生态建设非常重视，月镜河流域的工程只是全县生态工作的一个缩影。数据显示，"十三五"期间，全县成立了291个造林专业合作社，社员总数13668人，累计投入资金28亿元，完成退耕还林、三北防护林、黄河流域防护林屏障建设工程等造林120万亩，其中退耕还林88.55万亩。

"十四五"以来，扎实开展黄河流域生态修复治理，两年完成国土绿化20万亩、经济林提质增效20万亩、通道绿化485公里、村庄绿化55个、草地综合治理9.5万亩。

有句话常常挂在人们嘴上：年年植树不见树。这是对植树工作的揶揄，究其原因，就是没有做好后期的巩固工作。为了山坡上那些弱小的树苗和草木的成长和壮大，临县从上到下也是拼了，全面推行"林长制"工作，实现了从"林长制"到"林长治"的转变。县委书记、县长亲自担任总林长，以此类推，直到村支书、主任级都在担责。这样的齐抓共管，无缝衔接，足以让山川开心笑，让树木开怀笑，让花草烂漫笑。有一级一级的官员保护它们，临县的山是幸运的。

我目光一直望着远处的山坡，忽然发现影影绰绰的白色在蠕动，羊群，是羊群。我用手指着远方，问林业局同志，有人放牧，是不是不允许？林业局同志很为难地告诉我，这确实是个问题。按理说这是不允许的，也是明令禁止的。我犯了文人的臭毛病，一再追问他，从古到今，我们读过大量的文章，都是在歌颂"牛羊满山坡"的美好场景，如今禁牧了，不让牛羊上山了，这些天生的食草动物，仅仅靠圈养能长久吗？林业局同志也陷入了无语，稍微停顿了一下说，将来如何不知道，至少现在必须禁牧，我也表示充分理解。

还是回到老问题上，生态的保护和资源的开发是一对天然矛盾。保护的目的为了环境更美好，开发的目的是让生活更美好。如何使环境和生活、自然与人类和谐共处，一定要掌握一个节点，这个节点在哪里呢？

兴县的树

第一次去兴县，也是第一次知道兴县总面积 3168 平方公里，全省第一。宣传部陪同我们的一位同志说，下乡调研工作最远的乡镇开车要一个半小时才能到达，是远了点。大有大的好处，辽阔、苍茫、一望无际。尤其是在秋天，站在兴县的大地上，看云卷云舒，风去风来，草木摇曳，青纱漫漫，别是一番兴味在心头。

蔚汾河波澜不惊，优哉游哉地流过兴县大地，一泓清水入黄河，黄河不惊不乍，携蔚汾河水一同向前。引起我注意的是河边的悬崖，像人工雕琢过一般，花纹优美，凹凸有致，甚至还有镂空。宣传部的同志说，先别感慨，好看的还在下面呢。一句语焉不详的话勾起了我的好奇心。

来到六郎寨景区，让我开了眼界，宣传部的同志看我惊讶的样子，得意地问，没骗你吧？我连连点头，揣想，怎么会有如此巧夺天工之杰作呢？相传北宋名将杨延昭在此修寨驻防，故得名"黄河六郎寨"。六郎寨是由一位郭姓民营企业家花了几年时间，投资8000多万元，精心打造的景区。景区的标志是一座天然的石驼岭，骆驼造型逼真，有头有峰，安卧不动又时刻准备负重前行。这个标志性景观在停车场已经看到了，原本以为也就如此而已，没有必要再上山了。郭老板说，你们不是要参观我们的生态绿化工程吗，不上山怎么能看到呢？差点忘了初心。

郭老板亲自驾驶自己的丰田霸道，上山的路很窄，而且弯度大，郭老板手中的方向盘玩得贼溜，坐车的我们吓得大气不敢出。路窄不怕，弯多也不怕，怕的是沟深。郭老板为了打消我们坐车的恐惧心理，不停地介绍着沿途的风景，特别是我们关注的植树情况，通过这样的方式分散注意力，效果很好。一方面被他的介绍吸引住了，另一方面也确实看到了不一样的景观。

飞来石，一块硕大无朋的石头像摆在山顶上一样，无根无靠，只有一个支点立足，像人工雕刻的大鹏金翅雕，展翅欲飞，又像一块太湖石，让人叹服大自然的鬼斧神工。飞来石见过很多，如黄山的飞来石，普陀山的飞来石，外形简单，没有雕刻般的镂空和图案，而六郎寨的飞来石集各种飞来石之大成，堪称一绝。

更让人惊叹的还有悬崖峭壁上的天然雕刻画。与其说在蔚汾河河边看到的是冰山一角，这里展现的就是整座冰山。太漂亮，用美轮美奂形容毫不为过，让人联想到中国古建筑的雕梁画栋。人工的雕刻多少能看出凿痕，这里无论是镂空还是线条全然没有丝毫的迟滞和扭捏，真正的流水线条，浑然一体。

在大自然的杰作面前无我忘我，如痴如醉，这真的是自然生成吗？回头望着山下的黄河，我立马给予了否定。应该是黄河千千万万年曾经在这样的一个位置，对两岸的岩石进行不断的冲刷、腐蚀而逐渐形成的。壁立千仞不语，河流千里无弯。

这是一座石头山，石头占有了无尽的风光。花好还要绿叶扶，山上有土壤的地方种植了很多的树。黄河岸边的树都是金贵的。看到飞来石旁边的石头缝里有几棵树已经枯死时，惋惜之情溢于言表。郭老板也明确表示，下一步加大对景区的绿化，增加绿化面积优化旅游环境，此言如矢中的。

树，一直是此次采风活动关注的重点，在兴县我们终于看到了一个人凭借一己之力，种植了6000亩树木的真实故事。

　　秋雨普降，雨丝绵密，前往宋家沟生态园区的路上，车子的雨刷器频繁地摇动，雨水依然顽强地遮挡我们的视线。秋天的田野像羞涩的姑娘不让看她的脸，哪怕她是俊美的、俏丽的。进入宋家沟生态区域后，雨下得更大，路面的积水被车轮碾过，水花像蝴蝶扇动着的翅膀飞溅。林区的树木已成蔚然之势，车子像一艘船驶进了绿色的海洋。刚开始还是一艘大船，慢慢地感觉就像一叶小舟，飘飘忽忽的。

　　真是一片寂静的山林。林地的主人是 70 多岁的高华处老人，把我们迎进屋子，递烟让水果，忙得不亦乐乎。大家把他团团围住，急需听他传奇般的植树造林故事，老人乐呵呵地讲了起来。

　　高华处从县林业局退休后回到宋家沟，他承包了村里的 4800 亩荒山乱石沟地，开始了自己植树造林的宏伟计划。退休后返乡种树的例子有很多，比如，2019 年我们去芮城采风时，一位名叫高文毓的老人是从省水利厅的所属单位水土保持研究所退休的，他是北京林学院毕业的，对树木非常了解。放弃了享受大城市的优越生活，毅然决然返回老家植树造林 20 年，植树造林 8000 余亩。作家鲁顺民写了一部长篇报告文学《将军和他的树》，一位叫张连印的省军区司令员，退休后返回老家左云义务植树 18 年。

　　刚开始，我对高华处的植树经历并不抱多少好奇心，也就是另一个高文毓和张连印而已。听着听着，从中理出了一条重要线索：高华处心里装着一个梦，那就是陶渊明所拥有的田园情结。当初，高华处一定是暗暗下了决心，要把这 4800 亩荒山乱石地，变成"采菊东篱下，悠然见南山""晨兴理荒秽，带月荷锄归""开轩面场圃，把酒话桑麻"的理想之地。

　　村里人对高华处不理解，见了面就说，退休了好好养老，折腾啥呀。养老金花不了我们帮你花，扔到山沟里看也看不见，摸也摸不着。这些话听起来有些刺耳，也不无道理。好地块还长不出好庄稼呢，一个荒山乱石滩怎么长出大树呀？高华处不作任何解释，一笑置之。家里人也担心，不说钱的事，年事已高，怕身体吃不消。高华处就像一头倔驴，顶到南墙不回头。家人看不过眼了，只好跟着一块干。高华处嘴上不说，心里乐开了花，干劲更大了。每天吃住在工地，一锄一锄挖坑，一棵一棵栽树，一桶一桶浇水，披星戴月，夜以继日。其间的艰难曲折，略过不赘。

高华处不但没有被困难所吓倒，开荒种树还上瘾了。自己承包的地不够种，又把周边村子的荒地承揽过来。原来的 4800 亩，变成了 6120 亩。20 年时间，高华处就像一位魔术大师，把荒地乱石滩变成了郁郁葱葱的林场。10 万多棵树，就像高华处培养的绿色士兵，保卫着这块土地。基本农田 600 余亩，种植了无农药无公害作物。秋季来临了，玉米、西红柿、辣椒、茄子、豆角、黄瓜、毛豆……应有尽有。高华处真成了一个地地道道的当代陶渊明。

"采菊东篱下，悠然见南山"，渐渐不能满足高华处的心思，他有了更大的想法。独乐乐不如众乐乐，把宋家沟生态园区打造成生态景区，向全社会开放，这一点远远超越了陶渊明的山水田园情怀。在各级党委政府的帮助下，他打了 10 口水井，建了一座 100 立方米的高位水池，铺设了 5 公里水泥路，2 公里田间道路，架设了 3 公里高压线。建成了黄河九曲、晋绥文化生态碑林、小型生态广场、弥陀寺院、采摘园、一二〇师学校校外实践基地等适合游人参观游览的景点。

宋家沟生态景区建成了，旅游旺季，游人络绎不绝，穿行在密密的林子里，尽享清凉和负氧离子的浸润，采摘园里选摘自己喜欢的瓜果蔬菜，农家餐馆里肆无忌惮地享受着美食。啃玉米，满嘴留香；剥毛豆，一个个像猴子；西红柿，拿上一颗直接吃，不需调拌。大有一种重回农耕文明的穿越感和真实感。

雨还在不停地下，作家们在高华处的带领下参观林区，每到一处，高华处总能讲出精彩的故事，激动时还吟诗一首，大家都夸高老好文采。高华处高兴地说，我就喜欢你们这些作家诗人，能用文字给生活带来无穷的乐趣。此时，不知谁插了句话：这片山林不就是您老写在大地上的华彩丽章嘛。高华处听了乐不可支，呵呵地笑。

一把把雨伞像林区突然长出的硕大蘑菇，雨水并不能阻挡我们的脚步和视野。鸟鸣声从林间清晰地传来，如带响的箭，好一派纯自然的山野风光。

天完全黑下来了，雨却没有停下来的意思。高华处幽默地说：常言道，下雨天留客天，天留人不留。今天不是我不留你们，是我留不住你们。但是呢，我想留住你们的嘴，留住你们的胃。今晚在我这里吃一顿纯天然的农家饭，这可不是腐败啊，是我的一片真心。大家高兴地大声叫起来。

我一直在想，高华处这样热爱土地、热爱农村、热爱种树的人，虽然不是孤例，还是太少了，不要说别的地方，兴县如此广袤的土地，再多几个高华处该多好啊。是啊，兴县 3168 平方公里的土地上，随处都有宋家沟这样的生态景区，岂不快哉。

岚县的花

由兴县前往岚县，因为下雨，一路走低速。秋雨已成连绵不绝之势，河流洪水向西奔流。我们向东行驶，好在不是行走于高山峡谷之中，不必担心遇到泥石流的风险。路面上积水处被车辆碾过后形成飞溅的水花，溅到不远处的草叶上，草叶立马奔拉了脑袋。常年饥渴的黄土地，此时就像吸饱了烟的汉子，精神亢奋，行为乖张。田地里，雨水漫漶成浊，随处可见大小不一的水洼。让我想起童年时代，这样的雨季，一群小孩儿手拿小锹拦水筑池，雨水打湿了衣衫全然不顾，撅着屁股忙乎着。而大人却身披蓑衣，手持钢锹下地查看灾情。

雾罩远山，田野和山林一片朦胧。这是绿色统领自然的时节，车窗外的田野慢慢被森林所代替，车子开始翻越兴县和岚县之间的黑茶山。黑茶山山高树密，它是兴县的蔚汾河与岚县的岚河发源地。蔚汾河向西流去，最终汇入黄河。岚河是一条二级支流，最终的目的地是汾河。

黑茶山，因为 1946 年 4 月 8 日的"黑茶山空难"发生在这里，使世人皆知。当时，从重庆谈判归来的叶挺、王若飞、博古等人，乘坐 C-47 运输机飞往延安途中，经过黑茶山遇到恶劣天气，飞机失事，机上人员全部遇难。

黑茶山的气候多变，我们路过时，大雨如注，白雾迷茫。司机格外小心，行驶缓慢，路上的大货车一辆接一辆，像一条逶迤的长蛇。

下山便进入岚县地界，雾已升腾，眼界稍微打开了些，大片的土豆基地出现了，土豆花开得肆无忌惮。岚县一年一度的"土豆花开了"旅游文化月已接近尾声，我们赶了个尾巴。

世间的花朵千千万，怎么数也数不上土豆花。没有吃过土豆的人很少，知道土豆在我国有几大生产基地的人恐怕不多。土豆的名称很多，山药蛋、马铃薯都是它的别名。我国土豆生产基地主要在云南、内蒙古，还有西北甘肃、宁夏一带。夏天市面上出现的土豆多是云南过来的，内蒙古、甘肃、宁夏一带的土豆到了秋天才能上市。

岚县的土豆也很有名，在山西那是响当当的品牌。每年到了收获季节，岚县土豆只要出现在包括太原等城市的农贸市场，购者云集。岚县人能用土豆做出一百多道菜，专门开办的土豆宴，吸引了南来北往客，风光一时无两。

怎么关注土豆都很正常，它关乎饭碗，但是从来没有听说过有关注土豆花的。岚县是土豆大县，30万亩的土豆生产规模不可谓不大，宣传和推广考验着营销者的智慧，土豆花就这样成了岚县宣传和推销土豆的最佳切入点。

世人都爱花，不管什么花，大到牡丹花、芍药花、大丽花、月季花，小到野花、枣花等等。土豆花一旦进入人们的视野，惊奇地发现，原来这么美。是啊，只要是花，都有一份属于自己的美丽。大有大的雍容华贵，小有小的精致秀气。有的花一生只为绽放，所以一定会把美丽发挥到极致，牡丹如此，芍药如此，月季亦如此，花期结束了，什么也没有留下。土豆开花，不是为了自己的绽放，其目的是泥土下面那一串串大小不一的土豆，奉献的意义大于自身绽放的意义。而我们有谁去关注过这一点呢？

岚县不仅把土豆产业做大做强，还做成了旅游业。"土豆花开了"旅游文化月，吸引了游人前来岚县旅游观光。我们是该活动最后一天来到了景区。参观了土豆花十八景、土豆花篮、土豆神雕塑、马铃薯长廊等景点。土豆已经从普通的农副产品，上升到了文化的层次，还挖掘出土豆神这样更深的内涵，也是岚县人民的智慧在线。据介绍，"土豆花开了"旅游文化月活动已成功举办了9届，今年的游客达5万余人次，带动了当地经济的发展，尤其是村民通过摆小摊、开农家乐饭店，收入有了明显增加。

我格外关注土豆花。小时候生活在农村，家里也种过土豆。印象中土豆开的是白色花，一丛绿莹莹的缨子掩盖了花的光彩。这里除了白色的花，还有红色花、紫色花，不同的花代表着不同的品种。土豆和别的庄稼一样也有品种之分。不仅有品种之分，土豆还不能在同一块地连续种植，今年种了，明年就得倒地方，否则减产，这是农业科学，我是知之阙如。

参观土豆基地时，天气渐渐开了，云层慢慢地往上翻滚，就像结束一场战争后大部队有序的后撤。黑茶山的轮廓逐渐打开了，山色青黑，蜿蜒起伏，和广袤的土豆基地连成一片，共同构筑了一道壮丽的山川风貌。让我想到了那几位因飞机失事而牺牲的英烈，他们长眠在这里，也驻守在这里，与山川同在，与30万亩土豆同在。

土豆花开了，岚县人民笑了。

写在最后

这次采风活动，只写了汾阳的水、离石的绿、临县的山、兴县的树和岚县的花。正像我在开头所说的，弱水三千，我只取一瓢饮。没有写其他内容并不是其他内容不值得写，而是更应该写。

汾阳杏花村的污水治理系统非常科学，不管是企业污水还是生活污水，全部进入污水处理厂进行处理，处理过的水又用于绿化工程等方面，最大限度地利用了水资源。

兴县的山西西山晋兴能源有限责任公司斜沟矿污水处理厂，内设矿井水处理车间、生活水处理车间。矿井水经常规处理后回用于井下生产、选煤厂补水等生产环节；部分再经过反渗透处理后回用于洗浴、洗衣、冲厕、盥洗等生活环节。反渗透浓水回用于选煤厂补水，矿井水全部回用，不外排。选煤厂煤泥水采用浓缩、压滤处理后回用，达到一级闭路循环，煤泥水不外排。生活污水处理后部分回用于选煤厂、道路洒水和场地绿化等生产环节，其余进入矿井水处理站超滤系统二次处理后全部回用于井下生产。

岚县的太钢集团岚县矿业有限公司袁家村铁矿是全国最大的单体铁矿，亚洲第二大露天铁矿。是国内一次建成的2000万吨级红磁混合铁矿山，总占地46600亩，实施清洁生产，循环利用，实现了废水零排放，产尘点减少80%。组织生态恢复治理，绿化总体面积达到2718公顷，矿区可绿化面积覆盖率达到100%。

这些厂矿企业在生产的同时，注重污水处理和回用，这是现代企业应该做的，也符合生态文明发展战略，今后一定要抽时间大书特书。

还有岚县的老磨坊所生产的功能性全营养食品，印象深刻。参观时，作家们赞不绝口。尤其是"薛家梁"粗粮八宝粉，获得第五届世界健康大会功能食品金奖、山西省"五小六化"竞赛成果一等奖。

岚县的面塑源远流长，被列入国家级非物质文化遗产代表性项目名录。全县共有县级以上传承人 37 人，面塑技师 1280 人，具备面塑制作基本技艺的群众 10300 人，面塑产品远销上海、广东、陕西、太原及周边县。岚县政府非常重视对面塑产业的支持，专门在岚县城的黄金地段开辟了面塑街。每家面塑工坊均在面塑街有门面房，对外展示和销售面塑产品。

还有好多好多……

吕梁采风五日行结束了，可供我们思考的有很多很多。事实证明，走基层到生产第一线，真正了解和体验现实生活的真面目，才能写好中国故事。

遗落在黄河岸边的明珠

赵建雄

连绵一天一夜的阴雨刚刚停歇。午休了一会儿，兴县文联范永斌主席就急不可耐地招呼我们上车了。

孟秋时节，吕梁山的气温一下子低了不少。从兴县县城出来，中巴车快速行驶在"黄河一号"旅游公路上，走着走着，太阳突然就出来了。公路平坦宽阔，两边的山坡上青葱翠绿，远远望去，草木繁盛，一棵棵树木挺拔直立。近岸处，绿草如茵，水清草盛。两岸秀丽的风景与平静的河水相依相伴，显得格外和谐婉美。大家都被沿岸的风景吸引了，不停地指手画脚、议论纷纷。

突然，后面的一辆小轿车加速超过我们乘坐的中巴车，在路边停了下来。兴县县委常委、宣传部部长武军下了车，示意中巴车停下来，然后邀请采风团作家们下车。

"这里就是真正的'一泓清水入黄河'的地方了。下面就是黄河，我们的后面是岚漪河。"

大家转过身，顺着武军部长的指向看过去，一条弯弯曲曲的沟壑自西向东蜿蜒而来，河槽很深，河水清浅而平缓，静静地向西流过桥洞，桥洞的东边，就是黄河。黄河与岚漪河成"丁"字形，交汇处，河水清澈见底。此时，黄河古渡红日西垂，在夕阳余晖的映照下，黄河上泛起一层层金色的涟漪。要不是武军部长解释，谁也不会相信，岚漪河过桥洞流入的是黄河——那一泓清澈，简直把大家惊呆了。

岚漪河，发源于忻州岢岚县荷叶坪山马跑泉，从兴县木崖头乡育草沟村南东一公里处流入吕梁境，至兴县裴家川口汇入黄河，流经兴县28.5公里，与蔚汾河、湫水河同属于黄河一级支流。岚漪河流域内工矿企业较少，境内水质较好。但是，因为历史上当地生态遭破坏严重，所以河床经常干涸，有时候有水也是浑浊的。而黄河流经了许多高原、平地，其中包括了含沙量非常高的黄土高原，因为黄河的水冲刷黄土高原的泥沙，并带走了一部分泥沙，使得黄河变得十分浑浊，整条河呈现黄色，所以黄河水从甘肃省临夏州积石山县大河家镇开始变黄，一路流入山西境内。

因此，大家怎么也想不明白，为什么眼前的黄河与岚漪河"丁"字形交汇处，竟然是"一泓清水"？

武军部长明白作家们的困惑。他接着解释道：2018 年以来，兴县县委、县政府积极贯彻落实吕梁市全面推进"黄河一号"旅游公路建设战略，加快构建"城景通、景景通"全域旅游一张网格局，抢抓黄河流域生态保护和高质量发展的重大机遇，下决心大力度开展生态治理，引进一流市场主体，个性化运行沿黄驿站景点，以"黄河一号"旅游公路全面贯通为契机，投资 5000 余万元，建设了裴家川口驿站、六郎寨驿站、黑峪口驿站等 6 个驿站景点，极大提升了沿黄旅游接待服务功能，有力助推乡村振兴。经过绿化、彩化和美化后的旅游公路，变得"三季有花、四季有景、五彩缤纷"，让行走其间的游客有了如梦似幻的感觉。大家看，现在，我们所处的位置，就是裴家川口驿站。

大家顺着武军部长的手指看去，公路旁一块大大的标牌赫然写着"裴家川口驿站"，而此时每一个人的心中，终于都明白了此处"一泓清水入黄河"的真正原因。

许多人都在嘻嘻哈哈地抓紧时间拍照留念。每个人都希望把清澈的黄河水留在自己永恒的记忆里。

武军部长提醒大家上车，他说，"六郎寨""宋家沟"，是黄河之滨的吕梁兴县在实施黄河沿岸生态保护修复工程战略实践中破茧而生的两颗新的黄河旅游明珠，值得看看。大家一下子兴致盎然起来，然后，愉快地上车，跟着武军部长直奔"六郎寨""宋家沟"。

黄河六郎寨与郭二吞

黄河与"黄河一号"旅游公路像两条舞动的彩带，一黄一灰，闪着绿光，相互离合，蜿蜒向前奔跑。我们就在闪着绿光的缝隙中来到一座寨门前，圆木绑建的门头上彩旗猎猎，红灯高挂，横书三个红色大字——"六郎寨"，门前一对石狮子，古朴粗犷、高大威武的寨门一下子把遥远的历史拉到眼前。

六郎寨古称乳浪寨，因山岩多有形似乳浪奇石而得名，为古合河著名的军事要塞之一。据清代兴县籍著名史学家、水利专家、江南总督康基田的《合河纪闻》记述，早在春秋战国时期，赵国大将李牧沿河戍边，北拒匈奴，西伐秦、魏，是为要塞。而秦亡赵国后，北上阴山筑长城、修直道，时为通津。"自汉唐迄于宋明戍守始无虚日"，所以，历代帝王多次巡边视察，其为必巡之所。特别是北宋时期，由于燕云十六州早在五代十国时的丧失，使河西、河东、河北三路成为边境地带，而作为直通麟府二州前沿阵地的河东要塞，乳浪寨在肩负粮道转运这一重要使命的同时，也承载着抵御来自西夏和北辽直接侵犯的双重任务，是河东屏障之锁钥，与河东诸州及其河西、河北两路，共同成为守卫都城开封的重要屏障。众多名相、名将过往如织，光北宋间，文如范仲淹、文彦博、欧阳修、司马光、王安石等朝中大员皆先后职事河东，数临边寨；武有呼延赞、杨延昭、张亢、宗泽、韩世忠、岳飞等著名将领曾先后巡边辖地、屯兵戍守、驰骋御敌于河东要塞，乳浪寨以其重要的军事地位，留下了他们的无数足迹和众多的故事。相传北宋年间，公元964年，爱国名将杨延昭外祖父折德宸病逝，他随母奔丧，经岚州合河关（今兴县）回府州（今府谷），途中扎营黄河边山岭间。延昭夜间立于山顶观黄河之雄浑，想到日里由于契丹侵扰，百姓流离失所的惨状，于是发下保家卫国之宏愿。976年，杨延昭被补为供奉官，由于供奉官只用来表示品级，无实际职掌，所以他始终随当时担任"知代州"兼"三交驻泊兵马部署"的父亲杨业在军中任职。他曾多次被父亲派往黄河沿线驻防，防止契丹入侵，每到一处，总是修城筑寨，加强边防，此"六郎寨"即始建于这一时期，故得名"黄河六郎寨"。到清代，随着北方战争的弱化，乳浪寨又成为南北商运货物的水旱码头。抗日战争时期，1936年至1938年，沿黄河渡口堡寨被阎锡山的军队占领并封闭；1940年，随着抗日民主政权的建立，这里便成为晋绥边区通往陕甘宁边区的重要通道和保卫延安之屏障。中华人民共和国成立后，六郎寨又回到人民手中，但受当时社会、历史、经济等环境和条件的影响，此处一直是一片无人问津、毫无生机的荒凉偏远之地。

千百年过去了，被历代战火洗礼过的六郎寨，依然像一位饱经沧桑的历史老人，巍然屹立于黄河东岸，那是一座神奇的山、苍凉的山、寂寞的山……那满山奇形怪状、如驼似马、欲飞欲舞、各具形态的天然石雕石像，以及天书神画般石壁浮雕和众多奇幻的洞穴，还有至今遗留的古寨、马道、哨所、兵营、烽火台、藏兵洞等遗迹，都在向世人诉说着那段时空久远、传奇悲壮、可歌可泣的故事。

大家一边沉浸在对历史的婉叹中，一边惊讶于寨门左上方栩栩如生的巨石骆驼峰，就在这时候，一个彪悍的晋西北大汉风风火火地迎出寨门，粗犷的声音一下子吸引了众人的注意力。他自我介绍说，他就是兴县黄河六郎寨景区投资人郭永厚，但大家都习惯叫他郭二吞。

郭二吞是一个爽快的人，废话不多，他亲自开车，拉上几位作家就往山上跑。刚刚开凿出来的崎岖山路，铺垫了一层小碎石，刚好一辆车通过，一路上尘土飞扬，左右颠簸，给人一种原生态的惬意感。他的儿子郭瑞东开着小面包，拉着其他作家，一路紧随其后。真是老把式，艺高人胆大，郭二吞董事长一边开车，一边不断地腾出左右手，指指点点，给我们讲解：黄河六郎寨景区位于吕梁兴县瓦塘镇前彰和焉村南，一出寨门就是"黄河一号"旅游公路，公路西边紧挨着的就是黄河。六郎寨景区是 2019 年才开发建设的，项目总投资 8800 多万元，占地约 1000 亩。大家不要看这里都是山，山有山的灵性，山有山的好处，山上的每一块石头、每一个洞，都是一处历史遗迹，都有一个美丽的传说，所以，景区在修复历史遗迹的同时，装点了雄峰异石，新建了观景台、网红桥、游乐园等娱乐设施，并配套完成了游客服务中心、停车场及全面的安全设施，已经具备了日接待游客 2000 人的条件。下一步，他们要把黄河六郎寨景区打造成集"传承历史文化，弘扬爱国精神，品读黄河文化，体验黄河风情，赏识黄河奇石，领略自然风光，休闲娱乐培训"于一体的综合性旅游打卡地。

看得出来，郭二吞很是骄傲。有人问六郎寨景区的未来发展规划，他说："上边是正在建设的旱滑道，今年 7 月 4 号就已经验收试运营，下边沟里我们将会引进水源做漂流。"

"有水源吗？"有人问。

"有啊！你们看，六郎寨周围都能看得到黄河啊。这几年，我们兴县大力推进黄河流域生态治理，全面开展生态环境修复，启动实施了黄河沿岸生态保护修复工程，对'黄河一号'旅游公路通道及两侧能看到的山体都进行了绿化，主要栽种了油松、侧柏、山桃、山杏、黄栌、黄刺玫、连翘、紫穗槐等树种，现在，生态环境变好了，黄河的水变清了也大了，下一步把黄河水引进来，完全没有问题。"大家顺着郭二吞手指的方向看去，也跟他一样想象着六郎寨景区未来山水相依、绿意葱茏、生机盎然的全新面貌。

郭二吞继续兴致勃勃地说，"2020年以来，我们依托黄河资源，着力打造特色景区，改造升级了连接圣母洞、藏兵洞、驼峰岭、状元桥、奇石窟、观景台、通天洞、神泉等景点的观景公路8公里，打造开通了景区步道5公里以及众多水上娱乐项目，用不了三五年，六郎寨就会是山清水秀、景色怡人的旅游景点了。下一步，我们将继续打造水上娱乐项目、农家餐饮项目。以后，大家来了六郎寨，可以品黄河特色美食，住黄河风情民宿，看黄河日升日落美景，赏黄河传统农耕文化，假期你们也可以带上孩子们来，让他们体会黄河文化的博大精深，体验一下别样的快乐假期。"

天色渐晚，落日余晖把六郎寨映照得光怪陆离、神秘厚重，放眼望去，栩栩如生的骆驼峰、通天洞、圣母洞、麒麟石、一线天、状元桥、炼虚洞、烽火台、黄河天书、大鹏金翅雕、黄河九曲阵……像是给六郎寨的每一座山头、每一块河石都赋予了生命；而在场的每一个人，似乎也都收获到一份来自大自然的美好馈赠。

宋家沟生态园与高华处

从黄河六郎寨来到宋家沟生态园，眼前是又一番景象。走入园中，就像是走进一座绿色掩映的农家小院，细雨过后，空气清新，泥土馨香，天高云淡，绿满山岭。三孔半新不旧的窑洞就是院子里最好的主体建筑。这里就是高老的绿化基地。高老是这里的主人，他叫高华处。

高老已经是73岁的老人了，身材瘦小，满头白发，但他精神矍铄，走路如风。我们刚进院子，他就健步迎了上来，与大家一一握手。大家簇拥着老人走进窑洞，刚把他让座在客厅一张发旧的木质沙发上，他就滔滔不绝地给大家讲起了自己种树的故事。

2000年，50周岁的高华处从兴县林业局副局长的岗位上退了下来。他说："我一辈子就爱种树，没有别的喜好。"那一年，他积极响应党和政府号召，承包了兴县蔡家崖乡碾子村，高家村镇宋家山、冯家山三个村的4800亩乱石荒沟——宋家沟。他记得很清楚，是农历七月十六，刚过七月十五"鬼节"，他就拿着家里积攒多年的几万块钱，离开县城安适的楼房，独自一人背着铺盖卷儿，入住一条离家40多里、乱石遍野，方圆十几里都没有一个人、看不见一棵树的乱石荒沟，搭帐篷，打地铺，砌起火炉，安营扎寨，自己干了起来。

高老说，宋家沟流域立地条件非常差，也就是说对林木生长意义重大的气候、地质、地貌、土壤、水文等总体环境条件很差。他承包宋家沟前，那里就是一个三不管的乱石沟，是周边几个村村民放牧牛羊的地方，山上土石裸露，沟里乱石滚滚，山体支离破碎，水土流失十分严重，山上山下不仅没有一株树，甚至连小草也很少能见到。

高华处有着丰富的养林护林经验。1971年4月，20岁的高华处加入渴望已久的中国共产党，同时被派到水江头大队担任党支部书记。从那时起，通过种树带领群众在生态绿化中寻求一条通向富裕路的"绿色梦"就成了他的理想和实践。30年的风风雨雨，他栽树不仅仅是凭一腔热情和一种爱好，更主要的是一股干劲和一套方法。来到宋家沟以后，他起早贪黑、风餐露宿、头顶烈日、身冒严寒，凿山填沟、运土平地、筑坝蓄水、挖坑打井、架线通电、输管铺路、育苗植树、修剪护林，日复一日、年复一年、历尽艰辛、经过生死、负债累累、愧对家人。但他初心不改、迎难而上、与树为伴、矢志向前。

经过20多年的艰苦奋斗，高华处所承包的4800亩荒地已全部绿化，新增水地107亩、沟坝地350亩；累计完成造林6200亩，植树10余万株，培育苗木50余万株，成活率达90%以上，培育各种优质苗木150亩，容器油松侧柏100余万苗；2018年还为北京和雄安新区提供了5米高油松一级大苗300余株。同时，高华处还带领村民在沟里修筑堤坝21座；修建农田600亩、河坝200米、高位水池2座、3000立方米大口井1眼、普通井9眼；修筑水泥路4公里、田间道5公里、乡村路4公里；为周边村民无偿支援价值50万元的各种苗木10万余株，为宋家沟所在地碾子村800名村民无偿解决了吃水难的问题，为周边三个村的村民提供了日常生火做饭所需的柴火燃料；完善了水、电、路、坝、路灯等附属设施，建成了黄河九曲碑林、晋绥文化生态碑林、小型生态广场、校外学生实践教育基地等。

站在生态园的任何一个高处，放眼望去，杨树、槐树、柳树、油松、柏树、枣树、杏树、核桃树等栽满山坡，错落有致、苍翠挺拔；苹果、红枣、黄杏、绿核桃等挂满枝头，令人垂涎欲滴；玉米、高粱挺拔田间，似乎在向人招手；谷子、向日葵点头弯腰，随风摇动；玫瑰花、紫丁香、菊花肆意怒放，散发着清香；菜园里，南瓜、西瓜、黄瓜、茄子、茴子白、西红柿、红薯、土豆、萝卜等，各种蔬菜应有尽有，水灵新鲜。整个山沟，绿树成林，庄稼遍地，瓜果满园，花香四野，鸟语声声，溪流潺潺，空气清新，环境优美，简直就是"世外桃源"！特别是每年夏秋季节，步入宋家沟，满目青翠，花果摇曳，蜂飞蝶舞，空气新鲜，宛如天然氧吧，让人心旷神怡、熨帖舒爽。昔日"山上鸡爪沟，河里红泥流，山上山下没有一棵树"的乱石荒沟，如今俨然成了一片晋西北的"小江南"。

当宋家沟绿化的目标实现后，高华处心里想得更远、更大，他希望在自己有生之年种更多的树，绿更多的坡。他说："栽树就是我的爱好，我的乐趣，它可以填补我退休后的空虚和失落感，使我老有所乐，老有所为，让我活得更充实，更有意义。"他在经营打造宋家沟生态园的同时，还组建起"扶贫攻坚造林专业合作社"，吸纳附近几十名贫困户，先后完成了宋家沟周围荒山绿化3600亩，周边四村退耕还林2000亩，又在蔡家崖乡任家塔村荒山造林1650亩。他在为当地生态建设做贡献的同时，带领村民走上了脱贫致富之路。20年来，他雇养残疾人3名、五保户3名、贫困户5户在生态园干活儿，手把手教他们怎样种树、怎样修剪树和养护树，与他们同甘共苦，亲如一家，解决了他们的就业问题和后顾之忧。

不止这些，高华处老人还在生态园里新建了"农家乐"小院。"农家乐"不对外，只招待特殊的客人，或者是绝对关系的朋友。做饭的厨师、跑腿的服务员，都是高老的家人和生态园里的工人，吃的蔬菜和粮食都是生态园里的产品，都是无污染纯绿色的。我们采风团有40多人，高老就给我们准备了5桌饭，大家狼吞虎咽地吃着，似乎品尝到了儿时农村那些农家饭菜的味道，一个个大饱口福，赞不绝口。虽然吃饭的敞篷外又下起了不大不小的凉雨，采风团的作家们依然兴高采烈，似乎根本就没有结束用餐而离开的意思。

高华处老人说，武军部长是宋家沟生态园的常客，他像许多上级领导一样，给予了生态园许多经费支持和大力宣传推广，也欢迎作家们加他的微信，与他多联系，多多采访他，把宋家沟生态园宣传报道出去，以争取社会方方面面的支持。大家对高老的精明与远见报以一阵阵热烈的掌声，纷纷加了他的微信。武军部长回应道：高老不仅仅是一个"栽树迷"，更是一位黄河流域生态环境治理的先行者。高老打造的宋家沟绿色生态文化园林，集众多功能于一身，踏青、郊游、娱乐、美食、怀旧、静心，它已经被纳入了公益园林，不仅造福了家乡人民，更是乱石沟里创造出来的奇迹！

"老牛亦解韶光贵，不等扬鞭自奋蹄。"年逾古稀的高华处老人，用自己20多年的汗水，把一条千百年的荒芜山沟点缀成一片生机勃勃的绿地，在许多人眼里，宋家沟如今真的变成了青山绿水、金山银山，据说这一片园林评估价值达到几千万元，可以想象，不久的将来，宋家沟定然是一条充满生命力的绿色长廊，更是价值连城。

"吕梁大地埋忠骨，英雄精神代代传。"高华处老人说："我计划把宋家沟流域这一块绿地以党费的形式无偿捐献给国家，让它发挥更大的效益，为子孙后代造福。""我已经写申请了，一定要把这个园林献出去。我老了，精力跟不上了，让政府去管吧。"高华处老人还做了一件出人意料的事，他没有跟儿女商量，而是自作主张提前将自己的墓穴碹在绿化基地小二楼脑畔后面的花果园里。他风趣地说："我一生没有别的喜好，就是爱种树。将来种不动树了，死后护护树林也算是了却一生心愿了！"

高华处老人的这些话，轻轻地砸在采风团每一个人的心里，酸酸的、甜甜的，像阳光下吹来的一股绿意，沁人心脾；也像是夜空中淅淅沥沥的秋雨，凉凉的、爽爽的，回荡摇曳。

返回兴县县城的路上，雨停了，旷野的晚风轻柔地从周围的山顶吹来，蔚汾河碧波荡漾，河两岸霓虹闪烁，一条弯弯曲曲的公路平坦而宽敞，这座"深藏闺中"的晋西小城，散发着迷人的魅力。六郎寨、宋家沟，遗落在黄河岸边的两颗明珠，正在这片红色土地上重新焕发出别样的生机。

邂逅林泉沟

赵建雄

从汾阳市区出发，向着市区的西北方向，考斯特在一条蜿蜒的柏油路上平缓地行驶着。路面并不宽，对面不断驶来的汽车刚好交汇而过。道路两旁是高高低低茂密的胡杨树，阳光下像撑起一幕幕绿色的帐篷，在秋风中轻轻摇曳；再往下，就是广袤的田野，翠绿的庄稼地。

车上坐着来自省城的十几位作家，我们是应邀来参加"一泓清水入黄河——生态文明　美丽吕梁"文学采风创作活动的。有人问我："还远吗？"我说："应该快了。"又有人问我："那里有什么呢？"我说："应该没什么，就是一个网红打卡地。"还有人问："你没有去过吗？"我说："最近几年没有！"……

于是，全车的人都笑了。

我知道大家在笑什么。也就跟着大家尴尬地笑了。

汾阳是我的老家。此行我们要去的是汾阳市栗家庄镇的上林舍村。

上林舍村距离汾阳县城不到 15 公里，青山绿水，空气清新，交通便利，是一个环境优雅、精致美丽的小山村。十几年前，我跟老家的文友们去过几次，无非就是消遣，也没觉得有什么特别之处。

上林舍村历史悠久，钟灵毓秀。以前听村里老人讲过，西汉时，汾阳沿袭战国仍称为兹氏县，设县令，铸兹氏币，当是通都大邑，所辖上林舍村临山傍水，以皇家园林命名，是古老且具园林特色的村舍。历朝历代虽然战乱连续不断，但由于地处偏僻，因而保留了淳朴的自然生态和人文环境。后来，上林舍被改了名，叫做林泉村，但是人们觉得不太习惯，所以到现在一直还是叫它上林舍。上林舍有山、有水、有树、有鸟，还有许多地方特产，比如：芫荽叶、小芋头、酸橙、南瓜等。多少年来，上林舍村就是汾阳市民夏日经常光顾的避暑胜地。在上林舍村，许多城里的人不仅在那里租了旧房子，自己修缮改造一下，然后等夏天的周末全家去居住，还有人买下村里的老房子改建成自己的别墅，当然也有一些人，会租一小块地，种花种菜养宠物。

我正想着，突然听见车内有人兴奋地大叫："看，上林舍。"果然，车窗外右边一个路口，一块蓝底白字的大牌子，上面写着三个大字"上林舍"。转眼间，考斯特就行驶到了那块大牌子跟前。车门一开，一股清凉扑面而来，一阵潺潺的水声像流动的音符将我们包围。

汾阳市文联赵新科主席、汾阳市生态环境局郝振河副局长是此次陪同我们作家采风团的地方领导，也都是我的老朋友。他们招呼大家下车，说上林舍到了。这水声就是林泉沟传来的。这时候，我才恍然大悟，猜到了为什么要把"上林舍村"改为"林泉村"。但是我也觉得，还是叫"上林舍"有味道、有底蕴、有乡愁的感觉。

采风团的作家们像是久困樊笼的小鸟，一下子扑进了路边的绿色林带中，这就是上林舍生态旅游度假区。

当地镇政府派出了专业人员给我们做导游。上林舍生态旅游景区始建于2019年初，结合自然地理位置，因地制宜增加了20多种产业化项目，供市民以及慕名而来的远道客人欣赏游玩。景区内有一条蜿蜒3000余米的林泉沟，泉眼在景区北部，泉水穿村而过，长年淙淙流淌，清澈见底。自然冲刷而形成的曲折河道，天然植被自成一景，为发展乡村休闲度假旅游提供了得天独厚的自然条件，空气质量达到国家一级标准，堪称天然氧吧。最近几年，景区内建设配套了高空玻璃漂流、七彩旱滑、梦幻谷、月老桥、风情小屋、丛林穿越、悬崖秋千、步步惊心、高空速降、神州飞碟、真人 CS、高空滑索等一系列休闲娱乐设施，我们计划利用生态文明建设这个优势，将景区打造为集乡村旅游、生态观光、休闲度假、户外运动、拓展研学、趣味娱乐、特色美食、国防教育、军事设备基地一体化发展的新型生态景区。不久的将来，上林舍村就会是我们汾阳、吕梁，甚至山西的一张靓丽的旅游名片。导游的讲解令我怦然心动。

我问导游，这里以前没有这么多树，也没有这么大的水吧？导游笑了笑，她说："是的，以前这里生态破坏严重，水很小，村里年轻人都搬到城里住，或者常年外出打工，也就没有人种庄稼栽树了。村子周围一片荒芜，也无人光顾。"

我又问："那是什么时候变成这么好的环境的？"

陪同采风的上林舍村党总支书记王建伟插话说："近年来，我们在市委、市政府的领导下，坚决落实黄河流域生态保护和高质量发展战略，上林舍村坚持党建引领，积极探索新路径、新模式，推进乡村全面振兴，所以通过招商引资，鼓励企业家投资建设民营生态旅游度假区。上林舍度假区就是以林业立村、生态富村、旅游活村、文化强村为发展思路，深度挖掘旅游资源，因地制宜、积极探索，以山水为魄，结合美丽乡村建设，建设富有特色的乡村旅游。"

于是有作家问："现在村里有多少住户？在外打工的人多不多？"

王建伟书记回答道："我们村全村 130 户，350 余人。成立旅游公司以前，村民经济收入主要是靠外出打工，2019 年，成立旅游公司以后，村里在外打工人员大部分都回来经商了，有的就直接在景区就业了，一下子解决了我们村 85% 的劳动力。眼下，在景区经济的辐射作用下，周边的村民也开设了多家农家乐、小超市、民宿等个体经济，改造旧窑洞 11 户，带动农家乐 6 家，开设商铺、民宿等服务行业 30 余家，增加村民收入 500 余万元。一些村民在景区里做工作人员，带动周边直接从业人数 120 余人，间接从业人数 500 余人，带来服务业和劳务收入 180 余万元。乡村旅游解决了当地的剩余劳动力，实现了村民的增收，生活水平得到提升。村民们都说，没想到生态建设既保护了环境，还创造了经济效益，很高兴。"

我又追问："那这么大的水是从哪里来的？"导游进一步解释道："上林舍生态旅游度假区位于汾阳市境西部，这里青山绿水，空气清新，环境优雅，来到这里可以体验望得见山、看得见水、记得住乡愁的休闲乡村旅游，见证乡村生态旅游建设的成果。2010 年 9 月，太中银铁路吕梁山隧道入口处上林舍段的汇流引水管道工程开工，工期 8 个月，于 2011 年 6 月底前完成全部建设任务。这个隧道全长 20.7 公里，长度名列亚洲第三，是中国第三长铁路隧道，它的引流突出口就在上林舍村西北，流量达每秒 0.36 立方米，穿村而过，流经村内 2 公里的河沟——林泉沟，长约 7000 米，宽约 100 米，长年流水，清澈见底，沟两边林丰果茂，藤缠树绕，一直流进下游的安儿沟水库。自然冲刷而形成的曲折河道，天然植被自成景色，为发展乡村休闲度假旅游提供了得天独厚的自然条件。"

果不其然，说话的工夫，我们就被导游带进了一方"现代人间仙境"。入口处，是一排长长的绿色平房，里面是国防教育基地，清一色的橄榄绿装饰；再走进去，一片密密麻麻的树林，高高矮矮，错落有致，树林中间掩映着一座座森林小屋，都是纯木结构，悬空而起，建筑精巧，风格各异，七彩相辉，十分清雅。每一座房子前面都是一座小花园，一条清澈的小溪蜿蜒流过，又绕房而去，跨溪而建的小石桥、小木桥，吸引了许多男男女女在拍照，更有三三两两的儿童嬉水打闹。导游说："这里负氧离子高，是天然的氧吧，非常适合休闲度假，养心修性，陶冶情操，应该是你们作家喜欢的。"于是，作家们便开玩笑，这房子买不买？我们团购了吧！以后我们就在这里读书写作了。导游自豪地一笑，欢迎大作家们以后经常来我们汾阳、来上林舍采风写作、休闲娱乐，这里永远是你们的家！

一行人说笑着，继续往里走。真正的林泉就在眼前、就在脚下了。一股泉水哗啦啦地响着，清澈见底，疾奔而下，水流两边是原生态的砂石小道，湿润细软，小道上铺着许多条形的石块，上面都刻着字，祝福游客步步好运、步步高升；许多叫不来名字的野花和小草色彩斑斓，满目皆是；头顶的小鸟在树林间腾挪跳跃，婉转鸣叫，好像正在开着一场轻音乐会。沟中游人很多，或摆一小桌，畅饮啤酒；或铺一块布，围聚聊天；或系一秋千，荡来荡去；或吊一绳床，闭目小憩；或持水枪对喷嬉戏，或拿手机"搔首弄姿"，或立水边即兴吟哦……抬头望去，高空玻璃滑道漂流盘旋着横穿而过，据说这是华北地区最高、最长的高空漂流滑道！曲曲折折的滑道设计非常合理，遇到平缓处，小船减速漫游，可以纵览山中美景；而沟中的人，也能听见高空游客刺激的尖叫，甚至一览滑道上大胆游客被惊魂的窘态。这时候，这个沟里的人，也许都忘记了自己是谁，又来自哪里，大家尽情地喊叫，狂野地发泄，自如地潇洒，觉得人生的意义便在此了。

我跟大家一样，还沉浸在忘情忘我的林泉沟，赵新科主席和郝振河副局长就在坡顶上远远喊话了，招呼我们上车，继续往里走，去观看大型马战实景剧《汾阳王郭子仪》表演。

恋恋不舍地走出林泉沟，上了车，回头看，一幅天然美景还在眼前晃荡。随手翻看了一下景区宣传单，几行字让人入目惊喜：上林舍村，2015 年 8 月，被国家旅游局评为"中国乡村旅游模范村"；2018 年被吕梁市发改委评为"吕梁市乡村旅游景区"；2020 年 8 月被吕梁市农业农村局、吕梁市文化和旅游局评为"吕梁市休闲农业和乡村旅游示范点"；2019 年，通过"支部＋企业""支部＋景区建设"运营模式成立旅游公司；2020 年成功提质升级为国家 AAA 级旅游景区；2021 年 8 月，被省农业农村厅、省文化和旅游厅评为"山西省美丽休闲乡村""山西省农业旅游示范村"……目前，上林舍生态旅游景区从战略角度出发，为了使景区更具有市场竞争力，已经与峪道河镇向阳村签订了汾阳市向阳匣"三十里桃花洞景区"的战略合作协议，争取成为独具特色的乡村生态旅游景区，为村民和集体创造更高的经济效益，也为汾阳乃至吕梁的生态文明建设续写华章。

突然就想到南梁昭明太子萧统的一首五言诗："千金骤裈骑，万斤流水车。争游上林里，高盖逗春华。"太子喜爱山水，迷恋乡土，如果他知道汾阳有上林舍村，知道上林舍有林泉沟，知道林泉沟有大自然的沉静、粗犷、原始、豪放之美，我想，他也一定会有邂逅林泉沟的愿望和冲动。

吕梁掠影

宁志荣

2023 年 8 月下旬，参加"生态文明 美丽吕梁"文学采风活动，一路上感受吕梁市的生态之美、天空之蓝、河流之碧、山川之绿，吕梁市确实在经济发展中守护了一方净土，保持了"一泓清水入黄河"。一路上所闻所见，亲身经历，令人流连忘返。

上林舍

提起汾阳，就想到杜牧的诗歌《清明》，那是春雨纷纷、杨柳染绿的时节，诗人旅途劳顿，寻找一处歇息的酒家，牧童指一指远处的杏花村，给人留下难忘的印象。那是唐代的田园牧歌，带着汾酒的味道，弥漫了一千余年的岁月，陶醉了多少文人骚客。

上午，我们参观汾酒厂的污水治理，主体工艺为"A/O 法 + 过滤 + 消毒"，处理之后水质可以达到一级排放标准，每年为公司节约 200 万吨水。经过处理的污水用于绿化、人工湖补水和道路洒水，还可以输送至文峪河。随着污水处理厂的扩建，处理污水能力可以达到每日 14000 吨。看到汾酒厂整洁的道路，美丽的生态园林，充分体现了生态建设的巨大成就。

午后，我们前去上林舍生态旅游景区，景区位于汾阳市栗家庄乡上林舍村，交通方便，位置优越。走出市区不远，就看到广袤的田野，苗壮成长的玉米，在大地上随风飘摇的杨树林。车一直往前走，清凉的秋风徐徐吹来，驱散了多日的暑热。走了十余公里，突然看见一个路口，写着几个大字"上林舍"。拐进去，这里是国防教育基地，只见密密麻麻的树林中，建着一座座森林小屋，都是纯木结构，掩映在树林之中，十分清雅。跨过一个个台阶，越过清澈的小溪，我们在房间四周参观，这里负氧离子高，房屋别致。森林小屋旁边，则是一排长长的平房，每个房间标着醒目的大字，如"战狼""火箭""勇士"，等等，显然是为了方便学生进行国防教育设置的。平房旁边的空地上，有各种训练器材、军车模型、火箭模型，有助于孩子们认识各种武器，从小了解国防知识。

进入上舍林村，让人眼界大开，这里青山绿水，泉水清澈，林丰果茂，藤缠树绕。乡间小道上，沟里沟外，都是旅游的人群。人们熙熙攘攘，有的登上木桥，眺望青翠的高山；有的沿着深沟行走，探秘自然的奥秘；有的走近清澈的泉水，清洗旅途的疲惫；有的尝试林林总总的休闲项目，如高空玻璃漂流、丛林穿越、七彩旱滑、悬崖秋千、高空滑索、神州飞碟、速降、碰碰车、丛林真人 CS 等，给人生留下精彩的记忆。引人注目的是高空玻璃漂流，抬头仰望，只见深沟旁边十多米的高空上，凌空飞架长长的彩色玻璃隧道，盘旋回绕。胆大的人钻进里边，随着玻璃隧道的水流在空中漂移，快捷如电，掠过人们的头顶，有飞流直下三千尺的感觉。在空中漂流，既能体现游人的胆略，还可从空中俯瞰美丽的风景，真是又惊险、又刺激。

上林舍历史悠久，风景优美，临山傍水，林草丰茂，远在西汉时期，就被命名为皇家园林。悠久的历史，美丽的风景，孕育了美好的传说。唐代的中兴大将郭子仪在安史之乱时任朔方节度使，在河北打败史思明，收复长安和洛阳，平定了安史之乱，功绩卓著，对唐王朝有再造之功，唐代宗李豫称赞他"社稷之元勋，台陛之良辅"，被封为汾阳王。我们在上林舍观看了描写郭子仪戎马生涯的实景剧，战马奔腾，远山如黛，十分震撼。

上林舍是生态旅游建设的精品，是一首唱不完的大地之歌，散发着诱人的魅力，吸引着远方的人们去探秘、历险、游历，享受大自然赐予的美景，使人们更加珍爱生存的家园。

王营庄

我们来到吕梁市离石区，龙山、凤山、虎山三山对峙环抱，东川河、北川河、南川河三川挽手交汇，素有"三山抱石州，清水绕城流"的美称。战国时魏国名将吴起在此筑吴城镇扼守关隘，晋代刘渊在此起兵立国，"天下第一廉吏"于成龙在境内安国寺读书授业，历史文化薪火相传。

印象中的黄土高原千沟万壑，而离石区吴城镇王营庄文旅小镇的乡村振兴示范区，竟然有如此诗情画意的田园风光，东川河如一条玉带环绕童话般的村庄，阡陌纵横的田垄勾画着乡村的梦幻，盛开的花卉成为乡村的徽标，给这里镶上最美的图案。

我们坐上游览车，映入眼帘的是一片片稻田，在秋风的吹拂之下水稻迎风起伏，像海浪般有节奏地波动，稻穗送来一股诱人的清香，演奏着一曲动人的乐章。在干旱少水的北方，这里种植着将近 300 亩水稻，真是令人叹为观止。不由想起古代诗人徐玑描写水稻的诗歌："水满田畴稻叶齐，日光穿树晓烟低。黄莺也爱新凉好，飞过青山影里啼。"只见飞鸟在稻田上空盘旋，蝴蝶翩翩起舞，寻觅着盛开的稻花，而环绕着稻田有一条水渠，流水潺潺，浇灌着这大片稻田。这股水是从东川河引进来的，在建设稻田的同时，也同时对河道进行了有效治理，河岸上绿树成荫，芳草萋萋，蜻蜓纷飞，河畔也为人们徒步休闲提供了理想场所。

驻足田间地头，只见垄沟周围的水渠绕着田野，灌溉着一片又一片稻田，微风吹来，掀起粼粼的波纹。突然，我们发现稻田的水渠里，游鱼穿梭，游来游去，十分自在。仔细观察，稻田里一只只螃蟹爬行着，披着紫红色的盔甲，舞着一对"大刀"，在水稻中间晃来晃去，搅动了长长的稻叶，晶莹的露珠从上面滚落下来，映照着清晨七彩斑斓的阳光。不经意间，小龙虾爬出，泛起阵阵涟漪；一只青蛙瞪着突出的眼睛，嘴巴一张一翕，从稻田中忽的一个飞跃，跳出数尺远，一眨眼就不见了。我们正目不转睛地欣赏，随行的导游说，稻鱼综合种养是王营庄示范区的一大特色，稻田在种植水稻的同时，加入鱼、虾、蟹等淡水生物的养殖，通过混合种养的模式，降低水肥管理及病虫害防治成本，实现了一水多用和一田多产，走出一条农业转型和特优发展的新路径。放眼望去，绿油油的稻田里稻浪翻滚，水产丰富，展现了新农村的万千气象。

示范区种植丰富多彩，琳琅满目。往前走，有一大片杨树林，这里主打"亲子健康、亲子运动"主题，利用原有的杨树林为人们提供休闲娱乐区。白杨树挺拔伟岸，亭亭玉立，枝丫聚拢，笔直向上，高高地伸向了天空。还有一片花海，盛开着各种野花，令人眼花缭乱，目不暇接。

经过杨树林和花海，我们来到高科技花卉培育基地。进入花卉大棚，闯入一个花的世界，花的王国。一盆盆鲜花迎面而至，优雅淡蓝的蝴蝶兰，向人们扑闪着翅膀；喜洋洋的红掌，伸着娇嫩的手掌欢迎；喜洋洋的仙客来，在向每个人招手；粉红色的月季，好像娇羞万状的少女；长着菱形叶子的发财树，树冠如同撑开的雨伞，护卫着花农的致富梦。徜徉在硕大无比的花棚中，我们还欣赏到墨兰、龙须树、变叶木、金鱼吊兰等数十种花卉，百花盛开，万紫千红，含苞怒放，争奇斗艳，飘来一阵阵芳香，令人心醉神迷。听导游说，这些花卉十分受欢迎，已经为当地农民增加了收入，产生了经济效益。

离开王营庄示范区，我们来到王营庄村，漫步在古色古香的乡村街道，欣赏着一座座富有特色的民居，小桥流水，乡情乡愁，民俗民风，木雕木刻，石板台阶，石磨石碾，真是不胜枚举，目不暇接。这里有特色美食、乡村e镇、气膜滑冰场、鱼稻共生、无动力乐园、青少年科创研学基地，等等，可谓集特色餐饮、文化展示、观光旅游、科创体验、产业研学、农产品产销、高效农业示范于一体的农文旅融合体。王营庄文旅小镇既有田园风光，也有乡村情结，更洋溢着新农村的风采，真正走出了一条乡村生态文旅的新路径。

大东沟

吕梁山下的离石区，闻名遐迩，是心中向往的地方。听说遥远的洪荒时代，女娲补天遗落了五彩石，落在这片神奇的土地上，因而称作"离石"。当年，大禹治水从雄踞离石的骨脊山出发，魏国名将吴起筑吴城镇扼守关隘，晋代刘渊起兵立国，"天下第一廉吏"于成龙在此读书授业。离石区信义镇千年村的大东沟生态景区，有什么吸引人的奇异风景呢？车离开都市越来越远，静谧的山谷中听见飞鸟的鸣啼，旁边是连绵不断的山脉，眼前的世界如此幽静雅致，像躲在深闺良久的世外桃源。

车越过一个陡坡，又跨过一条沟，终于到达大东沟。甫一下车，就被眼前的风景震撼，抬头仰望，骨脊山起伏蜿蜒，像一道屏障矗立在天地之中，云朵驰骋在广袤的头顶，它不断地涌动，变幻着形状，像被神奇的力量施用了魔法，映衬在蓝天之下，盛开着无数洁白无瑕的花卉。在硕大无比的山坡之下，绿茵茵的草坪如此鲜嫩，仿佛能够滴出浓浓的汁液，甘甜的空气从四面八方袭来，沁人心脾，仿佛整个五脏六腑都被净化了，片刻之间灵魂得到升华，俗世的杂念消失得无影无踪。

大东沟地处吕梁山主峰骨脊山脚下，关帝山森林片区、千年林场一带。此刻，尤为亮眼的是碧绿的草坪之上，令人啧啧不已的 6 个露营区。只见星星点点的帐篷，与白云遥相呼应，像极了一幅浓墨重彩的油画，安静地放置在绿色绥带环绕的镜框之中，令人啧啧称赞。有的群体在这里搞团建，接受自然的熏陶；有的学生搞研学，传承文明的根脉；还有旅游的人们，成群结队，在草坪上嬉戏玩耍，享受拥抱自然的恩赐。我们兴奋地走上草坪，又是拍照，又是呼喊，欣赏着草地上奇形怪状的石头，有的横卧，有的矗立，有的歪斜，有的突兀，好像一幅幅拼图，拼接出美丽的图案。芳草萋萋，花卉盛开，紫色的格桑花、婷婷的狼尾草、金灿灿的日光菊，在大地上盛开，在微醺的夏风中散发着诱人的芳香。

我们徜徉在山坡之上，被林间的秘密所吸引，不由自主地向丛林深处探秘。这时，耳边传来浪涛般的声音，原来是漫山遍野的松树随风摇曳。山坡上的油松、柏树等，经过一场夏雨的洗礼之后充满湿润，散发着草木的味道，无边无际，遮天蔽日。森林旁边，在山坡上散落着一个个方形的、圆形的、菱形的露营平台，五颜六色的帐篷，配备着天幕、桌椅、帐篷等，那是供游人聚会、谈话、游乐的佳地。或者一家人、或者三五好友在密林深处，把这里作为人生的驿站，高兴地娱乐，欢欣地交流，窃窃私语，有说不完的话，享受着美好时光。四周是松涛，婉转不已的鸟鸣，伸手可摘的云朵，身处这种旖旎的环境，怎能不让人生出"偷得浮生半日闲，小杯浅酌思华年"的无尽遐想？

在森林之中，沿着 7000 米长的原生态步道，踏着精心铺设的青石台阶，盘桓于忽上忽下的林间，仿佛一条蜿蜒无尽的巨龙，引领我们在密林深处逶迤而行。恰恰是雨后，林地上、石头上铺满了绿茸茸的青苔，那样鲜嫩，那样可爱。走过一面山坡，登上一个高地，突然有一座木桥横亘飞架山涧，耳边是空谷鸟声，眼前是潺潺流水，构成了一幅美丽的深山风光。站在木桥之上，只见清澈的溪水上，一位美丽的女老师领着学生戏水，男孩端着水枪肆意射击，女孩穿着彩裙在溪间跳跃，多么无忧无虑的年龄。

走着走着，只见成千上万株大树树干笔直，枝繁叶茂，摆列整齐，自然形成一个下宽上窄的树塔。同行的郑石萍女士告诉我，这就是"千树塔"，当年大禹治水在此作为宿营地。那时黄河泛滥，淹没了庄稼，淹没了村庄，人民苦不堪言。大禹带领部下跋山涉水，来到骨脊山，开始了艰苦卓绝的第一步。他和部下一起劳动，吃在工地，睡在工地，十分艰苦。大禹想解决部下的住宿，于是带领几个随从穿过密林，考察地形，经过三天两夜马不停蹄的奔波，终于找到了一片开阔地带，这里依山傍水，树木挺拔，郁郁葱葱。大禹喜出望外，手臂一挥说这里就叫"千树塔"吧！不日，大禹的部下在千树塔搭起了数顶帐篷，民工们有序入住，困扰多日的问题终于解决了，大家兴高采烈，干劲更足了。大禹得民心、顺天意，治水大业如日中天。

从桥上走过，拾级而上，仰头而望，只见山峰林立，悬崖峭壁，高耸入云，奇崛突兀。不由想起陈毅1942年去延安开会，途经骨脊山写下的诗：

过吕梁山

林壑深幽胜太行，
收罗眼底不辞忙。
雪海冰山行不得，
飞岩绝壁路偏长。

骨脊山下的大东沟，在吕梁人的精心打造下，成为风景秀丽、沁人心脾的天然氧吧，不愧为"华北第一露营地"，具有"潜力在山、优势在林、特色在水"的独特魅力。我们相信在不远的将来，大东沟生态景区规划的树屋酒店、餐饮民宿、轻奢露营、太空舱民宿、云上西华民宿等项目建设，开发的康养、研学、单位团建，以及举办的野外写生、森林音乐、茶艺民乐等露营文化节系列活动，将会绽放更加夺目的光彩，成为生态旅游胜地。

宋家沟

从兴县县城出发,前往宋家沟。蔚汾河清澈如镜,潺潺流淌,一路奔向黄河。吕梁的生态治理之好,印证了"一泓清水入黄河"的宏伟规划,这与吕梁人民治理荒山荒沟,植树造林,防止水土流失的壮举是分不开的,被誉为"植树大王"的高华处就是人们心中的楷模。

不久,秋雨纷纷,不绝如缕,淋湿了我们的情愫,给吕梁大地增添了诗意的朦胧,仿佛含羞的少女戴着一层层薄薄的面纱,更增加了神秘之感。伫立宋家沟的高处,山沟山梁,田畴碧绿,满目苍翠,林木茂盛,郁郁葱葱,一望无际。印象中的山沟大多是黄土裸露,沟壑纵横,水土流失,而宋家沟却是漫山遍野的绿色,像绿色的洪流向我们涌来,完全颠覆了我们对黄土高坡的印象。

淅淅沥沥的秋雨中,我们在村口见到高华处。他年逾古稀,身材中等,精神矍铄,热情地与我们打招呼。因为下着雨,不便到沟里参观,我们来到他家里。他家陈设简单,陈旧的沙发,普通的茶几,墙上挂着植树造林的照片和各种奖状,记述了艰苦创业的岁月。我们围绕在他的身旁,一幕幕植树的故事展现在面前。

大约 20 年前,他 50 岁出头,担任兴县林业局副局长,面临着超龄离岗的抉择。他本来可以住在县城,与老婆孩子享受城里生活的快乐和安逸。可是,他太爱植树了,面对家乡的荒山荒沟辗转反侧,夜不能寐。他出身于农村,是从生产队队长到村党支部书记,一步步走上领导岗位的。他对土地具有深厚的感情,面对荒芜的土地、水土流失的现状,十分焦虑。他有一个梦想,就是给荒山荒沟披上绿装,变成米粮川,与梦想比起来,过多的享受安逸简直是一种惩罚。经过思考,他毅然做出一个大胆的决定,于 2001 年承包了蔡家崖乡碾子村,高家村镇宋家山村、冯家山村等三村的宋家沟流域四荒地 4800 亩,承包期为 50 年。他的老伴听说后坚决不同意,甚至不和他说话,可是高华处认定的事情九头牛都拉不回来,他毅然决然奔向宋家沟,实施自己的造林计划。

俗话说，开弓没有回头箭，一个人承包数千亩荒地谈何容易？对于一个乡村的壮劳力来说，一年种几十亩地也非常艰难。宋家沟离县城十几公里，来回不方便，他索性在宋家沟支起一顶帐篷，做了简易的小火炉，安营扎寨，吃住在这里，打持久战。宋家沟位于三个村庄交界之处，可谓是三不管的地方，乱石滚滚，黄土裸露，买菜、饮水都不方便，晚上更是寂寞，不时传来野鸟的长唳，更增添了几分恐惧。可是，高华处全然不顾，说服家人一起植树造林，治理荒沟。修路筑坝，打井通电，修整荒地，购买苗木，样样都需要钱，高华处花光了积蓄，又向儿女求助，找朋友借款，到银行贷款。他欠下 10 多万外债，把儿子准备结婚用的彩礼挪用，甚至变卖了城里的房屋。本来轻松自在的日子，到了四处求助借款欠款的地步。在最艰难的时刻，高华处困难重重，举步维艰，面容憔悴，十分焦虑，可是他不忘初心，坚如磐石，愚公移山，始终如一，一干就是 20 年。

皇天不负有心人，经过 20 余年的艰苦奋斗，高华处终于取得了辉煌的成就，他承包的荒山荒沟已全面绿化，累计完成造林 6000 余亩，栽核桃 1 万株，四旁植树 1 万株，培育红枣树 1 万株，培育优质苗木 150 亩，油松侧柏 100 万苗，同时，还建成了黄河九曲体验区、晋绥文化生态碑林、农家小院，等等。从前沟壑纵横荒无人烟的宋家沟，如今风景秀丽，瓜果飘香，成为吕梁山小流域治理的典范，参观者和游客络绎不绝。高华处荣获"山西省林业建设先进工作者""山西省老有所为模范""山西省绿色生态大户"等荣誉称号。

土豆花

我们一行从兴县来到岚县。

一场秋雨过后，蓝天白云，远山如黛，我们来到一望无际的土豆地，欣赏美丽的土豆花。我们在田野上近距离地赏花、漫步、赋怀，感受着岚县人民的热情好客，充分享受着土豆花的视觉盛宴，陶醉在心旷神怡的田园生活中。

人们赞美的往往是春之桃花，夏之荷花，秋之菊花，冬之蜡梅，或娇艳如霞，或品格高洁，或沁人心脾，或傲霜迎雪，可以说各擅其美，各有所长。百花丛中也许没有土豆花的位置，可是，它的美丽、芬芳、繁盛，更令人怦然心动，念念不忘。

土豆花，在群芳谱里，谁曾为你吟诗赋词？在悠悠岁月里，谁曾注意过你？在中国最美的生态自然旅游胜地——岚县，每年的八九月份，在一望无垠的田野上，满畦绿色，生机盎然，盛开着最美丽的土豆花，征服了我们的心灵。

青山绿水白云飞，处处盛开土豆花。只见广袤的田野上，土豆花漫山遍野，一望无际，层层叠叠，伸向远方，与群山起伏，与白云相连。目光所及之处，是诱人的绿色，迷人的花朵。田野、远山、大地，构成了最美的山水画，展现了北国最美的乡村风景。土豆花的海洋，抒写了岚县人的豪情壮志；田野上的稻草人，吸引着人们的目光。我们啧啧赞赏，流连忘返，在阡陌间走来走去，在花丛中徘徊不已，陶醉于土豆花中。

美丽的土豆花，有白色、粉色、紫色等，缀满花枝，婀娜多姿，争奇斗艳，竞相媲美，让人目不暇接。在土豆花海上，蜜蜂飞舞，蝴蝶、蜻蜓翩翩起舞，鸟儿啁啾鸣叫，好一派壮丽的风光。当云朵从头上飘过，带来一阵秋风，庄稼轻声作响，土豆花就好像无数个精灵，一起合唱，那是秋天的象征，那是盎然的生机，那是成长的脉动。此时，只见花海荡漾起伏，花朵左右摇曳，挤挤挨挨，发出美妙的声音，你才恍然感到，土豆花也是有心事的啊，那么动情，那么含蓄，浅吟低唱，不绝于耳。伫立原野，乡情乡愁，萦绕心头，花难道不是解语人吗？我明白，这美妙的合唱，要从春天延伸到秋天，从豆苗青青一直到大地变成金黄色，那时田野上充盈着丰收的喜悦。这是田园的歌声，是劳动的歌声，也是乡村最动人的合唱，年年月月，日复一日，恒久地回荡在大地之上。

土豆花不像别的花那么娇嫩、那么娇贵，挑三拣四，需要长在花园里，时时得到园丁精心护养。它长在辽阔的旷野上，不管在田间地头，还是在高原丘陵，都是它生长的地方。它开花时，不要人呵护，不要人等待，一旦到了夏末初秋，在百花大都飘零之际，它就不管不顾地、不声不响地盛开，抬头望去，一枝枝、一丛丛、一片片，如花海、如花山、如花的世界，漫山遍野，一望无际，伸向远方，分布在广阔的天地间。秋天，伫立大地，满世界都是绿色，都是争奇斗艳的土豆花，你顿时惊喜、感叹、赋怀，情不自禁地赞美道，啊，土豆花，大地上最美丽的花，最繁盛的花。尤其是在秋雨纷纷、四望迷蒙的时刻，漫步田野阡陌之间，沉浸在花海之中，更添了几分诗情画意，令人心旷神怡。

盛开的土豆花，氤氲在绿色的田野上，承载岚县人民的殷切希望。欣赏着土豆花，不由得想起这块土地上勤劳的人们，春种秋收，付出了怎样的辛劳！播种时节，人们选种育苗，耕耘土地，挥汗如雨，在鳞次栉比的田野上种下土豆，那是庄稼人的期盼，是希望之花。眺望无边无际的土豆花，不由得让人发出赞叹，庄稼人才是大地上最美的画师。当工业化时代冲击着古老的乡村，庄稼人依然执着地坚守着土地，成为土地的最美守护者。他们脸朝黄土背朝天，把我们的家园建设得更加美丽。等到了收获季节，那是一幅幅多么动人的田园劳作图，田间地头，山上山下，到处是忙碌的庄稼人，开着农机，挥舞着镰头，收获土豆。那一刻不停的劳动场面，田野上四处堆积的土豆，多么感人。尤其是夕阳西下，晚霞满天，给大地披上一层层轻纱，如黛的远山，幸福的时光，劳动的人们，忙碌的身影，盛满土豆的麻袋，构成了秋天特别动人的景象，好一派田园风光。

伫立在绿色的大地上，欣赏争奇斗艳的土豆花，禁不住心神荡漾。如今的农村，已经不是印象中的土窑洞了，庄稼人发挥聪明才智，勤劳致富，正在奔向小康生活。青山绿水，古朴民居，粉墙黛瓦，民俗风情，构成了岚县乡村的主色调。烂漫的土豆花，它美丽，并不娇贵脆弱，开得那么艳丽、那么自信；它高洁，却不需要特别庇护，具有顽强的生命力，不怕风吹雨打，在风雨中郁郁葱葱，更加茁壮成长；它芬芳，却不徒有其表，结出的果实，养育着黄土地上的一代代人们。

有人道：婺源油菜花，岚县土豆花。相比婺源的油菜花，岚县的土豆花更让我心动。初秋之际，岚县的土豆花盛开如波浪起伏的海洋，如繁星密布的天河，浩浩荡荡，无边无际，绵延无尽，弥漫着清新的芬芳，点燃了致富的希望，引领人们走向更加美好的明天。土豆花盛开的地方，风景最美，生态最好。站在岚县的大地上，蓝天白云，青山绿水，饮马池畔，高山草甸，四周都是摇曳多姿的土豆花，轻风拂动，花香阵阵，扑面而来，心醉神迷。

　　岚县土豆花，绿色海洋之花，大地希望之花，美丽生态之花，百姓小康之花；岚县土豆花，花的海洋，花的世界，花的王国，色彩纷呈，无比壮观；岚县土豆花，是吕梁山最美丽的花，岚县是镶嵌在晋西北大地的一颗生态明珠。

　　风物更宜放眼量。到吕梁采风的短短几天，最大的感觉是铺天盖地的绿色，最大的感受是生态建设的成就，最难以忘怀的是敢教日月换新天的吕梁人。展望未来，在新时代的伟大征程中，吕梁的明天将会更加美丽。

擦亮英雄名片

徐建宏

　　20 世纪的 1993 年，作为省委第六批农村工作队队员，我来到临县，开始了为期一年的扶贫工作。当时的扶贫，不像后来的脱贫攻坚，节奏比较慢，一个人住在村子里，其他人回到省城，负责跑项目跑资金，驻村的队员有时一住就是一个月。在这些日子里，住在老乡家，轮流吃派饭，闲暇时到处转转，体验一下吕梁农村的生活习俗，也很有意思。其余的时间，则可以读书写作，干点自己喜欢的事情。

　　我们住在万安里乡上西坡村，湫水河畔一个不小的村庄。通过调研，我们确定本队的主要任务是修一座湫水大桥，以打通村子和国道之间的阻隔。后来，资金如期到位，修桥工程迅速展开；但直到我们离开村子，桥还没有建成。为了记载此事，受队长委托，我还写了一篇《建桥碑记》，交给了村里的负责人。后来若干次，每到一次吕梁，路经临县，我总要探出头去看一下那座大桥，虽然没有想象中的宏伟壮观，但是也足以起到通达内外的作用了。

　　那些年月，我眼中和印象中的吕梁，只能和贫穷、落后以及民不聊生等字眼连在一起。只要走进村子里，脏乱差是第一观感；在计划生育的年代，村民们家家都有超生的孩子，多的甚至有五六胎，而赖以生存的资源极其有限，很多人都在县城和大城市打工，租住着窄小的房屋，挣着微薄的工资，留在家里的只有老弱妇孺。数据显示，吕梁的财政收入，很长时期一直都在省里垫底。去到它的任何一个县市，目力所及，尽显疮痍；尤其是产煤的地方，比如孝义，一踏入境内，满目硝烟，空气中充斥的硫黄味呛得人喘不过气来。种种感觉汇集一起，使我觉得吕梁就是全省最贫困最落后的地方。那句歌词中唱的"左手一指太行山，右手一指是吕梁"，难道只是对山河的描述，与现实生活无关？

后来,近十多年,我又若干次来到吕梁,有时是采访,有时是办事或者寻友,不停地切换时空,从城市到乡村,从沟壑纵横的黄土梁到日渐清冽的黄河边,从白昼到夜晚,耳濡目染,吕梁在发生着深刻的变化,一草一木,一沟一渠,乡村生态、人文素养、城市面目,再不是旧时的样子。尤其是随着“一泓清水入黄河”战略的规划和实践,吕梁的面貌在许多人的见证下发生了巨大变化。与此同时,记忆中储藏的这片土地之所以被命名为“英雄”的诸多元素,也在不停地回旋激荡,起伏绵延。

在吕梁宾馆的迎宾主墙面上,“汾酒故乡,英雄吕梁”八个字分外引人注目。这是我见过的全省各地自我宣传定位最好的广告语,除了大同市的“美美与共,天下大同”来自经典外,吕梁的这句宣传语契合历史和现实,准确地概括了这一地区的基本内涵,而且朗朗上口,使人过目不忘。

“汾酒故乡”自不必说,杏花村汾酒,白酒祖廷,清香鼻祖,“杏花一枝,百代清香;青竹一竿,倒影千年;牧笛一曲,亘古悠扬”。文以酒成而酒以文传,千古传颂文脉久远。“汾老大”的市值在现实中虽然敌不过其他一些白酒小兄弟,但其清香的本质却是山西人的最爱,逢酒必喝,喝酒必汾,骨子里浸润的是完全的晋地古风。

而“英雄吕梁”的命名无疑来源于20世纪马烽、西戎的《吕梁英雄传》。这部传世之作以吕梁儿女在抗战中表现出来的英雄气概,完美地诠释了不畏艰难、敢于斗争的吕梁精神。其实,有关“英雄”,从来不是单一的形象概述,而是多种维度多种表现形式的人物。杰出的帝王将相是英雄,廉吏能臣是英雄,隐身于草莽之中为人间维护正义和秩序的草根也是英雄。从一代雄主女皇武则天,到名将郭子仪、狄青,到天下第一廉吏于成龙、净臣名相孙嘉淦,再到革命先烈贺昌、刘胡兰,中国第六代导演贾樟柯,以及千千万万战斗在吕梁山脉的无名英雄,他们都是这一方天地孕育出的杰出人物,值得我们永远铭记和瞻望。

于是,怀着对这些耳熟能详的名字的深深敬意,我们踏上了这片蕴藉丰富的当代沃土。数日的观感,映入眼帘和脑海呼之即出挥之不去的众多生态,印证了“一泓清水入黄河”的真实内涵。

首先是在汾阳,看着视频中对污染河流的行为进行适时监督和追查的画面，讲解员介绍着各种环保数据的历年变化，如同身临其境见识了网格化环境监管的力度。转身来到上林舍村，感受着集乡村旅游、生态观光、休闲度假、户外运动、拓展研学等为一体的综合生态区的浓郁气息，耳畔回响着林泉沟泉水冲泻而激起的巨大轰鸣，一行人如同行走在南国的天然氧吧，久违而亲切，沉浸并感动。

黄河的水已经清澈了好多年了，古人说的"黄河尚有澄清日"的偶然寄寓，如今已成为常态。采风的数日中，天一直下着雨，时大时小，于是在临县碛口见到的黄河水，便稍有些浑黄，本地人说，那是有些地方的雨太大，山里面的洪水涌入了黄河；而隔了一天，我们在兴县境内的一座桥上看到，黄河的支流蔚汾河涌着清绿的微波汇入了黄河。目睹这样的场景，我才真正明白了"一泓清水入黄河"的内涵：全域治理，不留死角，才能让整片土地成为可持续发展的沃土。

感受着这样的清澈，我们被带到了离石区王营庄，在几百亩流转来的稻田里，我第一次见到了虾蟹共养一田的奇观。县里某局的蹲点领导介绍，稻田综合种养效益巨大，有了这一项创收，可以带动其他项目的融合发展，比如种植花卉打造"花海"，开发内容丰富的乡村项目带动研学旅游。这个村子的每一处景观，都是既高端又细腻，蕴含着深远的前景。低头细看田间地头的连接处，竟是纤尘不染，干净整洁得如同进入展厅。而在离石区的大东沟，满目的原始森林里，一座座野营帐篷和茶吧设置，令人仿佛置身于世外桃源。据说，这样的户外项目，大都是通过网络预订销售，既高效又便捷，年轻人有的一待就是一整天。

生态的打造和改观，涉及方方面面，每一个项目，每一个细节。而在采风的日子里，每到一处，每次参观的项目，都是令人振奋的大文章、大手笔。

在山西省面积最大的县兴县，中巴车在蔡家崖乡一路冒雨深入，一直来到碾子村的宋家沟。这是一处被森林覆盖、风景秀丽、面积不小的生态园。资料显示，若干年前，这里是一条没有任何植被的乱石沟，曾经是晋绥军区后勤部旧址，贺龙将军曾在这里住过。20多年前，退休干部高华处承包了这条荒沟，开始种树造林，他带领全家人吃住在沟里，久久为功，一直把树种到10万余株，面积达到6000余亩。如今，面对这一方世外桃源森林氧吧，老高微笑着说，他一开始并没有别的想法，只是喜欢种树，种活一棵树，他就高兴好几天。偌大的功绩被老人轻描淡写地说出来，令我们这些见识者感动得久久无语，有的人甚至掉下了眼泪。

在被称为"吕梁高台"的岚县，我们又见证了两处奇迹：一处是太钢集团岚县矿业有限公司的废渣综合治理工程，浩大恢宏的场景和画面操控演示，震撼人心；另一处是岚县的名片土豆花海。

在雨彻底停下来的最后一个下午，我们徜徉在这片面积十余平方公里的土豆花风景区，任由思绪在微风中飘荡。把最普通的农作物土豆打造成无人不知的知名品牌，只有岚县人做到了。此时我不禁想起自己十余年前写的一篇《岚县赋》中的句子："禹贡冀州戎地，亘古吕梁高台。春秋建邑汾阳，北魏置郡秀容。天地参差，措山水之形胜，曰天上云间；胡汉融合，蕴百代之精魂，实人文厚土。""历数古岚，锦绣无比。八百里吕梁，唯此一处平阔。襟山带河，风脉独具。""天然作物马铃薯，三晋种植第一县；剪纸面塑八音会，民俗文化领风骚。"如今见到了土豆花海，我终于确信，岚县"领风骚"的时代来了！

亘古吕梁，英雄辈出。英雄的土地需要英雄的内涵来支撑，而被称为"英雄的土地"的名片，则需要用绿水青山来点缀和擦亮。今天，它已经被擦亮了。

汾水流香

悦　芳

秋风吹起的时候，采风团从并州出发，顺着汾水一路南下，抵达汾阳。

汾水，便是今天的汾河，黄河的第二大支流。

汾阳，因在汾水之阳而得名。

有故事片《汾水长流》主题歌唱道："汾河流水哗啦啦……你看那滚滚长流日夜向前无牵挂。"

汾河无牵无挂滚滚向前，而生活在汾河河畔的人们却难忘养育情深，总想刨根究底，追问这段鱼水情缘发端何处。

其最早文字记载见于《山海经》："管涔之山，汾水出焉。"它从宁武管涔山麓涌出，一路欢腾着身姿，跃过田野，蹚过沟壑，或蜿蜒旖旎，或安宁平静，或低吟浅唱，独自由北向南流去。全长 713 公里，流域面积 39721 平方公里，在万荣县荣河镇庙前村汇入黄河。

一条与生态有关的河流在三晋大地上作着诗意般的长篇叙事。

汾阳之水

人，依水而生。

水与人的关系构成的水文化是人类文化的重要组成部分。

故事是从水开始的。从部分史料来看，大禹治水大显神威的地方，就是山西的汾河水域。因其水势，而利其导之，使汾河之水通畅于黄河。汾河也是自此开始成为山西人民的"母亲河"。正是在大禹的治理之后，才"烝民乃粒，万邦作乂"，"民"与"水"才开始和谐共生。它从远古就以深切的母爱滋养丰润了两岸，养育了两岸的村庄，养育了城市，孕育了乡村与城市文明。

汾河是山西人民的母亲河，而禹门河则是汾阳人民的母亲河。

禹门河，又名禹导河，"其水会上林舍、安家庄、张家堡诸泉，从河口出"。

随采风团来到汾阳市栗家庄乡上林舍生态旅游度假区。走进悠悠山谷，清凉之风扑面而来，城市的喧嚣和燥热顷刻间化为乌有。景区内有一条蜿蜒近3000米的上林舍泉，泉眼在景区北部，泉水穿村而过，常年淙淙流淌，清澈见底。根据汾阳市环境监测站监测结果显示，景区水质达到国家地表水Ⅱ类标准，接近饮用水等级。泉水自然冲刷形成的曲折河道，与天然森林植被、周边山脉浑然天成。这里远离城市喧嚣，树木繁茂，就像是一个大氧吧，一吐一纳之间都是清新的空气；弱酸碱性的山地矿泉水里更是富含多种人体所需的矿物质，清凉干净的泉水，让人忍不住下水嬉戏一番。

七彩悬空木屋藏在绿林当中，每一栋就是一间房，拥有私密空间，每一间都向阳而建，自带露台，静谧的青石板小路，潺潺溪水穿流而过，绿意盎然的田园景致，推开窗就是满满的自然风光。这里的水清澈，可以看得清躺在溪水中的片片落叶；这里的水凉爽，掬起一捧溪水顷刻间浑身通透；这里的水灵秀，孩子们架起小水枪，笑声飘荡在山林之间……

"我喜欢这里的山、这里的水。以前，经常来这里游玩。在汾阳地区，能有这一方净土，给当地的百姓带来舒适的休闲好去处，真的很幸福。"作为汾阳市上林舍生态旅游开发有限公司董事长，王维东对这里的一草一木都充满了感情。

王维东告诉我们："高空玻璃滑道漂流目前是华北地区最高、最长的高空漂流滑道，在滑道还没有建起来的时候，上林舍每天的游客接待量达到2000人左右，现在每天的接待量达到了三四千人。戏水、划船、漂流、丛林穿越，这里成为游客亲近大自然的好去处。"

这里群山环抱，青峦错落，绿树葱茏。

这里亭台楼阁，茂林修竹，清泉古寺。

"仰视岚光千峰爽气映楼台，俯临涧水万顷溪云连碧落。"安静时的上林舍，主色调被丛林的绿和天空的蓝占据，间或点缀一些枯枝和若隐若现的景观，宛如一幅遗世的画作，仿佛随时都能发现仙人出没的踪迹。

在这里，我们可以暂时放下眼前的苟且，忘却尘世的喧嚣，聆听内心深处的声音。在这里，我们可以深深躺进大自然的怀抱，听溪水潺潺，鸟声清脆，山风参差并奏，闻野花芬芳，丛林静谧，每个毛孔都在呐喊着自由。

山川花海，天地与爱。这一刻只做你自己。

汾阳上林舍，一个充满生机与活力的生态天堂。这片土地拥有着丰富的自然资源和人文景观，成为人们亲近自然、感受生态魅力的理想之地。

从奇峰险峻中迸出的一缕清泉，绵延流转千里，沙石洗礼寒气，岁月沉淀温情，最终在黄土地上润泽滋养出一片天府泽国。

汾阳之酒

汾酒以汾命名，水是酒之魂。

"水味不同，酒力亦因之各判"，酿酒的关键在于水源。汾酒如何从一滴水蜕变为一滴酒？杏花村美酒飘香 6000 年，背后又有哪些辉煌过往？

"汾河多姿，在情长，在水远。"

酒水同源，要品汾酒清香，还得看汾水绵长。

地图上看，山西像一片叶子。汾河作为主脉，携着众支流浩荡流淌全省近 2/3 的长度。在主脉千年的滋润哺育下，苍郁的森林为水质的循环自净提供了绝佳的器皿，湖泊的滋养酝酿河水的清甜，发源于高山的汾河水，经过森林湖泊的重重过滤净化，清甜的水体成了酿酒的最佳选择。

汾阳杏花村的酒好，是因为这里的水好。

杏花村因坐落在山西著名的郭庄泉岩溶水保护区内，地底下有着非常丰富的岩溶水资源，它们深藏地下 800 米深处，同时因为长期沉淀，水中富含大量对人体健康有益的矿物质。按照世界卫生组织公布的"国际好水"标准，杏花村的水是"最高层级"的水，也是"最纯净"的水，是酿造好酒的绝佳用水。

杏花村倚靠吕梁山脉一处臂弯，充沛的降雨锁住了空气的湿润，清爽湿润的气候让这里成为微生物繁衍的温床，酿酒发酵所需的菌种来源于此。

杏花村的地方土质主要为离石黄土，这些土壤都属于碳酸盐型土壤，土层较厚，其内含有人体必需的微量元素，铜、镉、镍、锰、氟等均高于全国平均值。除了微量元素丰富，杏花村土壤内微生物的种类也呈现出多样性特点。由于土壤表层有机质含量高，平均含量达 1.9%。汾河流经于此，水土相溶，成为益于酿酒的优质矿泉水。

清代诗人、书法家、医学家傅山认为杏花村泉水得天独厚，曾为杏花村汾酒的申明亭古井亲笔题词"得造花香"，意为仰仗于此可以酿制出富含花瓣清香的美酒。

这里的地下水源同样不凡，清末举人申季壮曾撰文赞叹"河东桑落不足比其甘馨，禄裕梨春不足方其清冽"，其西侧吕梁山脉即有一座水量丰沛的岩溶地下水库，水库涵养酝酿出富含矿物质的山泉水，不仅适合酿酒，本身也对人体大有裨益。

汾酒所处的汾阳属于汾河流域，因为水的关系，所以离开了杏花村是酿不出汾酒的。

复旦大学历史地理研究中心教授、博士生导师安介生是山西人，曾多年从事山西历史地理问题的研究。在他看来，汾酒的培育与养成，乃至成为世界级名酒，与其周边地域环境有着最直接的关联，其周边环境（特别是水环境）是汾酒培育与养成的"母体"，因而，认知与保护汾河流域水环境与景观生态，对研究汾酒的历史演变，发掘汾酒文化的精髓，有着非常重要的价值。汾酒酿造工艺"十大秘诀"，前两条即是"人必得其精，水必得其甘"，水对汾酒的重要性可见一斑。

金末元初，诗人元好问在参加科举考试的途中，路过汾河边，于是席地而坐，把盏抒情。酒酣后，感慨"天也妒，未信与，莺儿燕子俱黄土。千秋万古，为留待骚人，狂歌痛饮，来访雁丘处"。汾水汤汤，引发诗人幽思愁肠，于是元好问将酒当成河水，又将河水当成酒，恨不得千秋万世狂歌痛饮，直至汾水干涸。

也唯有绵长悠远的汾河，才能承载起文人的狂放与忧愁。

丰富的生态圈、俊秀的山水、晋地的灵秀在汾河中流上演了一场浪漫的相遇，也成就了汾酒的清香传奇。

汾河与汾酒，或许自古以来就是相互依存的。

汾酒之血，是用汾水的"山石精神"浇灌铸就而成。

汾阳之智

几千年来，先民们与河共生，享河之便，习以为常。直到有一天发现，原本清澈的河流居然变得污浊，散发出让人不舒坦的味道。正如汾阳市环保部门让我们观看的视频短片中那样：企业工厂向河流排污，居民把死牲畜扔进河流，生活垃圾、建筑垃圾随意倾倒，还有农业过度使用化肥以及大气污染通过降水流入河道都导致了河流污染。

河污了，根在人，药也在人。

古人治河，以疏以畅；今人治河，去污去浊。

因此，治污、防污成了汾阳下手最狠、脚步最快的生态治理工作。

在汾阳市智慧环保数字中心，我们了解到，智慧环保的整套网络平台对全市各个点位进行实时监控、参数分析，对水环境质量进行精细化管理和科学化决策，实现环保工作的全面感知、动态检测、科学预测和靶向治理。

"我们这套系统是全自动的，通过水泵把外面河道水抽出来之后，通过预处理之后沉淀，然后进行检测，4个小时一次，数据直接通过控制单元传到我们的智慧平台，智慧平台第一时间发现指标超标以后会发出预警，发出预警以后，我们会第一时间对河里的污染物进行处理，进行手工监测、排查、溯源，找到具体是哪一块的污染物排进来了，进行核查。比如刚刚在三汇河水质监测自动站检测到的数据就会及时传输到我身后的这个'智慧大脑'。这个'智慧大脑'管控着汾阳市6条河流、210个视频点位的实时数据，一旦发现异常情况，'大脑'就会自动报警，并及时通知到一线巡检人员，确保第一时间进行现场处置。像这样的全自动监测站汾阳有4个，它也是汾阳市水污染监测治理的'杀手锏'……"接着环保部门的讲解员为我们详细地介绍了一些数据流程。

有了这套智慧系统，汾阳市环保一线巡检人员对全市各条河流、各个排污口的监控也更加高效精准，不仅实现了环境执法从过去的"拉网式"排查到"点穴式"监察、"靶向性"治理的改变，更探索出大数据与环保治理深度融合的新模式。自从智慧环保系统运行以来，汾阳市生态环境质量有了显著提升。去年汾阳市生态环境保护发生历史性、转折性、全局性变化，水环境质量实现三连升，从劣 V 类达到 Ⅲ 类。

同时，他们认真梳理水污染治理存在的短板，以科技为支撑，依托物联网、云计算，在全省率先构建起覆盖全市的"空天地一体化"环境感知监测监控网络，把地表水环境监测和工程治理作为保障"一泓清水入黄河"的关键之举，全方位、一体化推进河流生态保护与修复治理，这项工程已经作为牵引汾阳市补齐环境基础设施短板的"一号工程"。截至目前，"一泓清水入黄河"工程项目成效初显，汾阳市第二污水处理厂已经开工建设；市区排水管网雨污分流改造工程正全速推进，文峪河人工湿地水质净化工程已完成项目前期立项和科研，文峪河河道综合治理工程已完成全线清表，河道开挖 4.3 公里，清淤土方 9 万余立方米，汾阳市正以实实在在的成效交出黄河流域保护的"汾阳答卷"。

"汾河流水哗啦啦……你看那滚滚长流日夜向前无牵挂。"破山脉，跃山谷，钻砂石，隐地层，现美景。

一路崎岖，一路隐忍，又一路欢歌。

每条河流自有它的历史根源和相貌特征，汾河水依然在汾阳这块新鲜而古老的土地上欢快地流淌，流出绝世佳酿，流出一路清香。

离石三章

悦　芳

走进一座城

从汾阳到离石，一个多小时的车程。这是我们"一泓清水入黄河——生态文明　美丽吕梁"采风团的第二站。

一座城有多少种打开方式？我想这便是其中之一。

走进离石，从远古开始书写的历史文化长卷缓缓展开。

相传远古时期，一颗陨石自天而降，坠落于骨脊山下，一时寰宇震动，赤焰冲天，散落于骨脊山的土著人民，因崇拜这块天外神石，便围石而居，时间久了，落石点便成了部落，成了邑，成了城池。石就是城，城就是石。

另一说，据唐《元和郡县图志》载："县东北有离石水（今北川河），因取名焉。"

石，或水，便是离石最初的模样。

这里有山。龙山、凤山、虎山，山山环抱。

这里有水。北川河、东川河、南川河，川川交融。

这里素有"三山抱石州，清水绕城流"的美誉。山与水构成了离石的肌骨和脉息，天与地昼夜吐纳间，流清溢香，摇曳出一片生机。

龙山、凤山、虎山三座黄土高山之名由来，缘于人类原始信仰和动物崇拜，是古人崇龙、仰凤、役虎观念变化之产物；北川河、东川河、南川河三条天然河流汇聚于此，缘于离石地处吕梁山腹地，地势东部高而宽，西部低而窄，境内山多川少，造就东川河由东向西流经城区，北川河由北向南奔流而来，两条河流在城西南合流而至交口街道办后汇入南川河，三条河流美丽邂逅故名三川河，当河水流经柳林县境后，形成蔚为壮观的四十里抖气河奇景，最后注入伟大的母亲河——黄河。

这是一块山环水绕、人杰地灵的风水宝地。历史几乎没有在这里出现断裂，早在八九千年前的新石器时代，就有人类在此生息繁衍。战国时期，赵国置离石邑，西汉时开始设离石县，距今已有 2000 多年的历史。之后，北周建德六年（577）改称石州；明隆庆元年（1567）改称永宁州；民国 3 年（1914）又将永宁县改称离石县；1996 年撤县设市；2004 年撤市设区。离石地处山西中西部边缘地带，西融陕西、内蒙古，东进太原、山东，扼秦晋交通要冲，素有"晋陕要塞""晋西门户"之称，是华北通向西部的重要中枢。

离石地处黄河中游、三晋西部，如同古老的黄河一样，古郡离石有着悠久的历史和灿烂的文化。地处西属巴街道办的金阁寺，是离石境内现存较古老的寺院，迄今已有 1400 余年历史，印证了"先有金阁寺，后有石州城"之说。始建于宋代的凤山道观有 600 多年的历史，松柏参天的安国寺是一代廉吏于成龙读书出仕之地，白马仙洞以惊险神奇著称，中国历史文化名村彩家庄民居尽显晋商富甲一方的传奇神话，西华镇天然草场为华北第二大亚高山草甸，原始森林覆盖的骨脊山有"天下骨脊"的美誉，大东沟景区、千年里景区正在打造成城市后花园。几千年岁月蹉跎，"离石"这个美丽的名字吸山之精华，纳水之灵气，吸引着人们去品读。

汉画像石、金阁寺、安国寺、宝峰山等历史遗存彰显了离石文化的深厚底蕴，明清时期途经彩家庄、吴城镇的"晋商古道"见证了昔日离石的繁华风云。更有近代革命先驱贺昌、张淑平，革命先烈韩昌泰、崔一生，现代人民教育家辛安亭等重要的历史人物，为离石的人文历史留下了瑰丽斑斓的记忆。这里是红色之区、革命圣地，遍布着中国革命的红色遗迹。老一辈无产阶级革命家曾在离石交口街道办主持召开"高家沟会议"，打响了吕梁战役、汾孝战役，为保卫党中央、保卫陕甘宁边区，作出了不可磨灭的贡献。为之建成的高家沟高级军事会议旧址纪念馆，成为爱国主义教育基地。革命精神在离石人的骨子里留下了烙印。

无法触摸的文化贯穿着离石的古往今来，历史赋予这片土地厚重的内涵和底蕴，条条河道就像离石的千年历史，黄土地上呼啸的风诉说着千年的文明，也讲述着这里的革命故事。

远古文明，深邃苍茫，似黑暗中的一粒火种，生生不息。

一座城，便是一部历史。

一座城，因为一个名字而惊艳；一个名字，因为一座城而隽永。

离石的夜是沉静的。站在吕梁宾馆的玻璃窗前，看月亮缓缓地从谷底升起，将一轮金辉洒在水中，洒在树叶间，继而洒在山坡上。这时的山便显得格外幽深、浑厚、空灵、高深莫测，尽管我只能看到她的局部。夜越来越深，我的眼前更加朦胧。山峰、沟壑、溪流，以及群山环抱的美丽的村庄，阔气的社区、别墅都化成了一种青黛的幻境。

哦，这山、这水、这石、这月。这里既孕育了悠远深邃的人类原始文明，又积淀了绚烂多彩的现代文化。而今，呼啸而过的列车将历史与现代结合；流传了几百年、高低错落的深宅大院和高楼遥相呼应；断壁残垣上的精美砖雕、木雕、石雕和夜幕下的霓虹灯和鸣，继续延续着离石土地上的传奇。

穿过一条沟

沿着吕梁山主峰骨脊山脚下一路前行，一直通往白云深处。

一种古朴而原始的山野气息扑面而来。茂密的松林、如茵的草甸犹如从山水画里拓出来一般：森林连片，芳草匝地，山峰高耸，泉水流淌。这种意境传递着山川的苍茫和空寂，是一种产生诗情和哲理，产生一种"逝者如斯夫"之类千年浩叹的大境界，远处的宝峰山上，云蒸雾绕，如仙境一般。

离你近，石成林，山水有回音。

天地有大美而不言。

一顶帐篷支起"诗和远方"。

从来没有想象过，吕梁居然有这样的地方，好像置身在大草原上，开阔、自由、原始，绵延起伏，高大的树茂密茁壮地长着，成群的牛羊在缓缓行走，一切都美得那么不真实。这里，是我们此行的目的地，离石大东沟生态景区。它位于离石区信义镇千年村，地处吕梁山主峰骨脊山脚下，关帝山森林片区、千年林场一带，距离石市区约30公里。它有着300多处的露营台，听着山林间鸟儿叽叽喳喳的鸣叫，感受着林间步道流淌的溪水穿过脚下，一切都是恰到好处。在山野间，也能有属于自己的移动咖啡角，随时随地给自己煮上一杯咖啡，与大自然碰杯，享受一个人的静谧与快乐；在群山环抱之下撑起天幕，细细的山风划过你的耳朵，携带着大山的自然气息。眼前是石林，是河流，是山花，是露营带来的松弛感；耳边是风声，是水声，是鸟鸣，是独属的惬意慵懒、放松自在。我想再多美好的词，都没有办法形容此时的感受，深呼吸便是最好的回答。

帐篷、草坪、星空、天幕、篝火……种种诗意元素，叠加着浪漫气息。四个露营基地分设有帐篷营地、烧烤营地、自驾房车露营区、儿童溪边戏水区等区域。依托小东川得天独厚的自然资源和营地完善的配套设施，一条全长 3000 米的原生态步道贯穿整个营地，为游客提供了在绿水青山中漫步赏景、安营扎寨、贴近自然的好处所。在这里，没有喧嚣和纷扰，只有春风和鸟鸣、云朵和繁星。散步、观景、品茗，累了就倚在帐篷里，听山水回音。

《小窗幽记》中说道："每遇胜日有好怀，袖手哦古人诗足矣。青山秀水，到眼前即可舒啸，何必居篱落下，然后为己物？"

"问何物、能令公喜？我见青山多妩媚，料青山见我应如是。"近千年前，辛弃疾也曾发出这样的感叹，唯有青山能令他感到喜悦，人和山、和自然之间仿佛有某种不可言说的深厚情谊，仅仅遥遥对望，便仿佛已经感到被深深拥抱、理解和疗愈。

听当地人说，这里的山石草木已经存在了很久很久，除了一些探险的"驴友"，很少有人能走进这片人迹罕至的山林，大大小小的奇石和树根早已缠绕在一起，好像在给人们讲述一段"树已枯，石不离"的动人故事。如今，随着景区的不断完善，越来越多的人可以走进这片原生态的山林，探寻这里存封已久的秘密。

据说这里有女娲补天的炼石厂，大禹治水在这里发端，汉代皇帝刘渊曾在此屯兵，佛教第二十二代宗师刘萨诃在此传经诵道，山上有后赵皇帝石勒、孝文帝衣冠墓等。这些故事和传说给千年村大东沟披上了一层神秘的面纱。

这条沟在深山老林里沉睡了几千年。

这段神话在深山老林里传说了几千年。

中国人的造字里藏着许多古人的生活哲学，比如：人与山很近，便是"仙"。

与自然同住，远离生活中琐碎的烦恼，则是一种几乎"成仙"的妙趣。山川草木中，藏着中国文人的理想生活。也难怪在天宝盛世里，王维要隐居辋川。在终南山下，他"独坐幽篁里，弹琴复长啸"，安居在"人闲桂花落，夜静春山空"之中。

于是对世俗感到厌倦或是疲惫不堪的人们，总是退回山野，在宁静之中，将遗失的自己一点点找回，再拼凑完整。走到自然中去，踏访她部分的领地，闻听林间清浅的鸟鸣，感受风吹过，草木晃动宛如在言说一个欢愉的秘密，内心的思绪就像是一面湖水，浪花翻滚的踪迹被轻轻晕开的微澜代替，会感到一股巨大的、不可思议的宁静。

"我们盼望大东沟露营带来更多的人气。"在大东沟景区，离石区委书记廉海平正在现场检查景区基础建设，探讨运行模式。他强调，要拓宽眼界、立足长远，持续完善配套功能，合理布局空间结构，不断集聚人气，打造极具品牌的特色景区。要紧盯建设目标，严格执行高标准高质量要求，上足人员和设备，从一草一木出发，全力保护原生态，打造休闲目的地，推动景区提质升级。他说："我们将致力于把离石大东沟建设成一条集水道相通、景观相连、行游相宜为一体的生态旅游景观线。"后期随着大东沟、千树塔、白马仙洞、西华镇、千年景区各个景点串点连线，全方位打造"天下骨脊、英雄吕梁，千年信义、万世永宁"文旅品牌。

山、水、石、林……

这一方别具苍劲雄壮之美的北方山水像隐藏在吕梁山深处的宝藏秘境。而这一切都归于自然、源于生态。行走在依山顺水而建的步道中，可以看到多处为了保护树木而进行的改道或"留位"，这注重生态之举营造出的曲径通幽之美，别有一番意境。一条依山顺水而建、穿行林荫之间的步道曲径通幽、错落有致。漫步其中，可以观山、听水、赏林、阅石。

"生态是资源和财富，是我们的宝藏"，为使深藏的绿水青山变成大伙的金山银山，自 2022 年 7 月开始，离石区委、区政府下大力气打造大东沟生态景区，坚持就地取材、因地制宜、顺势而为的原则，在不破坏林间资源的前提下铺设道路，让人与自然之间浑然天成。草木山石皆故事，油松、山杨、白桦、侧柏、云杉……森林包裹中，不必担心烈日炎炎，天为罗帐地为毡，听百鸟为钟、水声潺潺，眯起双眼，枕星月而眠，这里就是我们寻觅良久的浪漫家园。

不由得想起了波兰诗人米沃什的诗句：清澈的水流在岩石上流淌／在山谷底部，高大的林木中间／岸边的蕨类植物在阳光里闪烁／层层叠叠的绿叶姿态万千／有的如柳叶刀、似长剑／有的是心形、铲形／舌形、羽毛形／波浪形、锯齿形／边缘锯齿形——谁能将它们全都说清！／还有花！白色的织锦／蓝色的酒杯、明黄色的繁星／小玫瑰花成串簇拥／静坐凝视／黄蜂飞舞，蜻蜓翩跹／食虫鹟飞到空中／黑甲虫在彼此缠绕的树枝间忙个不停／我似乎听到了造物主的声音：／"或做石头，一如在创世的首日永远默不作声／或做生命，条件是终有一死／还有这令人陶醉的美伴你一生。"

随着岁月的浸润，也愈发明白，山水从来不止于风景，更是对人世的修补和缝合。似乎在远离个人日常琐屑的地方，才能更接近自由的踪迹与生命纯粹的鲜活。正如唐代文学家韩愈在《送李愿归盘谷序》一文中写的那样："穷居而野处（一说'闲处'），升高而望远，坐茂树以终日，濯清泉以自洁。采于山，美可茹；钓于水，鲜可食。起居无时，惟适之安。"

爱上一个庄

走进离石区吴城镇王营庄乡村振兴示范区，犹如置身于一幅山水田湖的图画中。

仰望山上，郁郁葱葱的树木像一排排战士严阵以待，"懂农业、爱农村、爱农民"几个红色的大字镶嵌在半山腰。俯瞰山底，层层叠叠的壮美稻田与大片大片的花朵交相辉映，自然成趣。经流不息的汩汩清泉，把森林、村庄、稻田、河流完美地融合在一起。

美是一种诱惑，只一眼就爱上了这个村庄。

传统的乡村，是"茅檐低小，溪上青青草"的朴素雅致，是"鸟鸟投林过客稀，前山烟暝到柴扉"的人迹罕至，更是"涧户寂无人，纷纷开自落"的无奈与寂寥。传统的乡村美得含蓄而羞赧，而这里的美，截然不同。它美得大气，美得坦荡，却又是亲切的、熟悉的。它用一百余栋明清仿古建筑取代了茅舍与陋室，用四通八达的平整水泥路断绝了荒野的险峻，用规划整齐设计合理的绿植与花朵填补于所有的空白处。

如梦花海

漫步王营庄，仿佛置身于花的海洋。各种各样的鲜花赶集似的聚拢来，红的、黄的、紫的、白的、粉的……一朵朵、一片片、一簇簇，让人目不暇接。薰衣草、黄秋英、百日草、松果菊……各种花被按照不同的颜色排成一块块、一条条，像天边的彩虹，像五彩的锦缎，像落日的霞光。身旁的金鸡菊开得正艳，黄色的花海在绿色的草地上显得金光闪闪。阳光透过云层，洒在花海之上，犹如一抹金色的光辉，更添花海的美丽与神秘。花海里的颜色和香气，让人忍不住想把它们装进心里，永远怀揣着。我们仿佛进入一个梦幻的世界，心情也随之变得愉悦与宁静。

一切都静止了，只有那一抹湛蓝的天空在花海中穿梭。

远远的，林间小路的转角处，一个婉约的女子，着一袭轻纱般的白衣，肩头一方粉红色的披肩，撑一把淡蓝色的太阳伞，缓缓前行，曼妙的背影摇曳生姿，我只是在后面默默地跟着，想象着女子如花的脸上有着怎样的一份恬淡……

柏拉图曾问苏格拉底："什么是幸福？"

苏格拉底说："我请你穿越这片田野，去摘一朵最美丽的花，但是有个规则：你不能走回头路，而且你只能摘一次。"

于是柏拉图去做了。许久之后，他捧着一朵美丽的花回来了。

苏格拉底问他："这就是最美丽的花了？"

柏拉图说道："当我穿越田野的时候，我看到了这朵美丽的花，我就摘下了它，并认定了它是最美丽的，而且，当我后来又看见很多很美丽的花的时候，我依然坚持着我这朵最美的信念而不再动摇。所以我把最美丽的花摘来了。"

这时，苏格拉底意味深长地说："这，就是幸福。"

漫山花海画中游，有缘身在此山中。

漫步于这花的海洋，我的内心一片柔软，置身于这万紫千红的花海中，我感到了一种无尽的喜悦和幸福，被簇拥的感觉恍如休憩在母亲的怀抱，仿佛生活中的一切烦恼都烟消云散了。

入梦即可归乡，入心即可绽放。

花的海洋色彩斑斓。花的海洋起伏奔流。

文旅小镇

骨脊山下峰峦叠嶂，遮天蔽日，清爽的山风温煦怡人，无垠的田野上点缀着青砖灰瓦的建筑群，这里就是远近闻名的王营庄文旅小镇。

漫步明清建筑风格的文旅小镇，古色古香的气息迎面袭来。小镇的深处，复古的小商铺聚集了各种美食与娱乐区。这个占地40.91亩、建筑面积8356平方米，具有明清建筑风格的文旅小镇是利用王营庄村旧卫生院、旧粮站等集体土地兴建，以"两路四巷双广场"为主要内容，包含酒吧、地方特色美食、乡村e镇、戏台等，定期上演各种光影灯光秀，以独特的魅力吸引着众多游客。食里巷、食坊巷、酒肆巷……以及各种民俗展演活动，处处人流不断，一片火热。烤肉串、烤鱿鱼、热干面、肉夹馍、炸鸡柳……各种美食的香味飘来，令人口水直流。

在文旅小镇光影互动沉浸展区内，我们还看到，许多学生、家长前来体验一场场集视觉、触觉、听觉于一体的光影感官盛宴。这也是王营庄打造科创研学小镇的一项重要内容，整个光影展区分为科技与光、科技与影、科学课堂和3D打印四大主题25个模块，同时配备了科学实验室和奇幻科学秀场，以互动表演的形式沉浸式体验光影科技的魅力，是文旅小镇研学旅游必打卡之地。

是的，人们见惯了城市喧嚣，渴望清新的自然环境，在"绿水青山就是金山银山"的发展理念引导下，融进自然就应当而且可以成为一种社会发展方向。在这里，无论是幼儿、炊烟、花苞还是梦中的农夫，都是绝对自由的，都是融入自然的精灵，而当今人们是多么需要这种自然、生态、自由的天地。

繁华外，市井处，小镇里，"醉"是人间！亲身走在小镇的小巷里，慢品人间烟火，闲观小桥流水，便是好时光。

稻鱼共生

8月的吕梁山上，成片的稻田黄绿相间，阵阵微风送来稻香，村民们走在田边，洒下鱼食，激起一片片银浪；旁边的沟渠里，不时有小龙虾爬出，身后泛起点点涟漪。

稻鱼综合种养是王营庄田园综合体建设的一大特色，总占地面积281亩，稻田在种植水稻的同时，加入鱼、虾、蟹等淡水生物的养殖，通过混合种养的模式，减少水肥管理及病虫害防治，实现了一水多用和一田多产，走出了一条农业转型和特优发展的新路径。

"我们种植的水稻品种生长周期短、产量高。"吴城镇党委书记孙晶晶介绍，"现在咱们看到的这一片就是稻渔综合种养基地，从这个角度看，可以用宏伟壮观来形容。这里的土地集中连片、相对开阔，位于吴城水库下游，毗邻东川河。稻渔综合种养是典型的生态循环产业模式，主体是水稻，水稻吸收太阳能，长成种子和稻草提供给人类，在稻田中养殖的鱼类可以摄取杂草、浮游生物、虫菌和蚊蝇等，它们的排泄物可作为肥料滋养水稻，反过来水稻可为水产品遮阴，降低水温，净化水体，让鱼儿们在稻田中快乐成长；不仅如此，有鱼儿们在稻田中穿梭，虫害和草害减少了，土壤养分可利用率提高了，不但降低了农药化肥投入的成本，减少了农药残留，这样生产出来的水产品和水稻质量更胜一筹……"

从孙书记热情洋溢的介绍中，我看到的是一群人为这个村庄的美丽而付出的辛劳，也看到了这个群体的实干与智慧。

"在改善人居环境和提升幸福指数的同时，我们更加注重保护自然生态。"吴城镇镇长宋龙斌补充道，"耕地是我们最宝贵的财富，田园是我们最美的风景！"

农业打底，文化搭台。目前，王营庄乡村振兴示范区已初见成效，形成辐射周边5个村的农林文旅康养体系，奏响了以文促旅、农旅结合的田园交响曲。

当前，吕梁市正在着力打造100个乡村旅游重点村，以乡村旅游为牵引，打造美丽乡村、保护传统村落、传承历史文脉,让有特点、有文化、有山水、有乡愁的村先活起来、火起来,成为美丽幸福吕梁的乡村支点。

同时,吕梁市离石区大东川河河道治理工程也在如火如荼地进行着,起点位于吴城水库大坝下游,终点位于田家会街道办车家湾村南米五线桥下游约 170 米处,全长 19.654 千米。工程建成后,将进一步优化大东川流域水资源和水生态环境,大大提升大东川河道的防洪能力,为沿线 9 个行政村 1.1 万余老百姓竖起一道坚实的水支撑、水保障、水安全屏障,同时也为王营庄田园综合体打造水系功能带,确保"一泓清水入黄河"做出离石贡献。

一样的田野,不一样的收入。踏着这里的一阶一石,亲近着这里的一花一草,感受着这里的一人一事。一个村庄的幸福已经成为村外人的风景。生态学家把这种森林、村庄、梯田、河流同框在一个画面中称为"四度同构"的生态智慧。

对于生活在城市中的人,一方面深刻地依赖着现代文明给予的便捷,享受着一切不可能中的可能。一方面,却对田园故土怀有执念。于是,我们期望在不尽的理想中寻找这样一块乐土。它美,却并不寂寥,不戚戚然,不仅仅是世外桃源般与世独立,更不会沦落到祖祖辈辈孑然一身,孤芳自赏。它的美是古今并蓄、雅俗共赏的,是传统的经典、现代的先进,是相辅相成的和谐,毫不违和,让人心安、充盈。

东川河静静地流淌着,流过王营庄,滋润着王营庄土地上的庄稼与花朵,绘就了一幅"稻粮丰硕,鱼肥水美"的图景。这是身处熙来攘往都市的你不曾领略的美好,这美好,并不完全陌生,它的现代感为你熟悉,而它的怡静与舒畅,让你心静如水。

千尺绿波映碧空,一泓清水入黄河。离石人现在越来越清晰地知道自己走的是怎样的一条发展道路。一座城、一条沟和一个村庄的故事还将继续讲述下去,而且要越讲越好,越讲越精彩。

城是离石城,沟是大东沟,庄是王营庄。

山绿了碧波,水灵了天地。村庄圆了梦境,游子记住了乡愁。

土豆花盛开的乡村道场

江　雪

　　到岚县，我梦萦魂牵的，是想看看盛开的土豆花。

　　我是第二次到岚县来，在这飘着浓稠秋雨的初秋时节。看行程单，有看土豆花的安排，但我还是担忧的。我曾经在太行山上那座生养我的村庄，在秋天的日光下给高举锄头刨土豆的母亲捡拾土豆。彼时，我的母亲一头健康的齐耳黑发，我还是衣裳单薄的小女孩。成熟的土豆一颗一颗落在我手里，再一颗一颗落进箩筐。秋天的阳光把母亲的脸映照成褐黄色，映照着母亲脸上一道道汗水，也映照着母亲脸上的微微流淌在眼角的喜悦。硕大的土豆象征着一盘盘炒土豆丝、炒土豆片、土豆块臊子，还象征着午后鏊子盖下面热气腾腾焦黄绵软的"面包"——只是，我的乡村生活常识告诉我，土豆成熟，便意味着不再是土豆花开的时节。

　　车到岚县时，秋雨淅淅沥沥地下，下得天气冷冷的。我以为，这次来，看土豆花会成为泡影。即使土豆花能穿越盛夏走进微凉的初秋，只怕这一天一夜的秋雨，也要夭折了它们柔弱的花体。

　　天亮时分，老天爷竟敛住了雨水的脚步，地面晶晶亮亮的水，映着厚厚的云层透出些许秋天的光芒。

　　于是，我们走向土豆花田。

　　土豆有很多名字：马铃薯、蔓菁、地瓜等，我的家乡称呼它为地瓜。很形象，从泥土中挖出的瓜。

　　土豆花开着！白色的、淡紫色的，人未至，一阵清淡的花香已袭来。不似玫瑰，也不似丁香那般浓郁，但分明飘散在雨后的土豆田上空，宛若清纯的乡村少女，骨子里淡淡飘散着土豆特有的气息。人裹进花香中，精神陡然一振。

50多年春华秋实的岁月更迭，我尚不知道土豆花有花香。第一次来，不知是因粗心还是人多嘈杂，我并未留意到土豆花的花香。也或者，昨日昨夜的那场秋雨涤荡了昔日的嘈杂，一袭香气便由杳渺而更加真切了。

阴云尚未散去，大片大片翻滚在天边。一望无际的绿色土豆苗不管天色如何，托举着白色的花朵，一束一束，恣意绽放。它们竟然扛过了昨日昨夜的雨。一朵朵，轻盈的五个花瓣，拥着鹅黄的蕊，在这片辽阔的土豆苗上汪洋成一片洁白的、淡紫的花海。走近细细看，每一朵又不尽相同。伸展着柔弱花瓣的、微微卷翘着花瓣的、调皮得仿佛要挣脱花枝的、站立枝头远眺的，也有色衰而凋黄宛若默默垂泪的……一千少年便有一千个哈姆雷特，一千少女便有一千少女的娇羞明媚，这无以计数的花朵，该是多少种仪态万千、风情万种？只看花开过，秋风微微浮动枝头，花朵便似波浪拂过，轻轻摇曳。

我相信，你和我一样，不到岚县，可能没有见过如此声势骇人的土豆花田。

我的家乡位于太行山的丘陵地带，一层层梯田一圈一圈缠住一座座被称作"垴"的土堆堆山。即便我的乡人有广植土豆的豪情壮志，也绝对长不出岚县岚城镇王家庄村这样平展展、声势壮大的土豆田，自然也开不出这样一片壮观的土豆花海。家家户户都不过任性地种植一些自己吃的，七零八落地开花，七零八落地收获。

小小的土豆开成今天"南有婺源油菜花，北有岚县土豆花"4A级景区气候，需要天时、地利、人和共同加持。土豆花开成盛景，大概岚县是独创、是创举。

土豆是每个山西人的深切记忆。在那个浪漫抒情还是奢侈的年代，土豆一直是作为养家糊口的食物存在的，它们沉静得如同太行山上的一株玉茭，一棵谷子，一个南瓜，恩养着一代代人，一个个乡村，一座座城市。我不敢说南方人，在北方，尤其山西人的肌肤里，谁的肌肉没有生长着土豆的基因？我们一点点拔高的骨骼，关于土豆的往事血脉一样流动在我们的身体中，成为共同的记忆。

草原是骡马的牧场，乡村是农民的殿堂，土地则是农民的道场。清理土地，一粒一粒把土坷垃打成细细的粉尘，耙过去，黄土地上留下一条一条细细密密的痕迹；一个坑一个坑刨过去，锄头挥舞，便能在黄土地上画出一条条笔直的线；土豆种子是从去年土豆身上挖出来的。一个小小的窝便是一株未来苗壮的芽。那时没有蔬菜大棚，阳春三月正是农家缺少蔬菜的时候，但农人家宁愿挖野菜、吃炒黄豆，也断不肯吃掉做种子的土豆。之后是锄草，一遍不行两遍。草大了，土豆便长不起来。疯长的草，老天爷给它旺盛的生命力和一点雨水，就足以让它枝繁叶茂遮天蔽日。等到土豆苗长起来，土豆花开了，农人们早已把目光投注到为玉米地锄草，或者收割小麦等事宜上，哪里还顾得上蹲在土豆田边，看土豆花开出了怎样的妩媚和柔情，嗅一嗅土豆花是否有杳渺的香气？

那些质朴得如同土豆一样的农人，一生都在土地上"修炼""作法"。从种到收，从惊蛰到寒露，从日出到日落，从黑发满头到白发如霜。

乡村的夕阳西下，乡村的炊烟袅袅。秋天倦鸟归林，村庄上空必然飘荡着烧土豆的香气，还有炒土豆的味道。洋油灯下，圪蹴在村口青石条上的大手捧着的粗瓷大碗，盛满煮土豆、蒸土豆，久远的乡村传说，高一句低一句抑扬顿挫地漂泊在少年的梦里。

那时，我40多岁的母亲，锄头抱在怀里，抬头看向天空。母亲说，你该嫁了！我把一颗土豆放进箩筐，坚定地说："我不嫁！"母亲往手掌中吐一口唾沫，两手来回搓搓，然后高高挥舞，一边说："怎么可能？"

那是我最后一次跟随母亲刨土豆。诚如母亲说的，不嫁，怎么可能？我最终以一种不愿回头的决绝离开乡村，我担心乡村强大的道场以一股世袭的力量把我变成黄土地上如母亲一样的修行者。

我漂泊在城市。父亲生怕我一日三餐的煎炸蒸煮中少了我喜欢的土豆，于是叮嘱年迈的母亲："多少种点土豆吧，朋霞爱吃。"父亲这样叮嘱母亲时，已得了一种无法治愈的痛疾。两年后，父亲没有等到那年的土豆收获，便永远离我而去。

父亲走后的几年，尽管母亲在一年年老去，还是会在玉荽田里留一方空地，大约几分，种土豆。土豆花躲在乡村年年开，我却再没有看到过。我一日日忙。

母亲的头发几乎全白了，背也佝偻了，身量也矮下去。到最后，母亲把她一锄头一锄头种了收、收了种、坚守打理了几十年的道场，不得不忍着痛无偿转给了别人。

我的餐桌上，土豆丝还在、土豆片也还在，50多年养育出的肠胃习惯了土豆的味道，无法改变。母亲依旧给我送土豆，只不过，那土豆不是出自母亲亲手种下的土地，而是花钱买来的别人种下的土豆。

如今，我的餐桌上，再也没有了母亲种下的土豆，也没有了母亲送来的土豆。母亲被我含着泪狠着心，深深种进了她一生修炼打理的道场的一角。

我到菜市场上逡巡。我知道，哪怕是阳春三月时节，菜市场上都有皮轻薄如蝉翼的新土豆。秋天，还有紫皮土豆、黄皮土豆、内蒙古土豆、平顺土豆、本地土豆，一堆一堆，带着新鲜的泥土，依旧质朴，价格却高过了白菜，有时候甚至高过西红柿。

我会蹲下身，摩挲一颗颗土豆，仿佛摩挲一段段往事。多少年没有吃过鏊子下蒙黄的烤土豆了？多少年没有见过土豆花开了？哪怕，只是玉茭丛中一小片的花！

这是我对土豆花情有独钟的原因。我相信，这片浩荡的土豆花，会勾起很多人关于土豆的回忆。我们蜂拥而来，我们珍惜每一朵开放的小小土豆花，因为我知道，土豆苗高举起花朵，还深深藏起了果实。

在这片土豆花海上，我抬头看，并没有看到荷锄的农人。此时，他们把收拾好的饮马池景区和土豆花景区留给我们，让我们这群人来看土豆花，看土豆花花海。这遥远的南美洲舶来的物种，尽管没有璀璨的诗篇歌颂它的养育之恩，但它依旧一年一年生长，一年一年盛开，一年一年被当做主要的果腹的食物，平凡地繁衍。看，如今它们繁衍生息出了自己的后代，如华薯一号、晋薯二号等，难怪这个时节，依旧盛开一片葳蕤的花海。

我们不过是看看，形而上的、精神上的，但土豆花却不管不顾，兀自开着自己的花，结着自己的果。

我们来看土豆花，似乎，我们是旅人，为开放的土豆花献上欣赏。殊不知，土豆花并不在意这些，你来不来，它一样开花；你来不来，辽阔的土地，依旧是一片花海；你来不来，它都是农人在这片土地一年修行的收获。

乡村在，农民的道场就在；农民在，乡村的道场才在；乡村在，农民在，土豆花才年年开。

牵衣过吕梁

张　玉

尚有幽香放上林

汾阳的上林舍，精致而清幽，不似北方的苍莽丛林，倒像江南景色。上林舍的林，青碧成荫；林中有山泉，自西向东流过，长约三千米，曰林泉沟。游山西，登吕梁，渡黄河，走汾阳，住在"青山行不尽，绿水去何长"的上林舍，是多么美妙的十二时辰啊。

已是初秋，山色依然葱翠，清可见底的林泉两岸，樟树的虬枝高高低低散落山脚水旁。在这样的林间小路上穿行，胸中的清气荡涤着五脏六腑。我的目光越过竹板搭就的小屋和水边的白雾绿云，听石鸡在松间咕咕地低鸣，心底一片清凉。导游说，这是 23℃ 的吕梁山。

沿小路忽上忽下，想着一个上林舍的林字，就将那苍松翠竹看得愈发一清二白。碧潭之上的婆娑古树、山石之间的趵突冰泉、绿树掩映的一带浮桥，桥边忽然转出数间茅屋，金黄的草顶折射出明亮的阳光，2023 年的秋光就这样随着茅草的微芒飘下来，天就凉了。

我看见巨大的水车在山泉中疾转，飞瀑湍急；水边一个空旷的场地上立着一座小小的拱门，做成鲜艳的彩虹，上书："情定上林舍"，旁边还有一块别致的广告牌："在这里告白，成功率 100%。"一群青年男女在这里嘻哈着拍照、追逐，这真是一个快乐的仙境。我拿出手机，把这些小情侣的打闹、游戏、亲昵等整个情景拍下来，他们的喧哗在这幽雅的上林间溅落成串串珍珠。树枝上间或挂出广告："财源滚滚""心想事成"，但是这些世俗的话语一点也不令人厌烦，反而有温馨的意味。

然而这些温馨并不是上林舍的全部，走出林泉沟壑，我们穿过休闲游乐区，来到大型马战情景剧《汾阳王》的剧场，刹那间，树木和山泉都消失不见，眼前的场景忽然变成了黄沙滚滚的旷野，战马的嘶鸣高昂于苍凉的天地间，数茎白草在阳光下沉默。

关于汾阳王郭子仪，大多山西人是耳熟能详的。著名的晋剧曲目《打金枝》，说的就是他的家事。郭子仪祖籍山西，是唐代政治家、军事家。他早年以武举高第入仕从军，积功至九原太守，一直未受重用。安史之乱爆发后，郭子仪任朔方节度使，率军勤王，收复河北、河东，拜兵部尚书、同中书门下平章事。公元 757 年，郭子仪与广平王李俶收复西京长安、东都洛阳，以功加司徒，封代国公。758 年，进位中书令。759 年，因承担相州兵败之责，被解除兵权。公元 762 年，太原、绛州兵变，郭子仪被封为汾阳王，出镇绛州，不久又被解除兵权。公元 763 年，吐蕃、回纥入侵，长安失陷。郭子仪被再度启用，任关内副元帅，再次收复长安。公元 765 年，吐蕃、回纥再度联兵内侵，郭子仪在泾阳单骑说退回纥，并击溃吐蕃，稳住关中。公元 779 年，郭子仪被尊为"尚父"，进位太尉、中书令。781 年，郭子仪去世，追赠太师，谥号忠武。

史家曾用一句话评定他的一生："权倾天下而朝不忌，功盖一代而主不疑。"他所受封赏极多：良田美器、名园甲馆、声色珍玩，不可胜记，连自己都搞不清楚到底有多少财产；如此大富大贵，却能以 85 岁高龄寿终正寝，可谓荣宠一生。

事实果真如此吗？

对于郭子仪，历任皇帝不是没有忌惮过。安史之乱还未完全平定，唐肃宗就听信鱼朝恩的谗言，把相州之败归到了郭子仪的头上，褫夺了郭的军权。郭子仪的部下群情激昂，可他却像不关己事一样，毫无怨言地当起背锅侠，乖乖回家做起了闲官；直到肃宗末期，郭子仪才被重新起用。但是代宗即位后又对郭子仪颇多忌惮，他不仅罢免了郭子仪的职位，还叫郭去给过世的先皇守墓。

对于这位有着"再造大唐"之功的汾阳王，两任皇帝就这样视之为犬马，召之即来挥之即去——"凡人臣者，图功易，成功难；成功易，守功难；守功易，终功难"。

但是郭子仪任劳任怨。天下无事时，他移交权柄，拂衣而去；国难当头时，他挺身而出，九死不悔。郭子仪的伟岸之处就在于此，他能以德报怨，不计自身得失；他既能令君子归心，亦能使小人折服。公元781年，郭子仪闭目长逝，走完了他85年传奇的人生。

人生在世，谁没有经历过奔雷掣电的风暴，谁没有感受过沧海桑田的变迁？但智者不会为困境所囿，而是会打马过河，自己蹚到成功的彼岸——"东风夜折花千树，尚有幽香放上林"。因此我认为，在幽香暗递的上林舍再现郭子仪之风采，是合乎情景的。

我面前驰骋来去的骏马，我耳边震耳欲聋的鼙鼓……那或许就是公元755年。安史之乱，叛军势如破竹，直逼长安，唐玄宗带着杨贵妃仓皇出逃，唐王朝已到生死存亡之际；郭子仪横空出世，终于迎来了他人生的高光时刻；而这一年，他已经59岁……枣红色的骏马背上，是横槊当风的郭子仪；演员马术精湛，他高大的身躯上殷红的披风猎猎飞扬。在上林舍邂逅汾阳王，是我吕梁之行惊艳的开始。

牧童遥指杏花村

酒文化一直都在传承。沧海桑田，隐于杯中的中国人的精神，或淡泊，或浓烈，是不同的人生姿态。世事更迭中，浪淘尽，千古风流人物，唯有饮者留其名。

因酒而传世者，首推杜康，杜康造酒，民间与方志皆有多样传说。一说杜康是黄帝大臣，负责管理粮食，有次忽发奇想，将粮食倒入枯死的树干之中，过了一段时间，盛粮的树干裂开了缝隙，渗出浓香之水，有走兽闻香而来，舔舐汁液，醉卧于地，杜康饮之，神清气爽，遂解酿酒之道。另一说，杜康年少时以放牧为生，带的饭食挂在树上，有次忘了吃，数日后发现剩饭发酵，生成清水，甘美无比，便能造酒。

酒风日渐繁盛，魏武帝曾有《短歌行》名世："慨当以慷，忧思难忘。何以解忧？唯有杜康。"后世诗家妙笔生花，写就浩浩汤汤比美酒更美的华章，但要我说，都无法比拟这短短数句的高度。因此敢问世间饮者，谁能比过老曹？

一个诗人的一生不可能没有酒。它是与生俱来的？还是源于文化？源于激情？源于一种病态？但所有人都注定随着这三千弱水一路淌去，不可回环，不可转圜，直到汇入一片更神秘的宿命的汪洋。走进一位诗人笔下的村落，看烟霞落日，喝穿越千年的美酒，多么像一首诗啊。

是的，我说的是杜牧、汾酒、杏花村。

初秋的此刻，杏花村并没有杏花，仅存的一棵老杏树在北门外的秋风中摇得烂醉如泥，它覆盖了我能够看见的和不能看见的路口。它们千年以来都是这样，一代一代文人墨客在酒香中挥洒着关于它们的印象，而我所看到的杏花村，像一本年代久远的画册，它渐黄渐脆的册页上浮现出冷雨和牧童……

走进汾阳东堡村卢家街那座砖木老宅时，我蹩过摆在门口的几个小摊，将雨伞搁在门楼下。据《北齐书》记载，杏花村的酿造史自北齐河清年间（562—564）始，历经唐、宋、元、明、清，至今 1500 年没有间断。

这遗址据说是宋代的"甘露堂"，现存为堡墙式院落，有南北两组院落，阔大而开朗。北院为酿酒作坊原址，有五个小院，且遗存有发酵地缸；院内有一元代古井，井上有亭，名曰"古井亭"，这井至民国间一直是汾酒酿造的专用水源。院内还保存有明代酿酒所用的甑筒一个，墙上嵌碑一块，碑文是傅山手书"得造花香"。

展馆内有品酒室，游客可以随意品尝各种美酒。大家喝了一杯又一杯，交流着各自品到的酒味，有说甜的，有说辣的，有说辛烈的，但最后结语均是"好喝"二字。一位工作人员笑着询问我的感受，我答非所问地说："美酒需美器，譬如不同的酒需用不同的杯子来盛，更能给酒客以文化熏陶。金庸先生说喝汾酒当用玉杯，唐人有诗云：'玉碗盛来琥珀光。'可见玉碗玉杯，能增酒色。"这小伙子很凑趣，一边赞叹一边请我签名，我作深沉状，取笔写下"玉碗盛来琥珀光"。那个"玉"字我特意写得很大，一点格外圆，我说这就是我的名字，不必另外签了。条几对面有一个清秀的少女，若有所思地看着我，而我隔着几上几杯残酒看到了另一个少女，或者说是最初的像她一样瘦弱的还不会饮酒的年少的张玉，她跪坐在幽暗的冷雨和寒风之中，但我无法看清她眼睛里流动的黑色部分。在这座建筑的残存原貌与新建华屋遥相对照之间，我感到了一点恍惚和伤感。

出来已是黄昏，在街上漫步，零星游客散在巷子深处。雨已经停了，空中还是不见星斗，星星在月光之外，我独自向北行走。前面有一个小饭馆，店内七八张条式餐桌空空如也，店家正在自己吃饭。我进去坐了，拿了菜单，点了一份笋烧肉、一个皮冻，又要了一小瓶汾酒。我让店家把酒热一热，自斟自饮。

现在的人喝酒，不常热酒，其实汾酒加热一下很好喝，我小时候常见爷爷拿一种细腰长颈的酒器置于沸水中烫酒，热气中有扑鼻清香。《红楼梦》中黛玉吃了螃蟹，也要一口热热的烧酒。袁枚说："既吃烧酒，以狠为佳。汾酒乃烧酒之至狠者。"我今天就是要喝这样狠的烧刀子。笋很鲜，有清气回荡，肉却不是我想要的那种，这不是北方的红烧制法，而是接近江南的梅干口味，它的力度不够。我想要的是一场犀利的叙事，而非娓娓家常。倒是皮冻莹白如冰雪，似我在某个夜晚漫不经心的一瞥中，蓦地闪现的纯白记忆。

或许在我的世界里，一生都感觉汾酒是一种伤心的酒，这感觉是源自杜牧"路上行人欲断魂"那千年的寂寞吗？也不一定。我很喜欢这种酒，它叫玫瑰汾，略带一点甜，我的一个朋友是晋南人，他的口音，念"汾"作"妃"，这样一曲解，顿时很有诗意。这个人已经很多年没有音讯了，但是独自一人品饮一杯玫瑰汾的时候，我还是会想起他；一个人向着夜色，听鸟叫和蝉鸣，唯酒意在心中回荡。

我唱起歌，现在没有人能听到了，我不必再害怕，不必再害羞。我抬起头对着金黄的遥远的月亮大声唱：

　　头茬韭菜怪有味，相好的，维朋友要维那有心的
　　自从那天你走了，相好的，悠悠沉沉魂丢了
　　松树栽在脚跟地，相好的，落下叶子忘不了你
　　……

黑夜此起彼伏，月光不胜酒力。我呛咳起来，有一个音符在我心里跳，但是我的嗓子哑了，我张了张嘴，听不见自己的声音，我回头的路消失在灯光里。晚风沙沙作响，是酒店门前的法国梧桐，我渐渐有些难受——那些汾酒，

那些寂寞又喧闹的，清冷又热烈的玫瑰之水，它在我的胃里烧起来了，它们的声音在北中国的暗夜中红得像一盏灯笼。我扶着墙壁回去进入3102，放下淡灰的窗帘，满城月光仍然明亮，一座沉醉了千年的清明的村庄。

一路稻花谁是主

儿时曾在姑妈家的村子见过大片的稻田，印象中稻田是一种有别于黄土高原的风景。它生长在清澈的碧水中央，二尺长许，羊毫笔杆粗细，我想，这样清丽的作物，是需要一把精致的小锄头来梳理的——我对于种植有骨子里的热爱。水稻一直是我心底的隐秘爱恋，它翠绿临风，清香四溢，拂摇炊烟漂染的童年。

故乡的日子已零落于江湖，稻田不复存在，像姑妈不复年轻的容颜。它们凋谢的时节，我已离开家园。而此时此刻，我终于又看到碧水蓝天、纵横的渠水和悠然的青鱼，两岸的房屋是白的墙黑的瓦，云朵挂在稻草人的头顶上。

这是离石的王营庄，小河弯弯，炊烟袅袅，我心如醉，那一片北中国的稻田！在尘沙漫漫的黄土高原、苍凉萧索的吕梁山上，竟然有这样秀色可人的稻田！"稻在水中长、鱼在稻田游"，这个乡村振兴示范区距离城区18千米，占地约707亩。2022年以来，通过精心规划，稳步推进，将休闲农业和旅游产业相互融合，走出了设施农业和乡村休闲旅游齐头并进的发展新路，形成了农文旅研融合发展、一二三产齐头并进的乡村振兴新样板。

我们在植物园里溜达。植物园包括高科技花卉培训基地、智能温室高效农业示范基地和康养森林，规模超出我的想象；这里面的植物都挂有标牌，或有花岗岩镂刻树名。于是，忽然间许多熟悉而不知名的植物，一下子全知道名字了；比如，我一直错把它叫成玫瑰的伊芙月季，它的枝干是高于玫瑰的，花朵虽然大，但是一点也不低头，且有浓香——还有鸢尾、垂丝海棠、暴马丁香、郁金香，等等，这些都是我们小区绿化带中的老面孔，可是，我一直叫不出它们的名字。忽然，我找到了我家附近的滨河路边那种艳丽无比的小灌木，它的大名就叫碧桃花！"天上碧桃和露种"，我找到了它的名字，心中竟抑制不住一阵欣喜，也不知道是为什么。

愈往百花深处走去，我心愈是欢喜，我找到了越来越多的植物的名字。孙峰给我拍了几张照片，他跟我有很多共同语言，比如武侠，比如考古。我看到很大一丛红花，颇有金庸笔下"龙女花"的风致，想喊他过来看，一晃眼却找不到人了。后来我跟宁志荣老师在一片绿色小植间合了影，我笑得眼睛都没睁开。

我站在王营庄的中心远眺，目光依循山群和阳光，淡淡的白雾间有水泽的清香，稻风柔凉地弥漫，依稀感觉去到了远方；我在蒲苇的气息里走入小河，哗哗地撩拨那清澈的浪花。这是农历的七月，清新凉爽又轻盈的处暑，红花开成一朵朵的艳，绿叶凝成一簇簇的烟，蛙群在稻田里叫，白鸟衔起一尾鲜活的小鱼，明艳的秋李子在青绿的枝头上露齿微笑。那酸、那甜、那凉热交织的初秋和我记忆中永恒的童年……我忽然泪水盈眶，稻浪涨潮一样漫坡而来的思念，就像一条鲤鱼跃起在山重水复中的稻田，让我走下吕梁以后，仍然回过头来，依依遥望这几天的时光，遥望背后的岁月。

胸中云梦自逶迤

一只红腹锦雉停在及腰高的牡荆上，灰绿的皂角如同湖水荡漾，野羊在高大的紫楝和白楝间轻捷地奔行，金雕高翔在千尺云天。辽远的时间栖憩在大东沟，漂亮的山斑鸡在大片的草丛里好奇地探头向我们张望，导游小姑娘告诉我，那种青草是一味药材，它的名字叫威灵仙。

人类的脚步已经抵达这神秘的原始森林，高达数十米的白皮松林，笔直的树干林立；那些拥有千百年高龄的树木，它们的树冠遮天蔽日，森林里飘浮着冷寂的芬芳，展现一种繁华的拥挤；偶有被天雷烧灼而死的枯树，它们树皮剥落，枝干垂折，有一种铁画银钩的美。而倒下的朽木，静静地卧在时空之中，黑色的躯体上长出美丽的菌子，它们晶莹剔透地立着，像鲜花一样在风中开放。

云雾沉浮制造的幻境奇妙无比，秋阳君临的上午，栎树如绿海向外怒涌，天空奔跑着野马群一样的飞云，我不知道哪一匹属于自己。这里是离石的腹地，它们的名字如此令人遐想：骨脊山、信义镇、千年村。这茂密的松林、如茵的草甸犹如天然的金绿山水，是大自然保存的最原始的绿色记忆，是镶嵌在吕梁山脉的璀璨明珠。

骨脊山海拔 2535 米，传说大禹治水就是从骨脊山下开始的。山脚下有一片乱石滩，一块块石头棱角分明，像是刀削斧劈过的，不同于一般河床上圆滑的卵石，导游叫它石流海。穿过石流海，顺着山坡往上爬，半山腰有一座石头堆砌的雕像，是一群神龟驮着一个石人，石人双目如炬，凝神远望，据说这是禹王石。再往上爬，山体更陡，迂回攀爬一个多小时后，终于登上了骨脊山的最顶端。我在山头打坐，四周山林如惊涛拍岸，我像是在风口浪尖，被潮水举在了头顶。放眼望去，四周群山跌宕。经过多年的荒山治理、退耕还林，山峦绿纱缥缈，有一种浑然的壮美，让人不由感叹天地之无穷。

离石文旅集团依托这一带森林景观资源启动了骨脊山文旅项目，他们的文化品牌如此富有诗意："天下骨脊、英雄吕梁，千年信义、万世永宁。"我为这句绝妙的广告词喝彩。

"从前期规划到完善，露营基地的修建只用了一个多月的时间。"离石区文旅集团负责人闫威则这样说。城市的快节奏生活中，大家常常身心疲惫，这时来一场露营，"天为被，地作床"，亲近一下自然，短暂地从冗杂事务中解脱出来，就可以"偷得浮生半日闲"。

大东沟露营景区的 4 个露营基地分设有帐篷营地、烧烤营地、自驾房车露营区、儿童溪边戏水区等区域。一条全长 3000 米的原生态步道贯穿整个营地，从 4 月 29 日露营文化节开营之日至今，大东沟接待游客已突破万人次。露营经济的背后，是一条长长的产业链。链条的上游是营地建设和经营，下游是吃、住、游、娱、购多元消费。露营文化节——我想这文化节，就是冲着骨脊山的骨脊来的。

众里寻他千百度

我走过后街青砖斑驳的一些商号时，一条条小巷子蔓伸过来，秋日的暮霭平缓而干燥，有虫子在低鸣。一条石板路斜斜指向漱水河边的渡口，那里有零落的蒲苇在桥孔下生长。不同于晋南水泽成片密集的苇荡，此地的芦苇和蒲草寥落，它们因稀疏而显得格外高大，有雍容而寂寞的姿态。湫水河向下流去，在裸露沙床的河边，蒲草结着毛蜡，像一支支红烛点亮了秋风。

碛口客栈的前身叫"四和堂"，据说是一个油坊，专卖胡麻油。它建成于乾隆年间，几经辗转，被一个叫张庆德的当地人买下，修成如今的模样。应该说这位张先生是深具文化品位的人，客栈古色古香，修旧如旧，保存了碛口潮湿陈旧的气息。在汉语的语境中，"客栈"这两个字是远比"酒店"更具文化意味的存在，它包含落拓的、凋零的、萍水相逢的江湖美感——最后一座客栈在繁华不再的小镇上伫立，关涉红尘的轮回与兴替。它不是规则的四合院，而是依湫水的走向而建，大院四周都是窑，有很宽的回廊可以让客人闲坐、喝茶或纳凉，我沿着石头楼梯走到一层窑的房顶上，看到八仙桌上的果盘里摆着深红的圆枣。我在街上几家店铺里鉴赏了一些似是而非的古董，有一对绞丝银镯，粗犷古拙，有黑黄的包浆，我很喜欢，但是把玩了许久，还是放下了。我知道我正在加入碛口的秋天，在这个凋谢的季节抵达同样凋谢了繁华的古镇。我并非专为看一座小镇而来，我更想看到一片生长了千万年的巨大的碛，环绕它的孔隙、沙石、胡琴和河流是否在深秋里发出另一种轰鸣。当然，如果有机会，我也想结识那个叫"冯彩云"的妓女，她在这里居住了一百年，她的红衣褪色了，像秋叶一样，她也肯定希望跟一个人说说话。

黄河的水位一降再降，河床沉下去，岸边是一道一道灰白的印子，我想这样的河床一定很饥渴，不像我，每天喝几大碗小米粥。在曲折的湫水岸边我看到几个架着画板写生的年轻人，似乎是美院的学生。我坐下来歇了一会儿，看那个年轻画家笔下氤氲的古渡口，有很多色彩我叫不出名字，它们像上古的管弦中失传的乐器，奏起一支久远的长调。这长长的民谣中没有路标，少女信手往前一指，对我说："从这里一直走，就是黑龙庙了。"百年来沉积的故事随暮色远去，现在黑暗乘波涛隐现，灯光次第亮起。

黑龙庙是最高的地方，有个戏台，据说过去唱戏的时候，河对岸的陕西人家也能听得分明。我想居高临下看看夜景，便深一脚浅一脚地沿着石巷上去，结果俯瞰什么也看不清，街道只有一条，闪着昏黄的灯光，左手是人家，右手是黄河，那些院落和票号被深深地掩映在一片碛声之中……这节令渐渐有了二胡凄清的韵味，在最初的民谣之外纷纷凋零。

走回客栈时，月亮躺在漱水中睡着了，而小镇的夜生活刚刚醒来，拉三弦的老人咿呀地唱着："九曲黄河十八弯，宁夏起身到潼关。万里风光谁第一，还数碛口金银山。"百年前的碛口曾经商贸两旺，用"生意兴隆通四海，财源茂盛达三江"来形容毫不过分；上千艘木船自北方的河套顺流而下，它们遮天蔽日的帆影在漱水上穿梭。从陕甘宁和内蒙古运来的药材、皮毛、盐碱经此地转运至祁、太、平和晋阳，而东路的布匹、丝绸、茶叶和洋货则沿河北上；那时候口内的市场买的东西大半都叫"碛口货"，它们成就了一代晋商的汇通天下。我耳边仿佛响着数十年或数百年前人们搬运货物的声音和骡马的叫声，码头上是灯笼和火把，历史在黑暗中明亮起来。

晚饭是碗托和油茶，碗托是荞面的，做法与晋中不同，是用葱姜糖蒜和了肉丁炒成臊子，再加粉条和海带丝，最后放碗托，炒好之后散发着葱和肉亮烈的香气，这就是黄河古渡口的味道。

我喝着油茶，听着张树元老人的歌声，这是他的保留节目"碛口名妓冯彩云"。冯彩云在碛口可谓尽人皆知，众口相传着她的绝世美貌和苦难人生，碛口人似乎愿意把她打造为一朵出淤泥而不染的莲花，什么"除暴安良""劫富济贫"之类的形容词都不伦不类地被堆砌在她身上，这样说来她不像一个名妓，倒像一名侠女。然而你问他们这个女子具体的济世功德，又没有人答得上来。因此我并不相信这些乌有的传说，我只愿相信她曾经作为美人的存在。碛口这样的销金之地，怎能没有冯彩云呢？她的名字就是一首诗，像深秋中的一段彩云，美艳、璀璨、变幻莫测，超越于河流和天空之上，超越于她的恩客和珠宝之上；作为一代红颜，她倾国倾城，高踞莲台，她的眼波穿越千年，颠倒众生，她是那种既能自渡又能渡人的女人。

"家住陕西米脂城，市口小巷有家门。一母所生二花童，奴名叫冯彩云……"她从一衣带水的陕西被卖到碛口，碛口为她准备了如流水的驼队和客商，以及他们豪掷的金银和亦真亦假的爱情。"多亏朋友陈海金，引奴到兴盛隆；一身衣裳都换尽，还送奴桃花粉……"血泪斑驳的人生中，几件衣物和一盒脂粉就是她久已向往的温暖，她开始神女生涯："第一个朋友……第二个朋友……泪蛋蛋本是心头血，一天我也不想活……"她凄厉的哭声荡在碛声中，病死时年仅 27 岁。当唱到她的骨灰需要送还米脂时，张树元老人哭了。三弦抖着，有蓊斯的叫声嵌在歌声里，一只乌鹊在枣树枝头飞起，隐入碛口的夜色，西风凉得如此彻底。流年如同一场炼狱，任你绝世枭雄、倾国佳人都要绝望地低眉垂首，众生如此。我也跟老人一起怆然涕下，是因为人生不如意事十之八九，我们总有那么多的遗恨难平。

堆积着丝绸和茶叶的河水边，冯彩云或许曾在这里捣衣洗菜，也许她会把残留着胭脂嫣红香气的洗脸水倒在水中，她的死亡在碛口迎来送往的传说里是香艳的传奇，这传奇令她成为一种宿根深远的植物，盛开在比生命更广大而复杂的生活之中。在深秋时节，她被大风吹落，但是她的种子还在，埋藏在此刻我所站立的地方。

手种苍松百万株

兴县是一块红色的土地，红色遗址有 48 处。目前兴县正打造"五大特色板块"，其中就有"红色旅游板块"，宋家沟小流域治理绿色生态园正是镶嵌在这块赤土上的一块碧玉。

我看到的宋家沟道路平整，满目青翠，空气新鲜，是天然的氧吧。林区有杨、柳、桐、槐、榆、松等十多个品种，一共 1000 多亩。省国土资源局帮助新推的 400 多亩地已栽种油松苗，还有个专门栽培野玫瑰的生态植物园。从广西引进的荔浦芋头、新疆引进的紫丁香、非洲的黄秋葵、日本的樱花，还有本地的杏树、枣树、樱桃树，等等，种满了生态园的犄角旮旯，整个宋家沟一派勃勃生机。

园区建有古典式大理石凉亭两座，内有石桌石凳，亭外是喷泉。园区南侧路边建有"黄河九曲民俗生态园"，每年农历正月十五，附近村民端着灯来此转九曲，欢度元宵节，非常热闹。园区主路边有"晋绥文化生态碑林"，内立 88 通石碑，是兴县从明清时代到现代的名人，还有不少晋绥老一辈无产阶级革命家的功德碑。碑上刻有先烈生平简介，这都是珍贵的历史资料，可以传播晋绥文化，弘扬晋绥精神。

宋家沟就是这样集休闲度假与生态观光旅游为一体，并富有教育意义的好景点，同时这里还是小流域治理的示范基地。而我要说的不止这些，我想说的是一个人：兴县"造林大王"高华处——这座生态园就是他一手打造起来的。

73岁的老高身材瘦削，头发花白，背部微驼，皱纹深刻在古铜色的脸上，唯有一双眼睛是年轻的，闪烁着灼热的光。退休前他是兴县林业局副局长，多年来一直从事植树造林工作，曾获得"吕梁市林业建设十大标兵""吕梁市小流域治理状元户""感动吕梁——2017脱贫攻坚年度人物"等荣誉。

谈起植树造林的事，老高有独到的见解。就是这样一个普通的老人，凭着对植树造林事业的无比热爱，凭着锲而不舍的执着干劲和勤劳的双手，数十年间，在乱石滚滚的宋家沟造林4800多亩，使不毛之地的荒沟变成绿色环保的世外桃源。

50多年前，20多岁风华正茂的高华处，带领群众种下2000余亩核桃树，绿化了整个村庄，也富裕了全村人，让昔日乱石遍野的荒山秃岭披上了绿装；50多年后的今天，高华处依旧奋斗不止，"光荣在党50年"的奖章戴在老高胸前的那一刻，他信心依然坚定："这是党对我的肯定，这辈子，值了！"截至目前宋家沟流域共完成造林3000亩，流域范围内植树10万余株，2016年荣获省级休闲农业与乡村旅游示范点，在治理过程中，高华处带领全家人住在石沟内，将这条荒山乱石沟治理成今日的绿色生态园。

我不知道老高经历了多少艰难险阻，我只能看到他脸上丛生的褶皱如同大地的裂痕。刚过了处暑，我们在他的院子里吃晚饭。宴席是典型的农家乐，我在这个时间看到了上弦月，它有点凉。

首先上来的是一盘秋李子和一盆水煮毛豆，李子清甜，毛豆带着枝叶，鲜嫩无比。我们吃着这些刚从地里摘来的果蔬，一个个心花怒放。我喝着汤，吃着大烙饼、大丸子，真个爽得很。吕梁这地方比我们晋中口味重，饭菜都加油辣子、腐乳汁、韭花酱，我满头都是汗。

晚饭吃到一半，月亮悄悄地钻进了云层，雨下起来了，不一会儿就成了大雨。客人们都走不成了，索性就在园子里唱歌。歌声穿过雨幕响彻宋家沟的秋夜。这是吕梁民歌，在这雄奇的吕梁，古老的山曲传唱至今。我以为这首《串枣林》是一首关于森林的情歌：幕天席地的清唱，引领人们回到众生狂欢的森林深处，山民顿开歌喉的时候，他们是面对荆棘、虫兽、风雨和严寒酷暑的，他们借助歌声来表达自己的存在与壮志，这改天换地的韵律，雄壮而婉转，悠扬而漫长，它是黄土时代的歌声，是文物级的民歌。

山民创作的歌谣总是那么简单，唱腔不加修饰，歌词张口就来，"半夜想妹妹"，这句唱词多么直白，那表现了少年男女初萌的情意，抒写在暗夜的村庄。我们都在这村庄的中央，我们点燃篝火，彻夜唱起山歌，浓缩了关于山林的变迁记忆。今日的歌声将是历史的见证，它在宋家沟生态园之中回荡。从林区绿意盎然的宏观景象，到农庄纯朴天然的微观雕刻，生命在每个角落都能凝视自然的造化。高华处用似水流年表达的爱意，滋润着他的家园。这家园就是兴县的不夜曲，他本身就是一首辽远的歌。

曾说六郎此驻兵

登临六郎寨，我灰黄的思绪漫过高耸的驼峰岭，巨石在苍穹下挺立，古柏青黛一点，大写意地为黄河之意点睛。足下的砂砾，如岁月的风化标本，牧人扬鞭抽落一条负重的长嘶，驼背上驮着落日之歌——此时此刻我心底升腾的光明，悬浮于黄河上空，永世苍凉。

多少个漂泊的日子已经过去，我走马吕梁，沿着黄河流浪的意念紧扣我心灵隐秘的渴望，在涂满金色的广阔的观景台上伫立，一任河风灌耳。一眼万年的命题在惊鸿照影时定格，落日像一道虎符，一个世纪又一个世纪地钤印，阳光是血红的印泥，火焰般吻上这如画的江山。

相传北宋名将杨六郎曾在此设寨，防御异族入侵，故此村名寨滩上，山顶就是传说中的六郎寨。它是黄河古渡口，有龙王庙壁画和晋军河防工程遗址。时间在此叹息，黄河像一幅油画，凝重的色块推移，落日的光辉撒满河床。我的血是热的，像河水切割着沙层，有断弦般的疼痛。那疼痛欲抵天际，如黄河之水天上来，我的想象被再次剥离，我设想成为六郎帐下的戍卒，这样我可以永世镇守于黄河，任思想南下中原——一千年并不算太长。

在 20 世纪 80 年代末的童年岁月中我不止一次描摹着这个地方，它从一千年前的历史尘埃中慢慢浮现，它遍体金黄，耀眼得令我看不清它的模样。"断垣衰草野狐鸣，闻说六郎此驻兵。千载烽烟锁旧垒，三军旗鼓剩荒城。"

我不能肯定我心中断垣衰草、野狐悲鸣的六郎寨是不是眼前这片遗址，也许它根本不是，也许它在它们的身后或脚底——那是30多年前的往事了，村庄遥远而贫穷，阳光金黄，田连元的声音平缓地在土坯墙边延伸，摇落一地绿荫，我对杨家将的印象之旅由此开始。一群历史的幽灵在半导体收音机里捕捉我心跳的声音，而我在听他们的故事，我听到的是另一种声音，或者说一种声音之外的声音，它穿射于血液和泪水之中，让我感到震撼，感到光荣。

在我生活的北中国农村，人们对杨家将的故事耳熟能详，随便找一个老人都能说得出几段。直到长大之后，我才知道其实正史中的杨家并没有那么多的儿郎，他们的赫赫功勋也多半是民族不断造神的结果。千年来他们的骨架被人们不断填充血肉，本来三代的将领被扩为五代，更加入了许多虚拟的人物——小说与戏曲，与真正的历史相去甚远。可是这些重要吗？凡人需要神坛，民族需要血性，文化需要英雄，历史需要图腾，在皇权和民意的双重推手下，这一切的一切凝聚成铁血传奇。

年少的记忆冯虚御风，正史与野史纵横交错，影视和评书次第上演，那一年郑少秋的杨六郎丰神如玉，廉颇老矣，风采不减，为此我愿意相信真的有这样一位儒将，在宋辽风云中书写着边塞的历史。当他缓步踏上点将台，十万雄师旌旗招展，江山如画尽收眼底——江山啊，这令人欲肝脑涂地的江山。

有什么事物可以不朽？我来叩问这九曲黄河，落日沉向河水，渐渐与水相拥，渐渐融化辉煌的时间。悠长的河流中，是绵延不绝的赭红色崖壁，千仞之高，万丈之长，每一块临水照花的石头上，都有一眼洞窟，犹如佛龛，犹如天眼，其中端坐着或涅槃或羽化的精灵，有异兽，有草木，有妖物，有天神……它们姿态各异，它们千重万复，它们历劫飞升，它们竞发争渡，万物在生长，众生在狂欢，我想，当年的乐尊法师若是从此泛舟南下，通天洞便是莫高窟。

俯瞰山下可以看到黄河一号旅游公路的片段，这条观景公路连接着驼峰岭、状元桥、奇石窟、观景台、通天洞等景点，有8千米长，我沿路走下山去，路边的蚂蚱在草叶上跳动，微温的阳光许我以最后的照耀，它引领我走向激情的大水，或者8月的汛期。一个人一生能够扎下一座山寨吗？我在寨中，你在寨外。

荆棘丛边访旧踪

遍布四野的沙棘，在吕梁西麓，春末时开细小的黄花，碎金般点在铁黑色的枝头；到了秋天，一簇簇一丛丛的橙色果粒就满山烧起来了。这种植物其实我的家乡也常见，我们叫它醋柳，但是零星而分散，不是成片的，没有这样漫山遍野的林子，没有这样铺天盖地的橙黄。我小时候去山里，总能采到满把满把这样的野醋柳，它酸甜的汁液带着阳光的金黄连接着我的童年。

在沙棘林中漫步时，向导为我讲了几个故事。一个是说当年成吉思汗为了轻装上阵，将一批连年征战、体弱多病的战马弃于沙棘林中。待他们凯旋而归，再经过那片沙棘林时，发现被遗弃的战马不但没有死，反而都恢复了往日的神骏，一匹匹出落得膘肥体壮，奋蹄长嘶。战士们向铁木真禀报此事，一代天骄猜测这是战马觅食沙棘之故，遂下令全军采摘大量的沙棘果携带。果然，经常食用沙棘，蒙古铁骑比以前更加骁勇善战，直至横扫欧亚大陆。一个是说山西的省鸟褐马鸡，那是一种雍容华贵的鸟类，毛羽蓝褐相间，十分美丽。但在人工养殖的过程中，褐马鸡出现了尾羽脱落、毛色暗淡无光的现象，这一问题很长时间未能解决。直到前几年，经科研人员细心研究发现，褐马鸡在野生状态下，其重要的栖息地是沙棘林，正是由于长期吃食沙棘叶和果实，才使它有如此美丽的羽毛，饲养员于是给褐马鸡喂沙棘果渣和叶，几个月后，这种丛林中的珍禽重新变得漂亮起来。

时令还不到丰收的季节，但是已有晶莹的沙棘在枝头燃烧，浩瀚的沙棘林毫无萧瑟之感。林下芳草鲜美，竟有春天的气息，几只不知名的小鸟飞上沙棘枝头，这些精灵的羽毛镀着沙棘一样灿烂的橘红和金黄，大约是一种保护色吧。向导是本地人：王狮乡蛤蟆神村的护林员王明珍。这条路，他来来回回走了多年，身边的这片林，也成了他日记里的"主角"。

2017年1月的一则护林日记里，王明珍这样写道："再有两天就过年了，我今天早上起来就守在羊脑山的路口，检查上坟的人们，叫他们上坟的时候，必须带上灭火工具。"过了两天，他又在日记中写道："今天是除夕，贴完对子我就赶紧跑出来，因为是最紧张的一天，今天上坟的多，还有放炮的，所以必须加倍小心。"王明珍的日记内容不华丽，还有不少错别字，但每天干了啥、工作要注意啥，都写得清清楚楚。干这行这么多年，他坚持每天在村旁日渐繁密的山林里巡查一遍。护林防火最是要紧，王明珍每天都打足了精神，手里拿着铁锹，在羊脑山的小路上巡护着，生怕出一丁点儿差错。

王明珍说："每天要走 10 多里路，吃着护林员这碗饭，就得认真完成任务，做人要厚道。"

数据显示，山西省天保工程区占全省总面积的 66.05%，其中林地面积占全国天保工程区林地面积约 1/10。此外，山西省黄河流域每年平均向黄河输送泥沙 3.67 亿吨，占黄河泥沙总量的 1/4。天保工程建设，对于山西生态修复的意义不言而喻。岚县地处山西西部，离黄河不远。站在王狮乡的山头上，春风吹来，漫山遍野已透出片片绿色。天保工程实施前，这里可不是这样。"以前一到刮风季，沙子就起来了，用土话说叫'黄风摆浪'，男人女人出来都得裹一层纱巾。"说起以前，王明珍习惯性地抹了把脸，像是要抹掉脸上的灰。他说，干了这么多年，习惯了每天去山上走走，写写日记，工资也涨到了每年 8000 元。有了保障，他干活更来劲。

他说沙棘林最美丽的季节是初冬，沙棘成熟，百鸟来朝，各种飞禽走兽纷至沓来，在这里享用一年一度的盛大宴席。他在这里看到过许多平时不得见的珍稀物种，有鸢和鹞子，还有麝和老豹。

沙棘长得极快，护林员的毡房前有两条小路，隔几天不清理，新长的密密的沙棘枝就会把这小径封锁，所以他日常的工作，还包括修剪树枝和草地。除此之外还可以打兔子，这里的野兔极多，十分肥美，且蠢得可爱，守株待兔在这里是可行的。

传说中的沙棘，顽强生存在贫瘠的黄土高冈，积聚起人迹罕至的荒凉山脉的地气，在这被世界遗弃的幽密谷地，只有这些淳朴的山民，才知道它拥有怎样强悍的洪荒之力，才知道用怎样的热爱才能够有幸获得它的神力的眷顾。它清凉、酸爽、鲜美，它生长过千万年的光阴，在永恒的时间之河里，岿然地等待一双拨开荆棘、攀上山梁的手，一双穿过秋风、越过苦难，欣喜地望着它的眼眸。它愿意低下头，把满捧灿烂的果实奉上，这是一个关于光明的隐喻。

我把沙棘汁倒在粗瓷大碗中，入口冰凉，留在喉头的是一阵阵的粗粝的酸；但是这种酸在喝过一会儿后，能从舌尖上感觉到某种意味深长的清冷的甜。这种原始的生猛的酸甜，与酿造它的山林和朋友，是现代科技以任何先进流程都无法复制的一种味道。吕梁山里流浪的风沙哑着嗓门从沟底窜了上来，我掰了一小枝沙棘，嗅着它的香。

翻过羊脑山，风冷下来。远远望见蛤蟆神水库边有灰白的芦苇，如零落的雪花。苇丛中一只黑鹳沉静地俯视流水。站在那个角度很容易掌握游鱼的动向，我看到它专注地看着水中的波纹。太阳已经西沉，玫红和浅紫的云块上下浮沉，余晖抹在一座座低矮的小丘陵上，这里也有沙棘林，沙棘在夕阳中红艳如火，岔路口上有老农担着枣叫卖，枣筐边缘也斜插沙棘枝，沙棘簇成黄色的伞，那老农整了整头巾，沿河轻捷地走远。路越来越逼近水边，天黑下去，水声渐大，路上迎面驶来一辆三轮车，突突突的声音轰隆在山水之间。此刻世界沉寂，万物都黯淡了光彩，我像穿行在一轴淡水墨的画卷中。多么遥远的行走，我走在吕梁的边缘。我跌入无限的时间，水上浮着的星光和天上的星光，呈两种不同的亮度和姿态，我从它们的缝隙中看过去，忽然望见对岸的山村亮起一盏孤灯。

陌上花开缓缓归

看到岚县的土豆花，心都有些乱了。

这土豆花的颜色是立体的，是层次分明的。黄褐色的厚土，碧绿色的枝叶，还有原野上淡青的远山，殷红的朝霞，无不烘托着清秀可人的土豆花。"榛实软不及，菰根旨定雌。吴沙花落子，蜀国叶蹲鸱。配茗人犹未，随羞箸似知。娇鞶非不赏，憔悴浣纱时。"这样的土豆花在秋天里很应景，它们为季节增色，挽留着盛夏的华美。

土豆花单看一朵会觉得单薄，几棵土豆能成什么气候？零零落落，不够自信，必须连成整体才会有云蒸霞蔚的灵气——譬如一场修行，必须历千重劫才能羽化登仙。唯有在岚县，在起伏不断的山丘和原野上，在穿插着村庄和房屋的谷地里，成百上千，冰雪万顷地铺排着，那才是土豆花的大美。它们的品种不同，花色也各不相同，大多是洁白芬芳，清清白白；也有的是娇黄淡紫，淡雅宜人；它们就那样错落有致地开放，在黑与白，山与水，风与雾间俯仰生姿，转盼流连。极致的雪白静谧中，游人令颜色活泼起来，色彩流转；几只小鸟叽喳着在花丛中跳跃，为吕梁的画卷配上曼妙的音乐，像琵琶一样婉转，古筝一样动人。

王家村是位于岚县岚城镇境内的一个山村，因盛产土豆而闻名。王家村是高寒山区，空气清新，昼夜温差大，光照充足，土壤肥沃，适合土豆生长。"岚阳土豆"已种植200余年，飘香万里。土豆花开遍了王家村的沟沟壑壑，到处都是白色汪洋。放眼望去，整个王家村风景区遍野飞雪，与马铃薯长廊两侧山川的雄奇意象交相辉映，共同构成了晋西北最美的乡村风光。

在这鲜花盛开的地方，有我深爱的村庄，芳华绽处即吾乡。近年来，以花为媒，成为岚县乡村振兴工作的一块金字招牌。"南有婺源油菜花，北有岚县土豆花"是岚县人挂在嘴边的广告词。他们推出了游岚阳八景、品土豆美食、住民俗客栈、展特优产品、览非遗风采、观地方小戏、享激情盛夏等七大文化活动。办一场活动，兴一片区域。

小土豆成就"大文章"，"土豆花开了"打造出岚县土豆产业一条龙旅游服务链。它以山青、水秀、谷静、花盛而著称，是人们远离喧嚣，观光旅游的绝佳胜地。游人来到这里，春住土豆农庄，夏购土豆香醋，秋赏土豆花海，冬品土豆盛宴，四季美景让人回味无穷。我羡慕王家村的村民，有幸在这美丽富庶的地方繁衍生息，过着幸福安逸的生活。

工作人员向我们介绍，说岚城镇是岚县有名的土豆之乡、小杂粮主产区。近年来，岚城镇以乡村振兴为主线，以打造"两山"理论样板区为目标，融合了原饮马池景区和土豆花开景区，已成功举办八届"土豆花开了"旅游文化月活动。

随行的一位当地作家插了一句："你们过个把月再来，更有口福，那往外运输土豆的车辆，能排成十里长龙。" 置身山野，四面芳华；茫茫天地，如火如荼。我们跑到田里拍照，锄草的老者见我驻足，向我微笑致意。一番闲聊得知，老者姓王，已经年过花甲，三个儿女都已成家，老两口侍弄着十几亩土豆。他边说边点起烟斗，一脸满足的神态："我们也不受罪，消消停停地种土豆，一年收入三万来块钱。"老人略作停顿："知足啊，现在上级免了农业税，还有粮食直补，没想到老了还能遇上这样的好时光。"他沟壑丛生的脸上泛着古铜色的光泽，我也被他幸福的神态所感染。

我沿着小路向土豆花深处走去。层层叠叠的绿叶下，藏着滴灌带，随风时隐时现。聪明的农户也开始使用科学技术了，听他们讲，滴灌的土豆不但个大、品质优，而且颜色鲜亮，能卖出好价钱。我呼吸着清新富氧的纯净空气，里面尽是土豆花的暖香；我眼前的每一道山梁，每一泓波光，都是岚县辞典的精美词条。

我眼前的村子，红砖黄瓦错落有致，庭院整洁，门楣相依。新改造的街道四通八达，广场、公园随处可见村史文化的印记。在这万物积淀的季节，有懵懂孩童三五成群，嬉笑打闹，惊起了落花中的蜂蝶。一方水土养一方黎庶，育一方精神。这一方土地，因了自我的、厚重的底蕴，闻名于三晋大地。青山绿水的抒情华章在这里滋长，让人相信，土豆花就是飞向远方的翅膀。我深深思考一个问题，王家村是怎样实现本色蜕变，是怎样从泥土砂石轮回的流转岁月里华丽转身，成为一座土豆山庄的呢？

曾经，在尘土飞扬的山野乡道上，王家村的父老乡亲不畏艰难困苦，一步一步前行，脚印或大或小，亦深亦浅，走着走着，终于走进了新时代——他们勇敢地播下种子，抓住了机遇，大力发展新农业，弘扬自身特色，规模化种植，在方圆百里的荒坡上种下了数万亩土豆。数百贫困户因此摆脱了贫困的命运。群众的自发创造，加上岚县政府适时的科技服务、政策引导，王家村的土豆迅速形成燎原之势。

细风和鸣，随意来去。山乡之风情，远观峰岚叠翠，近看碧水绕村，每一个光影皆是大手笔。我想，人能在千万亩土豆的怀抱里调养生息、涤荡灵魂，不正是一种福祉吗？是的，这福祉就是吕梁百姓珍惜太平岁月的情怀，这福祉就是物产丰厚的岚县乡土，这福祉就是包容生活永不停息的奋斗。

此刻，我好像又遇见肩抗锄头的那位老农。他是去给可爱的土豆苗滴灌吗？他是去为土豆除草、松土吗？他是去小广场观看文明下乡的演出吗？他刚下了一局好棋，他刚听了一出好戏，他在憧憬下个季节土豆丰收的样子……忽如一夜春风来，千朵万朵豆花开，每一户农家都是一朵大地上开放的土豆花。吕梁的姿态一如既往，甜得芬芳，香得诚实，如此坦然地卧于三晋西北。只要人们朝着同一个方向前行，"振兴吕梁，辉煌三晋"的发展蓝图便能铿锵壮志，催人奋发。

多么好，我在岚县看到土豆花，或许王家村本身就是一朵土豆花，这个好地方，它和祖国大地上千千万万的乡村一样美丽，一样芬芳。它们朝着同一面旗子，不忘初心，奋勇向前；它们无愧于过往，规划着未来，尽情开放。

已到归期。最后的站点，在玄色的菜单上：水晶饺、蒸圪僵、黑条条、捣拿糕、烤土豆、凉夷子——土豆盛宴温暖了我的胃。事实上所有的剧目，都已经由黄河编排，它是一种机缘，它像生命之水的自由奔流，像山川大地的天然相遇，像太阳从黄河之上升起又落向滚滚红尘，像这千万颗土豆滚入河水，与黄河融为一体——我愿于此永世躺在吕梁的怀抱，我愿永远聆听土豆的细语。陌上花开，缓缓归矣。我愿以频频回首的姿态，凝目这黄河边的山梁。

北地秋来早　边城花正开

周俊芳

"北地春光晚，边城气候寒。往来花不发，新旧雪仍残。"诗中北地，指当时河东道以北地区，边城，指岚州，即今天的岚县。

这首诗的作者杜审言，出身京兆杜氏家族，少年有才，与李峤、崔融、苏味道合称"文章四友"，是唐代近体诗的奠基人之一。令人惊叹的是，他有个为父报仇的儿子杜并，还有一个被奉为"诗圣"的孙子杜甫。

杜审言职位不高，被贬两次，唯文坛成就突出，诗作朴素自然。唐咸亨元年（670），擢进士第，为隰城尉。这首《经行岚州》就是他途经岚州（今岚县）所作。

两地虽然相邻，但岚县海拔高，三面环山，早春时节，别处已是花红柳绿，春意盎然，而岚县春寒料峭，仍是暮冬气象。在诗人眼中，是春日迟迟，无花可看，无绿可赏……

1353年过去了，往事越千年，北地、边城早已换了人间。

处暑那天，山西文学院、吕梁市文联组织的"生态文明　美丽吕梁"文学采风创作活动一行人抵达岚县。

此次行程从汾阳出发，经离石、临县，过兴县到岚县。天公不作美，从兴县开始，就一直淅淅沥沥在下雨。久不下雨，对庄稼而言，是久旱逢甘霖，而我们的采访却不得不临时变更。冒雨欣赏了国家级非遗项目——岚县面塑，十几家非遗传承人独具匠心，各有千秋，造型繁杂，题材广泛，其技艺和创新，令人耳目一新，远远超越了饮食范畴。雨中参观了号称全国最大的单体铁矿、亚洲第二大露天铁矿的太钢袁家村铁矿，气势磅礴的露天铁矿开采现场，色彩斑斓的超大尾矿池，高精尖的智慧控制中心……令人叹为观止。名不见经传的岚县，其矿藏之丰富，严重被忽视了。

街头巷尾，到处都能见到"土豆花开了"的标识，"土豆花开了"是岚县的一张名片，每年七八月间，土豆花漫山遍野开放，形成了自然的土豆花海景观，美不胜收。

我们到岚县的那天，是第九届旅游文化月活动的最末一天。心里莫名叹息，土豆花基地怕是无缘去看了，可惜，错过那片土豆花海了……

2017年7月，在土豆花盛开的时节，我曾随山西省作协来岚县采风，见识过岚县的万亩土豆花海。走进岚县土豆花开景区，漫步其间，我被小小的土豆花震撼了。

这里虽处吕梁山腹地，海拔较高，岚县平均海拔1415米，但地势平坦，是吕梁山上最大的一块平地。郁郁葱葱，苍苍茫茫，波浪般舒缓的田野、树木，风轻云淡，花开绚烂，此情此景，想不歌唱都难。

那一次，小小土豆花，给我留下深刻印象，久久难忘，写下一首《土豆的颂歌》：

你是胜者，
大地为被，雨露为媒，
你与黄土地和解，
在山洼沟壑间落脚，
带着一身的荣耀，
繁衍生息。
你的原名叫马铃薯，
有人却喊你洋芋，跋山涉水而来，
北方人叫你土豆，满身泥土，
可山西的文化人认定你是山药蛋，
与笔墨相融，
从此载入文学的殿堂。
有人嫌弃你土得掉渣，
说你是穷苦日子的真实写照，
有人敝帚自珍，

视你如家人故旧。

你混迹于土坷垃之中，

花开的绚丽与你无关，

碧野的广袤与你无缘，

你闭门谢客、韬光养晦，

在盘根错节的根须之下，

酝酿着一场旷日持久的战役……

那是我第一次诚恳认真地蹲下来，与土豆花对视凝望。被忽略了那么久，才发现，适宜在贫瘠处生长的土豆花，原来并不简单，花开得不大，却有着别致之美。花朵有白色的、淡粉色的、深紫色的……白色的花瓣，黄色的花蕊，像极了水仙花；紫色的花瓣呈现出深浅不同的色彩，花蕊的颜色更深。花朵一簇簇次第开放，高高挺起的花苞，带着一股子小小傲娇，别看它矮矮一株，但簇拥成一大片，连绵成上千亩、上万亩时，那阵仗颇为壮观，不由让人驻足凝望，颔首赞叹。

土豆是寻常蔬菜，到冬天更是家家户户必备的过冬食物。也见过种植土豆，见过土豆生长开花的模样，见过收获土豆的场景，但从没有想到，那么朴实无华的土豆，能开出万马奔腾的气势。

许是心诚，次日上午，大雨渐歇，天色微亮。一场文学讲座之后，我们前往心心念念的土豆花基地。

再次凝望那片花海，远处雾霭茫茫，如一张硕大的绿色幕布，从与天相接之处，缓缓地延展到我的眼前。环顾四野，心旷神怡。目之所及，是湿润的、空旷的，漫卷而下，不愧是"天上云间"的岚县，让土得掉渣的土豆，长出了战雷滚滚、旌旗招展的阵仗。

当秋日暖阳染红了远山旷野，

天高云淡、千呼万唤，

你才仰起头，露出容颜，

那是一张勇敢高傲的脸，

> 迎着寒霜，无惧凋零，
> 你的歌声听得人唇齿留香。
> 土豆花开了，
> 不过是一曲斗志昂扬的鼓点，
> 是一阵悦耳的冲锋号，
> 当丰收在望，盆满钵溢，
> 那才是沙场点兵，凯歌奏响！

当年，我在写下这首诗时，尚不知，这种金戈铁马、鼓角争鸣的感觉从何而来。

等翻开岚县历史，一个马背上走来的秀容古城，断垣残壁地呈现在眼前。原来，这片土地曾经历过铁骑征伐，承受了寂灭崛起。从远古走来的岚县，给人的不光是祥和浪漫的气息，还有"醉里挑灯看剑，梦回吹角连营。八百里分麾下炙，五十弦翻塞外声，沙场秋点兵"的慷慨豪迈。

曾经，在魏晋北朝时期，先是南匈奴核心五部，后有尔朱家族兴起，大批胡人南下，在此定居。岚县之名，源自相邻的岢岚，岢岚即贺兰的音译，岚，现在译作山中的雾气，是很文艺风雅的字眼，其本意来自胡语。往上推，岚县叫秀容。

其缘起是一个建立匈奴汉国的皇帝刘渊，这个南匈奴首领，改姓刘，认汉朝为宗，最早在岚县活动，征伐驰骋。因此，秀容一词也是胡语音译，或音转变化而来。

在民族融合中，尔朱家族在岚县以北的岢岚、宁武等地兴起，被称为北秀容，而岚县被称为南秀容。至于忻州秀容，那是后话，不在一个时间节点，前世今生，沧海桑田。

北魏定都平城（今大同）之后，为统治秀容胡人设秀容郡，北魏大将尔朱郁德因功勋卓著，被封为郡主。410年，北魏明元帝永兴二年，叱咤风云的尔朱家族在岚河南岸，汉时汾阳县城的基础上，开始大兴土木，修建城池，这就是秀容古城。十里古城，坚实堡垒，秀容古城以浓郁的军事气质，尽显尔朱家族的彪悍霸气。这座城池，也为岚县定下了马背上的底色。

1500多年过去，秀容古城早已是断壁残垣，不复当年英姿，但任风吹雨打，遗址犹存，风烈依旧。

唐朝初年，一个早春时节，一个身形单薄的诗人，牵一匹瘦马，独自赴任，路经岚州。北风呼啸，树木干枯，别处花开了，边城"花不发""雪仍残"，来一次，往一次，两次经过岚州，都是如此景象。敏感多情的诗人，不由一声长叹，吟道："自惊牵远役，艰险促征鞍。"北地远役，边城苦寒，怎一个艰险了得！

他就是刚入仕为官时的杜审言。

他经过岚县要去为官就任的隰城县，与岚县一山之隔，故址在今柳林县城西杨家坪，都是诗中所指的"北地"。如今山西临汾有个隰县，位于吕梁市南麓，属于晋南，并非北地。

显然，南辕北辙，隰城县非隰县。但你说两者没有关系，似乎也不对。地理上不交集，但名称沿革上有关联。

隰城县西汉置县，属西河郡。隰县春秋时期晋文公重耳封地，乃称蒲邑。汉朝，在此置蒲子县……隰城县在战乱中被胡人所毁，随着政权南迁，隰城县不断变更，从吕梁山北端转移到南端，终于落脚隰州，即现在的临汾隰县……

与隰城县不同，岚县地域未变，历史延绵千年。但其县城几番更迭，千百年来，岚县有三座县城，秀容古城、隋城宋城、今县城。

杜审言路经岚州时，居住的是隋城。隋朝初年，因岚河泛滥，政权东迁，人们在现在的岚城镇，开始修建隋城，这是岚县的第二县城。隋城有东、南、北三座城门，黄土夯墙，西侧临崖。400多年后，南门之外，又建起一座宋城，比隋城略小，但精致讲究，内有民宅商铺，外有敌台深壕，看上去十分奢华富庶。

这座城池，从隋唐到民国，一直延续了1200多年。

如今的岚县城，又回到了岚河之畔，在秀容古城北侧，地势较高的区域，建了一座新城，这是岚县的第三座县城。

仿佛是一个轮回，历史在变迁，人口在迁徙，岚河奔流，日复一日，记录和承载了岚县人民的抗争和奋斗。

岚县境内有7条河流，岚城河、上明河、普明河、岚漪河、南川河、蔚汾河、龙泉河七水绕县，其中岚河和蔚汾河为最。岚县，向东有岚河，汇入汾河，向西有蔚汾河，流入黄河。

有水的地方才钟灵毓秀，就有人文气息、远古遗存。有山有水的岚州，水流淙淙，如琴声一般悦耳，山峦跌宕，似画卷开合。千年之前，杜审言在诗中，便不吝笔墨，夸赞岚县山水景致，"水作琴中听，山疑画里看"。

岚河，又叫岚州河，发源于岚县马头山脚下，入娄烦县境后汇入汾河。岚河上源也称岚城河。我们参观的岚县土豆花风景名胜区，就位于岚县北端的岚城镇王家村。

原产于南美洲的土豆，进入中国 300 余年，岚县种植土豆就有近 200 年历史。岚县地势平坦，土质肥沃，气候冷凉，降水量少，具有种植土豆得天独厚的地理优势。在祖辈精心培育和种植下，土豆落地生根，成为当地人主要的食物。

如今，岚县土豆种植面积在 30 万亩以上，年产土豆 40 万吨……亩产平均五六千斤，最高能达到上万斤。如今，游客趋之若鹜去看土豆花开，食客大快朵颐去吃岚县土豆宴，已然成为一种风尚。由土豆做成的美食，成为餐桌上的轻奢品牌，推崇者众多。岚县以土豆花吸引眼球，以土豆宴留住胃口，让岚县土豆身价倍增，声名远播。

一颗小土豆，做起大文章。岚县已经成为"山西马铃薯第一县"和"全国马铃薯主粮化开发第一县"，以土豆花和土豆宴为主的文旅产业蓬勃发展，独树一帜，令外界刮目相看。

岚河，还有个名字"绿水河"。岚县人把土豆种成了一条绿色的河，河上开出了缤纷的花，成为当地人致富的支柱产业。

蔚汾河是黄河一级支流。其名字中的汾，是指岚县汉朝时称汾阳城，水从其北山流出后，经过县南蔚山脚下，故名蔚汾河。

采访团在兴县时，前往六郎寨途中，停在一处叫张家湾的村边。桥下是发源于岚县野鸡山的蔚汾河，从东向西缓缓而来，十几米外就是湍急的黄河。这一段河床，西岸陕西那边高山耸立，东侧山西这边地势较低，河滩平缓。

两河交汇处，河水清澈，悠然流淌。两岸庄稼茂盛，远处山峦朦胧。淅沥细雨中，我静默站立，大河之所以为大河，是因为有无数小河的汇入，涓涓细流，才有了奔涌磅礴，气势如虹。

　　2500 年前，一位圣人在黄河之畔，发出"逝者如斯夫，不舍昼夜"的喟叹。世人只知吕梁山，并不知江苏徐州还有个吕梁。曾经是古泗水的流经地，春秋战国时期，吕国、吕县所在地。郦道元《水经注》中写道：彭城县东北……又东南过吕县南……泗水之上有石梁焉，故曰吕梁。因"悬水三十仞，流沫九十里"，波涛汹涌，遂有孔子观吕梁洪，感叹时间飞逝，流水无情，留下"子在川上曰"的千古佳话。

　　同为吕梁，今日，黄河故道以北的徐州吕梁风景区，建起了世界园博园；千里之隔，黄河东侧的吕梁山，植树造林，治理荒山，已形成郁郁葱葱的景象。放眼望去，片片绿树青山环绕，汩汩清水汇聚大河，正应了我们此行采风的主题——"一泓清水入黄河"！

土豆计

王　芳

土豆长成海，是岚县人的计谋。

成熟前先开花，这是多数植物宣示自我存在的路径，土豆同样，合适的水土，合适的时节，开出那种丝毫不炫目的花。当此花被人注视，一时明白起来。若有心人当计谋用之，迅即泛滥，不拒绝平铺直叙，不追求争奇斗艳，淡雅的七色花，绚烂在饮马池下。

饮马池上有草甸，绿成河湖，蓝天一映衬，每株草更是傲娇得舒展了身姿。人们远远地迎过来，伸展双臂，仿佛一揽子可以抱得住花和草。

即使站在草甸上，也望不到安第斯山脉，太远了，也就看不到印第安人发现和种植马铃薯的表情。10000 年前的晚更新世末期到全新世，世界气候进入大暖期，人们找到了活着的更好方式，农业起源了。印第安人此时进入安第斯山脉下，靠狩猎和采集不能满足他们的肠胃，就在地下挖啊刨啊，一不小心，看到了马铃薯，他们琢着磨着，竟然发现了马铃薯的无性繁殖特性，改良马铃薯就成了他们的日常生活，顺便解决了饥饿。

马铃薯在美洲生活了几千年后，开始了自己的远征。欧洲、亚洲、北美洲、大洋洲，马铃薯漂洋过海，到处繁殖，小小的胖身子，撬动了整个地球。当然，作为主食和菜肴齐备的食物担当，马铃薯最感谢的人是哥伦布，如果没有哥先生发现新大陆，它们也只能与安第斯山同始终。

马铃薯，以自己的方式和步伐在天下行走，400 多年前，它们并不知道世上有个岚县。当然，岚县也不知道有种食物会征服这块土地。

10000 年前，旧石器时代过渡到新石器时代，人们学会了种植。广袤的晋西北，除了草原，就是森林，几条河流穿插在大山之间。具体到吕梁山北部的岚县，在商朝之前，这里的人类活动是阙如的，大概那时的人们还未找到这一水草丰美的开阔地带。

商周之时，燕京戎族在这里纵马驰骋，过着狩猎的生活，与草原和森林中的动物互为仇敌。戎和狄，一直是连在一起的，到后来，北狄人取代燕京戎成了这里的主宰。那些动物们是认不出谁是戎、谁是狄的，有武器的人们都是它们的敌人，躲避不及就会成为那些人的食物。尽管这时农业起源已有几千年，人们也学会了种植，但游牧特点注定了食物获取的方式。

晋国自文公称霸后，疆域越来越大，收服戎狄蛮夷的步伐加快，各民族都在周朝姬氏后裔的武力下臣服，管理成了一项技术活儿。晋国当政者不敢小觑这些戎狄，就在现在的岚县古城村，建起了一座汾阳邑。夯土、方城，伴随着岚河的流淌，牛羊马在城外走来走去，城里住下了一些管理者和他们的家眷。城墙的作用，始终是隔绝、抵挡和震慑。

又是千年荏苒，北魏王朝统治了北方，尔朱氏兴起。

尔朱氏是燕人（保不齐就是燕京戎的后代），世居尔朱川，北魏建国，尔朱氏依附拓跋族，北魏皇始元年（396），拓跋珪伐后燕，只有打赢这场战争，拓跋族才能入主中原，就在这次战争中，尔朱氏充当了内应和向导，论功封赏，尔朱氏被封秀容（北秀容）。

北魏永兴二年（410），北魏皇帝拓跋嗣赏赐给替他南征北战的功勋尔朱郁德一块封地。秀容郡郡主尔朱郁德便把郡治和尔朱氏一起迁到了新封地上，这块土地成了南秀容。尔朱氏在原汾阳邑的基础上筑墙建城，积累财富，生存繁衍。水草丰美的地区，动植物都是他们的食物。

尔朱氏到了尔朱荣手里，已有"新民八千余，马数万匹"，富可敌国。战争年代，蠢蠢欲动的称霸之心在尔朱氏心里"咚咚"跳动，他训练了一支强悍的部队，部队里有3个人日后会把这个世界搅得天翻地覆，这3个人是建立北齐的高欢，建立隋朝的杨坚以及唐高祖李渊的曾祖。

北魏孝昌四年（528），尔朱荣扫灭葛荣，底定河北，击破南梁，荡平关陇，统一了北方，扩建了秀容城。据说，当时的秀容城，豪华可比北魏都城洛阳。但是，江山代易，谁都可能是山河之主，高欢与尔朱荣闹翻了，北魏永安三年（530），双方大战，尔朱荣败，自缢，高欢纵火焚烧秀容城。

火，映红了岚河，映照出百姓们惊恐的目光。

如今寻来,古老的秀容古城,只留一段残墙。荒草掩映之下,愈见沧桑刻骨,此时与谁同坐,明月清风我。

一路行,绿色的山梁携一丛丛树木,总是与我并辔,笑着,笑我走不出这皇姑梁。据说皇姑就是尔朱荣的女儿,埋在这山梁间,见证着尔朱氏的衰落与时光的无情。

300多年后,司空图来了。

这位在河中虞乡(山西永济)定居的安徽人,著有《二十四诗品》的唐朝才子,904年来到了隋城。

尔朱氏的繁华衰落了,随后,高欢所建的北齐也被北周所灭,北周又被隋取代,烟云沧桑。隋大业十年(614),隋城在离秀容古城不远的地方建起来,又在繁华的唐武德四年(621)改为州城。

司空图有个叔外祖父,名为刘潼,唐时为太原尹。司空图就是来看望叔外祖父的,在太原见了亲人,又到太原辖区隋城一览塞上风光。游了,还写了诗:

> 万里隋城在,三边虏气衰。
> 沙填孤障角,烧断故关碑。
> 马色经寒惨,雕声带晚悲。
> 将军正闲暇,留客换歌辞。

司空图去时,正是没有战争的闲暇,他和守将还互相唱和,只是隋城虽在,却风沙满眼,连傍晚的雕鸣都若有悲声。战争,是很长历史时期内的副歌部分。

司空图的《二十四诗品》中有"反虚入静,积健为雄",是品诗,也是儒道相融的人生境界,"积健为雄"成为岚县兰氏家族的一方匾额,永久地留在了世上,而隋城只余一段土墙。

司空图走了,192年后,宋绍圣三年(1096)在州城南筑宋城。又是400多年后,明嘉靖二十年(1541)宋城包砖,成了明城。

如今已不是宋城,也不是明城,如今的古城呼作岚城镇,镇外是土墙,穿城过庭,一步步接近土墙,墙与砖,散乱成狼藉。

"宋城明砖",岚县人如此自豪,却不知,几百年的光阴早已剥蚀出历史的筋骨。

"砖去了哪里？"

岚县人说，一会儿能看见。

等真的看见一块又一块大青砖的时候，不由得五味杂陈，有的垒成商铺，有的筑成民舍，数不清的明代墙砖零散地铺满整个古城，与新的青砖红砖一起沐当今的日月风雨。

终于到明朝了。

改天换地的时刻来了。

住在古城里的人们，站在饮马池上的人们，都不会想到，这高寒之地竟然和遥远的东莞发生了联系。东莞作家詹谷丰的《半元社稷半明臣》里写到了一个人，这个人叫陈益，明万历八年（1580），陈益踏上商船去往安南（越南），他在越南吃到了"薯"，安南人用珍贵的"薯"招待他，陈益两眼发光，这种"味甘美"的食物，从视觉味觉到魂魄，让陈益成了俘虏。陈益住下来，与安南人交朋友，偷学了番薯的种植、栽培、管理、收获、贮藏乃至烹调的全部秘密。一个夜晚，陈益把番薯藏在一面铜鼓里，乘上一只木船，离开了安南。安南酋长驾大船也未追上陈益，只能望洋兴叹。

东莞有了番薯，中国有了番薯。

番薯影响了人口，西汉初年全国人口为 5959 万，唐朝 4628 万，宋朝 5800 万，明朝洪武年间 6000 万，番薯一进来，康熙年间，人口破 1 亿，乾隆年间破 2 亿，道光年间达到了 4 亿。乾隆曾颁布诏书"广栽植甘薯，以为救荒之备"，人们还把康乾盛世称为"番薯盛世"。

当然，番薯入中国，还有陈振龙和林怀兰两种说法，詹谷丰引经据典说明陈益早于陈振龙和林怀兰。且不论何种说法，总之番薯在明万历年间进入中国。

番薯进来了，便显示出自己超强的战斗力，南征北战，东奔西突，成了中国人的主要食物。土豆、山药蛋、洋芋、红毛薯——中国人给予它各种亲切的呼唤，它也安抚着中国人的味蕾。

岚县人在道光年间引入土豆，一代又一代种植和改良，种出了最好吃的土豆，种着种着，他们把自己也当成了土豆，栽苗、育种、脱毒、收获、销售，品种越来越多，笑容也越来越多，全县种植土豆的人口竟然达到 14 万之多，土豆产业也得到迅猛发展。据说，岚县土豆宴成了一个标牌，开在各大城市，最起码在我生活的太原，去吃一次"岚县土豆宴"也是待客之道。

2018 年，在第十六届中国国际粮油产品及设备技术展示交易会上，岚县被授予"中国马铃薯之乡"，小小的番薯，把岚县当成了最大的根据地。

种植土豆的同时，岚县也完成了自己的生态铺陈，以土豆为龙头的绿色江山养人眼，也养人心。

马铃薯，土豆，岚县人以此为谋，攻城略地，征服的是中国人的口感，标示出的是历史风烟。计、计算、算计、计量、策略、计谋、土豆计，便是一出土豆的中国战争史，只不过不见硝烟罢了。

对了，世界上第一个见到马铃薯的欧洲人是秘鲁征服者 Francisco Pizarro 在 1533 年见到的。土豆从此开始征服世界的脚步，1581 年到西班牙，1583 年到意大利，1588 年到英格兰，1589 年到德国，1600 年进入法国，1718 年走到美国，1765 年进入俄罗斯， 1679 年到达新西兰。16 世纪进入新加坡、日本、中国台湾，17 世纪中期走到印度和爪哇。

什么时候传入安南的呢？大约是 16 世纪中叶。

岚县或者西北人，土豆引入之前吃什么呢？或者说，司空图来到边塞，看到的那些边将们，吃的是什么呢？

深山问童子，回说，是莜面、谷物和豆类。

风中事

张　象

　　这山自古多风，春卷黄沙夏滚泥，却是风流聚散之地。

　　1000多年前，一个6岁的孩子路过这里，他要去黄河对岸的府州城凭吊外公。这么小的年纪，自然不是一个人。跟他同行的，有他的母亲佘赛花，有他父亲麾下武艺高强的随从侍卫，或许还有一路飞驰而来的名驹骏马。但是，没有他的父亲。他的父亲杨业，此时正忙于军务，无法奔丧。山里的风好大，吹得日头都斜了，时值盛夏，黄河水深浪急，母亲便下令在此山安营扎寨，休憩一晚。

　　这小孩不是别人，正是有"杨无敌"之称的杨业将军长子，本名杨延朗，后名杨延昭。杨延昭生于并州太原，自幼沉默寡言，却深受父亲影响，喜做排兵布阵之类的游戏。夜里无雨，天空晴朗，繁星密布，山下黄河奔流的声音，如泣如诉，河对岸阑珊的灯火，依稀传来的遥远的气息，都令小小的杨延昭感到新奇。他随母亲站在山上远眺对岸，他拽着母亲的衣襟，风吹着母亲的脸，有腥味传来，仿佛有什么拽动了他的心，他想起父亲，想起父亲面对的敌人，想起父亲保护的百姓被战乱蹂躏得流离失所、苦不堪言，他随便踢了一脚路边又黑又硬的石头，对母亲说："母亲，等我长大了，也要像父亲一样，做一名保家卫国的将士。"母亲爱惜地摸了摸儿子的头，任黄河岸边的风，盈满了她的衣袖。

　　光阴荏苒，转眼十几年过去，风吹到东吹到西，吹过一年四季，这山并没有多少不同，依然是沉静落寞的样子，春天桃花开，夏天泥沙滚，秋天落叶飘零，冬天雨雪纷纷。或许只是多了一些痕迹，行人的痕迹，战火的痕迹，大自然的痕迹。一个少年，一身戎装，带着一队甲胄在身的人马来到这里，打破了山的宁静。少年英姿勃发，虽然脸上稚气未脱，坚毅的眼神却透露出一种与年龄不相符的成熟智慧，他跟随从说了些什么，随从一脸恍然大悟的表情。随后这里就开始修城筑寨，有了房屋，有了桥，有了烽火台，有了络绎不绝的人烟。少年不知道的是，十几年前，他脚下随意踢过的那块又黑又硬不起眼的石头，也被他亲手筑进了烽火台，从此有了全新的位置，全新的视角，也有了全新的使命。

千百年来，这块黑石头默默无闻，多少次在坍塌中埋于瓦砾之下，又因风云变幻的新建重见天日。它见过多少腥风血雨，听过多少鼓角齐鸣，任黄河岸边的风雨把自己洗蚀得发干发亮发酥。幸运的是，它没有倒下，没有随历史的命运灰飞烟灭，而是坚强地挺了过来。它看云在天边飞过，会羡慕云的来去自由，心无所绊。看到路边白骨，又会叹息生命的脆弱，命运的无常。多少英雄豪杰，丰功伟业，在无尽的时空隧道里都只是短短的一瞬，反倒不如这没有生命的石头可以长久。

在山上众多的石头中，这黑石可以说是平平无奇。毕竟这山古称乳浪寨，山岩上最不缺的就是长得酷似乳浪的石头，每一块都比这黑石漂亮、耀眼，惹人注目。但也正因黑石其貌不扬，质地坚硬，它才被少年杨延昭筑入烽火台，此后随风烟漫卷，几经坍圮、重建，仍是可用之材，历朝历代的帝王巡边犒劳将士之时，每当登临黄河东岸，此地总是必巡之地，黑石也免不了随烽火台一起，被帝王多看几眼。当然，被帝王多看几眼也不是什么了不起的大事，在石头那里，人和人没什么不同，甚至连长相都感觉差不多，不甚好分辨。只不过，作为一块风里来雨里去的平凡石头，被人看到总是好的，总会觉得平静日子里多了些许不一样的光芒，那光芒就是关注的目光。

说到目光，黑石最不能忘记的还是他的目光。他就是前面提到过的那个孩子，那个少年。孩子会长大，少年会成人，目光也会随着年龄、阅历的增加而变化，或者深沉，或者茫然，或者浑浊。但是他不同，他来过这里好多次，住过好多次，但是他的眼睛永远清澈如昨，目光炯炯，坚定有力，如同一早就种在他内心深处的坚固不可动摇的家国大义。他在北宋，和他的父亲杨业一样精忠报国，威名在外。人都叫他一声杨六郎，却不知他其实是长子。而"六郎"这个称谓，最初竟然是辽人叫开的，据《大象列星图》载，"南斗六星主兵机，为大将之象，作为大将之象的北斗第六星则主燕"，而杨延昭征战沙场，长年为国家对抗燕地的辽军，辽军和他作战经常讨不到便宜，对他又恨又畏，视他为天上的将星"南斗六星"下凡，故称呼他为"六郎"。久而久之，"杨六郎"这个通俗易记、朗朗上口的名字，就传得妇孺皆知了。古时的乳浪寨，也被当地百姓易名为"六郎寨"，以纪念这位北宋名将的家国情怀、赫赫战功。

自六郎以后，六郎寨的战略地位日益重要。传统中原政权的边塞之地本是幽云十六州，但幽云十六州在五代十国时被"儿皇帝"石敬瑭割让给了契丹，从此以后，契丹建立的辽朝版图拓展到长城沿线，动辄长驱直入，对中原政权形成了严重威胁。以黄河为坐标的河西、河东、河北三面，成了新的边地，六郎寨由是成为河东要塞，不但肩负粮草转运的重要使命，也是北宋抵御西夏和辽朝入侵，保卫都城开封的重要屏障，像名臣范仲淹、欧阳修、司马光、王安石，名将呼延赞、韩世忠、岳飞等，都曾在此留下足迹，长风裂空、余响犹鸣。

到了1936年，国家内忧外患正炽，六郎寨被阎锡山的军队占据，自然不得人心。终于，在1940年，六郎寨重新回到人民手中，兴县抗日民主政权紧紧守住了这个晋绥边区通往陕甘宁边区的重要通道，为保卫延安做出了重要贡献。

这些事都在风中飘散，像散落在历史长河之中的一粒粒珠子，虽然知道的人不多，但自有其价值。而这些价值，都被静静的黑石封存在记忆里。黑石已经记不清六郎寨下过多少次雪，也记不清黄河浑过几次清过几次，记不清这寨上的花草树木、虫鸟鼠兔繁衍了多少子孙，更记不清这里来过多少达官显贵、平民百姓，记不清此地埋藏着多少赤胆忠魂。但是黑石记得那个6岁的小孩子，记得那个少年人果敢坚毅的目光。这地方他来过，他改写了这地方，这地方也改写了他。

往事越千年。多年以后的六郎寨，既像一位惯看秋月春风、饱经世事沧桑的老人，又像那个记忆里一直年轻，充满朝气的6岁小孩。六郎寨拥有得天独厚的地利，灿若星辰的人和，又赶上了新时代"一泓清水入黄河"的天时。天时地利人和兼具，千年黑石见证了六郎寨新的腾飞，黄河流域生态高质量发展，历史遗迹修复完善，自然生态保护良好，人与自然和谐共生，六郎寨上，再大的风再大的雨，也不会有古时候那么大的黄沙蔽日和泥沙俱下了。

现在的六郎寨上，黑石依旧，人流如织。黄河东岸，兴县瓦塘镇前彰和焉村的这一宝地，已经成了闻名遐迩的旅游胜地。无论是烽火台、马道、哨所、古寨等人文景观，还是驼峰岭、麒麟石、神仙洞、黄河天书等自然景观，抑或观景台、网红桥、游乐园等娱乐设施，都是千年黑石未曾见过、大开眼界的风景，也是受人欢迎的户外场所。

这山依旧多风，大风吹落过无数个斜阳，也吹落满天星斗，还吹落过许许多多载浮载沉、耐人寻味的故事,但它也同样吹起了一个又一个充满希望的晨曦。

千年黑石，百年沧桑，十年兴替。六郎寨身上有那个孩子的影子，有那个少年的影子，更有一代名将运筹帷幄之中决胜千里之外的气魄，它不老，它依旧年轻，全身上下都焕发出令人艳羡的昂扬的生命力。其实，不只人羡慕，连石头都羡慕。这石头就是我，1000 多年前，被杨六郎筑在烽火台里的那块黑石，历经风雨，几倒几浮，虽然看人生命短暂不能长久，还是羡慕人的生活。风流聚散、叱咤风云的人生，哪怕只有一瞬，也好过木木的、平平的、无爱无恨屹立千年。

好在黑石还在烽火台上，六郎寨的蓬勃，其实也算是我的蓬勃。一想到这里，我便欢快起来，又想起了那个孩子的目光，连风都甜了。

吕梁五日书

李义利

致上林舍并大东沟

大树参天，逾卅载。

我父亲那一代人要记住一处风景，会在塑料封皮笔记本上写好几页。他们中不少人通常一个字会占两行，或者是专门写得压住行间的横线，任何字看上去都是上下结构。上学后，知道写作业用的纸原料多为树木。便觉得自己写下的每个字，都到了树的身上。当一册作业本正反面都用完，树能感觉到横竖撇捺斜弯钩在它自己的脸上或者手臂划过的力度和速度，能感觉到人们写字的时候是专心致志还是浮皮潦草，能感觉到电锯与斧头勾肩搭背密谋着明天再为伐木者装满多少辆卡车。

今时不同往日，人们在林间谈论一棵树的年龄，仿佛回乡打问一位久不相见的老人这几年过得怎样。所行之处，溪水潺潺。园区管理员说，现在地上的水是可以直接喝的。于是有同行者俯身抔饮，言之甘甜。彩色"树屋"镶嵌林中，说是供旅客度假住宿，更似与山水作伴。

拍下这些树的容貌，像拍下故乡的轮廓。它们看着时代的脚步行色匆匆，看着一批又一批观光者擦肩而过，看着四季在斗转星移间反复转身。它们承受的风雨是否如我的种种不易，它们沐浴的阳光是否如我的百千欢喜。它们无法言说，我却瞬间能懂。

油松的红褐色树皮，鳞片状裂成不规则的微型沟壑，平展或倾斜的大枝将树冠送上云端。8月的吕梁，入秋的山西。再有几个月，矩圆形冬芽从尖顶端又能旁逸斜出，树脂微具于身，芽鳞褐色有红，丝状缺裂边缘再形成新的沟壑。

20多米高的山羊成群结队，在半山腰交头接耳；害羞的醋柳虚掩脸，人们不仔细看，也能闻到果香；自力更生的云杉，反曲芽鳞宿存于基部，时刻准备着云程发轫。

再远一点，侧柏茕茕孑立，和油松一样，仅中国才有。交互对生的鳞叶，凝聚成一个个镂空扇面，扁平的小枝柔韧且倔强。它们在低山阳坡和半阳坡扎根，能忍耐干旱，能对抗贫瘠，在一些难以想象的陡坡石缝中，也会看见它们的身影。它们是重要的园林绿化及防护林树种，四季常青，它们拥有美观的树形，树龄往往可达数百年，所以获得"百木之长"的美誉，又被看作"吉祥树"。之前在网络平台检索过一则科普信息："《本草纲目》记载，侧柏能治脱发，是生发乌发的良药，现代研究也表明，侧柏叶提取物可促进局部血液循环，增强毛囊代谢功能。另外侧柏叶还有化痰止咳的作用，然而多食久服可致眩晕呕吐，对肾脏亦有损害。"

边走边看，又想到，十年树木，百年树人。生于春秋时期的管仲还是没能看得更长久，自然的力量远远大于人。在上林舍"牵手桥"遇见一对情侣，他们感叹于林丰果茂，感叹于藤缠树绕，又言，往后会带孩子来这里看看。你看，是大自然拈花摘叶的瞬间，让人们爱上绿草茵茵和碧水淙淙。大东沟有一处宣传语："在吕梁，倾听奔流中国。"写生的人把"一泓清水入黄河"描绘成多彩的想象，研学的团队在露台围坐语笑人喧，相扶拾级的老人于林间隧道穿越现实追忆往昔。

总觉得脚下的路还在向着更远的地方延伸，眼前却出现通往大山另一面的柏油路。人们没有回头，人们继续向前走去。古老的村庄注视着一切，古老的村庄迎来送往。数千年前，人们在此刀耕火种，人们由此远赴他乡。人们从大自然中获得村庄，获得住所，拥有了粮食蔬菜，拥有了古今世代。数千年后，村庄依旧保留着原来的名字，像保留民族的血脉。人们去往城市，去往未来，去往一个个拥有故乡姓名的生态区。

文言纪实小说总集《太平广记》有一卷"阮郎归"的文章。说的是东汉永平年间，浙江剡县的刘晨和阮肇到天台山采药迷路，遇见两位仙女，被邀至家中，招为女婿。半年后回到山下，子孙已过七代。后来，他们重入天台寻访仙女，踪迹已杳。古人所言"恍如隔世"，只能如此，书于文中。时至今日，人们从城市的钢骨建筑中驱车远行，来到此地，抽身到绿水青山里，忘却疲惫，忘却忧虑，忘却想忘却的，忘却不能忘却的，再从柏油路折返回城，更有"恍如隔世"之感。那东汉的天台山，便是当时的生态区，眼前的上林舍和大东沟，莫不会成为后人写就"某郎归"的"寻仙地"？

离开时，人们从车窗处再次拍下照片，似乎是对刚才拍过的都不满意，似乎是下一组镜头还能拍得更好更美，似乎是与山水草木告别，似乎是行文结尾的一个落款。走之前，我观察过一节瓦瓮粗细的三尺长短的几欲躺在草地上的老树，大概不会有人准确说出它的年龄。它没有完全枯萎，身上长满了细小的闪着绿光的叶子。它仿佛是在闭目养神，又像是看惯了熙来攘往而独自侧身掩面思考，思考自己的前世今生，思考昼夜交替和日新月异的世事变迁，思考还在站立的树木的未来，思考我们这些过客来自何方去往何处。这时我想明白了，上林舍有了它，才叫做上林舍，大东沟有了它，才一直是大东沟。我还想再问问，它还能守望多少批观光者，那些"树屋"又能接待多少翩翩少年。

车行渐远，普通印刷纸上的路线被人们划掉一些，彩页上的俯瞰图格外清晰，蜿蜒的黄河从天际而来，流向蔚蓝大海，两岸的山地被一片片绿树青草覆盖，零星点缀着瓦房窑洞，忽而闪现出桥梁马路。街景一直后退，身后的村庄，还能看见我们吗？

不赘言，祝常青。

致汾酒

"醉酒到一定程度，眼前的墙壁慢慢变得柔软，人走几步能穿墙而去，去往隔壁酒席，去往另外的世界，去往属于自己时间线上的任意一天。酒过三巡，杯子开始融化，打算混在酒中间。杯子碰响的瞬间，是酒变得硬朗的开始，不让酒杯轻易融化。人们的声音在酒席上飘来飘去，离自己最远的那位同学仿佛心事重重，又好像暗藏欢喜，额头显现出白炽灯一样的光泽，说话言不由衷的同学已经喝大吐了三回，袒露恋爱往事的同学来来回回把相同的内容换了三个方式讲述，坚持到最后的同学一起去唱歌到半夜三点。"

以上，是我上大学第一年，参加校报纳新笔试写的一段文字。当年坚持到唱歌结束的同学，有一位来自汾阳。大学毕业那年，他送了我汾酒算是毕业礼物，作为回报，我帮他修改了四遍毕业论文，还拿了优秀。

10年后的"开学季"，我来到汾阳。这是吕梁之行的第一站，我们观摩汾酒厂污水处理。棕色发黑的污水在池子里翻滚，引流管道和藏在深处的机器帮助人们把污水变得清澈见底。这是古老文明和中国智慧共同作用的结果，大禹治水不是靠堵的，治理污水同样不能用物理意义上的"断舍离"直接排出所辖之地。就好比寻医看病，"君有疾在腠理，不治将恐深"，治污治在最开始的地方。后来几日，到山西焦煤西山煤电斜沟矿和太钢袁家村铁矿，依然能看到新时代矿区清洁环保的山西经验，工作人员洋溢着自信的神情，诉说着智能工业时代能源产出与生态发展的佳话。

问过污水处理的车间工人，他们一开始也不敢相信，浓得化不开的污水能在高科技的作用下慢慢地又清冽如酒。甚至，西山煤电斜沟矿的污水处理后，还能养鱼，还能有更为广泛的用途。要知道，如此诸般的技术，并非一蹴而就，其中的沟沟坎坎就像吕梁山脉的蜿蜒古道，几代人的勠力同心当然夹杂一张张朴素面孔背后的家长里短。参观途中，一位工人大姐正在车间门口接起电话，她在为儿子9月份去南方上大学做最后的安顿，言语间透露出选择飞机还是高铁的犹豫不定。大姐告诉我，这里的鱼都是经过检验的，会送到附近的饭店。我说，主要是你们的工作经得住检验，人们吃得就放心。大姐收起手机，笑出声来，一脸自豪。我也跟着笑了。临别时，一位工人大哥问我在什么单位上班，问我来吕梁先到的哪里。我说，我们要去五个地方，我们先到的汾阳。他问我，到了汾阳，喝了几两？又问我，有没有给家人带几瓶好酒回去。我没来得及回答，就跟着同行的人们上了车。工人大哥目光炯炯，向我们挥手告别，然后与工友们谈笑着向车间走去。那些背影，在落日余晖中慢慢变小，像极了我的许多朋友，他们在遥远的城市奔走，他们好几次说，有机会一定回来，喝几杯好酒。

汾酒，当然是好酒。1915年，国人送汾酒参加巴拿马万国博览会获得（甲）大奖章，这个奖按照现在的说法，就是特等奖中的第一名。1915年，一个旧年份，人们还生活在旧世界。到了1919年，晋裕汾酒公司成立，成为中国最早的股份制有限公司。巧的是，就在这两个年份，1915年，《青年杂志》创办，后来它有了个广为人知的名字《新青年》，1919年，五四运动爆发，我们开始了"中国青年一代又一代接续奋斗"的百年征程。

1964年8月，巴金到汾酒厂参观，题写"酒好人好工作好，参观一回忘不了"。在此之前，巴金还到了大寨。次年《收获》第一期刊登了巴金的作品《大寨行》。"战天斗地"的大寨和"人好酒香"的汾阳，在这个新中国探索时期的"前夜"，共同为表里山河之地的人们走出群山，面向未来，注入了一股精神，提炼了一种品格。

20年后，1984年，时年72岁的启功用了27字赞美汾酒："汾酒好，并不让山中。益胃健脾千日醒，举杯从不唱阳关，盛誉满人间。"人们对这一书法作品的评价是：挺拔隽永、疏密有致。又有人引申解读说，"从不唱阳关"，是指汾酒是欢乐的酒、庆功的酒，"盛誉满人间"，再明显不过，是对汾酒知名度的中肯评价。我想，先生当日挥毫，或也带了三分酒意。

1985年，范曾作七绝诗："飘飘短梦到汾阳，万树杏花拥酒坊。泼墨从今欣得助，何妨醉后发清狂。"范曾是爱汾酒的，在写出这首诗的三年前，就已作画《李白问酒图》。这幅作品截取李白《梦游天姥吟留别》中的诗句"我欲因之梦吴越，一夜飞度镜湖月"。画中背景留白巨大，李白似遗世独立，超然天地，举杯欲饮。笔墨简洁，但气势已然"绣口一吐，就半个盛唐"。1986年，吴冠中为杏花村汾酒作画配文"小小杏花村，酒香闻名，不问牧童也好寻"。吴冠中画中的杏花村让人惊讶，杏树直上云端，枝繁叶茂，层层叠叠。窑洞在树与树之间，露出开门迎客的姿态。进入新时代，2018年，洪秀柱题"汾酒必喝，分久必合"八字，其中含义自不必多说。

在古代，武则天《游九龙潭》诗有言："酒中浮竹叶，杯上写芙蓉。"赵秉文《雪》中道："竹叶旧时酿，梅花何处春。"白居易有"假如竹叶盈樽绿，饮作桃花上面红"之句传世。人们寄情于酒的情愫在历史长河中酿了千年。

酒具展区，方形到圆弧的迭代，在从清朝到民国的展柜里逐渐明显。礼藏于器，就是在这个过程中，属于汾酒的"命运的齿轮开始转动"。细想这一趟，从工业时代开始，进入农业时代，再回到工业时代。从污水处理厂出发，绕了一圈，走回酿好的酒面前，往来成古今，好酒有代谢。

乘车离开，看到白色的云，蓝色的天，忽然想到，一个城市的生态越来越好，莫不是因为人们和大自然共同"勾兑"。你说呢？

余不多言。

致陈丝维

当年上大学，你做的第一个新闻访谈，主题便是关于环保的。后来去重庆涪陵榨菜园区采风，参加通讯写作比赛，是关于生态治理的，还拿了二等奖，得一等奖的是新华社的记者朋友。再往后，上了几年班，辞掉报社的职务，先做了四年垃圾分类，现在又奔走于乡村振兴的路上做光伏项目。这在上大学那会儿是绝对想不到的，尤其对一个女生而言。

这次在吕梁，在王营庄乡，见到了多年前就听你说过的稻渔综合种养。水稻作为主体，将种子和稻草留给人们。鱼类在稻田中养殖，这些鱼摄取杂草、浮游生物、虫菌和蚊蚴，鱼的排泄物又成为水稻生长的肥料。一眼望不到边的水稻，在风中摇曳，让人想起学生时代合唱的那首《风吹麦浪》。讲解员赵雅宁说："这里的水稻可为水产品遮阴，降低水温，净化水体，水中的鱼在稻田里就能成长，这些鱼在稻田里还能帮助减少虫害和草害，提高了土壤养分利用率，相对也就降低了农药化肥投入的成本，减少了农药残留，生产的水产品和水稻都比传统种养的质量好很多。"

进入稻渔综合种养基地之前，先经过了"乡野花海"，是一个以花卉主题为创意设计的生态休闲区。走在花海架空栈道，穿过架空观景平台，看一看立体花艺，从城市到乡间的转换，让人目不暇接。从"乡野花海"到种养基地，道路右边是现代农业技术培养的成片水稻，左边山壁上偶尔出现坍圮各异的旧房屋和老窑洞，在行驶较快的车上转个身，仿佛数十载光阴首尾同时现身左右。不复存在的院落发生过怎样的悲欢离合，生机盎然的稻田又留下了多少趣闻笑谈。

去往大东沟的路上，得知赵雅宁是甘肃平凉人，在吕梁上学，一毕业就找到了工作。了解过近几年高校毕业生去向数据后，不难发现，生态文明建设纳入总体布局以来，很大程度上带动了就业，可以说，这个领域几乎涵盖了三大产业中的所有涉及专业。只看大东沟生态区的功能配置，便可发现十余种职业的工作人员在此穿行。

离开大东沟时，赵雅宁问我，还要去什么地方。我说，后面几天还要去临县、兴县、岚县。她一副羡慕的表情。

从临县到兴县，小雨渐渐替换晴空万里，从碛口古镇到宋家沟生态园，人们似乎有些疲惫。可一见高华处，立马都打起精神来。当过兴县林业局副局长的高华处，坐在沙发上，跟我们讲述着自己的故事。他退休后，凭着一腔热忱，拿下了当地的"荒沟"——宋家沟。二十多年如一日，"肩扛铁锹、手拿树苗"，众人眼里，他是每天都过"植树节"。曾经的岭秃山荒之地，如今已披青戴绿，成为环境优美、桃红柳绿的田园综合实践生态区，还是高科技农业科普教育基地。到去年底，高华处当初承包的近5000亩荒地已全部绿化，累计造林6000亩，植树10万余株，培育苗木50余万株。这还不算，高华处所思所想远不止于此，他还为周边村民无偿支援苗木10万余株，还为碾子村的村民解决了吃水难题，还依托生态园解决了部分贫困户、残疾人的就业问题。他的事迹，还上了中央电视台。

"一泓清水入黄河"，先要有的便是"植此青绿"。在晴雨未定的最后半天时间，在岚县土豆花生态区，望着与山上葱茏的树相接的已经开花的土豆种苗，人们在垄上行走、驻足、远望，微风在身旁飞翔、跳跃、站立。五天的行走，大家都没想过会怀着什么样的心情返程。刚到吕梁的时候，并没有想起，这里曾经出过武则天、郭子仪、石敬瑭、狄青、郝天挺、于成龙。即将离开，大概是告别高华处的那个傍晚，猛然想到了《吕梁英雄传》，继而想到红军东征、晋绥边区首府、中央后委等这些近现代历史课本上的内容。

高华处说："我所治理的流域不计划留给我的后代。我要以党费的形式把流域产权无偿交给国家。"在与高华处的交谈中，得知他孙子辈的年轻人都考上了好大学，或者有了好工作，我又想到赵雅宁。赵雅宁说，她的许多外地同学都选择了回到自己的城市，也有不少同学选择从吕梁去往其他城市。我问她将来会继续留在吕梁还是打算走出这里再寻找更适合自己的未来，她显然不太愿意讨论这个话题，便简单应了几句，跟我讲起培训讲解员的趣事，还不忘顺手拍下自己喜欢的鱼或者花朵。于是我又想到，那些选择留在乡村任教的朋友，他们的形象和容貌开始与赵雅宁重合，他们的背影如高华处那样沿着不宽不窄的马路融入大山。

　　大学时代，你就说过，选择一个职业，一定要热爱。"一泓清水如黄河"，大概就是你从未表达过对你的工作之热爱的情结。在吕梁的五天，终于可以无限趋近于你的心境。"一泓清水如黄河"，多么美好的一句话，多么美好的期许，多么美好的景象。或许这也是你在黄河左岸看黄河时所向往的。

　　余不一一。

拜谒骨脊山

郭银屏

　　"五一"小长假第一天，我们一行人相约从离石出发，怀揣虔诚之心前往心中的圣地骨脊山。

　　骨脊山地处吕梁山脉中段，《文物掌故集》载："吕梁山，即谷积山，亦书为骨脊山，骨脊之义，与吕梁相通命，吕，骨脊也。"清康熙《永宁州志》、乾隆《汾州府志》都有关于吕梁山名骨脊山的记载。现代意义上的吕梁山是指纵贯山西西部，绵延数百里的吕梁山脉，典籍中的吕梁山就是现在的骨脊山。骨脊山因地名和行政区域上与吕梁相同，便有了一种代表的意象。在我的心里，无数次想象过它的雄奇险峻、它的伟岸挺拔。

　　季春时节，乍暖还寒。走进离石信义大东沟，踏上幽静神秘的土地去拜谒心中的圣地。沿着一片林谷行进，一条路向上弯曲延伸，路旁一树盛开的楸子花在晨风吹拂下摇曳生姿。在蜿蜒上升的山路行进了10多里路，道路完全隐去，人只能在草坡和树丛中穿行。"好清澈的水"，走在前面的人兴奋地叫了起来。但见一条河流从山谷中潺潺而来，水流清澈明朗，这是离石小东川的源流。河两旁堆了厚厚的落叶，踩在上面软软的，像是给足底一个轻轻的按摩。涉水过河再向上走，进入真正的原始森林中，路上绿草旖旎，栎树、榆树、桦树、松树，还有不知名的树交替出现，林木森森，遮天蔽日。在抬头观赏枝上嫩芽时，无意间看到对面的山坡下有一大块冰或者是积雪，我感叹大自然的包容，赶快以嫩芽新枝为前景，以冰雪为主体拍下了这一奇观，并且脱口而出："谁说夏虫不可语冰，绿叶也可与冰雪对话！"

　　再往深处走，眼前呈现另一番景象：只见巨石重叠，嶙峋起伏，呈现不同形态，有的如鲤鱼腾跃，有的如青蛙望月，有的如犀牛负重，还有的如豚豕聚会挤成一团。《水经注》关于黄河的描述："……其水西流，历于吕梁之山，而为吕梁洪。其山岩层岫衍，涧曲崖深，巨石崇竦，壁立千仞，河流激荡，涛涌波襄，雷公济泄，震天动地"。《列子·黄帝篇》：孔子观于吕梁，悬水三十仞，流沫三十里，鼋鼍鱼鳖之所不能游也。可以想象，数万年前，这里还是一片泽国，洪水滔天，巨石翻滚。眼前的石头应该是经历了无数次的巨浪冲击，在千磨万击后失去了棱角，静静地躺在这里感受时光的流转。阳光从树丛中钻进来，洒在地上、石头上和横七竖八的枯树上，斑斑点点，更增加了森林的神秘幽静深邃，置身其间竟有一种穿越时空的恍惚。

我们在丛林中迂回穿行，一会儿低头猫腰，一会儿猿猱攀木。走在前面的人给后面的同伴拨开灌丛，相携向上。因为是季春时节，山里少有五颜六色的花，落叶松新长出的叶子，清新嫩绿，在透过缝隙的阳光下娇艳而蓬勃。路上在卧着或站立着的枯树上我们惊奇地发现树干上长着一朵朵的像蘑菇一样的缀生物，有的像铃铛相间排列悬挂树上，有的像扇形的伞盖，上有一圈圈的纹路，有的像蝴蝶的翅膀密密匝匝长在树上，翩翩欲飞，有的长成了厚厚的肉瘤，用手摸上去有木质触感，那是岁月留下的标本。后来我在资料中查到，这种植物叫树舌灵芝，多长于杨、桦、柳、栎等树的枯木上，有药用价值。

路上不时与野兔、松鼠不期而遇，我们并不去打扰它们，它们也不惧怕我们，甚至还支楞起耳朵看着我们，只在我们走近时才"嗖"地钻进林中。

这片林海给我印象最深的是那些长在石头上的树。那些树有时是一棵，有时是两棵、三棵，有时是一丛，端端地长在大石头上挺且直。那些伸出的根脉虬扎蜿蜒，牢牢攀爬在石头边缘，又顺着石头向四周延伸，再在合适的空间、石缝里深深地扎下去。那些根有时要绵延数十米，直到找到落脚的地方，根脉迁延错综交织，为树干汲取向上的能量，而那些树干则尽力向上伸长，迎接着太阳的光和热。来自地面的水分养分和来自天空的阳光热能在这种执着和顽强的较量中演绎了一场绝地求生的生存法则，并且站立成了挺拔昂扬的姿态。

我在一丛长在石头上的栎树旁站立了许久，看着那直挺挺向上伸长的枝干，不由得心生感慨。为适应环境而不断进化，这是大自然的法则。这使我想起多年前在妇联工作时，联合国儿童基金会官员在我市农村考察时说过，这些地方是不适合人类居住的。但十多年后，我们通过一场气势恢宏的脱贫攻坚战，让59万贫困人口全部脱贫，1439个贫困村全部退出，消除了绝对贫困和区域性整体贫困。这和那些生长在石头缝里的树一样，是用信念、坚韧、不屈扎下的根。人与自然的生存法则大抵都是相通的吧！

攀爬腾挪了又十里许，眼前豁然开朗，细看时，两棵古老的松树旁立着一座界碑，我们来到了离石、交城、方山交界的地方。这是一处亚高山草甸，从脚下一直延伸开去。地上绿草如茵，蓝天白云从头顶飘过，牛儿悠闲散步，这里是天然的草场，进入春季，附近的农民们把牛放进山林，让它们自由觅食，隔几天去看一次，一直持续到冬季来临，才把膘肥体壮的牛赶回家。在这里生灵装点着大地，大地回馈着生灵，自然与人类以温情的方式相处着。

从下往上看，骨脊山主峰嵯峨挺拔，高耸入云，目测垂直距离有500米左右，坡度有七八十度。在主峰的山脚下有一片乱石滩，那是山体石壁经年累月在风雨霜雪、严寒酷暑的侵蚀下一层一层皴裂剥落下来，铺在山脚下，形成一片睡着的石流海。那一块块石头棱角分明，像是刀削斧劈过的。大自然不急不躁，却用最具韧性的时光之剑把大地雕刻成别具一格的样子。石流海厚两米左右，是到达峰顶的必经之路，这一片石流海在风雨之力和漫长的地质运动中石头与石头之间契合得很好，形成了相互的支撑，走在上面稳稳的，心里很踏实。

穿过石流海，顺着山坡往上爬，半山腰看到一座石头堆砌的雕像，像是一群神龟驮着一个石人，石人双目如炬，凝神远望。据说这里是大禹治水时登临过的地方，有人叫他禹王石。不过依我看，这更像是一个士兵匍匐在地，深情仰望着前方的骨脊山顶，叫他守山石似乎更贴切些。

再往上爬，山体更加陡峭，我们拔着草丛攀缘而上，走走停停，在迂回攀爬一个多小时后，终于登上了骨脊山的最顶端。人在山头像是被四周的山林举在了头顶。站在山顶放眼望去，四周群山莽莽苍苍层峦叠嶂，漫天云海跌宕起伏。经过多年的荒山治理、退耕还林，原始林和人工林相得益彰，当下目力所及，山峦绿意缥缈，在蓝天白云的掩映下，愈发壮美，让人不由感叹天地浩瀚，山水成韵。

骨脊山不是吕梁境内的最高点，站在骨脊山巅，东北方向有海拔2830米的孝文山、2708 米的云顶山，骨脊山 2535 米，位列第三，又有大禹治水的传说，便有了几分神秘的、神圣的色彩，成为吕梁地标性的存在。

典籍中记载骨脊山顶有汉刘耽碑，是关于大禹治水的碑记。我们没有看到大禹治水碑记，但这已不重要了。大禹治水作为中华民族的精神象征，已经深深镌刻在国人的心中。在中华文明史上，黄河流域作为中华民族的摇篮孕育了三千年的文明，但同时在漫长的岁月里黄河一次次堤坝决溢，淹毙人畜、冲毁家园，给中华民族带来过深重的灾难。黄河安澜成为人民共同的祈盼。大禹在治水过程中，顺应水性，"高处就凿通，低处就疏导"，因势利导、科学施治，克服重重困难，与百姓一起栉风沐雨，三过家门而不入，同洪水搏斗终于取得了治水的成功。大禹治水的神话作为先人治理水患的典范，其超凡的创举，体现了中华民族勤劳、智慧、勇敢、奉献、不怕困难的民族精神，在一代代中华儿女的血脉中绵延。不断延续出现在山川大地上的水利工程——坎儿井、都江堰、京杭大运河、三峡工程、引黄入晋，等等，这些工程因势利导，创造创新思维都和流传千古的大禹治水的精神一样成为镌刻在中华大地上的铭文，也深深地镌刻在吕梁儿女的基因里，成为我们生生不息焕发生机的精神力量。

"不上骨脊山非真正吕梁人"，下山的路上我们一行人笑谈着这句鼓励自己最终登顶的口号。

隐唐山庄记

梁大智

　　听说文水西山有个以绿化为主的游园，号称隐唐山庄。我们借节假日约摄影好友，走进隐唐山庄。隐唐山庄位于马西乡河西村南，从县城驱车只需15分钟车程。这里北与子夏山相望，西邻康家堡红色景点，南通杏花村酒都。子夏山上有个隐唐洞，也许正是隐唐山庄的由来。望着那巍峨的子夏山，回想当年子夏在这里设教讲学，让人感慨万千：神堂村北旋风楼，携友寻仙到旧沟。子夏当年传教处，西河几度播春秋。隐唐洞里碑文在，孝子渠中碧水流。鸣玉垂缨杨柳意，餐松饮露柏林遒。腾空瑞景连云雨，宴坐经行惠古州。岩岫陵虚天籁远，溪泉四出故园幽。石门宕雪临前壁，妙笔良工锦绣留。皎月凝金心有道，灵山作镇宇添酬。

　　从子夏山前走进隐唐山庄，被眼前的景色陶醉：一条条小路曲径通幽，一架架彩门迎风招展，一片片绿色森林尽收眼底。牡丹园争奇斗艳，油菜花金光闪亮，孔雀园、鸵鸟园、羊驼园、鹅园吸引着孩子们的目光。田野的花朵和路边花卉上，彩蝶翩跹，蜻蜓纷飞，蜜蜂在辛勤地忙碌着……

　　文水自古民风淳朴，人杰地灵，英雄辈出。古有一代女皇武则天、宋朝名将狄青，今有女英雄刘胡兰。文水县旅游资源大致可分为人文历史、古村民俗、自然生态、休闲农业、非物质文化等，县内有多种利于旅游观光、休闲养生、度假健身的山岳、丘陵、森林、林地、草地、河谷、溪流、泉瀑、果园、菜园、传统村落、农耕文化、现代农业、民间文化艺术、武术体育等资源与环境；各种资源相互之间的旅游休闲组合契合度高，加之有较好的地理、交通区位，构成文水旅游业发展的要素。隐唐山庄就是集休闲娱乐、生态森林、花草欣赏、动物养殖、蔬菜种植、田园小憩为一体的生态乐园。

　　文水县旅游业按照"唐尧封地、上贤遗址、则天故里、胡兰家乡、碧水青山、时尚田园"的总体发展思路，围绕"生态文水、博古文水、时尚文水、多彩文水"的发展方向，把文水打造成为历史文化、休闲健身、乡村旅游的聚集区。

严格地说，隐唐山庄正处于城乡接合又靠近丘陵地带，非常适合城市休闲、乡村旅游。这里森林遍布，野趣天成，鸟语花香，风情独特。游园中三五友人或一家老小，花间游览，放松心情，坐在亭下，品茶聊天。孩子们看看孔雀，瞧瞧羊驼，逗逗小白兔，有时听到山鸡鸣叫，看见野兔奔跑。树上果实成熟后，还可以供游人采摘。

文水县未来旅游产业布局为：东部红色旅游区，西部生态休闲度假区，南部特色乡村文化旅游区，东北部现代农业优质林果游览区。按照"四区"规划，隐唐山庄正好处在南部特色乡村文化旅游和西部生态休闲度假区的接合带，根据隐唐山庄的地理位置发展乡村文化和生态休闲度假旅游，也正好符合全县旅游规划。

我们从油菜园来到牡丹园，国色天香的牡丹，一直被国人视为富贵、吉祥、幸福、繁荣的象征。山庄主人侯增胜热情地告诉我们，牡丹园的品种都是他们从各地精挑细选回来的，有魏紫、赵粉、凤丹、东瀛香荷、墨润绝伦、雪映桃花、岛锦等。我也发现，这里的品种层次丰富，花团锦簇，开得丰美、热闹、鲜艳，可与京城或洛阳牡丹媲美。据说武则天就非常喜欢牡丹，也许牡丹在这女皇故里的土地上，更加适宜生长。

老侯在牡丹园旁边的办公室备好茶水，邀我们去喝茶，给我们讲了他带领村民创业的艰辛，他曾是村党支部书记，从改革开放初期的养鸡，到承包山地栽培树苗，前两年建起了隐唐山庄。经过近几年的精心打造，山庄已经具备了休闲娱乐、旅游观光的条件。他的发展思路围绕全县旅游规划，逐步完善乡村文化旅游设施，继续发挥其地理优势。逐步开辟学生农耕实践体验基地、市民假日休闲健身场所、了夏文化传播广场、果树采摘森林公园、农家乐、烧烤、茶馆以及夜间经济休闲项目，真正打造成了一个乡村旅游胜地。我们一边听着老侯的介绍，一边给老侯提了一些建议。

牡丹园的周围，一丛丛一簇簇的芍药结满了苞蕾，仿佛和我们一起憧憬着隐唐山庄的明天。老侯一直送我们到游园大门口，说："等到秋天一定要来看看菊花园。"

大东沟的诗意中国（外六篇）

马明高

大东沟的"诗意中国"

大东沟就在千年景区里。

我以前来过。记得那时还没有开辟人行通道，在茫茫大森林里，顺着陡峭的山坡登攀，忽高忽低，十分艰难。那次不小心扭了脚腕，好长时间下班回家爬楼梯都感到难受。但是，欣慰的是，那次我们终于爬上了吕梁山脉的最高峰——骨脊山。

那个时候，我们只顾爬山，还不知道这里有个叫大东沟的地方。现在又一次来到这里，觉得多少有些似曾相识。才知道大东沟就在离石区信义镇的千年村。它地处吕梁山主峰骨脊山的脚下，关帝山森林片区，千年林场一带。好地方啊！一进入这山林腹地，便能感到这里的天、这里的山、这里的水和别的地方大不一样。天空宽阔疏离，大气磅礴，蓝得自然通透，清新爽朗，白云充满立体感，或聚或散，或大或小，一团一缕，散漫自由，悠然自在。再看那山，不是奇陡峻峭，而是舒缓圆润，碧绿的山峦，一座紧挨一座，生机盎然，绿得真是能够挤出水来。已经听到树林里的流水声了。哗啦啦，哗啦啦，大的泉水犹如小河一样流淌着。小的泉水则无声无息，却随处可见。它们漫过草地，四处浸透。大东沟真的是山泉处处，水流丰沛啊。

我们漫步在用青石砌筑的弯曲的人行步道上，望见前面无比宽阔的大草地上一群一群的孩子们戴着白色的旅游帽子，穿着色彩斑斓的夏服正在游玩，或站或坐，或跑或跳，一堆一团，或在白色大帐篷下写生画画，或在黄色草屋门前伫立沉思，还有的在草地上打羽毛球、放风筝。仿佛宽银幕电影里的远景长镜头，充满了生命的活力与诗意的流动。

黄河岸边看吕梁

导游在前面引着，身着白色上衣蓝色牛仔裤，高挑身材，粉白的脸，黑的秀发系一马尾，头一摆，马尾随着一摇，声音清脆地给我们介绍着。我们紧随其后，一边观赏，一边听着她的讲解。大东沟历史悠久，人文底蕴深厚，可神秘啦！据说这里有女娲补天的炼石厂、大禹治水的发端处、汉赵皇帝刘渊的屯兵地，佛教二十二代宗师刘萨诃在这里传经布道，山上还有后赵皇帝石勒、孝文帝的衣冠墓等。大家附和着，一片欢声笑语。导游说，2022年，离石区立足"潜力在山、优势在林、特色在水"的特点，启动了骨脊山旅游项目，在大东沟新建了一条长约7000米的原生态步道，开放了露营区，沿着这条原生态步道分布有多个露营平台和多个露营位，配备有帐篷、天幕、桌椅等，分设有帐篷营地、烧烤营地、自驾房车露营区、儿童溪边戏水区等区域，在这里可以举办精致餐饮、烧烤、露天电影、露营音乐表演、户外分享沙龙、研学、写生画画等活动，我们将露营潮旅生活、户外体育运动和乡村振兴结合起来，为市民和游客提供了一个在绿水青山中漫步赏景、安营扎寨、贴近大自然的好去处，可以满足1000多人的露营和康养需求。我问道，政府是如何筹措资金建设的？导游说，去年7月，区里出台一个大思路，叫"党建引领、文旅搭台、产业配套、群众增收"，就是统筹离石区76个行政村的巩固衔接资金，入股区文旅集团，年底按股分红，帮助农民增收。我又问，效果如何？导游薄薄的红嘴唇向上一扬，说当然好呀！今年以来，景区接待游客30余万人次，直接收入290余万元，撬动消费600余万元，沿线采摘体验、农产品销售比去年同期增长了35%，与王营庄乡村振兴示范区一起，吸纳周边村民350多人就业，带动76个村集体年均增收6万元以上。

一会儿，我们就顺着原生态步道进入大东沟的深处。我仿佛进到了王维的诗里。抬头仰望，透过两旁高大密集的树木，可以看见远处碧绿山峰上隐隐约约的点点白色积雪。看脚下，古木根深，巨石横卧，山花遍地，山泉闪闪，涧水汩汩，小桥草屋，点缀其间。走在木质的人行步道上，头顶上的浓郁树冠投下一片又一片的阴影，随着清风的吹拂，斑斑驳驳，给人的全身送来一刻又一刻的凉爽。

喜欢泉水。夏日里的泉水，总是给人一种清丽、清凉、清爽的喜感。大东沟里多有山泉。在山沟的溪河里，在石桥的下边，在古树的根部，都有或

140

宽或细的泉水在流。泉水在阳光的照射下，闪着金屑般的光芒，好像太阳在水里施展着炼金术。它让人想起了王维的《金屑泉》："日饮金屑泉，少当千余岁。翠凤翊文螭，羽节朝玉帝。"想起了裴迪的同题诗："萦渟澹不流，金碧如可拾。迎晨含素华，独往事朝汲。"王维说，每天饮用这金屑泉水，可以活到一千多岁，能够乘着神鸟驾着神车，飞上青天，去见玉皇大帝。裴迪的诗让我们又回到了现实之中，泉水静静地从深山幽谷里流出来，好像不曾流泻，阳光下的泉水金灿灿的，似乎伸手就可以捞出黄金美玉。这里的泉水，早晨才最好，晶莹清澈，有个清瘦的诗人经常带着瓦罐独自去泉边打水。

大东沟不仅古树多、泉水多，石头也多。那些石头很自在，极自由，或圆或方，或正或歪，或肥或瘦，或美或丑，都平等齐观，有的躺在河里，有的卧在树下，有的挤在桥下，大大小小，仿佛每块石头都有故事。一块，一块，都极淡然、自然、安然，似乎不分别、不褒贬、不夸张、不粉饰，身心清静，悠然神远。自然，会让我想起王维的《白石滩》："清浅白石滩，绿蒲向堪把。家住水东西，浣纱明月下。"清泉石上流，巨大的白石下还有许多圆润的白卵石、白色的流沙。水和云在白石间形成袖珍瀑布，汩汩流淌。经过多少年的流淌，大东沟森林里的那些白石，已经被时光磨得更加明亮，靠在古树根底的则被青苔包裹、覆盖，它旁边的绿蒲杂草都已经长得齐腰高了。

大东沟森林里的苔更令人难忘。我在写这篇文章的时候，翻看我当时对着古树下包裹三块石头的苔拍的一张照片，还是激动不已。那苔是一种细细的嫩绿，一种密密的新鲜，一种亮亮的湿润，它们生命力旺盛，不仅包裹、覆盖着那几块大小不一的白石，而且遍及周边地面，密密包裹着那粗壮的树根，上到一米以上，压过了它周边的那些各种各样的小草、杂丛。这怎能不叫人想起王维的《书事》："轻阴阁小雨，深院昼慵开。坐看苍苔色，欲上人衣来。"想起了他的《宫槐陌》："仄径荫宫槐，幽阴多绿苔。应门但迎扫，畏有山僧来。"青苔、苍苔、绿苔，是王维诗中一个很鲜明的意象。他的好多诗中都写到了苔。路上的苔、树上的苔、石头上的苔、台阶上的苔、爬上人衣的苔，似乎都像是大东沟森林里的苔。或者苍苔，或者青如山色的苔，或者绿似湖水的苔。当然，滚动的石头不长苔，阳光朗照下的石头也不长苔。那苔呀，映照和打量的是诗人内心深处的寂静和空灵。忽然有一天，诗人好像有什么预感，一大早就走出苔华老屋，吩咐家童扫地迎客。这就是《宫槐陌》里描写的情景，小路上挤满了宫槐的树荫，幽静的日子一天又一天地被青苔覆盖。今天要早早开门，洒扫院落，恐怕有高僧要来，不可怠慢。山僧，既是山寺僧人的称呼，也是僧人自己的谦辞。

山僧没有来，因为这里太偏僻、太寂静了。今天，我们来了。也只有在今天，我们才能来，来到这太古意境般的大东沟原始大森林里。

"空山不见人，但闻人语响。返景入深林，复照青苔上。"这太古意境般的青山碧树绿水世界，又让我们仿佛走进了宋元明清时期的山水画当中。大东沟四周的山水树石，呈现出一种别样的翠绿苍润之美。这里，像倪赞的山水画般清空，似龚贤的山水画一样厚重，仿佛王原祁的山水画般苍老，犹如石涛的山水画一样，天地间浸染着一股清新之气。"山静如太古"，我们抬头有白云，低头见草虫，极目茫茫树木之外的山外山，却看到了光和影。光影，古代的山水画怎么能没有光影？夏日里，白日渐渐西移，在森林和草地上投下斜光斜影，古老的树木和群山被映照得焕然一新，仿佛夏圭的《溪山清远图》一样，清如水，淡如雾，很快缥缈远去，阳光朗照，沐浴在光的瀑布里，山水树木、草花苔石，一切都传神，焕发生机……

这时，我听到了鸟鸣。当然是一只鸟的啼声，在古树上空，在空谷幽兰，自然是十分动人心弦。一只鸟的啼声很好听，或者两三只鸟在树上闹，也是动听的。但是，如果一大群鸟在树林里喧闹，就变成了噪声。万物皆有其所，包括声音。鸟鸣山更幽。大东沟的森林里有一种非常自在而清雅的寂静，仿佛空谷里的幽兰一样。因为，山的寂静大于石头，森林的寂静大于树，湖的寂静大于水。当然，在大东沟里还有一种寂静，那就是物的自体寂静。一座山，一朵云，一棵树，一块石头，一株草，一片叶，一粒苔，都有着自己的寂静。还有一粒尘埃，一束光，风声，落花，流水，都有它们自体的寂静。

这种在万山深处、万木深处感受到的寂静，却能让我们领悟到白云和流水的运动，领悟到"远在远方的风比远方更远""山的外面还有山的外面还有山"。

正在享受这万籁寂静之时，我忽然望见远处山坡碧绿的树前，立着大大的两行字："在吕梁，读懂诗意中国。"

大东沟的诗意，比王维的山水诗多了一种生机，比宋元明清的山水画多了一种活力。因为，在这幽静清爽的大自然中，我不时地可以看见一群又一群的人，在帐篷下交流聊天，在草屋前写生，在木桥下戏水，在平台上研学，在大树下画岩石画。因为，在中国，在新时代，"江山就是人民，人民就是江山"。

前面的翠绿树林前，突然又屹立起两行大字："在吕梁，倾听奔流中国。"

上林舍的水

早就听说汾阳有个上林舍，而且景区介绍里说："上林舍村临山傍水，以皇家园林命名，应是古老且具园林特色的村舍"，还说，"汉武帝于建元三年（前138）在秦代的一个旧址上扩建而成上林苑，规模宏伟，宫室众多，有多种功能和游乐内容"。更引起我的无限遐想。因为汉代的"赋圣"司马相如写过一篇《上林赋》，其山水、园囿、宫殿之壮丽，汉天子游猎之规模盛大，让人惊叹；其气势磅礴、结构宏大、叙述细腻、语言富丽堂皇构成的世间万物美景，也令人充满了美好的想象。尽管我也知道司马相如《上林赋》里写的不是汾阳的上林舍村，但是，看过景区简介后，依然对此充满了无限的期待与想象。

去了才知道，此"上林舍"与彼"上林"根本不是一回事。别说皇室、园囿、田猎之遗址废墟依稀痕迹了，就连其一点影子都没有。只能套景区简介里的话，"历代虽战乱频发，但由于地势偏僻，所以保留了纯朴的自然和人文环境"。我们一进景区，就被引到一个深沟里。沟里长满了直刺天空的树木，树叶碧绿茂盛，树冠下凉意阵阵，一下子就把我们从炎夏拉进了凉秋，身上有了清风，心里生了凉意。树木间各种各样的木屋房舍，红黄蓝绿，大小不一，参差错落，点缀其间。小桥横立远处，桥上有孩童戏耍。房舍外面都有木质围栏，其下草丛嫩绿。用白色的河卵石砌筑而成的弯弯小溪流从沟里流出，环屋而行。溪水静静地流动着，清澈见底。夏日的阳光透过密集的树叶射了下来，光线斜倾，一束一缕，照在林间、草地和溪流间，斑斑驳驳，亮丽清明，如撒了碎金一般，怡人得很。让人想起了王维的诗句："空山新雨后，天气晚来秋。明月松间照，清泉石上流。"我想，眼前能有这股清澈的溪流，肯定在沟的深处会有一泉好水。导游引着我们穿越其间，并对我们说，脚下的这股溪水可以直接饮用，味道很好，清甜清甜的。果然，有人就弯腰用手掬起，饮后抬头笑道，好喝好喝。

从沟里出来，往东直行几十米，又顺着一个大坡样的道路上行，进村进街，人头攒动，笑语不断。抬头见白色的巨龙腾飞在高空，在我们的头顶上弯曲而过，似乎还有水在白龙的肚子里漫涌滚动。导游告诉我们说，这是大型高空漂流项目，玩的人很多。抬头再看，还有七彩旱滑穿越而过。导游说，这里可以玩得东西很多，还有丛林穿越、神州飞碟、高空滑索、太空自行车、高空速降、挑战桥、直升机、大秋千，等等，吃的东西也很多，火锅烧烤、风味小吃、农家菜等，当然，你们也可以自己带点吃的野炊野餐。现在的生态旅游景区，总是在千方百计地满足着人们吃喝玩乐的各种欲望，以此来增加人气。可是付出的代价，就是大自然被一点一点地破坏和损害。大自然虽然是庞大而广泛的，可它们却是被动的、无声的，而人对它们的破坏和损害却是主动的、有意的。所以，总是人对大自然的伤害太多太多。

正在我浮想联翩之时，导游已经引着我们下了一个大坡，尚未进入沟里，便听到有哗哗哗的响声。下到底，抬头一望，只见眼前，一汪清水顺着河道弯曲而下，不知从何处来。进入沟里，刚一站稳，回首向后望去，才知道这一汪清水是从一个写着红色"福"字的大葫芦里倾情而出，水极旺，波涛汹涌，顺着山坡滚滚而下。我的心里大惊，真的是一汪好水啊！导游告诉我们，这条沟叫林泉沟，长7000多米，宽100多米。沟里的上林泉水稳定排水量是每秒0.3立方米，它从800米高的上游太中银隧道口流出，穿村而过，长年淙淙，清澈见底，是汾阳市境内唯一的一条尚未被开发的清水河。它一直要流到至这里约2700米的下游安家沟水库。

这汪清泉立刻使整个林泉沟充满了湿润和灵气。水从高处激流而下，波涛翻滚，坠落成万千浪花飞溅，以急湍的流势顺着自然冲刷而成的曲折河道蜿蜒而去。河的对面树木茂盛，直插河里，仿佛从河里长出。柔软茂密的藤枝缠绕着一根一根树木盘旋而上。天然的绿色植被蔓延至远方，一眼望不到边。

眼前的这条清泉河水，让我想起了司马相如《上林赋》里的句子，"泪乎混流，顺阿而下，赴隘狭之口，触穹石，激堆埼，沸乎暴怒……"这条清泉河水太有气势了，从那狭隘山口直冲而下，声势猛烈。水高势立，冲激而出，相击有声，纵横交杂，转折翻腾，波涛不平。涌起回旋如白云，蜿蜒纠缠不断。后波逾越前波，奔流而入深渊，遇到河里的大块石头，顿时形成急湍。水，拍打着石头，冲袭着河边，奔腾高扬，浪花飞溅。水，深窦而丰盛，响声宏大若雷。水，疾流而不息，形如鼎水沸腾。水，飞沫跳跃，急流猛悍，洪波奔驰，而后随着河道平缓而急转徐缓，潺潺流淌。河里的水车高大漆黑，水浪拍打着偌大圆式木轮慢慢滚动，白色的水波顺其忽上忽下，犹如裸身的孩童在上面玩耍戏水。绿色的藤蔓，红色的草蔓，顺着河水漂流，仿佛时尚少女的长发，柔软滑溜，长长的，细细的，充满了恒久的柔情。还有那水底石头上的苔藓，以及河边浅堤上的绿苔，墨绿墨绿的，一团一块，一缕一丝，煞是可爱动人，令人陡生怜惜之心。

水好自然景好。长流而下的清泉沸腾不已，河上有五色彩虹桥，上书"上林舍牵手桥"。还有直立的红色大型"心"字，心中套心，上书"情定上林舍"。还有圆形的小舞台，绿色底边，红色花瓣一朵一朵相连成圈，貌似一朵盛开的巨大莲花，台阶上书"上林舍莲花剧场"。一转头，又见身后两行大字陡立，"听说在这里告白，成功率一直是100%"，粉红色套白边，字体轻佻而有些挑逗。这些多是人工制造，与自然的绿树碧水世界不大和谐，显得突兀而浓艳，机械而呆板。倒是那些笨拙的小木桥，年久而呈黢黑色，凌驾于宽阔跳跃的河水之上，有人扶栏远眺，有人俯首观水，还有那些草舍木屋，质朴而自然，孤零零地立在茫茫松树和柏树中间，从而显得人与自然融为一体，心旷神怡。

水流湍急，顺流而下，潺潺而响，汩汩远去。我们都被水而感动，纷纷驻足观赏。或蹲下掬水而饮，或将手掌伸出水中；或立水边，依水留念；或屈身于水车对岸，啪啪摄影。此时此刻，心底清凉，自生柔软，人与人心心相印，都充满了浪漫而温馨的情怀。仿佛这泉水，心清净，身轻柔，心身和谐统一，自生欢歌笑语，一路顺其自然，望观着两旁自然而立的高大树木，牵着绿草，拉着苔蔓，向着远方的世界飘然而去。

从林泉沟出来，导游又引着我们进入上林舍的沟壑，在一大片平地前面的座台上，纷纷坐下，观看了大型马战实景剧《一代名将郭子仪》，呈现的是大唐名将汾阳王郭子仪率朔方军东讨安禄山，收复靖边军，斩杀叛将周万顷的故事。两军相战，万马嘶鸣，狼烟四起，战马奔腾。其马术表演当然是惊心动魄，让人不由赞叹鼓掌。我却觉得人类与大自然的争夺，亦如这马背上的战斗，虽无声而激烈，但到头损害惨重的依然是大自然。我的心里总是有一种深深的忧虑，担心随着时间的推移、旅游的兴盛，上林舍的这股泉水也会被人类污染、损害、破坏，甚至断流、枯竭。河呀河呀，水呀水呀，你们一定要保重。人啊人啊，你们一定要手下留情。

从上林舍回来已经很长时间了，我的心中，念念不忘的，还是上林舍林泉沟里的那一股好美好旺的泉水。

哦，上林舍的水！

王营庄的"共同体"

王营庄，虽是一个小山村，却有着一个大大的"共同体"。去过一次后，就让人难以忘怀。

王营庄，在山西省吕梁市离石区东部的吴城镇。我们去的时候，是上午9时左右。虽是夏季8月，但走在东川河的北岸上，还是凉风习习。王营庄就在东川河的河谷里，两面环山，绿色满眼，田野广阔。村庄依山静卧，高低起伏，逶迤绵延。天空一片湛蓝，白云朵朵飘移，阳光灿烂朗照，群山河川田野大地，一片清新如初。

下了大巴车，我就看见西面是一片古色古香、错落有致的建筑，东面是一片绿黄相间、生机盎然的稻田。导游告诉我们说，王营庄是乡村振兴示范区，现在你们看到的，西面是一期项目，是文旅小镇，有特色美食、科创研学、乡村e镇、气膜滑冰场、无动力乐园、光影互动沉浸区等；东面是二期项目，是田园综合体，有鱼稻共生、鱼菜共生、鱼鱼共生、智能温室高效农业示范基地、高科技花卉培育基地、森林康养、河道治理，等等。我对导游讲的二期项目顿感新奇，什么叫做鱼稻共生、鱼菜共生、鱼鱼共生呢？不由得让我脑洞大开，心中涌起满满的好奇感。导游是一个十分清秀的漂亮姑娘，自我介绍说是离石区文旅集团的年轻员工，大学生驻村干部。她说，王营庄的一期项目已经完成，二期项目还有一些工程正在进行当中，项目整体建成运营后，王营庄就可以大有作为了。这里既有特色餐饮、文化展示、观光旅游、科创体验，又有产业研学、高效农业示范、渔业综合养殖、农产品产销，这是一个农业文化旅游融合体，它孵化特色农业、培育本土创业人才、促进宜居宜业、建设和美乡村，走的是一条农业转型和特优发展的乡村振兴新路径。我忙插话问道："效果如何？"漂亮导游莞尔一笑，说："当然好哟！今年以来，王营庄乡村示范区已经接待游客 15 万余人次，实现直接经济收入 290 余万元，关键是吸纳周边群众 150 多人就业，带动 76 个村集体年均增收 3 万元以上。"我一边听，一边在广场上溜达，向河谷的四周展望。我看见对面碧绿苍翠的山峦上，竖着 9 个非常醒目的红色大字："懂农业，爱农村，爱农民。"

　　导游不仅清纯漂亮，而且干净利落。她先给我们发了耳机，拂了一下秀发，仰首笑道："各位上车，一号二号三号四号，四辆游览车，可以自由组合，自由乘坐。"大家便欢声笑语，纷纷上车。车很快就驶出广场，沿着村庄前面的北边道路向东前行。一望无际的绿色田野，便在我们的眼前迅速铺开。满眼翠绿，还有微风徐徐吹来，真是舒服。眼尖的同伴突然叫道："我看见有青蛙从那菜地里跳出来了，那里那里，快看快看！"大伙立刻呼应："看到啦，看到啦！"漂亮导游讲解道，这就是"菜鱼共生"，绿色蔬菜种植加鱼蛙虾蟹。车还在继续前行。又有同伴大叫："看看！有两只鳖从水稻地里爬出来了。"我也看见了，真的有两只大王八，大摇大摆地爬出来了。不知那两个家伙，听到我们的大喊大叫，会不会睁开它那小小的圆眼看我们呢？漂亮导游介绍说，这就是"稻鱼共生"。

　　下了游览车，她引着我们上了观望平台。我们手扶栏杆向对面远眺。天边无际的稻田，在阵阵清风的吹拂下，像大海里的波浪在起伏。我们张开嘴巴，大口大口地呼吸着这天地间清爽的空气。一缕一缕稻禾的清香芬芳直入我们的鼻口，沁入我们的五脏六腑。水稻一株一株立于风中，紧密地团结在一起，摇头晃脑，长势喜人，一片翠绿。近处的小沟小渠里，不时有小龙虾、小螃蟹缓缓爬出，稻鱼共生的情景让我们大开眼界。漂亮导游说，吴城镇农业学大寨前就有种水稻、养鱼虾的传说，这是我们今年首次种植的 280 余亩水稻，是一茬水稻，品质优良，口感尤其好，希望能够卖到好的价钱。

　　她导引着我们走进一个宽敞高大的温室大棚里，让我直接体会到什么叫做"鱼鱼共生"。一个接一个长方形的蓝色大鱼池,从东到西顺溜排着,分别养着大闸蟹、龙虾、鳗鱼、花鲢、鲟鱼、中华鳖、草鱼、泰鳄、泰师金鱼、罗非鱼、锦鲤、鲈鱼等十几种鱼类。养殖人员边引着我们一个一个观览着,边介绍着情况,这鲈鱼又叫花鲈、寨花、鲈板、四肋鱼,俗称鲈鲛,它和长江鲥鱼、太湖银鱼并称"四大名鱼"之一。这种鱼苗下池后,第二天就可以投喂饲料了。有人问道:"鲈鱼吃什么呢?"养殖人员说,它主要吃田地里和河渠里的红线虫等浮游生物。这些鱼儿都是底层鱼,一般都在底处游荡。人一站到池子旁边,它就会游来,等你喂食。女伴们就从衣袋里拿出零食,扔进池里。果然,噗啦啦,噗啦啦,就有一大群鱼儿朝这里游来。大家便哈哈哈地笑成一片。养殖人员说,鲈鱼鱼苗养到一个月以后,就要按照鲈鱼的尺寸来分开池子喂养,不然,它们会相互抗争、残食。放养的密度是一池3000到4500尾。有人就问,现在有几池鲈鱼?养殖人员说,7个。大家就尖声叫道:"呀——2万多条呢!"有人又问:"这鲈鱼好养吗?"养殖人员说:"养好鲈鱼的关键,是水体溶氧量的把握。水体溶氧量不足,那肯定难以高产。养殖前,要用大量石灰将池水消毒,要保证排灌系统通畅和水质良好,还要使用增氧机。"他又说:"大口鲈鱼的生长速度快得很,有时可以在几星期内成倍增加体重。6个月后就达到成熟期了,体长可达20厘米,体重斤二两到斤五两。"

看完了高密度养鱼温室大棚,我们又来到特种鱼养殖大棚。我们都围在养鳄鱼的那个大池前观望着。长长的鳄鱼睁着鼓鼓的黄眼睛,很不乐意地看着我们,不时地,还不耐烦地摆弄一下它那笨重而丑陋的身体,表示对我们的不屑一顾。养殖人员提醒大家,不要靠近它,不要把手和头伸到池口,这些家伙们攻击性极强,稍不注意,就伤害人了。这些鳄鱼身长都有一米二、一米五,都比较凶猛。所以,每一只鳄鱼都有身份证,都有自己的标码,必须要有相关的证件,不是说谁想养就可以养的。它是二级动物。有人问:"它能吃吗?多少钱一斤?"养殖人员说:"能、能,它的肉可以吃,市场价是一斤110元到120元,可以销售。因为咱们的这个不是野生的,而是养殖的。"有人又问:"它能长多大?它主要吃什么?"养殖人员说:"它可以长到两三米,它主要吃肉,吃鸡骨架。鸡骨架比较便宜,其他的价格比较贵。"吴城镇镇长孙龙斌告诉我，稻鱼综合种养，实现了一水多用、一田多产，能为这里的村民增收，实现粮食、水产双保供，真正是一条农业转型和特优发展的新路子。

告别了面目可憎的泰鳄鱼，我们又来到了高科技花卉基地。这里已经是一片红黄蓝绿紫的花的海洋。有紫色的羽衣甘蓝花、嫩黄的蝴蝶兰花、红如火焰的丽格海棠花，有碧绿的螺绞铁花、粉红色的墨兰花、宽大绿叶的也门铁，还有玫瑰花、月季花、仙客来，一片一片像箭一样的绿色植物龟背竹，如星光闪耀的嫩黄嫩黄的常春藤花，还有亮如绚烂晚霞的变叶木花、水灵灵的绿叶小发财树、墨绿墨绿的叶子间闪着耀眼光芒的金鱼吊兰，还有像红色蝴蝶般飞翔的红掌花、红得发紫的油画吊兰、颗颗绿珠璀璨的鸭掌木、片片青翠的龙须。这里真的是璀璨芬芳，让我们顿时觉得生活充满了爱与希望的光彩，犹如漫步大自然的画廊，一下子就品味到人世间的万千幸福。

山西农大的李教授告诉我，这只是农大园艺学院和当地政府在这里搞的一个花卉基地，还有一个农业新品种基地。他们正在推广一种"大农特"产业发展，"大"即农林牧、文旅康相融合的大农业；"农"即农业发展、农村建设和农民稳步增收、同步协调推进的三农全域；"特"即以湖羊、药材、杂粮、核桃、肉牛、文化、旅游等多种产业相聚合的特色康养农业。效果非常理想，希望我们以后多多关注。

我们来到古色古香的文旅小镇时，有好多小学生正在光影互动沉浸区体验研学。这真是一个集视觉、触觉、听觉于一体的光影感官盛宴啊！有3D打印、科技与光、科技与影和科技课堂四大主题25个模块，配备有科学实验室和奇幻科学秀场，互动表演，随心所欲，沉浸体验，对孩子们的诱惑力极强，已经成为他们到这里研学旅游的必打卡之地。漂亮导游喜不自禁地说，自7月1日开馆以来，到光影互动沉浸区研学旅游的学生有38000人次，营业收入达到140万元，整个展区接待游客达150多万人次，单天最高的接待游客人数达1800多人。

从这里出来后，我们又沿着弯曲的小溪水和小巷道走向小镇的深处。漂亮导游介绍道，这个文旅小镇全部是明清建筑风格，是利用王营年村的旧卫生院、旧粮站等集体土地兴建，总共有"两路四巷双广场"，大家可以自由游逛一下。我们已经进入美食街了，有烤肉串、烤鱿鱼、热干面、扯面、掐疙瘩，有肉夹馍、炸鸡柳、碗团、油泼面，还有特色奶茶店、小吃店、火锅店等。但由于还不是吃饭时间，看不见其热闹的场面。过了餐饮街区，就是古典式的小商小铺、酒吧、戏台、嗨歌区、娱乐区，可以想象，一到夜晚，灯火通明之时，这里是多么热闹非凡啊！

上了大巴车，从王营庄出来之后，我都在想，记得《关于〈中共中央关于全面深化改革若干重大问题的决定〉的说明》中这样讲："山水林田湖是一个生命共同体。人的命脉在田，田的命脉在水，水的命脉在山，山的命脉在土，土的命脉在树。"王营庄人贯彻落实得真好、真通透、真彻底，他们的这个"共同体"，可谓一个山、水、林、田、湖、树、人、农业、渔业、文化、旅游、康养，统统融于一体的、和谐共荣的"大共同体"啊！

六郎寨的石头

第一次来到六郎寨。一下车，转过身，一抬头，就被对面的那匹大骆驼震撼了。它的头微微仰起，直视前方；驼峰起伏有度，丰厚而狭长。怎么不见它的腿呢？此时此刻，它的背上已经驮上重负。这正是它傲视前方，准备雄起前行的那一刹那。好一匹不忘初心、负重前行的大骆驼啊！

活灵活现，惟妙惟肖。它是一座石头山峰，它是一匹大大的石头骆驼。

从这一刹那，六郎寨就在我的心中留下了深刻的记忆。我忘不掉六郎寨的那些石头。

六郎寨在茫茫大黄河的拐弯处，在山西吕梁兴县瓦塘镇前彰和焉村。这个地方到处都是险坡，满眼都是怪石。其实，这里在叫六郎寨之前，叫乳浪寨，因小岩多有形似乳浪奇石而得名。叫六郎寨，当然是与杨家将里的杨六郎杨延昭有关。那是遥远的往事了。公元964年，杨延昭的外祖父病逝。刚刚6岁的他随母奔丧，经岚州合河关（今兴县）回府州（今府谷），途中扎营于黄河的边山岭间。延昭夜间立于山顶，观黄河之雄浑，想到白天由于契丹侵扰，百姓流离失所之惨状，遂发下保家卫国之宏愿。到了公元976年，杨延昭被北宋朝廷补为供奉官。由于供奉官是虚职，只用来表示品级，并无实际职掌。所以，他始终随父亲在军中。但是，他多次被父亲派往黄河沿线驻防。每到一处，他总是修城筑寨，加强边防。六郎寨就是他在这段时间修建的山寨。据传说，公元995年，杨延昭回府州为其舅舅奔丧，途中又在六郎寨住了一天。可见，杨延昭对这里很有感情。

当然是因为这里在叫六郎寨之前，已经很是有名。清代兴县籍著名史学家、水利专家、江南总督康基田，曾在《合河纪闻》里记载，早在春秋战国时期，赵国大将李牧沿着黄河戍边，北拒匈奴，西伐秦魏，那个时候，乳浪寨就是古合河著名的军事要塞之一。秦亡赵国后，北上阴山筑长城、修直道，时为通津，"自汉唐迄于宋明戍守始无虚日"。所以，历代帝王多次巡边视察，六郎寨为必巡之地。尤其是在北宋时期，由于燕云十六州早在五代十国时的丧失，使河西、河东、河北三路成为边境地带，而作为直通麟府二州前沿阵地的河东要塞，乳浪寨自然显得十分重要。它不仅肩负粮道转运这一使命，而且承载着抵御来自西夏和北辽直接侵犯的双重任务，自然，成为河东屏障的锁钥，与河东诸州及其河西、河北两路，共同成为守卫都城开封的重要屏障。

"你们看对面的那块石头像什么？再看前面的那块石头是什么？"给我们导游的是当地的郭先生。他身材高大魁梧，热情爽朗，谈笑风生。我们边听他讲解，边顺着他指引的方向望去。眼尖的人突然叫道："那不是头狮子吧？正在仰天长啸呢？"我也猛然叫道："真的像是，头仰起，尾巴后翘，眼睛怒睁。"另一处声音也传来："前面山顶的那个是只熊，头抬起，腿前行，虎视眈眈，眼看着就要站起身从那里爬了过来。"郭先生大笑，说我们说得全对，对面的是"雄狮吼"，前面的是"熊卧石"，神奇吧？奇妙吧？我不由得站住，朝着对面使劲地观望。真的是神奇，真的是奇妙，明明看见就是一块大大的石头，可是越看越像一头雄狮仰头长啸，仿佛还能听见它嗷嗷嗷的叫声，洪亮低沉得像是打响雷。再看对面的那只熊头，雄视前方；那前腿，直立起来，犹如刚刚站起来；那背，长而柔软圆润；那色彩，深深的褐黄色，仿佛都有人的手去抚摸那熊背毛茸茸的感觉。这哪像是石头啊！但是，它们活生生的，就是一块一块大的石头。郭先生哈哈哈地笑了，说："这些都是滔滔黄河水的功劳，不知多少万年前，黄河水从这里满山遍野漫过，那时候，这里可能就是茫茫黄河深处，你们看，你们看，那黄河水漫过的印痕印迹，至今都是那么清晰。日晒风化，时光是那样的鬼斧神工啊！竟把这么多毫无生命力的石头，一日复一日地雕塑成一个个活生生的动物。"

我沉默无语，我们都沉默无语。郭先生继续给我们海阔天空地讲解着，说众多名相、名将，过往如织，仅北宋时期，文有范仲淹、文彦博、欧阳修、司马光、王安石等先后职事河东，数临六郎寨；武有呼延赞、杨延昭、张亢、宗泽、韩世忠、岳飞等著名将领，曾先后巡边辖地，屯兵戍守，驰骋御敌于河东要塞，乳浪寨以其重要的军事地位，留下了他们的无数足迹和众多故事。我抬起头，看着他，问道："这些人真的都来过这里？史书上都有记载吗？"他眨了眨眼睛，睁圆眼道："当然呀！他们不来怎么能行啊！史书上有没有记载，俺不知道。但是，老百姓口口相传，这是事实。"

郭先生长长地唉了一声，说可惜这里后来就衰落了，到了清代，随着北方战争的弱化，六郎寨就成了南北商运货物的水旱码头。1936 年至 1938 年，沿黄河的渡口堡寨，都被阎锡山的军队占领并封闭。1940 年，随着抗日民主政权的建立，六郎寨又成为晋绥边区通往陕甘宁的重要通道和保卫延安的重要屏障。

这时，我们已经一步一险地登上了六郎寨的高峰。站在这些奇形怪状的天然石雕石像旁边，观望对面的黄河真的是别有一番风情啊。我拿起手机，对着奇形巨石之下的十里长的大黄河，仿佛万年奇石的视角，用它的眼睛拍下了黄河在这里拐了一个弯的雄浑而壮丽的奇特景观。

拍完照后，我一转身，看见旁边立着一个牌子，蓝底白字，又是一个民间传说，"李闯王过河接口气"。郭先生见我们都围过来，看那牌子，说，这讲的是李闯王过彰和塌渡口的故事。崇祯二年，山陕大旱，瘟疫蔓延，兵祸不断，老百姓苦不堪言，农民起义爆发，李自成就是义军首领高迎祥手下的闯将。高迎祥战死后，他继称闯王，崇祯十七年（1644）正月建立"大顺"，年号"永昌"，紧接着就发动"东征"，兵分两路，欲攻下大同，进攻北京。主力部队想从六郎寨渡黄河，向宁武进发。他率军到达六郎寨时，人困马乏，便边休息边派一队人马去彰和塌渡口侦察。一顿饭工夫，侦察队回来了。头目前来报告情况。李闯王突然问道："黄河结冰没有？"结冰？头目不禁懵了，这不是胡说！时近二月了，黄河早已冰雪消融，怎么会结冰呢？于是摇头说没有没有。李闯王大怒，当即下令："给我砍了！"侍卫岂敢怠慢，立刻手起刀落，那人的头便被砍了。一连进来三个，都如实报告，结果都是人头落地。当第四个人张六子被叫进来时，他看到四个人头已经落地，不禁吓得出了一身冷汗。闯王问他时，他定了定神，马上谎称，河已结冰，冰层很厚，可以轻松过河。李闯王哈哈大笑，说："很好！很好！我任你为渡河先锋官，立即率队渡河。"张六子一听，后背一阵发凉，心里嘀咕道，眼下黄河水急浪大，怎么渡？但是谎言已出，难以挽回，只好硬着头皮率先头部队向渡口而去。

我的后脊背上也立马冒出了一层热汗，将目光从对面的茫茫大黄河收回，转过身，直逼他的脸，着急地问道："后来怎么样了？"郭先生的脑袋摇得像拨浪鼓似的，说真的很奇怪，他的眼光很快就又望着那些黄河山巅之上的奇形巨石，说，真的跟六郎寨的这些石头一样奇怪，黄河渡口虽然没有结冰，但是，大块大块的冰凌夹杂着顺河而下的河柴，都拥堵在渡口的拐弯处，就像架了一座桥似的。更奇怪的是，还有许多大木头也互相穿插着漂浮其中。李闯王到来后，长长地呼了一口气，不禁发出一阵狂笑，说："天助我也！"命令一下，张六子第一个跳进河里，踏着浮木和大块冰凌向对岸而去。亏得他从小在黄河边长大，学了一身好水性，再加上已经下了死的决心，心里不再惧怕，居然就不费多少力气，安全地过了黄河。其余的人马也不敢耽搁，学着张六子的步伐踏木而过，竟无一人一马落水，成为六郎寨老渡口千年未遇的奇闻。

"真的？这是真的？"我睁大眼睛向他问道。大家也都把眼睛睁得圆圆的，望着他。郭先生望着我们，也把眼睛睁得大大的，说："那当然呀！要不怎么李自成能一路拼杀，终于攻陷大同，杀进了北京城，夺了明朝的天下。"

片刻后，我们都哈哈大笑，郭先生也哈哈大笑。

就这样，我们在这些奇形怪状的大石头上爬上爬下，边欢笑着说古话今；或立于一块巨石的大平台上，说是校场点将台，视野开阔，雄心勃勃；或仰头观望那些石壁上特有的天书，它们凹凸有致，纵横交错，点划天然，真的是奇妙万端，像天的神笔写就，荟萃藏、蒙、党项、羌胡，更集汉之草隶篆楷，诸多文字符号混于一方，似行云流水，如浪花飞溅，难以言说。我转身又看见一块黑色石碑，上书"炼虚洞"，仔细一看，说是道家辟谷的修炼场所，相传吕洞宾曾经云游至此，等等。不管他们来过与否，反正这个石洞里大有乾坤，下去看看！我穿过那些奇形怪石，扶着铁栏杆，小心翼翼地踏着石阶下去，见地方不大的石洞里，仅有三张低矮的木桌，几个树墩，几个石凳，空无一人。倒是木桌上面那块大大的石头上的画吸引了我。那些水波样的、流水状的水纹，一道道，一缕缕，一丝丝，弯弯曲曲，起伏舒缓，深浅不一，错落有致。我最喜欢的就是这些自然的东西，真的是一幅情趣无限、生机盎然的石头水墨图啊！我忙叫来文友，拿出手机，让他给我在这石头水墨画前拍了一张照片，用来留念。

六郎寨各具形态的天然石雕石像太多了，有龟寿石、麒麟石、貔貅石，有雄鹰觅食、卵翼之恩、企望而"龟"，当然还有马道、烽火台、古寨、农耕馆。可是，我们最喜欢的还是这些六郎寨的石头。我们穿过那一块又一块的奇石怪岩，来到山顶南面的那块长方形的大大的天外飞来之石前，合影留念，好多人都伸出双臂，做出了像那块石头一样大鹏展翅的样子，欢呼着，冲进了正前方照相机的镜头里……

宋家沟的雨夜晚饭

没有想到，那天下午的雨，会越下越大。

我们坐着大巴车，穿过弯弯曲曲的山道，穿过密密匝匝的绿树，来到那座小二层的白色小楼前，下车时，已经是下午5点多了。

一位头发花白的老人精神镤铄地迎了上来，忙和我们打招呼，在雨中把我们引进了一层的大屋里。人们都叫他老高。我才知道他就是高华处，曾经是2017年脱贫攻坚"感动吕梁"人物。我是第一次见老高，他已经是74岁的老人了，身板硬朗，清清瘦瘦，满面红光，十分健谈。他告诉我们说："现在咱们所处的地方，在地图上叫宋家沟，也叫冯家沟，用汽车上的导航，导冯家沟，就能来到这里。过去这里是个三不管地带，是一个乱石荒沟，有十里多长，是兴县两个乡镇三个村子的交叉地带，属于蔡家崖乡碾子村和高家山镇宋家山村、冯家沟村共有的地方。"

我们都簇拥着他，说笑着让他坐下，让他给我们讲他治理荒山、植树造林的故事。他满脸通红，好像有些羞涩，不好意思地笑着，说："欢迎各位作家文人们冒着雨来到这里，其实我也没什么好讲的，就是做了一点栽树的事情。"我们都笑着鼓掌，说："老高您坐下讲，我们就是想听你二十几年栽树的故事。"老高这才坐下，在屋外淅淅沥沥的雨声中，给我们讲起了他植树造林的故事。

老高说："我们这里紧靠黄河，那黄河里的水，泥沙很大，小时候，就听大人们说是'一碗水，半碗沙'，水土流失很严重。我这人，年轻时就爱种树，看见树种活了就高兴。从年轻就有这个爱好，就像人们喜欢玩麻将打扑克一样。我这人经历很复杂，1971年4月，当时20岁，就当了民兵连长，加入了中国共产党，被派到水江头大队担任党支部书记。那时候，水江头村是兴县出了名的'老大难'村，因为穷得没有出路，有几户人家讨吃要饭流落到内蒙古。面对这个局面，我忧心忡忡，暗暗下定决心，一定要改变这个局面。我经过走家进户，调查研究，深思熟虑后，决定种树。成立了一个25人的造林专业队，又从外地聘请专业的技术人员，常年住在村里，面对面做指导。经过6年苦战，村里修通了路，供上了电，全村2100亩山坡地都栽上了核桃树，人均用材林2亩、核桃林5亩、红枣林2亩、水果林2亩、灌木林2亩，实现了'村庄四旁树成网，荒山秃岭穿绿装。白天高音喇叭响，晚上电灯亮堂堂。循环公路通四方，干部群众喜洋洋'。后来，土地下户后，乡镇书记见我在村里也没什好营生干，就把我调到乡里当了补贴干部，但还是农村户口。后来这个书记到了县里当了领导，又把我调到县里的街道办负责卫生清洁队。领导可能觉得我工作认真，又喜欢管树种树，就把我调到了县林业局，我就一直干到了林业局副局长。20世纪90年代末，吕梁市号召'退耕还林'治理荒山荒坡。我当时已经50岁。县里一般是超过50岁，就要下岗离职，让年轻人干。我就想去承包4800亩的宋家沟，买'四荒'（荒山、荒沟、荒丘、荒滩），植树造林。"

我急忙问他："家里人同意吗？"

老高脸红红地笑着，说："哪里能同意？老婆和亲戚们都说我是发神经了，还说俺把你想的这事和村里人说了，人们都说你是个傻瓜，说那些荒沟就是无底洞，花多少钱也不顶事，看不见。好几天，老婆也不理我，不给我做饭，说你喝西北风去吧。"

我们哈哈大笑。他也嘿嘿嘿地笑着。老高说："2000 年一开春，我就一个人扛着工具，背着一捆行李卷，来到宋家沟的河滩里，搭了一个帐篷，挖了一个坑坑吃水，支起一个小洋炉，开始了我的种树生活。就这样住了一年多，就在沟里盖了一个小房子，继续种树。老婆说得对，真的是无底洞，因为投入太多，又没有收入，就我的那点工资，仅仅两年，我就欠下了十多万外债。为了清还施工队和村里人的打工钱，我把大儿子准备结婚用的彩礼钱挪用，把城里居住的房屋变卖。即使这样，我也没有放弃，打坝、填土、修路、通电、育苗、植树，一年接一年，我领着周边村里的三个没儿没女的五保户、五个贫困户，一起干，就这样干了 23 年，到今年 10 月份，就整整 23 年了。原来这里就是乱石荒沟，整个沟里没有一棵树，种上庄稼也长不成个样子，就是人们放羊的地方。现在，4800 亩荒山荒沟全部绿化，种植油松、侧柏等 34 种树，累计造林并管护 6200 亩，植树 10 万余株，栽核桃树 1 万株，培育优质红枣 1 万株，酸枣接大枣 5000 株，四旁植树 1 万株，培育各种优质苗木 150 亩，容器油松侧柏 100 万苗。北京和雄安新区选中了我种植的五米油松 300 多株。"我离老人最近，能看出来，他的脸上充满了一种说不出的自豪。

坐在旁边离他不远的兴县县委宣传部武部长说，老高不仅在这里植树造林，还在这里办了不少好事，建成水井 10 孔，100 立方米高位水池一座，基本农田 600 亩，水泥路 5 千米，田间道路 2 千米，架设高架线 3 千米，建成九曲黄河阵、晋绥生态碑林、小型生态广场、办公楼、弥陀寺院、健身场地、采摘园、一二〇师学校校外实践基地，等等。

老高羞涩地摆摆手，说："我这个人就是爱栽树，也没有别的。栽了这么多树，我怕我离开人世后，着火呀，人们砍树呀，破坏森林，我就想把文化的东西搞进来，通过文化来教育人、感化人。武部长也同意我的想法。我就找吕梁佛教协会，在这里修建了个弥陀寺院。另一项就是黄河文化九曲碑林、纪念碑林，计划立 360 通，现在已立了 88 通，都是做出历史贡献、文化成就的晋绥英雄人物，以及兴县籍人士，比如贺龙、关向应、李井泉、续范亭等，比如孙嘉淦、张旺等，比如牛友兰、刘少白、牛荫冠等，比如高如星、田东照、李万林、贾宝执等。目的就是教育后一代，热爱家乡，热爱自然，保护树林。另外，我还修了一个九曲黄河阵。这是一个非遗文化，过去黄河两岸的人，正月里都要游九曲黄河阵，祛除百病，一年通顺，吉祥如意。过去建得不太好。去年武部长给我从省里争取了 20 万元，我重新整修，提高了水平，做了围墙，几个亭子、大门，今年正月里来的人就很多。下一步还要增加灯光和音响。总之，文化的东西，都是从保护树的目的出发的，同时也传承了中华的优秀传统文化。我要努力把九曲黄河阵和晋绥生态碑林搞成全吕梁、全山西的精品，把乡村旅游发展起来。把这一切都做好，我的心里也就安然了，我就快到那边的世界去了。"

大家都欢笑着鼓掌，纷纷说老人真会讲话。

老高羞涩地摇着头，说："大概就是这些，我也就是一个爱栽树，也没有做出什么值得夸赞的事。今天大家冒着雨来到这里，真的就是缘分。我虽然文化不是太高，但是，我知道宣传的力量很大。和各位著名的作家比起来，我真的不好意思说，我也是一个业余文学爱好者，好多年前，我把我植树造林的生活，写成一篇文章《我的低碳生活》，参加了全国征文大赛活动，还得了个二等奖，得了奖金 2000 块钱，还有一个数码相框。"

哎呀！呀哟！我们都热烈鼓掌，欢叫了起来，朝老高竖起了大拇指。

老高脸红彤彤地笑着说："不行，不行，业余文学爱好者。"他笑着说："那篇得奖的文章出来，我女儿在省财经学院当老师，正好和我们县里郭颖书记的侄女在一个办公室。她们看这个文章时，正好让郭颖书记的老伴去看侄女时也看到了。老伴回家后就给他老汉说，郭颖书记也就知道这件事了。结果，过了几天，郭颖书记就到我这里走了一趟，看了半天，也没说个甚。结果，到年底的时候，他把我叫到他的办公室，他说，老高，我把全县的小流域治理工程都看完了，还是数你付出大、做得好，政府帮助你一下，你打个报告，给你点经费，支持你一下。我懵了，说打多少呢？他说你说多少就多少。我说那就十来万吧？他睁大眼睛说，噫？你修建个房子，改善一下居住条件，修得好一点，给你 50 万元。"

啊呀！我们又欢叫了起来，说，好，好，这下可好啦！

老高接着说："后来，他又碰上我了，问我，房子盖得怎么样？我说盖好了。他又问，花了多少钱？我说 70 多万。他又说，你再打个报告，政府再支持你 10 万。你们看，这就是宣传的力量。我知道，你们这些笔杆子没有权，也不能给我签字，不能给我钱，但是，你们回去后用你们的笔杆子写出文章，很快就会在那些报纸、杂志、微信上登出来，领导看见了，又会来看我，又会给我支持和鼓励的。不过，我也年岁大了，干不动了，宋家沟的这些资产，我是不会交给子女继承的，我是一个共产党员，我会以党费的形式，全部无偿交给国家，让它为黄河、周边的老百姓发挥更大的效益。"

我们都哈哈哈地大笑，说老高真的是个明白人。

老高羞涩地笑着说："你们冒着雨从大老远的地方跑来看我，我真的是三生有幸。我本应该引上大家看看我种的那些树，看看那些文化生态碑林，看看九曲黄河阵，可惜外面的雨下得太大，天又黑了。我们还是到前面的院子里吃晚饭吧。这里也没什么好吃的，都是自家种下的绿色食品，毛豆、玉米、南瓜、豆角，还有土猪肉、土鸡蛋。"

就这样，跟着老高走进山脚下树林里那个小院，三眼窑洞，一间厦房。老高的老伴、儿子、儿媳、大孙子，还有附近村里的几个老汉，已忙碌着给我们做饭上菜。窑洞对面的蓝色铝合金板大棚里，摆了三大桌，和厦房里的一桌，整整四桌。大盘的连枝带叶的毛豆，热气腾腾的玉米棒子、南瓜瓣瓣、土豆块儿，金黄色的土鸡蛋，香喷喷的红肉、手抓排骨、肉丸子，还有凉拌西红柿、地皮菜、皮冻，一会儿，又上来了大馒头，大碗的大烩菜。一会儿，又端上来了沙棘汁和兴县自己生产的"品鉴"牌白酒。这是我有生以来吃得最难忘的一顿饭。雨在上面拍打着铝合金板棚顶，大珠小珠落玉盘，给我们伴奏着音乐，我们却在下面吃得愉快，吃得痛快，吃得豪放。有的桌子上，喝着酒，竟唱起了民歌山曲……

老高这天晚上也喝得很高兴，举着酒杯过来一桌一桌敬酒，我们也都祝老高身体健康，事事如意。

天已经大黑了，吃完饭，我们都从院子里出来了。老高穿着雨衣，站在小道上，和我们握手告别。

雨，还在下着，唰唰唰的，淅淅沥沥，忽急忽慢，充满了不一样的深情厚谊。

最后，我们都上了大巴车，老高也上了大巴车，又和我们一个个握手，依依不舍。我能看出来，他今晚虽然喝了些酒，但是脑子里很清楚，心里很快乐、很高兴。我们大家也都很快乐、很高兴。

何为汾酒之魂

汾酒厂已经去过好几次了。

这次我们不同以往，首先去的是一个不大为人所知的地方。但是，这个地方对于汾酒的生产具有非同寻常的意义。

众所周知，酿酒肯定是离不开水的。酿酒师傅常说的一句话，"曲是酒之骨头，水是酒之血液"。由此可见，水，对于酿酒十分重要。俗话也说，"名酒产地，必有佳泉"。杏花村汾酒好喝，主要得益于这里的水好。汾酒老酒坊原址有一口井，井旁盖有一个亭子，名为"申明亭"。里边有一通碑，上有《申明亭酒泉记》，说这口古井里的泉水，"其味如醴，河东桑落不足比其甘馨，禄裕梨春不足方其清冽"。这里的"桑落""梨春"都是山西当时有名的井泉。清代《汾阳县志》也有这样的记载："神品真成九酝浆，居然迁地弗能良。申明亭畔新淘米，水重依稀亚蟹黄。"都是赞美杏花村汾酒厂的水质之好。可见，好水对于汾酒生产的重要。

水，尤其是佳泉好水，对于我们人类而言，都是非常宝贵的不可缺少的资源，所以，我们对于大自然中的每一滴水，都应该珍惜，而不能浪费。而这次到汾酒厂采风，首先要去的这个地方，每年可以为汾酒厂节约地下水200万吨。它就是杏花村汾酒厂股份有限公司的污水处理站。

在蒙蒙细雨中，工作人员引着我们在高大的污水处理设备平台上细致参观。我们看见黑色、凝重并含有臭味的污水，经过一道又一道物理和化学的处理，最后变得清澈透亮，无色无味。工作人员告诉我们，他们的这个污水处理站，最早是从1987年投资620多万元开始筹建的，到1991年竣工并投入使用，处理量为4500吨。1999年又投资900万元作为"中水利用"工程进行扩建，扩建后的处理规模达到8000吨。就是将已达标排放的污水进行再处理，经石英、无烟煤过滤，氯气杀菌消毒后再次利用。现在他们采用活性污泥法进行处理，主体工艺为"A／O法＋过滤＋消毒"，处理后的水质可以达到一级A类排放标准。工作人员说，厂区生产和生活的污水，经过这个处理站处理，达到回用标准后，都可以再次综合利用，大部分用于锅炉房除渣、除尘、人工湖补水和道路洒水的生产用水，居民养鱼、浇花、洗车、冲厕等的生活用水，剩余的水，或无偿供给周边农村的村民灌溉农田，或输送至文峪河。

从设备平台上下来后，工作人员说，现在汾酒工业生态园醉仙湖里的水和汾酒生活区里居民的生活用水，用的都是这里经过处理后的水。大家的兴趣陡增，都说要到工业生态园里看看。

细雨无声地下着，还有风轻轻地吹拂着。我们的心情也清爽利落，一会儿就坐满了四五个白色的"汾酒旅游"游览车。汾酒文化景区的道路极具特色：纵有杜牧路、傅山路、巴金路、庾信路、尽善路，横有酒都大道、牧童南路、醉仙南路、醉仙北路、清香大道。文化味道浓郁，一路走，一路游，道路宽阔，四处绿树成荫，处处鲜花盛开，让人心情愉快。工作人员说，随着用水压力的增大，他们公司已于2020年4月17日决定进行再次提标改造，计划投资2000万元，对污水处理站进行扩建，再增加污水处理能力6000吨，现在正由山西五建进行建设，扩建完成后，日处理污水能力将达到14000吨。听了他讲的话，我的心情却怎么也高兴不起来。望着灰色天空下细雨斜飘中的美丽景观，随着游览车的缓缓前行，我的心情却茫茫然。我们人类的污水污物处理能力越强大，从另一个方面告诉我们，大自然的自我修复能力越来越下降。这说明大自然对我们人类的损害力和破坏力已经承受不了了，不能够通过自我修复完成了。回忆我们小时候，也是这个季节，天天到河里洗衣服洗澡，河里的水依然是清澈的、透亮的、甘甜的，我们依然可以喝、可以饮。现在都已经一去不复返。只有依靠我们人类自觉自醒的修复处理，大自然才能无怨无悔地再次亲近我们，无怨无悔地为我们人类再次服务和奉献。越在这个时候，我们越应该静下心来，好好地听一下大自然的心声，细细地体会一下大自然的真实处境。

汾酒工业生态园到了，我们纷纷下车，走进公园里，欣赏着各色各样的鲜花，观看着那些绿枝飘拂的柳树、绿叶茂密的槐树，抚摸着那些生机蓬勃的绿草；还有的，情不自禁地走到醉仙湖边上观鱼戏水；还有的登上亭台，爬上楼榭，坐在喷泉边，凭栏远眺，浮想联翩。工作人员告诉我们，这个生态园林占地15万平方米，种植有60多种花卉树木，绿化面积占到总面积的

56%，里面有喷泉、亭台楼榭、小桥流水，十几组酒文化雕塑点缀其中。这里的水都是污水处理站经过处理后的废水再利用。这，不但提高了资源综合利用，促进了人与自然的和谐，也为居民和游客提供了一个健身休闲的好去处。

雨停了，天也放晴了，夕阳灿烂无比，我们的心情也愈发清朗爽快。工作人员说，我们步行到杏花园里参观汾酒博物馆吧！

汾酒集团公司从 20 世纪 60 年代就十分注重企业文化和酒文化的建设。这个汾酒博物馆，我已经参观过好几次了，里边的内容还是比较清楚的。它于 1987 年就建成开馆。2007 年又进行重新布展，占地 4000 平方米，分上下两层，上层为酒文化展示，下层为国藏酒库，可以说是同行业中建馆最早、规模最大的酒文化专题博物馆。

天下何人不知山西杏花村汾酒？汾酒是"国酒之源、清香之祖、文化之根"，它与中华文明一样源远流长，历经 5000 余年，从诞生起，经过殷商、西周、春秋战国、秦汉和魏晋时期，终于到南北朝时期，再次进行革命，从满天下的清一色"浊酒"中，经过人类的技术进步，变为"清酒"，色近于水，酒香纯正，可口清香，名为"汾清"。《北齐书》卷十一载："初，孝瑜养于神武宫中，与武成同年相爱。将诛杨愔等，孝瑜予其谋。乃武成即位。礼遇特隆。帝在晋阳，手敕之曰：'吾饮汾清二杯，劝汝于邺酌两杯。'其亲爱如此。"遂成为当时全国首屈一指的"国家名酒"，从此翻开了长达 1500 多年的辉煌名酒史。李白、杜甫、白居易、杜牧、苏轼、王安石、傅山等历代文人都有提到汾酒的著名诗篇。直至 1915 年在美国旧金山的万国博览会上，荣获巴拿马赛会甲等大会，又使汾酒名闻海外、中外驰名。引得当时许多人都对它青睐有加。鲁迅先生虽不善饮，却喜好汾酒，他在《鲁迅日记》中曾三次提到朋友赠送汾酒的事。毛泽东主席喜欢喝汾酒，在西柏坡招待米高扬时，喝的就是汾酒。

汾酒的特征是：清香纯正、醇甜柔和、余味爽净。即清、正、甜、净、长。其口感是：入口绵，落口甜，饮后余香，回味悠长。酒不仅是水禾精华的产物，而且是天地人的和谐之物。酿造汾酒的主要原料是高粱、大麦、豌豆，辅料为谷糠和稻壳。高粱是酿造汾酒的重要原料，其质量的好坏直接关系到出酒率的高低与汾酒质量的好坏。汾酒生产的主要工艺流程，为"一磨、二润、三蒸、四酵、五馏、六陈",但是,"清"却是汾酒香型独特的关键。博物馆里展示的资料,有微生物专家方心芳的《汾酒酿造情形报告》,他专门对其酿造过程的"清"作了详细的说明,"人要清神,气要清新,水要清净,酒醅要清蒸,用具要清洁。大曲地缸发酵,清蒸二次清,一清到底。"他与汾酒老作坊的老掌柜杨德龄一起总结出汾酒酿造工艺流程的七大秘诀:"人必得其精,水必得其甘,曲必得其时,粮必得其实,器必得其洁,缸必得其湿,火必得其缓。"汾酒集团公司一直在传承"中华酒脉",将"清香汾酒、文化汾酒、绿色汾酒"作为经营理念,将"酿粮酒、储老酒、售好酒"作为工作理念,从而肩负起四大神圣使命,"为民族传承国宝,让清香更久远;为公众酿造美酒,让身心更愉悦;为员工创造成功,让生活更美好;为股东多创红利,让汾酒更卓越"。提出了"汾酒,中国酒魂"的响亮口号。并且,把创造汾酒酒魂,作为"一种理想,一种信仰,一种思想,一种纲领,一种责任,一种力量",认为它是方向,她代表过去,更指向未来。

从汾酒博物馆出来后,我在杏花园里溜达着,在碑林的老式古门上,看见了这样的一副对联,"汾醪养正气,兹氏合古风"。望着它,我沉思良久。我又坐在院里的石凳上,心里一直在琢磨,究竟何为汾酒之酒魂?汾酒博物馆大厅里作家张石山先生写的《汾酒赋》里,说得极好:"天人契合,顺应阴阳;积健为雄,绝艺纯仪。""百代良工巨匠,万般持护,神而化之,天成地就此玉液琼浆。"其实,这种人与自然、人与人、人与自我内心之间的和谐统一,融于一体,共生共荣,正是汾酒真正的魂魄。

因为,只有达到这种人与大自然、人与人、人与自身的和谐共荣,这个世界才能实现天清地宁。

好一个"清"字,这才是汾酒真正的酒魂。

贾家庄的"生态观"

来到汾阳贾家庄不知有多少次了,总是觉得每次来都会感到它有新的变化。

　　贾家庄人爱琢磨、有胆识，总是对美好的生活有一种不可阻挡的向往和坚忍不拔的追求。贾家庄人最早是在 1997 年就提出了建设生态园的想法。贾家庄人一开始的"生态观"很朴素，就是要过上富日子、好日子。20 世纪 80 年代初，全国实行家庭联产承包责任制，时尚风行"土地下户""个体单干"。第二代当家人邢利民在坚守"集体经济"不动摇的基础上，创造性地实行了"三田到户、一集中、五统一"的管理办法，坚持走"共同富裕"的道路，带领群众大办集体企业，全村人集资出力，历经 18 个月的艰苦鏖战，把外人预算投资 5800 万、建设周期不下 3 年的特种水泥厂，仅仅花了 3000 万就建成了。经过数年的励精图治，特种水泥厂迅速成为贾家庄村的支柱产业。从此，这里变成了一块富得流油的土地，被树为全省小康示范村的标杆典型。但是，在大力发展村办企业，特别是在管理特种水泥厂的过程中，邢利民发现，必须注重绿色环保，否则，经济效益再好也不行。1997 年夏天，他到云南出差，发现云南自然生态旅游特别兴旺。一下子，"自然生态"的理念就上了他的心。从云南回来，他马上召开党员干部会，和村两委班子一起研究讨论，做出了全村人都想不到的决定，要建设"贾家庄生态园"，而且要逐步关停产品供不应求、正大把赚钱的特种水泥厂。人们都想不通，说这是要干甚哩？邢利民掏出心来，向大家解释，关掉水泥厂谁都心疼，可每天生活在污染的环境里，赚再多的钱又有什么用呢？人们不说话了。他说："生态很重要，我们要建贾家庄生态园，要把赚来的钱花在改善居住环境、美化村容村貌上来，今后还要努力打造高标准的文化生态旅游村。"1997 年秋天，贾家庄生态园工程就正式上马了。把过去的两座砖瓦窑和养鱼场的废地，进行了翻天覆地的大改造、大扩建、大绿化、大美化。1999 年 8 月，贾家庄生态园正式开园。山西省委原第一书记陶鲁笳亲自为生态园剪了彩。一开园，就在社会上引起强烈反响，每天考察、参观、旅游的人络绎不绝，仅两个月就接待游客 40000 多人，直接经济收入 15 万元。不仅引来了外地的游人，关键是安排了村里的剩余劳动力 200 多人，村里年老的、病弱的和妇女们都有了活干，摆摊的、卖饭的、做小吃的，村里一下了就发展了 25 个个体饮食摊点，10 个游乐玩具、旅游纪念品销售点，增加了各种大小旅游运输车 20 多辆。

　　2017 年年底，第三代当家人邢万里以全票当选贾家庄村党总支书记。其实，他在更早的时候，已经参与了村里的事务。上过山西大学，又在外面闯荡创业挣了钱的邢万里，认为文化才是"生态观"里最重要的东西。他为了把生态园的文化体育广场真正做活做强，不花村里一分钱，自己倾尽全力投资把北京生存岛文化传播公司的拓展培训项目，引进贾家庄，落地生根。每年有上百个团队、近万人来这里参加活动，不仅公司自身有了经济效益，更重要的是带动了贾家庄村相关生态文化产业的发展。邢万里和贾樟柯是"发小""玩伴"。他把贾樟柯这张蜚声国际的"名片"，招回了村里，丰富了贾家庄的"生态观"，从 2017 年 8 月至今，已经举办 7 届"86358 贾家庄电影短片周"活动，每年都有很多国内外的年轻导演，带着他们新摄制的作品，来贾家庄观摩交流，学习提高。2019 年 5 月，首届"吕梁文学季"在贾家庄盛大开幕，全国各地的文学爱好者纷涌贾家庄，在这里目睹莫言、余华、苏童、叶兆言、梁晓声、李敬泽、西川、于坚等著名作家、诗人的讲演风采，在"种子影院"看电影，在"浪潮书店"看新书，在文化广场看晋剧，度过了一个又一个令人难忘的充满了"文学"的日子。

第一届"86358 贾家庄电影短片周"，我有幸被聘为评委，参加了影片观摩活动，我在这里小住了一周。2019 年 5 月的"吕梁文学季"，我有幸被选入五名"文学作者"之一，参加了全部活动，又在这里小住了一周。活动之余，我抽清晨和黄昏的时间，在这个美丽的小乡村逛了个遍。腾飞路、村史展览馆、益智图书馆、马烽纪念馆、贾街、汾州民俗文化园、汾州食府、生态园、恒鼎工业文化创意园等，都给我留下了极深的印象。最让我印象深刻的是，工业文化创意园里的"作家村"。

贾家庄与作家似乎有着一种特殊而深远的情缘。中华人民共和国刚刚成立之际，贾焕星、武士英、宋树勋、邢宝山等第一代共产党人，带领贫苦百姓，成立互助组、初级社和高级社，"百把镢头闹革命""改碱治水拔穷根"，成为全国农业的一面旗。郭沫若来到贾家庄，挥笔题词，"杏花村外贾家庄，红旗高举在汾阳"。马烽、西戎等"山药蛋派"作家，挂职汾阳县委副书记，长期蹲点贾家庄，与村民同吃同住同劳动，写出了《我们村里的年轻人》等一大批优秀的文学作品。词人乔羽来村里深入生活，写出了传唱不衰的经典歌曲《人说山西好风光》。贾家庄人怀着对文化、文学和作家的敬畏之心，竟将 20 世纪三四十年代的冯玉祥、费正清、林徽因、梁思成、万德生、卫天霖等海内外文化名人在汾阳峪道河寓居过的六座民国式"洋楼"别墅，一比一复制到贾家庄，建成全国第一个乡村"作家村"，热忱欢迎全国的作家们到这里体验生活，创作佳作。

在这次采风动中，我又一次来到贾家庄。我要看看现在贾家庄的"生态观"里，又有了什么新内容、新变化和新发展。

我们参观了村里新建的观宇玻璃制品有限公司。看到火红的全氧窑炉里，一只一只造型典雅的玻璃酒瓶，经过火与光的热烈锤炼，徐徐而出。看到一只一只白色透亮的玻璃酒瓶，经过喷釉流水线，变成了一只一只黑漆发亮的散发着古雅气息的酒瓶，仿佛陶瓷瓶一样的质感，再经过烤花流水线，那些精美的红黄金色套色的"汾酒 20 年陈酿"的字迹花纹，仿佛一一刻在了酒瓶的上面，然后加盖、打包、装箱等等，都是那么的行如流水。工人们都是坚守各自的岗位，全心投入，一丝不苟，认真工作。负责人告诉我们，这是杏花村汾酒开发区的包装材料制造配套企业，2020 年 8 月 28 日建成投产，拥有先进的全氧窑炉、自动拌料系统、制氧站、喷釉线和烤花线，日产玻璃瓶 20 余万只，深加工能力每天 40000 只，实现年产值 3.5 亿元，安排就业村民 500 余人。我们参观了村里的杏花村酒业集团的粮储有限公司。看到一个又一个白色的、高大粗壮的酿酒高粱储存仓拔地而立。负责人告诉我们，分两期建设的 10 万吨储存仓，已经于 2022 年 9 月投入运营。他们通过"粮食企业＋合作社＋农户"的合作模式，采取订单种植、最低保护价收购等方式，利用自身仓储及省内规模最大烘干塔的优势，为村民提供耕种管收、粮食检验、烘干、加工、仓储等一站式现代化服务。

我知道，邢万里上任党总支书记后，以"酒业振兴"助推乡村振兴。贾家庄清光绪年间就有"厚德昌"酒坊，20 世纪 60 年代，村里又把多种经营搞得红红火火，开办了粉坊、豆腐坊、酒坊、油坊等"八大坊"，当时的"脑袋红酒"就很受欢迎。他们酿造的"盛世贾家庄""贾家庄 20 年陈酿"等酒，2019 年荣获"第 20 届比利时国际烈性酒大奖赛"金奖，还有新酿造的"中国庄园白酒"已经成为山西白酒的新品牌。现在又有了粮储公司、观宇玻璃制品公司、创意包装公司，更是如虎添翼，成为白酒一条龙全产业链。现在，贾家庄农业、文旅、酒业、培训，几大板块齐头并进，至 2022 年底，经营性集体固定资产达到 12.2 亿元，村民人均收入达到 3.2 万元。

我们参观了贾家庄和山西农业大学合作的"山西省现代农业油料产业技术体系核心示范基地"。我望着广阔无垠的绿色田野，望着一片又一片丰收在望的红高粱、谷子和玉米，望着一排又一排已经成熟发黄的毛豆、豌豆、绿豆，望着一垄又一垄的绿油油的花生、蓖麻，望着一块又一块生长旺盛的各种中草药基地，呼吸着新熟的各种粮食作物的清香气息，在地边的"梦泉"石台前，弯下身子，用手掬起一股清凉的泉水，俯首喝下去，那种人间清爽真是美得不可言说。再看清溪渠边，几个乡村少年正在清洗自行车，亦是清纯美妙不可言。一下子，仿佛回到了小的时候，夏季黄昏时分的乡村故土，心里顿感亲切、温柔、湿润和甜蜜。缓缓站起身来，抬头远眺蓝天白云下的广阔田野里，一行行高大笔直的绿树，一条一条宽阔平坦的田间小道，把大地装饰得更加美丽，更加富有生气。这可真的是一片"希望的田野"啊！

我们进村入户，和村里小四合院里的老大娘、老大爷们聊天忆旧，细说村里的新变化，"村庄改造"，升级村容村貌，投资上千万元，开展大暖供热、污水管网改造、厕所革命、垃圾分类、环境整治、乡村景观绿化美化，一天一个样；"旅游升级"，正在将现有的 4A 级景区打造为国家 5A 级旅游景区，真正实现"旅游让生活更美好，旅游让百姓更幸福"。

我们深入村里的幼儿园、小学校、初中学校和职业高中，和教师们座谈，和校长、教导主任交流，倍感欣慰和感动。清晨，我们在工业文化创意园里散步，望见新建的山西电影学院那一盘又一盘银色电影胶片铁盒式的教学大楼，已经高高耸立起来。一起散步的汾阳文友告诉我们，工业创意文化园西面的山西大学杏花酒学院，也已经破土动工。我真的是为贾家庄感到骄傲和自豪，这是全中国目前少见的幼儿园、小学、初中、高中、大学都有的乡村之一。

离开贾家庄之前，我又一次漫游了贾家庄生态园。登上 6 米高的 9 级台阶，只见园内鸟儿欢叫，花儿盛开，一片树木葱绿之中，亭台楼阁耸立其中，顿感视野开阔，心旷神怡。走过又宽又直的"正阳路"，畅游花卉园、葡萄园、农业科技园，直逢迎宾大瀑布，游览文化体育广场，环绕占地33亩的"福泽湖"，在"福寿路"上散步，右侧是 666 米曲阵道沿种植 999 棵柏树的"九曲柏林园"，园内依次为读书宫、理想宫、进取宫、奋斗宫、修养宫、幸福宫、天才宫、戒己宫、长寿宫等9个宫，绕出来后，来到湖水码头，是三星殿、植物园、"天下第一根"的老树根，前面就是又宽又长的"康庄桥"，在这里，可以仰望耸立龙山顶的如椽笔塔，高27.5米，上有人民作家马烽亲笔书写的四个字："文运昌兴"。

出了生态园，见贾家庄的大街上人来人往，两旁的商铺小摊，各种各样的吃食和日用品，繁茂旺盛，丰富多彩。只见一排排、一行行路灯灯柱上，镂空镌刻着贾家庄村的治村格言，"共同富裕，和谐发展"。我想，这就是贾家庄人最朴素、最直白、最理想、最感人、最恒久的"生态观"。

绿色银行（外二篇）

李心丽

一

说大，真还不夸张，在大东沟一号露营地走一走，足足得半个小时的时间。要从一号露营地穿越到四号五号露营地，足足得半天的时间。沿着 7000 米的步道，我们能穿越的，仅仅是大东沟生态景区的一隅，这片景区全部的规模，足有三四千亩。

在这之前，大东沟是一片原始森林，林内无路可走，那时偶尔有游客来大东沟游玩，只在公路旁向里望望，或者沿着林区边缘走走。因为沟深林密，臆想中里面生活着许多庞然大物，除了放牧和采山货的人，除了吃草的牛群恣意地在里面行走，这里是安静的。风从骨脊山吹来，林中响起阵阵松涛声，远远地从公路向林里张望，视野之内看到的是一片茂密的绿色，那绿色织成了一张密实的屏障，覆盖在大东沟上空。

来的人，逗留在这片林地的附近，远远地感受着它的壮观，呼吸着新鲜的空气，感受着属于它的清远和安谧。不仅林美，四周围的山，突显了吕梁山脉极为俊秀的一面，那山梁的线条，阳光投射下来的光影，是摄影家镜头里非常美的画面，也是画家写生的一处非常适宜的风景。在艺术家眼里它是美的，在我们普通人眼里它也是美的。晨曦是晨曦的美，日暮是日暮的美。雨雾中、大雪里，也有一种别样的情境。这种情境闹市没有，这种情境旅游区没有，唯独这里有，只要你来，你在这林中走一走，你感受这四周的清幽，天空高远，群山连绵，溪水潺潺，鸟叫声婉转，这大自然的景物，让你觉得是如此的神秘和美好，你会觉得岁月仿佛从来都没有流转而保持着它古老的面目，我们的心灵在这样安静的林间，仿佛重新回到了童年。

　　靠着这么壮观的森林，周围的人得到的最大好处是负氧离子含量高，是被誉为天然氧吧的绝好去处。但心里不免有一种嘀咕，这么好的地方，光能呼吸新鲜的空气，看着是一种珍贵的资源，但又变不成钱，变不成产业，变不成收入。当然心里只是嘀咕一下，千百年来，这片森林保持着它固有的姿态和模样，它生长，把根深扎在地下，老树枯干，会有小树重新生长出来，新老交替，但一直是茂密和旺盛的样子。

　　有喜欢郊游的人，很多年以前，就喜欢在大东沟一带走走，每到周末，呼唤三五个朋友，相跟着来到这里。周围林地茂盛，春天万物生长，夏天满目青绿，秋天一片金黄，而冬天则是万物凋零。分明的四季让人能真切地感受到大自然不同的气候和景色，喜欢户外活动的人，经常拉着一张简易的桌子和几只小凳子，拉着能烧水的简易煤气炉，拿几只杯子，坐下来，泡一杯茶，这景象，真还有点像陶渊明笔下的世外桃源。

　　美是美，不管是这里的常住户，还是偶尔来的过客，能够远足的地方虽然有限，但也是满意的，毕竟有许多人并不知道这样的去处。有时候他们也去林内走一走，但并不敢远走。新鲜的空气和寂静的树林让人不由生出一种好心情，在大自然面前，人的心灵不由变得博大了。

　　雨后，林内的溪流发出嗡嗡的奔流声，它从骨脊山一路而下，沿着小石子形成的河床，一路奔向东川河。之后汇入三川河，最后注入黄河。

　　这是一个让你追根溯源的地方，你看到它奔流，你就想寻找它的来处，因为它站立，你就要追问它的历史，因为它飘移，你就想询问它的去路。而许多问题，千百年来，被许多人问过，被许多人思考过，被许多人回答过。而历史，就是在这种追问中流传、讲述、记录。静默的山、站立的树、奔腾的溪流，它们以这种方式，静观时间的来去，静观世事风云，在它们的眼中，今生和来世，大概并没有分别，它们以它们的方式，接纳一切、原谅一切、包容一切。没有开发的时候，牛羊肆意地啃食树木，开发之后，景区规定有序放牧，被啃食的草滩重新种上了草，枯木被砍伐后，树根处又有新的芽生长，因为开发，这片林地，激发了蓬勃的生命力。

　　正是暑气蒸腾的季节，放眼望去，四周满目葱茏，群山苍翠欲滴，绿树环抱，每到春夏时节，四周的游人驱车穿过小东川来到这里，回到大山的怀抱，回到森林的怀抱，在你漫步的过程中，能感受到与别处不同的风景，属于大自然的山、林、石、溪，属于大自然的鸟、风、云、霞，真切地包围了你。

如果你乘坐景区直升机来到大东沟上空，你看到的是另一番景象，所有的树冠长成了绿帐篷，这顶绿帐篷不留一丝缝隙，它把大东沟严严实实遮盖住了。

二

美是可以传播和感染的。从去年开始，离石区委、区政府看到了这片森林蕴含的美、蕴含的潜力、蕴含的商机，决定开发它。这是一个非常英明的决定，因为这片森林天然就是一处风景，除了没有一条穿越林地的路，林内处处是美景。经过仔细调研，认为只要在林间铺设好出入的步道，让人们能够自由地出入这片树林，穿过林内腹地，更好地去感受这片林地的美。不仅林深，树木种类多，而且林内溪流丰沛，真是上天赐予人类的一个好地方。

生态文明建设作为乡村振兴的一个强力抓手，正在离石全区紧锣密鼓地展开。其时，作为乡村振兴的示范区王营庄文旅小镇正在紧张有序的建设中，作为离石乡村振兴的示范项目，从一开始，区委、区政府就立志要把王营庄打造成消费助农的集散地、产业发展的孵化器、社会治理的新引擎、乡村旅游的新名片。

乡村旅游，是一种新兴的旅游业，有许多旅游公司经常组织一日游、两日游项目，信义和吴城古街经常有组团去的游客，在离石这是两个号称大东川和小东川的乡村，连绵的群山，秀丽的风光，深厚的文化，经常吸引人们去走走看看，因为没有旅游必备的一些内容，所以这走走只能叫做乡村行而叫不成乡村旅游。

王营庄文旅项目和大东沟生态景区示范项目一前一后启动，为了推进工程建设速度，让乡村振兴示范点尽早起到辐射带动作用，机械不舍昼夜，施工人员不舍昼夜，领导们不舍昼夜，去年3月动工，赶9月，一期工程完工，农副产品展出和销售立即展开，网红带货、抖音、快手，电子商务多种宣传轰轰烈烈，乡村e镇虽然隐藏在王营庄，但它联动的是全国各地的客户，短短几个月的时间，农副产品销售直线上升，让农民收入稳步提高。

没有工厂，却可以让农民增收，依靠乡村绿色有机作物，也可以让农民增收。依靠乡村的绿水青山，带动美丽乡村游，也可以让农民增收。乡村振兴的思路清晰而果断，让乡村变成人人喜欢的乡村，让乡村变成能留得住乡愁的乡村。

在王营庄的乡村振兴项目中，科技主打，内容丰富。文旅小镇、田园综合体、科技馆、青少年教育基地都已建成。文旅小镇名不虚传，战国名将吴起曾在此筑城驻守，留下了许多传说和故事，吸引多家特色小吃入驻王营庄，科技馆有趣的光影展和高科技打印技术，吸引一拨拨中小学生来此打卡体验，鱼稻共生项目让晋西北人第一次看到了稻田里养鱼、养虾、养蟹技术，也让本地人第一次了解到智慧养殖的理念，杨树林休闲、花海赏花等项目，既是儿童的乐园，也是众多游客的乐园，如果你来此参观，坐上景区电瓶车，沿着产业路，你会看到许多颠覆你思路的新型产业。

王营庄周边1000多亩地，一改以往只种传统农作物的种植方式，与山西农大合作，建立智能温室高效农业基地、高科技花卉培育基地，这些高科技的栽植技术和新型养殖技术，吸引了许多人来此参观学习。

这种模式给现代人植入了一种新的理念，这不是普通意义上的乡村振兴，这是一种伟大的尝试和创新。

项目整体建成运营后，示范区将成为集特色餐饮、文化展示、观光旅游、科创体验、产业研学、农产品产销、高效农业示范于一体的农文旅融合体，为培育本土创业人才、孵化特色农业企业、促进宜居宜业和美乡村建设搭建坚实载体和平台，真正走出一条农业转型和特优发展的乡村振兴新路径。

今年以来，王营庄乡村示范区接待游客15万余人次，实现直接经济收入330余万元，吸纳周边群众200余人就业，带动76个村集体年均增收3万元以上。

三

研究现代人的消费模式，研究现代人的休闲模式，研究现代人的需求，然后把得出来的结论与乡村振兴乡村旅游结合起来，就有了明确的思路：发展特色产业，发展绿色产业，发展生态产业，让乡村是蓝天碧水的乡村，让乡村是绿树成荫的乡村，让乡村是景美人美的乡村。

在这一思想的指导下，大东沟这片藏在深山的森林进入领导们的视野，他们突然间发现，离石人民守着的这片青山绿水，其实就是一座金山银山。这儿的新鲜空气和自然风光，就是开在大山里的一座绿色银行。只要有人来，在这样一个来去的过程中，就有了消费，就有了需求，长在小东川大棚里的蔬菜、水果，长在小东川田野里的农副产品，不用出去卖，沿路摆个摊，就有了销路。而沿路的农家乐，就有了源源不断的客源，这不仅是拉动消费的渠道，同时也是当地农民增收的渠道。

乡村振兴，说到底，就是让农民富，让农村强。这片茂密的森林，有着"潜力在山、优势在林、特色在水"的独特魅力。而且这里历史悠久，人文底蕴深厚，从夏商周开始，就留下了许多传说。据传这里有女娲补天的炼石厂，大禹治水在这里发端，刘渊曾在此屯兵，山上曾有藏兵洞，佛教第二十二代宗师刘萨诃曾在此传经诵道，山上有后赵皇帝石勒、孝文帝衣冠墓、双女峰和金连山银连山的传说。

千百年来流传下来的故事，人们还在传诵，有许多故事被当地人写成了书。历史文化是一个地方的灵魂，历史文化为产业发展赋能，是产业发展的需要，也是历史传承的需要。在启动大东沟生态景区建设之初，离石区按照"党建引领、文旅搭台、产业配套、群众增收"的思路，依托文旅产业，开发生态景区，探索出一条乡村振兴离石新路径。

不仅要让当地的农民富，而且要带动全区的农民富。有了这样宏大的想法，很快就有了主打的项目，打造华北第一露营基地。大东沟有露营的绝好条件。三四千亩的林地，有了许多开发主题，溪畔露营、林地露营、倚石露营，统筹全区76个行政村的巩固衔接资金入股文旅集团，通过租赁帐篷、桌椅、场地的方式，把得到的收入给这些村集体分红，带动村集体经济壮大，帮助农民增收。

这是一个非常好的思路，这个思路很快就得到实施。3月，三号露营地开始铺设步道，工程紧锣密鼓，但有一个主导思想，要保护好林中每一棵树，要在保护中开发，在开发中发展。在穿越林地的木栈道上，你能看到从栈道上穿越过来的树，一棵又一棵。你还能看到步道旁边像拱门一样斜长着的那一棵棵树，在开发中，它们被很好地保护起来了。

保护是最大的开发，施工人员牢记区委领导的嘱咐，施工过程中尽力保护每一棵树，并把被牛羊啃食的草坪进行了重新修整，栽植了新的草坪。如果你正好在这个夏季出入这片林地，你便会看到许多施工人员不是在修剪树木，就是在栽植草甸，还有许多施工人员在铺设林内的步道。

三号营地的步道有 7000 米，有片石做的台阶，有木栈桥，有石板路，工期一个多月，而投资仅仅 100 多万元。穿越三号露营地，内容非常丰富，区域内有许多特点不一的景点，有桦树林、奇石林、百鸟林，林密的地方，抬头看不到天空，只能听到树林里的蝉鸣声。

工程建设进度很快，几个月的时间，建成 6 个露营区，328 个露营位，启动了隐野太空舱民宿、西华云上民宿等多个项目，开发了康养、研学、单位团建等多种套餐，从 4 月 29 日景区露营文化节开幕以来，在这条乡村公路上，有许多车辆穿梭，从春天到夏天，人流量是过去的数十倍。

4 月 29 日的露营文化节，吸引了上千人来景区参观，野外写生、森林音乐、茶艺民乐等露营文化活动，让人们感受到露营活动的乐趣和妙处，这成为一个开端。之后，要举办婚礼的新人纷纷来此取景拍照，这里有很好的天然背景，有许多团体队伍来此表演，旗袍秀、合唱团、小朋友的 12 岁生日庆典、恋人月下定情，之后还举办了多种团建活动，主题党日、文艺团队采风、青年交友会等。多种活动的举办，让大东沟生态景区的宣传效应一下子辐射了很远，有更多的人纷纷赶来，在这儿感受大自然、感受森林、感受露营。

景区建成投运后，有效衔接了村集体生产端和游客消费端。短短几个月的时间，景区接待游客十余万人次，直接收入 290 余万元，撬动消费 600 余万元，沿线采摘体验、农产品销售比去年同期增长 35%，吸纳周边群众 150 余人就业，带动 76 个村集体年均增收 2 万元以上。

2023 年，是离石乡村旅游火爆的开端，离石的旅游线路里新增了一条，大东沟露营地和王营庄文旅小镇自成一线，一个是现代小镇，科技气息浓郁，一个是自然景观，穿越的，是一片古老原始的森林。

一到暑假，许多家长带着孩子来王营庄体验有趣的光影展和 3D 打印技术，让孩子自己动手制作打印模型，然后带孩子在美食一条街和花海园区赏景消夏。在王营庄小镇游览之后，带着孩子来到大东沟，走进林地，仿佛走进欧美国家的原始森林，这是另一番不同的风景。不管是谁，都会在走进这片林区的时候受到某种触动，大自然如此神奇，如此美好，就像林中那一句句不期而遇的诗：在这里，遇见美丽中国；在这里，聆听美丽中国；在这里，品读诗意中国；在这里，感受奔流中国。

这就是美丽乡村的缩影，它离我们如此之近，让我们脚步一迈就来到了悦目的风景里。同时对于生活在它周边的人来说，它又是一座绿色的银行，不经意间充当了他们的"提款机"。

美丽乡村掠影

20 多年前，这里是乡政府所在地，那时村里有常住人口 1000 多人，因为是乡政府所在地，所以粮站、学校、卫生院、信用社等机关也驻扎在这里，那时候的王营庄与许许多多的乡村一样，人丁兴旺，充满生机。

2000 年，随着撤乡并镇，王营庄乡撤并到吴城镇，从那时开始，设立在王营庄的所有机构也随之合并搬迁。之后随着我们国家城镇化步伐的加快，像许许多多的乡村一样，王营庄村的年轻人进城务工，孩子进城上学，就连一些家庭主妇，也去城里饭店、超市打工贴补家用，这个原来 1000 多口人的村庄，常住人口仅有 200 多人。

如果追溯得更远一点，王营庄过去是晋商古道的必经之地，它位于 307 国道旁，是晋商往返吴城碛口的古驿站，那时王营庄灯火辉煌，骡马店、饭店、商铺应有尽有。说到曾经辉煌的过往，村里的老人眼里闪着光，那时是何等的车水马龙啊，但后来一段时间，这种地域优势没有了，王营庄过去的热闹和兴盛不复存在。

令村里人没想到的是，随着国家对乡村振兴工作的推进，这项工作在他们村落地生根，这个一度萧条的村庄，一反过去的沉寂和落寞，重新焕发勃勃生机。

一

从 2022 年以来，离石区立足实际，高起点规划，高标准建设，在王营庄村先行先试打造王营庄乡村振兴示范区。王营庄乡村振兴示范区分为一期项目和二期项目。经过一年多紧锣密鼓的实施，目前美食街、青少年科创研学基地、乡村 e 镇、鱼稻共生、无动力乐园、高科技花卉培育基地等已建成投运，已吸引 15 万人次来此观光旅游研学，也吸引许多人回乡创业。现在的王营庄村，已成为集特色餐饮、文化展示、观光旅游、科创体验、产业研学、农产品产销、高效农业示范于一体的农文旅融合体，成为本地人乐居乐业，城里人向往的美丽乡村。现在，王营庄村的老百姓在家门口就可以找到工作，发展产业，脸上绽放着幸福的笑容。

今年 58 岁的张引小是村里的保洁员，她负责美食一条街的保洁，村里一共有 16 个保洁员。虽然美食一条街的卫生任务比别处繁重，但张引小很喜欢在这条街上打扫，不管是清理街边的纸屑果皮，还是擦洗街边的垃圾桶，清洗水池边生长的苔藓，浇花或者擦桌子，她都满怀着工作的喜悦。美食街离她家近，从家里到清理区，或者从清理区下班回家，仅仅几分钟的时间。离家近不说，主要是她在家门口工作，抬头低头遇到的都是村里的熟人。

美食街环境优美，街两边是各种特色美食店，中间是一条清澈的小水渠。每天张引小要来往穿梭在这条街上许多次，特别是每到节假日，来这儿旅游观光的人很多，为了保证美食街的卫生，她就得时刻穿行在这条街上。说实在的，她很喜欢这条街上的氛围，节假日来此游玩的大都是城里人，有的带着孩子，孩子们喜欢去看光影展、亲子园、花海，有许多大人喜欢去看看稻田，喜欢沿着康养步道爬上封侯梁，去看看古庙的遗迹，从高处眺望对面的庄梁，眺望遥远的黄芦岭、北齐长城和晋商古道，庄梁上曾经有烽火台，有八路军作战的指挥所。这些故事她都是听导游给游客介绍时说的，她还听说正在恢复建设的马家大院，曾经是清代有名的官宦之家。张引小虽然文化不高，但她喜欢听导游解说村子里的情况，这些情况有的她知道，有的她不知道。就是在解说员的解说中，她才知道王营庄村的来历，是战国将领王将军和武将军曾经驻扎的地方，据说二将军当时驻扎在这一带，他们村是大营盘，下王营村是二营盘，后来为了纪念这两位将军，这两个村子便一个叫上王营村，一个叫下王营村。

听到这些故事的时候，张引小心里非常骄傲，有时她正在街边的花台前浇花，不期然看到导游带着游客过来了，她就会停下手里的活，满怀兴味地听一听。这个时候，她会借机歇一歇，眼睛向四周打量一番，这是一年里最美好的季节，四周是一片茂密的绿色，村里的建筑古色古香，田野里的庄稼即将成熟，不要说外面的人喜欢来他们村，连她自己都非常喜欢。

说实在的，自从当了村里的保洁员，她才开始深入了解他们村的历史，了解他们村的来历，了解国家对乡村振兴的政策，她觉得乡村振兴的政策太好了。以前在城里打工、去外面跑车的许多人都回到了村里。她家隔壁刘拴强以前在加油站打工，后来又在城里卖电池，现在回来开了老四农家乐，生意非常火。有一次她们去老四农家乐吃饭，她看到客人爆满，有许多人还得在门口排队。在城里做婚庆的任建明也回村里开起了醋坊，村里许多人家，借乡村振兴的东风，大搞产业，大兴产业。她的邻居裴改兰和张新年两口子，街边的门市部生意也比以前好多了，以前生意经常是淡季，裴改兰还要去城里饭店打工贴补家用，现在她不用去城里打工了，回到家顺便在家里给工程上的十多个工人做饭，既误不了生意，又能额外赚钱。

二

短短一年多的时间，村里发生了巨大的变化。傍晚下班后，大家会聚在一起聊一聊。这个时候，游客稀少，喧嚣一天的王营庄沉寂下来，他们一天的工作也宣告一个段落。16个保洁员汇聚在一起，讲这一天的见闻和趣事，他们要彼此通报一下哪一个片区的人流量最多，来了哪些团队。光影展区人流量非常大，暑假里家长和老师带着孩子们来此体验，乡村e镇正在培训学员，教授电子商务等有关知识，省农大的专家经常在基地里蹲着，不管学什么，都是免费的，大家会热烈讨论一番，虽然不知道电子商务，但知道那是教做抖音、做快手的课程，抖音快手大家都懂，听到这些，让村里的老大妈们蠢蠢欲动，她们认为现在做电商赚钱，真还应该赶一下这个潮流。

说到潮流，本来他们觉得非常遥远，这些大妈级别的人物，以前都是庄稼人，偶尔去附近打个小工，比如去蔬菜大棚里摘摘西红柿、摘摘黄瓜，干的都是没有技术含量的体力活。现在在他们村，就有乡村 e 镇，就有培训电商的老师，而且他们还经常听到一个叫做数字经济的词，他们曾经在乡村 e 镇的后台屏幕上看到今年商品线上销售的后台数字，尽管她们没有参与进去，但只这样看一看、听一听，就觉得原来她们离潮流也不远。

新鲜事太多了，举不胜举。即使她们在这儿生活了许多年，也是第一次感觉出村里日新月异的变化。村东面的大片农田经过集中流转，与省农大合作，建设了田园综合体项目，种植了几百亩水稻。这在以前她们是想都不敢想的，水稻种植的时候，有人去看了，第一次见识了电视上看到的机器插秧，不长的工夫，一片秧苗整齐地长在了田里。而且水稻田的四周围着一圈水渠，里面养着鱼苗，不久后，稻田四周围上了防护网，里面养上了虾蟹。

这时候她们才又一次了解到村里曾经有种植的历史，养殖水产品的历史，村里年龄大点的老人讲到，村里水资源丰富，早在民国年间，村里这片地里就种过水稻，村里人曾经吃着自己种的水稻和自己养的鱼，吃了许多年。但她们这一代没见识过，他们的孩子们也没见识过，听说村里竟然有这样的项目，都感到新鲜和好奇，纷纷在周末和节假日跑回来看，年轻人这一看，不知不觉就受到了鼓舞，便商议着要回来创业。

三

乔完柱觉得回村里来创业是一个很好的机遇，村里现在环境好，人流量大，他以前在城里开大车，他的父亲以前卖豆腐，他也学了这个手艺。后来觉得卖豆腐赚不了钱，就学了开车。现在年龄大点了，不想东奔西跑了，看到村里发展乡村旅游，于是他回了村里，把闲置了多少年的五孔窑洞修葺一新，不仅开了豆腐坊，还办起了研学教室，买了小型的手工磨盘，给小学生提供研学的基地。

结合乡村旅游，村里人头脑都变得活泛了，以前外出在城里谋生，现在看到村里的发展，许多人回来了。李学东原来在城里开饭店，现在回村里办起了果蔬加工，村里的上空，飘荡出烤箱散发的好闻的水果味。李学东说，等所有的手续办好，他的果干就可以借乡村 e 镇的电子商务资源销售出去。张候强开办的酒厂，已经开始发酵了，在村子上空，可以闻到一股粮食发酵的好闻的酒味，这个正在注册的白酒，取名叫白马仙酒，它发酵的不仅是酒，也是王营庄村勃勃的生机。

四

很短的时间内，名优特色产业在村里兴盛起来，酒坊、醋坊、粉条加工坊、豆腐坊、果蔬加工坊等 10 个作坊一齐兴起，根据统一规划，这些作坊都设置了接待厅，摆上了茶桌茶椅，任建明、李学东这些作坊老板虽然也喝茶，但只是自己泡了喝，茶艺并不懂。没想到不久后尚尚茶芊落户小吃街，他们去街上转悠的时候被尚尚茶芊的小老板叫住了，邀请他们进茶店里坐一坐。这位从陕西来的美女老板边给他们几个泡茶，边介绍她茶店里的茶。任建明看到小老板展示茶艺，很感兴趣，不仅自己去，而且让他老婆也去，跟小老板学习茶艺。红茶用什么温度的水，绿茶用什么温度的水，才渐渐知道原来这也是文化，渐渐知道他们村处处是文化。

他们紧锣密鼓地发展自己的产业，闲暇的时候会去村里走一走，小吃一条街人流爆满的时候，他们就有一种说不出的兴奋。街边开小卖部的李明珠说，乡村旅游带动了他的销售，今年他小卖部的收入比过去增加了两三万元，特别是节假日的时候，人流量非常大，他小卖部的生意就非常火爆，以前他小卖部的货品是针对村里市场的，现在他针对的是来旅游的游客，货品比以前丰富了许多，他说泰化中学的外教都来王营庄旅游了，这说明王营庄已经名声在外了，李明珠说只要货品丰富，服务好，搭上乡村旅游这班车，不愁生意火不了。李明珠切身的感受让他们充满信心，也让他们打定主意要把自己的产品做成名优产品、放心产品、满意产品。

夜幕降临，喧嚣了一天的王营庄静了下来。夜色中的王营庄也是美的，屋梁上的灯带勾勒出村里建筑的轮廓，大门口的红灯笼散发出一种温馨的气息，晚归的人，突然间看到王营庄这样的夜色，心里生出一种说不出的喜欢，古色古香的街道，古色古香的建筑，明亮的灯火，仿佛这画面是晋商兴盛时期的古驿站，这说明，美丽乡村繁荣兴盛的序幕已经拉开了。

祥田丰收

沿着乡村旅游公路来到王营庄，其时正是初秋，乡下景色宜人，公路两旁盛开着七彩波斯菊。这条公路是新修的乡村旅游公路，满眼都是乡下绿色的田野，其时高粱已经绽红了脸，向日葵已经一片金黄。大片的田野迅速向后退去，让我们感觉是在一片绿色的海洋里穿行。

这个季节的王营庄，正是最美的时候，秋天已经悄悄来临，田野里的庄稼即将成熟，有许多返乡创业的村里人，正在忙着维修各自的院落和房屋，知道区委把王营庄列为乡村振兴示范点项目，他们积极响应，把开大车赚到的钱、把开婚庆赚到的钱拿出来，投入院落和房屋改造中，他们说既然王营庄成了乡村旅游村，他们就要配合乡村旅游这个项目，按照文旅集团的项目要求，把自己家的院子进行美化改造，外墙涂上稻草泥，房顶盖上树脂瓦，大门按照规划要求，各具特色而又显古色古香。我们来的时候，看到除了大自然赋予它的生机之外，整个村里潜藏着另一种勃勃的生机，全村人正在一齐发力，要把王营庄村建设成新时代美丽乡村，建设成美如花绿如画的新乡村。

见到李祥田的时候，他正在他的大棚里忙碌。这片大棚位于王营庄广场东侧，广场西侧是离石乡村 e 镇，再东侧是离石区委党校，前面是山西农科院的试验基地。几百亩的稻田已经金黄一片，再过半个月，就到收割的季节了，这是山西农大在王营庄搞的试验基地，据说今年试验成功，亩产能达到 1000 斤以上。隔河向对面山脉望去，你能看到庄梁上镶着的 9 个大字：懂乡村、爱农业、爱农民。这 9 个字异常醒目，它镶嵌在翠绿的庄梁上，让我们在品读中理解着这几个字的深刻内涵。

沿着十几公里的康养步道登上王营庄封侯梁的观景台，你便会把王营庄一整个村尽收眼底，它坐落在庄梁与封侯梁山脉的一个盆地中，四周群山巍峨，绿树环抱，村前从吴城水库流淌下来的河水被打造成了景观河带，它映衬在青砖灰瓦的古建筑中，看上去是那么舒展和惬意。

李祥田满脸笑容，其时正是午后四点多钟，阳光通过大棚的塑料房顶，照在了他的葡萄架上。他种植的葡萄今年销量很好，自从王营庄打造成文旅小镇，人流量非常多，今年他的葡萄通过采摘的方式有了很好的销路，节省了人力，也增加了收入。来葡萄架下采摘一斤卖到了10元钱，往年他去市场销售批发价是5元一斤。通过采摘的方式，让许多顾客体验了采摘的乐趣，了解了葡萄架下的生活，让他的收入也有了增加。他说葡萄树施得都是有机肥，葡萄的口感格外甜，他甚至不敢做抖音、快手，因为葡萄处于供不应求的状况。

他的葡萄是个厂字型大架整枝葡萄，树高、串多，一株树能结二十多三十串，一大串都在三斤以上。因为品种是新巨峰和玫瑰葡萄，很受市场欢迎。

李祥田在吴城是出了名的大棚种植户，因为每天在大棚里劳作，他穿着随意，褪色，甚至沾满泥土。但他一整个人，被一种光辉和幸福笼罩着。他讲起他的大棚滔滔不绝，用剪刀剪了不同的品种让我们品尝，他甚至能把巨峰二茬葡萄的区别讲给我们，讲他的养猪场，讲从养猪场输入的沼液，是很好的葡萄树的肥料，讲农业种植的四位一体，他很早就实现了。

阳光正好，穿过塑料顶棚照射进来，照在李祥田的脸上，李祥田一整个人就有了光辉。脚下是湿润的泥土，面前是高大的葡萄架，差不多有一个半人高，因为葡萄的成熟期已进入尾声，李祥田说马上就要封棚了，架上的葡萄串已经预售出去了。我们能感受到李祥田的愉悦，甚至还有那么一些骄傲。

李祥田一整个人非常朴素，如果你不知道他是大棚能手，不知道他在附近赫赫有名，就这样注视他，会认为他是一个非常普通的农民。但当他开口的时候，他一整个人就不同了，一个把农业四位一体很早运用在种田中的农民，一个与山西农大新品种试验合作的农民，一个不施化肥全部用有机肥种田的农民，你会觉得他并不是一个农民，而是一个种养的专家，一个科技能手。

衣着朴素、褪色、落伍，但他种田的思路很先进，先进到超乎我们的想象。田，这个很美好的字眼，很温馨的字眼，与他的名字联系在一起，暗含了某种机缘，能够看得出，他是真正热爱种田，尝试各种先进的理念，尝试各种新品种的试验，一个年仅53岁的人，光种植大棚就有28年的时间，可以想象，几乎大棚刚刚在王营庄兴起，他就开始在里面劳作了。

　　19 个大棚，种有葡萄、西红柿、茄子、辣椒、萝卜，到了换茬的时候，按节令会种植樱桃、草莓、黄瓜、豆角。他说草莓里红颜、白雪公主、随珠、艳丽很受市场欢迎，春节上市的时候，一斤能卖到 50 元钱。为了了解市场趋势，他经常与山东、河北、河南的种植大户交流信息，错峰种植时令水果，好让市场价钱有一个好的趋向。为了抢占市场，他还栽植了不同品种的杏树和桃树，金太阳、梅杏、玫瑰香、艳霞等，在这个行业里，有他熟知的许多品牌。

　　在他的茄子地里，长着白色的、绿色的、黑色的茄子，这是他做的试验，是农大新培育的品种。有许多茄子长得很壮实，但他并不着急采摘，他说近期茄子价钱低，一斤五六毛钱，那些过于结实的茄子，他就摘了喂猪，相比猪饲料，喂茄子更划算一些。

　　如果你没有听说有白色、绿色、黑色的茄子，你会把白色的茄子认作白萝卜，把绿色的茄子认作西葫芦，黑色的茄子你会发出疑问，想不到这是什么。新品种离我们本来很远，但当我们站在李祥田的田里，会发现我们离新品种这么近，新品种就在王营庄，与我们咫尺之遥。

　　因为热衷于种田，热衷于钻研种田的事，李祥田对农大在王营庄的科研基地如数家珍，花卉基地、蔬菜基地、里边的品种、经常指导他的农大教授刘钊，讲起这些，他充满深挚的感情，对于山西农大来到王营庄合作搞科研基地这件事，他觉得这完全得益于区委、区政府乡村振兴的战略眼光，他说他理解的乡村振兴，很大一部分内容应该包括科技种田，而区委把这么好的科研基地落户王营庄，这是乡村振兴实实在在的举措。

　　李祥田理解得很精准，我们连日来一直穿行在王营庄，在支部书记张永强的带领下，实地观摩了产业路上的 10 个小作坊，观摩了正在建设美化的小庭院，观摩了正在维修恢复的马家大院，还有即将成熟的那几百亩黄灿灿的水稻、五彩斑斓的花海和儿童乐园，隔着观景台，我们看到鱼稻共生的水渠里，鲈鱼跳跃翻腾溅起的水花，这虽然不是江南的鱼米之乡，但它甚似鱼米之乡的美。

　　支部书记介绍，过去，王营庄就有种植水稻和养鱼的历史，这儿水资源丰富，区域内都是良田。没想到乡村振兴让王营庄再次找到优势，水稻田不仅是水稻田，在高科技的引领下，它成为鱼稻共生项目，在产生经济价值的同时，具备了观赏价值，这集聚了乡村旅游的资源，美丽的田园风光，被新的理念赋能，便成为人们放飞心情、享受闲暇时光的后花园。

生活在王营庄，李祥田有说不出的满足，景美，满眼都是风景，村内，这些老旧院落在统一规划下，都有了复古风格的外观，农闲时节在村内走一走，说不出的愉悦。他休闲放松最好的方式，就是去村内走一走，他会穿过花卉基地，在五彩斑斓的鲜花中驻足观望一番，有许多外面来的游客沿着小路来到花丛中，不是拍照留念，就是轻嗅花香，这些鲜艳的花朵，有许多他能叫得出名字，七彩波斯菊、月季花、鸢尾花，它们盛开在他们村里，成为许多人慕名而来的风景。

他曾听不止一个人说过，王营庄的这花海，比云南大理的都好看，没想到我们不用跑那么远，就能看到这么美的风景。衬托着这片花海的，不仅是花海，还有随风摇曳的稻田，还有清澈见底的河带，还有热闹非凡的光影展，当然还有风味繁多的特色小吃。李祥田说他偶尔会去小吃一条街走一走，在大棚里劳作几个小时，这样走一走，他会就近解决他的午餐或者晚餐，有时候他会给妻子带一份，这样就省去了做饭的麻烦。

李祥田非常满足于他的这种生活，而且他觉得在乡村振兴的良好形势下，他的生活会有更好的前景。当然伴随而来的也有一些难题，以前遇到农忙的时候，一个男劳力花 200 元他就能找到，一个女劳力 120，但这两年，王营庄大搞建设，村里的闲散劳力都有了打工的地方，他雇人非常不方便，他倒是想给村里的闲散劳动力解决就业问题，但他发现劳动力现在异常短缺。

不仅是大棚有极好的前景，只要山西农大的合作在，他知道他就有更多的新品种试验的机会，他的儿子们在乡村振兴示范点的项目里也看到了商机，他们投资 1 万多元在广场买了三台游乐车，发现这是一个非常好的赚钱项目，有许多前来研学的小朋友爱玩，五一假期时人流量火爆，光这三台游乐车一天就卖票 500 元，他说如果人流量经常这么多，不出一个月的时间，他们投资的成本就可以全部收回。他说自从发现游乐车竟然可以这样赚钱的时候，他老婆更喜欢游乐车赚钱的方式，种大棚太辛苦了。

一家四口，两个儿子虽然已参加工作，但都很乐意开动脑筋赚钱。他们注册了一个品牌为王营庄的瓶装水，委托一家公司生产，李祥田说现在正在开拓市场阶段，有两种可能，一种是这个品牌会走俏市场，让他们也赚一笔，把投资的 2 万元钱赚回来，另外一种可能是打不开市场，把投资也折进去，像他种樱桃一样，连续 5 年，花芽不实，本来到了升温时节，让它休眠，但长势不喜人，他只能根据实际情况调整思路。有一段时间西红柿价格低落，他调整西红柿苗的长势，推迟上市的时间。

说到去马茂庄菜市场销售，李祥田道出了他的辛苦，隔一天他要去一次市场送菜，每当这一天，不到 4 点他就得起床，然后去大棚里整理，之后早早赶往市场。如果去得晚，摊位就会被占满。每天他有没完没了的活干，隔两天还得清理一次猪圈，得给到季的庄稼换茬、消除病虫害、施肥，所以他只能早早去，早早回。

我们在王营庄有许许多多的发现，李祥田是其中之一，在轰轰烈烈开展的乡村振兴建设中，王营庄可以讲的故事太多了，李祥田说区委、区政府把王营庄村列入乡村振兴示范点，这对于王营庄来说是千载难逢的机遇，过去，王营庄曾是王营庄乡所在地，2000 年撤乡并镇之后，王营庄的许多地域优势没有了，他说自从乡政府撤并之后，王营庄的光辉没有了，这两年，区委重新规划建设王营庄，短短两年的时间，他觉得王营庄前进了 20 年。

河上吕梁

冯树廷

一道道山来一道道水，沿河数说吕梁美。黄河之水天上来，淌过吕梁别样美。

黄河上下自古就是人类文明的发祥地。大河保障了人类的繁衍生存，生生不息，也带来了人类文明和人类发展的今天和未来。黄河经吕梁境内300多千米，支流数十条像极了她的孩子，蜿蜒曲折，纵横交错，你迎我接，诸流归海。

三晋吕梁与三秦大地隔河相望，共拥着一道母亲河。一条日夜流淌的黄河，孕育着岸边的人——黄河岸边是故乡。晋陕两岸挟持黄河，滚滚淌过。两岸群山对峙，岩壁峭立。沿途黑峪口、克虎、碛口、三交、军渡、辛关等风景名胜村镇，成为当年红军东征之地，成为黄河吕梁的红色文化系列景观。

几千年从古及今孜孜不倦的黄河，把吕梁塑成了一方胜地。

雄伟的吕梁山，携千山带万壑，与黄河共舞。古语有云，龙门未辟，吕梁未凿，河出孟门之上，名曰鸿水，大禹疏通，谓之孟门。

春秋时期的吕梁沿着黄河，历经三家分晋来到赵国，过秦之西河郡，摄魏国之境，沿着隋唐五代宋元明清，在分分合合中波澜不惊。大河上下，成顿失滔滔之状！

黄河之水浊兮，河水荡我魂

历史的天空掠过春秋战国的霸主，再到大唐武则天，贺昌毅然参加革命，刘胡兰凛然赴死……

刘渊起兵石州（离石）千年里，惠达禅师诵经西河郡，武庙里的石碑浸润着黄河的气息，史留"青有威名，贼当畏其来"的狄青，"多亏了李太白，搬来了郭子仪"的汾阳王，兴县名相孙嘉淦持笏上朝，被康熙赞誉"清官第一"

的于成龙，从北到南把四两豆腐写在清史。

黄河裹挟泥沙穿越黄土高原浊浪排空，那是来自大众的呐喊。见证吕梁的铁骨铮铮，也见证吕梁人民对党忠诚和战争时期的无私奉献，以及面对敌人的敢于斗争。"风在吼，马在叫，黄河在咆哮。"战斗的烟云凝集在黄河上空，先辈的伟绩留痕在岁月的简牍里。

一部《吕梁英雄传》，写尽了吕梁精神的铁骨铮铮。吕梁战役，给当年的延安革命铸造了安全之地。

晋绥边区政府旧址、刘胡兰烈士陵园等 18 处红色教育基地……

这黄河波澜壮阔，奔流不息，那是共产党人的胸怀，那是艰苦奋斗、无私奉献的大格局大智慧。

我们看吕梁黄河新时代组合：抗战时期，毛泽东主席说，没有黄河就没有我们的民族；红军东征时，包着白羊肚手巾的船工，在激流浮冰里，赤膊喊号渡红军。九曲黄河万里沙，主席说："看，这就是我们的民族精神。"中华人民共和国成立之后，主席视察黄河说："一定要把黄河的事情办好。"习近平总书记说："黄河文化是中华文明的重要组成部分，是中华民族的根和魂！""让黄河成为造福人民的幸福河。"

柳林三交的鏊子疙瘩崖头上碉堡里，依稀能够看见当年刘志丹率领的红军，用怒吼的子弹，打退敌人的围攻。刘志丹纪念亭应着黄河的鸣咽，记述当年的英勇无畏。中阳的关上战斗，写明了红军的一往无前。石楼红军东征纪念馆，讲述着扩红、筹粮的故事。毛泽东主席大气磅礴写下了"山舞银蛇"的《沁园春·雪》。交城山里的游击队、文水村里的刘胡兰，写尽血雨腥风的事迹。晋西北根据地的滴答滴答传递着总部首长的运筹帷幄。吕梁战役让延安在硝烟中指挥若定，"四八烈士"的英灵，激励着新一代的人，勿忘历史，牢记使命担当！

黄河之水清分，河水愉我情

黄河清澈如溪，那是三月的湛蓝。见证吕梁曾经的岁月沧桑，她坚信吕梁的钟灵毓秀和表里山河的雄壮美，那是吕梁山水的厚重。

她让生命勃勃生发，她让生活蒸蒸日上，她蕴含着希望，迎着梦想。她让你在庞泉沟里许愿，让你在骨脊山上听涛，使你在孝文山上感怀。又从子夏山回味千年的儒学之道，穿越桃花洞，看郭子仪动兵平复酒的故乡。过黄芦岭，听九凤山的排兵布阵。汉画像石在河上古道，导出了汉文化的历史尘烟。曲产河流淌着殷商文明，青铜器记录着曾经的辉煌。三川河离石仰韶中期文化，兴县碧村遗址，昭示着古老的黄河文明，在今天绽放了靓丽。

翻开土地的馈赠，那闪着光芒的乌金，是时间在土地里的结晶，是上古苍生留给我们的生命温度的意义所在，也是华北地区乃至河岸人们的温暖和希望。它赋予了新时代发展的方向，带给人们不一样的波澜不惊！

我们看吕梁黄河的水系列组合：沿着磁窑河、文峪河、禹门河、孝河、双池河把薛公岭山下的交城、文水、汾阳、孝义等一众支流，牵引着一路走来，走过东川河、北川河、南川河，呼唤着宝岩河、屈产河一起，与湫水河、岚漪河、蔚汾河同步奔向黄河。岚漪河水入汾河召唤汾水，向着省城太原进发，注入一股子全新的清凉。"你看那汾河的水啊，哗啦啦地流过我身旁……"

右手一指是吕梁，吕梁山里多美景。且不必说骨脊山的峰高，也不必说庞泉沟里的褐马鸡金贵。那北武当山的雄秀，关帝山的深邃，还有那三千九百弯，弯弯绕到顶的赤坚岭（离石山），白龙山的开阔，御林山的威仪，凤山的灵验，安国寺的传说。那"先有金阁寺，后有石州城"的民谣说，足以让人浮想联翩。还有那云顶山、梅洞沟，更有横泉水库、千年水库、蛤蟆神水库、吴城水库、文峪河水库、柏叶口水库、岚城水库、上明水库、阳坡水库、张家庄水库、天古崖水库、柳叶沟水库、东方红水库，等等。库库呼应，河河相望。

我们看吕梁黄河景象系列组合：九曲黄河第一湾、三十里的跑马滩、四十里的抖气河。红色革命根据地，"四八"烈士铸英魂；高家沟里运筹帷幄，西北局里电波传。碛口古镇正上演当年船工的号子，《如梦碛口》《印象碛口》讲述吕梁人曾经经营黄河的故事。"碛口柳林子，家家有银子。一家没银子，门圪廊里扫出几盆子。"人称"小北京"的柳林，碗团莜面芝麻饼，水磨磨面抗日下柳林。抖气河上野鸭飘，乌金滚滚向北京。煤球精心洗白白，精炼钢铁与科技的狠活，把更高级别的经营推向世界。

我们看吕梁黄河灵魂组合："牧童遥指杏花村"！那是国之酒魂——中华名酒第一村杏花村。无论怎样的争议，酒的鼻祖在汾州。6000多年前仰韶文化的"小口尖底瓮"诞出了"第一缕清香"。无论是桌上浓浓的食醋，还是瓶中清冽的汾酒，都是大豆高粱与时间温度的碰撞和融合。

杏花雨飘飞的时候，那是豆蔻梢头二月初。春风酝酿着这一场润雨倾泻而出。伴着杏花翩翩，聊起一场大河上下的细雨，雨后一片新地初绿，花香交融着雨水生发在古井亭，呼唤着大麦、高粱、玉米，唠叨雨过天晴杏花好。秋日的成熟向着稻谷粟米糠麸招手致意，四方宾客坐拥杏花村里，描摹杏花的袅娜风采，媲美杏花花蕊的妖娆，复述枝叶的万般景致，讲说杏花春雨的故事。杏花村里佳酿如泉，仙家到此生缠绵。不喝一杯杏花醇，吕梁山下悔断柔肠，你要杏花美如画，我喜竹叶绘江南，秋来一杯玫瑰露，七夕节里千古传佳话。青花瓷杯盛玉浆，老白汾二两最年轻。一杯竹叶穿心上脸颊，三朵杏花绽放在面庞。一朝晚夕春社散，家家扶得醉人归。穿过杏林赏那桃花红杏花白，山摇水摇心旌摇，杏花仙子乐飘摇。十里酒城醇酿细数新故事，得造花香演绎花事盛宴，佳话越千年。

有了黄河之水天上来，入地杏花古井亭。才有了诗人的漫步豪情，踩着绵软的步履，漫步秋日杏花，如同微醺的归人，风里都飘着诗意的酒魂。

从前一条太军（太原—柳林军渡）公路，如今四通八达上天街。曾经是唯一的出行方式，四面漏风的客车甫一停当，有着节奏感和着浓郁地方口音的吆喝便冲进了车窗："鸡蛋面包瓜子花生！"带着浓浓的乡音把手伸进了车窗口，手比声音快。今天，内容发生了质的变化，它已经优雅地撑棚入店："手抓饼火腿肠饮料矿泉水。"水陆空骑齐上阵，想怎么走就怎么走。

黄河之水闲逸兮，河水抚我衣

十八丈的黄土长满了绿叶。一路的叶儿对我笑，一弯弯清水看我卷浪花。一抹子流光映我眉，一泓清浅如画来。

一路的洗涤濡染，一路的修复整理，河之上，情满岸，意满画。

我问你，吕梁山在哪里？吕梁水在哪里？我追寻着走了无数的弯弯绕，却是人生的美好征途。于是，我们奔着黄河文化，冲着那一泓清流，渐秀肌肉，渐行渐近，渐入佳境。

追摹九曲黄河，灰坑、淘窑、陶罐、古村落……写尽 4000 年前三川河仰韶文化。孟门古镇留着巨大脚印的"禹王石"，使大禹治水成为黄河传说的可能。与中原黄河文化一脉相承的汉画像石展示的虎食女魅、围魏救赵系列。不知姜子牙是否是在曲产河边垂钓，但青铜器龙纹觥觚，足以展示商周时期的那一场饕餮。

碛口，历史文化名镇。作为黄河上无数个码头的历史印记，今天依然续写着新的景象。枣儿年年红，河水日夜流。头枕河里浪花，耳听水上涛声。一轮弯月里，涛声依旧；日出晨曦时，波光艳丽。铺着青石的街巷，不时传来人声鼎沸的脚步声。那石头街门边棱上厚厚的麻油油渍化石，足以证明作为重要交易货物之一的植物油（胡麻油、芥子油、菜籽油，等等）在当时的水旱码头繁盛的景象。明清古街上的"天聚隆""天顺德""大德通""镖局"等近千家的商铺、票号，足以证明这里曾经是重要的晋商发源地之一。"物阜民康小都会，河声岳色大文章。"镌刻在黑龙庙门口的木牌，听惯了自然扩音的戏台，为晋陕两岸人民演绎着古往今来戏里戏外的故事。

二碛，是陡然而下的黄河水道，是水路交通的转折点，也是社会和历史的拐点。船行至此，已然无法前摇，需要转陆路再行。于是，有了骆驼，有了驿站，有了商铺、票号，有了这里的繁华和传说。

青塘，临县的那一洼泽泻，生长着芦苇，生长着青青绿叶。那一片水乡泽国，仿佛云游北国的江南才子，生出了无数的香浓软糯。马莲花开过的茎叶，把用苇叶包了的各色糯米缠绕包裹，煮出大自然的草木之香，煮出了细嫩软糯，口齿留香，煮出了"五月榴花妖艳烘，绿杨带雨垂垂重"的春明新绿。青塘粽子，如同吕梁红枣、柳林碗托，真空成装，单个打包，带着五月香糯的问候，带着新产品开发的成果，跨洋过海，成为新时代恒久的新故事。

土豆，作为生存的基本口粮，在这个时代发出了银铃般的笑声。在土豆花开的日子，我们相约花海，和岚城对话，和吕梁对话。汾河的水卷涌波浪与我们握手，秀容古城"水作琴中听，山疑画里看"，绽放土豆花开的声音。一桌土豆宴，讲述舌尖上的岚县土豆风采。用酥酥的土豆做成黏黏的"捣拿糕"惊艳着左邻右舍和天南地北！

米酒油馍木炭火，团团围定炕上坐。一河之隔的晋陕风情，逃不脱黄河的一脉相承。黄米做米酒，小米做饴醋。在临县、兴县一带，乡间的婆婆、镇里的奶奶，都能够酿出一篓子一坛子自然发酵的米酒。在黍米收获之后，在冬来农闲之际，迎着年的味道等待新一年的开坛十里香。

黄河之水斑斓兮，河水扶我臂

吕梁的大山里从来不乏需要的资源。忽然有一天，在吴城的关帝山上，有了十万大山的原始茶树，各种茶类应运而生。譬如枣树的芽叶做出来的茶叶，有了可以与南方茶叶媲美的自然之茶。补齐了茶叶的南北差异，让吕梁因为茶而信心满满。其实，茶在北方的确是有历史的，只是发现与开发的历史较晚罢了。比如，在金阁寺的那棵茶树，至少生长在 500 年前的山路上，不论你是否饮用，它都在那里。

曾经的"汾阳王府"，留下了无数的"业绩"：文化的发展、餐饮的影响、民俗的发扬，等等，都有着值得可圈可点的传承与发展。贾家庄的街，贾家庄的酒，贾家庄名导演贾樟柯的山河故人在招手。满街的石头饼、糖月饼、酸辣粉、剔尖、揪片、汾酒，辅以来自不同乡土的烤鱼、黏糕、过桥米线、碗团、担担面，飘着不同地域浓浓的人间烟火气。

"浓缩的庙宇，扩展的神龛。"每年正月，柳林、中阳一带就会有"盘子会会"，摆在街头巷尾，房前屋后。于是，天官、财神、观音等诸神，根据人群的需要，设置供奉的神位。天官是用来求子的，一般是求生儿子的。观音是保平安的……伴随着九曲灯会和元宵灯会，迎来盘子会会的高潮。

琉璃咯嘣，呼拓一阵。交城的非物质文化遗产，如同吕梁的桑皮纸、剪纸、铜器、风箱等一样，是独一份，也是吕梁古老文化的传遗。在物质匮乏的年代，它是孩子们的最爱，会吹的玻璃匠，能够把薄如纸的琉璃咯嘣制作得薄厚匀称，让它发出清脆悦耳的呼拓声，那是儿时好幸福的声音。吹不好，一下子就碎了，有的孩子因此而失声大哭。当然，这种物产的出现，与当地盛产云母石有非常大的关系。如同，临县小塔子村的制瓷、柳林桑皮纸的制作，都与属地的物产有关系。

最撩人的还是临县的伞头秧歌。伞头秧歌是民间社火的一种，边舞边唱，需要即兴表演。一般以七字句为多，字句简洁，通俗上口，意思直白，韵味深长。伞头秧歌对伞头的要求比较高，遇到对唱，则更是展示才华和能力的时机。过去较有名气的伞头有许凡、樊如林等。现在的秧歌手就更多了。以流浪为生的许凡秧歌展示着诙谐幽默，土味十足。描述自己的穷日子是："称不起盐买不起炭，浑身的衣裳稀巴烂。一年四季糁糁饭，过时过节啃瓜蔓……"随着时代的发展变迁，伞头秧歌的作用已经完全不局限于单一的社火表演了，它已经成为人们过会会、办喜事、开业庆典、生日宴会等活动的重要项目了。同时，它已经成为茶余饭后娱乐健身的重要组成部分了。虽然由于地方方言的局限，不广为人知，但它并不影响精神娱乐陪伴的功用。

柳林香严寺，红墙飞檐，古刹佛音，展示着唐宋元明清的完整建筑。大雄宝殿外，三川河奔流黄河的急迫心情尽收眼底。河上抖动着的氤氲之气，施展着抖气河奔流的华美艳丽。

安国寺，唐昌化公主的食邑地。山石之间，松柏郁郁青青。远处却是高山草地，森然之气全无。亭台楼阁，殿宇禅房有序排列，昌化公主的两枚佛牙，置于铜塔之中。石室文，镌刻着古人楷书的墨迹。康熙皇帝御笔的"天下第一廉吏"于成龙，在这里读书写字，耕读传家。

临县曲峪古镇高山之巅，官帽石上正觉寺里的十二连城、八大金刚、北斗七星、南斗六郎……展露着千年前宗教的佛音。寺前曾经对应着三十六天罡星、七十二地煞星的108株柏树，历经战乱风云，幸存了象征守卫将士的12棵柏树，号称"十二连城"，成为今古神奇美谈。晋陕隔河相望，临佳二县携拥黄河，繁衍着一代又一代的子民，续守着大河上下的生生不息。

涛涌波襄，雷奔电泄。刀劈斧削造就晋陕大峡谷，奔流不懈铸就了黄河的生机盎然。千百年的冲刷，绘成百里水蚀浮雕，令人称奇。碛口渡口、辛关渡口、孟门渡口、黑峪口渡口等等，不一而足，都留在了大河上下的文化里。

饮食文化别有洞天。离石的嚓嚓面和各种面食，兴县压头肉、拉刀刀、扁食冒粉汤、红辣子炖羊肉，岚县的蛤蟆含蛋、驴打滚、可以做108种菜的土豆宴，临县的大烩菜、豆腐炖饼子、粉条炒猪肉、青塘粽子、锄片则、红印印火烧，方山的土豆扡、合愣则，中阳的蛮搅则（苦荞做的碗团等面食），交口的沙棘汁，石楼的油糕烩菜，柳林的碗团芝麻饼、灌肠红枣南瓜子，汾阳月饼石头饼、剔尖肚子八大碗，孝义的火烧面人人，交城山里莜面栲栳栳，文水的河捞面……

非遗文化繁复多姿。离石弹唱、中阳剪纸、岚县面塑八音会、柳林盘子、孝义皮影、文水呱子、临县道情等等，道不完数不尽！

诗曰：

> 离石先有金阁寺，汉画像石塞川河。
> 中阳剪纸镂芳华，傅山墨绣柏洼山。
> 柳林人称小北京，贺昌志丹闹革命。
> 清代民居张家塔，天下廉吏于成龙。
> 岚县中国马铃薯，天上人间秀容城。
> 蔚汾河畔孙嘉淦，晋绥边区油菜香。
> 红枣站满黄河滩，湫水河上起秧歌。
> 交城古县彩陶兴，玄中清音八方传。
> 胡兰则天有声名，汾水长流河捞面。
> 文艺厨艺遍汾州，一缕酒香开杏花。
> 皮影木偶在孝河，胜溪柿树挂灯笼。

请到吕梁的乡村走一遭，再去吕梁的巷口坐一坐。

一棵棵枣树挂灯笼，一排排窑洞展新姿。

金灿灿的玉米晾晒在雕刻着光前裕后的门口。

砖雕上的包浆昭示着宅院曾经的故事，鸟儿飞来飞去呼吸时光的味道，过往车辆带走粮食滚滚的糠屑。

那卖豆腐的吆喝声，那炭炉的饼子香。烤红薯流溢着香甜的气味，浸透着油辣子芝麻酱荞面碗团凉皮的五味杂陈让口水奔泻，还有那戗菜刀磨剪子焗锅补皮袄的叫喊，有多少回忆值得回味……

那沿街飘香的面条，那浸润着米香的稀饭，还有这一碗碗米面，和着阳光映照出母亲河的伟岸和广阔。

山睿智，河温润。河之上，吕梁尤其靓丽！

　　九曲黄河让李白浪漫成天上来水，浪淘风簸自天涯却是刘禹锡的现实。而现实与浪漫正是黄河吕梁的幸福今朝！这美好离不开这一方肥沃的水土，离不开这一方勤劳的人民，更离不开这个一直向前的新时代。

　　北方之美在山西，右手一指是吕梁，吕梁之美在山水，山水之魂在人文，人文之魄在博大！

　　春天来吕梁，带上你的眼睛，穿过桃花洞，漫步杏花村，看漫山遍野的桃花红杏花白，陶醉整个春的声音！

　　夏天来吕梁，带上你的温热，从庞泉沟、武当山，感受沟梁峁岔清风徐来的凉气阵阵，浸透你整个的心脾！

　　秋天来吕梁，带上你的耳朵，沿着玉带般的黄河旅游公路行走黄河岸边，遍行黄河吕梁，绕汾河而行，听黄河涛声，感受漫山遍野的姹紫嫣红！

　　冬天来吕梁，带上你的恣意心绪，登爬汉高山，止步王老婆山，在石楼棋盘山吟咏山舞银蛇原驰蜡象，放纵你的心情，展眼银装素裹，让思潮再次绽放！

骨脊山下春潮涌

高迎新

　　初夏，骨脊山下峰峦叠嶂，遮天蔽日，山风清爽怡人，无垠的田野上点缀着青砖灰瓦的建筑群，这里就是有名的王营庄文旅小镇，呈现出春潮涌动、方兴未艾的热闹景象。站在小镇远眺，东面云雾缭绕的地方就是西华镇、吴城和黄芦岭了，在翻越薛公岭的太中银铁路、青银高速稍稍偏北的地方，有一条贯穿晋中平原横跨吕梁山到黄河的千年古道，中间便是吴城驿站和黄芦岭关隘，已经相当久远了。

一

　　我对吴城的最初印象，源于那句广为流传的民谣："拉不完的碛口，填不满的吴城"，前一句极富色调和韵律，李白诗中的"黄河落天走东海，万里写入胸怀间"，说的就是纤夫脚下碛口古镇所倚仗的黄河气势，后一句则张扬着动感和繁忙，令人想到那帆樯云集，艟艨联翩的黄河古渡繁华景象。

　　王营庄地处吴城到永宁州（离石）晋商古道的中段，南面是郁郁葱葱的九凤山，那里的白马仙洞吸引了大批游客，关于仙洞的神话故事流传了几千年。正是在这样的氛围下，官方把此地打造成一个独具特色的文旅小镇，成为乡村振兴的示范点。小镇呈现出一派热火朝天、蒸蒸日上的气韵，吸引着大批游客络绎不绝来此观光。但他们大概不会想到，仅仅百年之前，这里还是明清两朝秦晋通衢大道的重要驿站。驼铃阵阵，马蹄声脆，逝者如斯，沧海桑田。这里的山川啊，翠绿得一尘不染，浩茫得亘古无涯，直让人心里悠然起敬。小镇一百余栋仿古建筑尽显明清建筑风格，街巷逼仄名称却很有意思，彰显着设计者的独特理念：产业路、振兴路、食友巷、食里巷、食坊巷、酒肆巷，甚至还有购物广场、民俗广场、教育基地，涉及农业、教育、研学、科技、民俗、餐饮等方方面面。假如你乘坐观光车沿东川河一路游览，你会看到田野上一派繁茂的春景犹如江南水乡，水稻秧田草绿花红，康养步道、游憩点、观景亭、康养小院、气膜滑冰场、室内滑冰场、植物类迷宫、奶牛示范养殖场、稻渔综合种养场等正建或待建项目目不暇接，天光云影下折射着万物的律动，令人耳目一新，心旷神怡。可以毫不夸张地说，由于王营庄文旅小镇的嵌入，使整个大东川自然地融入并整合了青山绿水、红色文化、晋商文化和民俗文化诸多元素，走出一条清新自然、生态环保、令人振奋的乡村振兴之路。

是的，人们见惯了城市喧嚣，渴望清新的自然环境，在"绿水青山就是金山银山"指引之下，融进自然就应当而且可以成为一种发展方向。自然是什么呢？自然是一种无拘无束的娇憨，犹如幼儿在母亲膝下随心所欲地嬉戏；自然是一种毫不做作的神韵，犹如袅袅炊烟穿过夕阳的余晖，交织成令人心醉的辉煌；自然是一种春草吐露的芳艳，犹如花蕾在淅沥春雨中懒懒地翕张；自然是一种神游八极的宁谧，犹如农夫在田间地头打盹时，悄然闯入一个有关收获的金色的梦。在这里，无论是幼儿、炊烟、花苞还是梦中的农夫，都是绝对自由的，都是融入自然的精灵，而当今在城市红尘的大背景下，人们是多么需要这种自然、绿色、自由的一片天地。

吕梁地处黄土高原，十年九旱、水土流失的地理环境，铸就了人们艰苦奋斗、不屈不挠的性格特征，"民风朴实"是地方志对离石民风的一种有关自然特性、生命意志和文化性格的阐释。在农业文明形成的民族性格中，人们更多的是脚踏实地的坚守和耕耘，而不是漂泊天涯的狂放和浪漫。北方少数民族融进来以后，人们只是在生活习惯上有所改变，但他们仍然不习惯于架着"诺亚方舟"驶向遥远的新岸，也不习惯于率领着畜群、唱着牧歌去寻找生命新的芳草地。在过去，有一句诠释山西人性格的俗语："山西人远走他乡，只要望不到自家土窑洞上的烟囱，就很难让他们义无反顾。"他们留恋脚下的一方乡土，哪怕是一抹高坡，几孔土窑，一座庙宇或废墟，这很自然很正常，只不过乡土情结更浓郁一点罢了。就在离大东川不远的北面山峦间，有一座古时称"吕梁山"今天叫"骨脊山"的山峰，"大禹治水始于此"（《汾州府志》），这样的传说不是没有根据的，当年大禹治水就是带领一方百姓与洪魔苦斗，数十年的砥砺抗争，终于留下了大、小东川一片令人赏心悦目的青山绿水。

为了这一方水土的振兴和繁荣，无论是官员还是百姓，他们必须苦斗。修建自然要涉及搬迁和拆卸，集体土地相对难度小一点，但要轮上寻常百姓房屋的搬迁就不那么容易了。对于小民百姓来说，他们的感情负载自然要比官员们沉重得多，虽然拆毁的只是数楹老屋、一方庭院，但其间的一砖一木往往凝聚着祖辈几代人的艰辛和希冀，甚至还有他们毕生的成就感。因此，要求他们义无反顾是不切实际的。可以想见，在整个小镇包括景区的修建过程中，说服、动员、带头、劝解、补偿的工作不会少，既细致又繁琐，是相当艰巨的，这考验着每一位干部的执政能力以及包括参与者在内的心底情怀和综合素质。他们初战告捷，向世人展示了王营庄的新貌和未来发展蓝图。这是一段关于生存和奋斗的历程，更是一段关于生命意志和民族性格的生动阐释。吕梁英雄们包括历史上的神话英雄、仁人志士、革命先驱、离东县抗日将士、南下干部，为了神圣使命和保卫、建设这一方热土，面对自然灾害和敌人的刺刀，不惜流血流汗甚至献出自己宝贵的生命。今天，当我们弘扬"对党忠诚、无私奉献、敢于斗争"的吕梁精神，并把它实实在在地付诸行动时，同样是为了这一方热土的繁荣和振兴。

15年前，我应邀参加了一次文学采访活动，在一篇《千年赋》征文中，抒发了对这方热土的感受：

若乃登刘王暈山，环眷四周，眺望远山近峦。则西望石州，云蒸霞蔚，高原丘陵，苍茫旷远；北睞骨脊，名山对郭，绿荫相承，峰峦叠嶂；东观汾介，晋中盆地，一马平川看云霞；南睞吴城，黄垆古道，金锁向阳想当年。怀英俊之域，豪杰并起，铁骑千里达中原，居沃土之州，人杰地灵，吕梁英雄传九州。吴城三交冻死飞鸟，驼铃声声通碛口，向阳桃花柳林抖气，古道漫漫贯黄河，上下四浩九里湾，左右雨林南海滩，刘渊起兵复汉室，左国卢城鏖战激。州郡大路聚汾平介孝之货殖，黄金水道散青银包榆之物产。千年之里，诸山环绕，天然盆地，沃土连连。其阳则高山草甸，一望无际，天苍苍，野茫茫，风吹草低见牛羊，交汾缘其隈，东河滨其足，桃花杏林，猴头党参，资源之富，号为天然宝库。其阴则幽林含谷，参天大树，云漫漫，雨潇潇，遮天蔽日贯九霄，九豁冠其坡，清泉漫其石，坡地交属，奇珍野禽，褐马黄羊，号为高山雨林。更有刘王晕高耸入云，魏晋之所观，五胡之所叹，下有东川之沃，衣食之源，看五谷垂颖；上有西华草原，牛羊满山，听牧马归来。

二

"春郊联辔访仙踪，洞口桃花色正浓……为报山灵元应祷，甘霖时沛慰三农。"这是明永宁知州许天球《白马仙洞祷雨》的诗句，诗人的情绪似乎不怎么好，他所治下的这片土地遭遇了连年干旱，带着一肚子的忧虑和虔诚的心情祈雨。白马仙洞位于王营庄南面的九凤山上，风景秀丽，山顶云雾缭绕，林间紫气徘徊。洞口至洞底全长约500米，相对高差168米，有专家称之为"华北第一险洞"。在吕梁山，百姓早就有祈雨祭祀、祈福求康的风俗习惯，龙王庙、黑龙庙、土地庙等遍布沟壑丘陵，白马洞也就成为百姓求雨的重要祭台，洞内至今有近百首辽金以来历代先民祈雨祭祀、祈福求康的墨迹。碑载："九凤山乃黄帝之别馆，晋高祖遇旱赴祷即雨。"洞中套洞、景中生景是白马仙洞的又一大特点。传说此洞为黄帝之别宫，周朝得道仙翁"赤松子炼丹之所"，甚至晋高祖也曾进洞祈雨，所有这些民间传说故事和悠久历史给白马仙洞披上了一层神秘的面纱。这里有一个故事很有意思，"世传白马日食民田，逐之，竟入洞，蹄迹犹存，故名"。《汾州府志》的记载过于简略但传递的信息却值得思考。民间故事是世俗化的，添油加醋增加了不少生活情趣和神秘色彩，我们不妨来看看：白马食民田被追逐，在九凤山下的田野中一路奔腾，砍柴的樵夫手握斧头穷追不舍，峰回路转，来到了一个洞穴之外，白马腾空而起，钻进洞穴消失得无影无踪，而农夫却被几位仙人围坐下棋的情景所吸引，不知不觉间，一局对弈结束后，农夫如梦方醒，发现自己的斧头把已经腐烂了，惊叹之余，眼前突然出现了无数的石峰和石柱，留下了一个"山中方一日，世上已千年"的传奇神话。在白马遁入的洞穴内，五彩斑斓，千奇百怪，历代文人墨客或诗或文，标上黑龙池、放马滩、莲花池等既形象又神秘的名称，和洞外的神话传说相映成趣，世代流传。随着近年来大幅度的投资开发，白马仙洞已经成为远近各地人们盛夏避暑、览胜、休闲、度假的清凉世界。

在更多的文人眼里，王营庄东面的吴城古镇和黄芦岭，更是一种诗意的存在。

晋商古道间的吴城驿站，在相当程度上，其生命线就维系在平遥古城的门楼和碛口古渡的樯桅上。北兵南下，分水岭上的黄芦岭当然就是一道冷峻的休止符，就军事功能而言，黄芦岭是晋中平川的战略要地，黄芦岭一旦失守，汾州府就岌岌可危了。

按照古代官（驿）道"十里有庐，庐有饮食；三十里有宿，宿有路室；五十里有委，委有候馆，候馆有积"的设置，在这天高皇帝远的偏远之地，那东去西来赴任、考察、押解甚至迁徙、流放的官员和差役当是不少，但分水岭上接待的候馆在哪里呢？黄芦岭设巡检司佐证了这一点："顺治六年署毁，设在冀村，康熙五十二年，以守备旧廨分作巡检驿丞官署，雍正四年，巡检驿丞并裁汰，七年，复设黄芦岭巡检司。"（清乾隆《汾州府志》）另据书中所记，黄芦岭不仅具备了关隘、寨堡、候馆、巡检司等多种功能，就连与它相连的村庄也设有吴城驿、岭底铺、向阳铺、金锁关，且都驻有兵丁，可见黄芦岭对于朝廷来说，已不是一般意义上的关隘和商贾之道。从京师到州郡的这条官道上，赶考的秀才进士、外放的翰林学士、云游四方的文人骚客肯定络绎不绝，他们衣袂当风，卷帙琳琅，一般来到此地都会登高望远，感慨万千。历史和诗情、英雄梦和寂寞感、居庙堂之高和处江湖之远的情怀都会梳理得很熨帖，当然也会触景生情，生发出许多流芳百世的诗篇。

也许我扯得太远了，我们还是回到王营庄吧。前些日子，听说要开发黄芦岭古关隘和那条存续了千年的晋商古道，这当然是好事。但我希望，无论是修路还是开辟旅游景点，一定要原汁原味地保护好古代遗址。试想一下，如果下力气在古道上铺沥青，或者把那段塌陷的齐长城门楼用青砖修复起来，然后圈上一堵围墙，把门售票，仅仅把这个古代遗址变成登高望远的旅游景点，那又有多大意思呢？我们见过了太多的挖掘和雕饰，那样的话，晋商千年古道和黄芦岭包括吴城的价值就真的要消失殆尽了，消失在年复一年的风化和修补之后，消失在红男绿女们潇洒的步履之下，消失在车辆轰鸣的尘烟之中，那将是怎样的一种遗憾和悲哀！

三

在市区后瓦窑坡村古神庙内有一通明景泰年间的古碑，碑文依稀可见："北靠吕梁山之佛远，巍雄万丈，先贤有道：禹圣治水而经临前王避暑之境，系地脉而相通其形势。"北靠吕梁山，即骨脊山，位于小东川东北方，海拔2350米，北武当山在其西北方，当地俗语："北武当山高，高不过骨脊山半山腰。""先贤"当指尧舜，后一句的"前王"也是指尧舜，"避暑之境"是指以庞泉沟为中心的盆地，北武当山、骨脊山、孝文山、云顶山、西华镇环绕，这里平均海拔1300米以上，云蒸雾绕，山高林密，流水潺潺，尧舜以来一直是帝王官员的避暑消夏之地，这是在说骨脊山和周边地区的自然地理大环境。

大东沟在骨脊山南侧，夏天在这里享受的是苍翠秀丽和蓝天白云，这种意境传递着山川的浩茫和空寂，是一种产生诗情和哲理，产生"逝者如斯夫"之类千年浩叹的大境界，稍远一点的宝峰山上，宝塔直插云霄，云蒸雾绕，仙境一般。走在大东沟的林荫道上，和老朋友、区文联主席李心丽女士边走边聊。她问我王营庄和大东沟从怎样的角度才能更好地联系历史文化，我说出了我的观点：王营庄在于晋商古道、黄芦岭和白马仙洞，而大东沟则在于骨脊山、刘王晕山和西华镇，只有把它们和历史、文化、自然、神话联系起来，才能在更远或更深层次的定位上坐实它们的文旅价值。

刘渊和石勒是吕梁历史上的著名人物，二者后来都做了皇帝。刘渊于五胡十六国时期在北方起兵，定都永宁州左国城（今方山南村），号召力极强的他二十日内聚众五万。为什么称后汉呢？刘渊很聪明，他认为汉朝统治天下久长，其恩泽已经深入人心，之所以刘备仅在一州之地就可以与天下相抗衡，原因均在于此。自己是汉刘氏的外甥，祖先曾与汉朝皇族相约为兄弟，兄长灭亡了，弟弟来继承是理所当然的，因此称汉并追认、尊奉后主刘禅，以此使天下人归顺。元熙元年（304），刘渊在南郊筑坛设祭，称汉王，追尊刘禅为孝怀皇帝，建造汉高祖以下三祖五宗的神位进行祭祀，署置百官，国号为汉（史称汉赵、前赵）。但是，作为匈奴草原民族之后的兵士习惯了大漠的广袤宽阔，怎样才能使手下既服水土又训练有素是摆在刘渊面前的一大难题。于是，他最终选中了距左国城不远的小东川云顶山顶，那里有一处占地两万多亩的西华镇草原，这里群山环抱，地势平坦，植被繁茂，处处可以领略到家乡"风吹草低见牛羊"的草原胜景，对将士来说简直就如同回到了自家的"天堂"。石勒起初归顺刘渊，后来自己也做了皇帝，在离石御陵山留下了遗址。西华镇郁郁葱葱，无边无涯，绿阴草地，山花烂漫，自古就是养兵驯马之地，历来游击习武之山，西华骏马甲天下，千年铁骑逐中原，马嘶长啸，铁蹄飞溅，大漠之子，单于之后，雄兵强将出吕梁。战大陵、夺并州、下平阳、逼洛阳，尽展高山草原之威，齐显汉王雄奇之才（《千年赋》）。

五胡十六国之后又过了上千年，历史走到了明朝初年，从实行开中制以后，精明的晋商兴起，当西华镇草原还存留着大漠铁骑风尘之时，山下古道上走过了浩浩荡荡的山西商人进军碛口古渡的队伍，扰乱了千百年来偏僻、宁静的吕梁山。在这里，我丝毫没有鄙薄商人的意思，相反，晋商的崛起，是山西进入近代社会的一个必要条件。悠悠千载，兴亡百代，吴城驿站也好，吴城古镇也好，对于吕梁的意义，更多的是作为一种因商而兴的处女地逐步发展起来的。它背靠骨脊山，左右逢源，洋洋洒洒地吞吐着来自东川的丝绸、食盐、茶叶和白如凝脂的美女，还有来自西北的羊皮、药材、麻油和壮如山丘的牲畜，驿站、古镇背靠着骨脊山、西华镇的崇山峻岭和高山草甸，如贵妇一般端庄自足。

沿着大东沟的山间步道，一直往上便是小云顶山，这里是娄烦、交城和方山的交界处，海拔 2708 米。因其海拔高、顶入云端而得名。山石峥嵘，群峰壁立，在蓝天的映衬下分外显眼。登顶极目四望，使人豁然开朗，广袤开阔的草地映入眼帘，犹如呼伦贝尔大草原的一片天地。信步走在松软的天然草甸上，远望连绵不断的群山、层层叠翠的林带和蔚蓝高远的天空，朵朵白云环绕其间，天设地造的蓝天绿地、高山草坪构成了小云顶山独特的自然风光。山顶上生长着各种各样的矮草，草地上开满了五颜六色的野花。假如你有幸徜徉在美景中，找一块山间岩石席地而坐，或者摊开一块花色的塑料布，和家人或者朋友来一顿惬意的野餐，任由孩童在草地上无拘无束地玩耍，然后吸一口天然氧气，吹一身凉爽清风，那感觉就像置身仙境，直让人荣辱皆忘，乐不可支。这个时候，你会情不自禁地向远处眺望，你会看到山下的吴城驿站和黄芦岭，在走西口的茶马古道上驼铃声声，唢呐如诉，伴随着西去商人的足迹渐去渐远，一队队商家大贾、贩夫走卒行色匆匆，走向敦煌、走出阳关……而这种意象，正是我们渴望的一种心灵与历史和自然的对话，这种氛围也只有在小云顶山能够领略。

四

还是回到西华镇。

王营庄、大东沟采访归来，带着山川风尘，去了一趟省城太原。在省林草局现代化的办公大楼里，见到了林草处处长毕建平先生，稍稍交流过后，便觉得这是一位难得的、有着浓郁山西草原情怀的政府官员。他拿出一本自己主编还散发着油墨香味，由中国林业出版社出版，中国工程院资深院士、兰州大学草地农业科技学院名誉院长任继周老先生作序的新书《魅力草原看山西》，装帧考究，设计新颖，令人眼前一亮。翻开第一页，竟然是朋友吴继才拍摄的一幅全景照片"离石西华镇草原"，这幅航拍照片最大限度地收纳了西华镇草原全景，大草原一望无际，绿茵如大海碧浪，此起彼伏，天光云影间青山叠翠，绿意盎然。据《山西山河大全》记载，西华镇"四十里跑马焉，主峰狐言山，原名宽平沿，西北部紧邻骨脊山"。清人顾祖禹在他的《读史方舆纪要》中写到西华镇时，言之凿凿，记载着汉赵开国皇帝刘渊曾由此去过骨脊山，史料记载和民间传说完全相符。当刘渊站在西华镇草原一览众山小时，他大概想不到，正是他在以西华镇为练兵驯马营地的首创之后，他实际上成就了表里山河的一片绝佳胜地，成就了魅力无限的西华镇草原。悠悠千载，漫漫烟云，西华镇山下的文峪河畔走过了靠伐木发迹的武士蒦家族，走过了赵家天子和忽必烈的兵马车队，也走过了山西土皇帝阎锡山的骑兵劲旅。辛亥革命后的1917年，山西省政府在这里引进荷兰牛数十头并将这里作为牧场，设立了"山西全省模范畜牧场"。直到风雨沧桑百年后的今天，西华镇一直享有"华北第二大草原"的美誉，这是令吕梁人可以骄傲和炫耀的一张王牌。

　　驻足西华镇草原，群山环抱，风景秀丽，层峦叠嶂。在这里，不仅可以看到"风吹草低见牛羊"的草原风光，更多的是可以享受一种难得的自由天然的宁静。

　　是的，宁静。宁静是什么呢？宁静不仅是一种外在氛围，更是一种让千般意蕴渗于其间的世界。伟大的精神总是宁静的，宁静是一种积贮，是一种默默的冶铸，也只有虔诚膜拜历史和自然，善于总体把握人生的思想者和游历者，才能从容地进入这一境界。就是这么一片居于高山的草原，它深潜不露，平朴无争，自觉地收敛着大山的外部张扬，它生命的价值在于草地深处，在于那千年不枯的历史文脉和一方安闲静谧的天地。在这深邃、自由而充满活力的天地里，任何人不会觉得你碍手碍脚，也不会招致猜忌和防范的目光，这是一方可以领略天光云影的地方，外界的红尘喧嚣、凄风苦雨离得很远，山下的鸡鸣狗吠也相当遥远。这种田野牧歌般的闲适意境，包括人文的、自然的风景，悄悄地滋润着你的情怀，并演绎成为一种奇诡辉煌的审美旋律和人生追求，充满着无穷的魅力。

　　这是西华镇的魅力，是离石的魅力，也是吕梁的魅力。我一直在想，就离石而言，大东川的王营庄和小东川的大东沟，这一对正待文旅开发的孪生姐妹，她们一路向东延伸的焦点或者说亮点究竟在哪里呢？延伸的高处不就是骨脊山下的那片西华镇草原吗？无论是绿水青山就是金山银山的高层宗旨，还是国家生态环境保护的政策措施，抑或各级政府关于林草修复的意愿和生态旅游的发展方向，西华镇高山草原都应该是非常值得关注的一个重点。

　　草原，一直是山西人，或者是华北人乃至南方人梦寐以求的向往之地，如果我们利用国家林草修复的大政策，引进大量民间资本保护、修复正在受到侵蚀、趋于退化的西华镇高山草甸，使之成为真正的"华北第二大草原"，那个时候人们趋之若鹜的地方将不会仅仅是呼伦贝尔，而是我们的西华镇高山草原。

五

　　骨脊山下的 5 月，午间还颇有一些凉意。车窗外阳光洒进来，碧草寒烟，十分凉爽。归程路上，我想起了陈毅元帅的《过骨脊岭》，这是 1944 年初陈毅路经骨脊山赴延安时留下的诗句："我过骨脊岭，于此见吕梁。林深木亦茂，到处风雪扬……"诗作意境寒峻，但不悲凉，透露出作者大无畏的革命乐观主义精神，他既是胆略超群的军人，又是才华横溢的诗人，这首红色诗篇足以伴随骨脊山流芳百世。

让陈毅的诗句和王营庄、大东沟、骨脊山、西华镇、吴城、黄芦岭、白马仙洞、千年里一起，共同成为骨脊山下春潮涌动、闻名全国的网红打卡地，成就吕梁文旅事业的繁荣发展！

绿染宋家沟（外二篇）

白占全

盛夏清凉地，兴县宋家沟。这是近年来兴县人向外介绍的一句常用语。

宋家沟生态园是兴县林业局退休干部高华处在蔡家崖乡碾子村一条十里长的乱石山沟打造的一处乡村旅游示范点。

车进入宋家沟沟口，穿过两侧绿汪汪挺立的杨树、油松、侧柏的林荫道，五里长沟浓荫蔽日，百鸟欢唱，山坡上山花烂漫，偶有兔子从缓慢行驶的车边蹿过。其时，天已下起了小雨，擦掉车窗上的雾气，透过窗玻璃细细观看，雨中所有的色彩，都融于水淋淋的嫩绿之中，绿得耀眼，绿得透明。

雨越下越大，车到二层小办公楼附近岔口停下，迎接我们的是一位身材瘦削、面容清癯、头发花白、身穿灰布衬衫的老人。老人打着伞，一边向我们招手，一边说："跟我来。"我第一个迎上去，跟着老人向绿树深处走去。我问："您就是高华处老人吧！"老人答是。老人边走边说："不巧，今后晌下雨，雨还不小，参观生态园恐怕有问题。你们走过来的路是生态园的主道，主道两边绿树丛中矗立着 88 通纪念碑，那是晋绥文化碑林，这是我于2014 年筹集 20 余万元建成的。碑林有贺龙、关向应、李井泉、续范亭、林枫、武新宇、牛荫冠、方正之等革命先烈，也有兴县历史名人张旺、孙嘉淦，以及本县现当代知名人士刘少白、牛友兰、高如星、田东照等，每一块碑上都刻有他们的生平简介。将来我还准备把碑林扩展到 300 通。路左侧碑林西，还建有'九曲黄河阵'，每年正月十五，附近的村民端着灯来这里转九曲。九曲进出口的两侧均竖有石碑，左侧所立是皇帝为孙嘉淦撰写的碑文以及孙嘉淦著名的《居官八要》，右侧内容是'白公考行碑记'，意思是告诫人们，做官要有德，为民要守孝。园内还建有篮球场、小型广场，供年轻人娱乐活动。还有一个五亩大小的学生实践教育基地，附近学校的学生定期来这里亲近自然，亲手栽植树苗，进行'小树与我一起成长'的长期实践活动。"我问："我们可以参观吗？"老人答："这得看天气，这么大的雨恐怕要留遗憾了。"

边说边走，不觉已到小二层办公楼前。四五十号人挤进一层客厅，精神矍铄的老人热情地向大家介绍了他创办生态园的经过。

时年74岁的高华处老人是林业局退休干部，2000年，52岁的他从县林业局副局长的岗位退下来后，凭着对改善生态、绿化山川的一腔热情，承包了隶属于蔡家崖碾子村、高家村镇的宋家山、冯家山三村"山上鸡爪沟，沟里红泥流，山上山下没有一棵树"的宋家沟四荒地4800亩，开始治理。尽管当时全家人都反对，高老还是拿着家里的几万元，于农历七月十六日，义无反顾地走进乱石沟，搭了个帐篷就算安了家，吃着河槽里的水，顶酷暑，冒严寒，凿山填沟，筑坝蓄水，挖坑打井，修路通电，育苗植树，曾遇泥石流，可乐当水煮面条，夜遇灰狼，老伴曾被毒蛇咬，日复一日，年复一年，创业艰难苦自尝。经过20年艰苦奋斗，高老承包的荒山荒沟已全部绿化。目前已造林6120亩，植树10万余株，培植各种优质苗木150余亩，油松、侧柏等共计100余万株，建成基本农田600余亩，建成大棚3处，打水井10眼，100立方米的高位水池一座，打土坝石坝共计20座，修建水泥路5千米，田间道路2千米，拉高压线3千米。为周边村民无偿支援价值50万元的各种苗木10万余株。这一串串的数据，融进了高老和所有工人的滴滴汗水。

宋家沟的绿化目标实现后，高老心里想得更远更大，希望在有生之年种更多的树，绿更多的坡。组建了"扶贫攻坚造林专业合作社"，吸纳几十户贫困户，先后完成宋家沟周围3600亩、周边四村退耕还林2000亩，又在蔡家崖乡任家塔村荒山造林1650亩，在为生态建设做贡献的同时，带领大家走上脱贫致富之路。

临近采访结束时，高老说："栽树是我的乐趣和爱好，让我活得更充实更有意义。20年来，做了不少事，但各级各部门也给了我很多荣誉，那些荣誉都在墙上。"我望望墙壁，上面挂满了各种荣誉，山西省绿色生态大户、山西省种粮大户、山西省林业建设先进工作者、山西省老有所为模范、吕梁市林业建设十大标兵、吕梁市小流域治理状元户、感动吕梁人物等。最后，高老说："我年龄大了，我要把生态园无偿捐献给国家，让国家来管理。"多么朴素的语言，一位老共产党员的初心和使命溢于言表。

采访结束，雨越下越大，天渐渐地黑了下来。兴县的同志安排采风团人员在高老的生态园农家乐吃饭。农家乐在小二楼西北角，我们随着高老走到这个院落，三孔石窑洞依山而建，抬头看看脑畔和院落四周，都是枝叶上溢满水珠的各色树木，院墙根处雨棚底摆放了四桌，门口平房里摆放一桌，桌子上摆放着毛豆、玉米棒子、土豆豆角熬南瓜、凉调茄子、拉丝烙饼等。

吃着高老准备的无污染纯绿色农家菜，让我们有了回家的感觉。这里是天然氧吧，让我们品尝到四五十年前农家菜的味道，既饱了口福又饱了眼福，不由得更加赞叹高老在这乱石沟里创造的奇迹。

黄河六郎寨

车到兴县瓦塘镇黄河岸边六郎寨时，已是上午 10 点来钟。下车时，天气变阴，偶尔也有小雨点落下。采风团人员散落在石砌的院子里，观察着栽有松柏树的院子、沟道、山头的景致，无不为这里优美的景致而惊叹不已。大家不由得拿出相机、手机，拍下了栩栩如生令人叫绝的美景。

山道陡峭崎岖，采风团的中巴、大巴不具备崎岖山路行驶的条件。景区只有能爬山的一辆依维柯和一辆霸道，上山赏景，只能分为两部分，一部分乘车上山，一部分步行爬山。我选择了爬山。跨过石牌楼山门，站在红砂石坡仰视，骆驼峰凌空而立，驼头、驼身、驼峰形象逼真，骆驼峰险峻、峭拔、雄伟，相传大禹治水的时候，为了寻找黄河水患源头，一路向西，在西北偶遇一头骆驼。大禹发现它比较温顺，既能驮东西，又易骑乘，于是带着骆驼顺河而下。行至黄河六郎寨，发现有一只水妖作乱，致使河沙淤积，水位大涨，水患丛生。大禹在开阳宫武曲星的协助下，大战水妖，最终消除水患。但骆驼在战斗中不幸丧生。大禹为纪念这只伴他行走万里的伙伴，在武曲星君帮助下，点化这只骆驼守卫此山，并将此山命名为"骆驼峰"。

顺红砂石坡上行三四十步，走寨墙平台到骆驼峰底，山峰陡峭壁立，岩壁间筑有石砌台阶，或凿有刚能放脚的石窝，台阶和石窝外侧筑有钢管护栏。

我手抓护栏，艰难地沿石阶和石窝上行百十步后，见到一砂岩石洞，随行人员告诉我，这是圣母洞，我搂着栏杆的左手上举，右手与左手合拢，暗自拜了拜圣母，旋即折转身上行五六十步，到达驼峰石盘，驼峰稍宽阔，四周砌了水泥钢筋皮似枣木栏杆。石盘上有直径尺许大六七寸深的圆形石窝五六个，我怀着好奇问随行人员，随行人员说，这石窝和石盘底的洞穴就是杨六郎埋锅造饭的灶台和藏兵的洞穴。我探身俯看，洞穴宽敞深邃，藏百十人不成问题。站在驼峰岭四下眺望，滚滚黄河咆哮着从北而来，在六郎寨身边转了一个大弯，向南滔滔不绝奔涌而下。两岸的滩涂岸畔，山山岭岭，漫山遍野的青松翠柳，形成了一片片绿色的海洋，一株株的苍松翠柏碧绿滴翠，亭亭向上。过青石盘，走数十步，山巅碎石间沙土里，密密匝匝地长着些杂草、小松树、小侧柏，好像给这驼峰岭戴上了一顶巨大的绿毡帽，绿丛中的石壁里沙土间不时蹦蹿出一簇簇不知名的野花，清新怡人。

驼峰岭东侧有一巨石矗立，远看形似雄狮回头，所以人们又把它叫做狮回头。看罢狮回头，转身看到孙峰和周俊芳已经走到悬崖铁索桥边，并且已经套上了护身腰带。我顺山峁快速走到铁索桥边，向下俯视，100余米长的玻璃板铁索桥和木板铁索桥连通对岸悬崖，桥下是数十丈深的山谷，我浑身一颤，顿觉头晕，于是，赶忙退到一边。此时，孙峰与周俊芳已经脚踏每一块只有尺许宽的彩色玻璃桥板，孙峰在前，周俊芳随后。只见二人撑开两只胳膊，两手紧握两边铁索，两眼盯着对岸，一步步地向前挪去。走了不到一半，周俊芳怯于返回时木板桥的晃动而退了回来。孙峰起先还顾及俊芳，走得很慢，俊芳退回，孙峰独自一人过桥，少了些许顾忌，步伐渐渐加快，五六分钟即到对岸。返回时，护身腰带自动转到木板桥上空。孙峰在对岸挥了挥臂膀，稳稳踩着铁索上边的一块块木板，两眼平视前方，很快返了回来。我问孙峰兄感觉如何，他告诉我，走玻璃桥板比较稳当，不晃也不摇，走木板桥到中间就有些摇晃，不过那感觉特好，轻点脚尖，有一种翩翩欲飞的感觉。过铁索桥得胆大心细，只要两眼平视前方，踏稳踩板，不往沟谷底下乱看，即可轻松过桥。我拍拍铁索桥上的自行车问孙峰，可否骑上这铁索上的自行车过桥，孙峰抚摸着车把车座说可以一试。看护铁索桥的师傅看见他真有一试的意思，上下打量了一下他的身体，赶忙说：

"对不起，您超重了。"

离开铁索桥，我们走上台阶到山岭，向沟谷对面山顶望去，山顶巨大的石盘上插一面三角旗，旗子不远处，是一凸起的平台。我问随行人员，插旗子的对面山头叫啥名字。随行人员告诉我，那是杨六郎的点将台。我放眼望去，眼前山头仿佛旌旗猎猎，征讨辽军的万千雄兵正整装待发。

回头看时，同伴已走到黄河天书石崖底，我紧走几步，经过喜神庙、大仙庙、河神庙底，快速跟了过来，抬头看那石崖上经数千万年的风吹雨打而形成的图案和文字，那图形和文字凹凸有致，纵横交错，点化天然，奇妙万端，像天之神笔写就，荟萃北方少数民族，更集汉之真草隶篆诸文于一体，似行云流水，如浪花飞溅，亦歌亦舞，亦柔亦狂，又像是一部神秘的佛道经文，解读着世间因果道理与度化箴言。其实，它是风雨和石头的真实对话，是自然与历史缠绵情感的展现。

看完天书登石阶艰难而上，是一砂石平台，平台上砌筑望河廊厅，廊厅外侧是宽一米左右的石池，古老的凿刻痕迹依旧。相传，此池为将军饮马池，池水多取自半山腰优质神泉水。相传，此泉水一度被占领山寨的辽军捣毁，杨六郎夺回山寨后，痛惜泉水被毁，坐地思考解泉之法，不料因劳累过度睡倒在地，梦见一位姑娘骑马而至，问他是否为泉水干涸而苦恼，六郎点头称是。姑娘说，将军不必犯愁，神泉就在她的马蹄之下。说罢，一勒缰绳，腾空而起。六郎也醒来，方知是做了一场梦。他揉揉眼睛朝马蹄踏过的地方一看，竟真的有一股清泉汩汩而出。杨六郎向天一拜，朗声说道："神泉再现，天佑我也。"放眼饮马池南，突兀着十余米高的圆柱体小山包，我跑步登上山包顶，放眼四望，黄河、忠义谷、寨门、烽火台、北齐长城遗址等尽收眼底。我自言道，此处非哨所莫属。

下了山包，沿山岭向左观赏气势磅礴的黄河，向右欣赏着山岭间的野花小树。不觉间已上岭顶，可以看到在北边大鹏金翅雕山峰边观赏的乘车上山的同伴。这时，山顶喊，所有的人到山头集合，集体合影。步行上山的，加快脚步，赶到山顶，在山顶大鹏金翅雕前留下了美好的记忆。

站在大鹏金翅雕前注目，六郎寨满山的奇峰异石、满山的美妙洞穴，不得不赞叹大自然的鬼斧神工。

诗情画意大东沟

大东沟位于离石区信义镇千年村，地处吕梁山主峰骨脊山脚下。清康熙年间《永宁州志》载："骨脊山，原名吕梁山，大禹治水始此。"骨脊山的深处在刘王珲山，清光绪年间《永宁州志》载："刘王山，在州治东一百里，高八里，盘踞二十二里，上有池曰饮马潭，有峭壁，名飞人崖，昔刘渊都离石时，尝居此，故名。今渊祠尚存。"2010年采风，我曾在向导的带领下，用两天的时间，步行穿越了骨脊山的大部分原始松林，走到了原始森林深处刘王珲山。我辨不明山形走势，但说大东沟是刘王珲山的支脉，大概不会有错。

这一次采风的目的地是大东沟，车到大东沟时已是正午，金色的阳光洒满山洼，湛蓝的天空飘着一团团白色的云彩。站在绿茸茸的草地上，不知名的鲜花散发着迷人的香味，这香味弥漫在空气中，风吹过，草丛中的花瓣随着风的摆动而跳跃着，吸引众多蝴蝶嬉戏飞舞。举目四望，远山峰峦高耸，古木参天，森林茂密，连天蔽日，摇曳多姿的树木闪着绿幽幽的光，在微风中轻轻摇响绿叶，发出沙沙的响声。

稍作停留，我们顺沟畔草坡而上，不时有几块大石头、几棵松树，大石头上长满了墨绿色的苔藓，松树有的独立生长，有的两棵长在一起，顺草坡走百十步，便进入原始森林，大碗口粗的笔直笔直的松树高耸入云，既挺拔又茂盛，松针密布的林荫下，一丝丝的阳光从纤细的缝隙中投下斑驳的光点。林中空气清新，凉爽怡人。松林中散发着淡淡的清香，虽无鲜花那样芬芳，但也清香扑鼻。松林中到处散落着松树的果实，松树的果实俗称"松台台"，是一个椭圆形的塔状物体，分成一层层的花瓣，每一瓣里都藏着一粒松子。果实躲藏在花瓣摆好的家里，就像是保护房子的遮阳伞或挡雨棚。露营平台前的松林里有几个孩子在捡拾松台台，每个孩子的手里都满满当当。平台前的草地上放着用松台台制作的花篮、风铃。

在松林里行走能听到沟谷潺潺的流水声，两侧山坡的平缓处砌筑着许多木制小平台，小平台上搭着篷布，安放着桌椅。每一个平台上都有正在活动的人们，他们或唱歌，或朗诵，或品茶，或作画，或聊天，或下棋，或打扑克，尽情地享受着大自然的恩赐。尤其活跃的是孩子们，他们拿着长管水枪，穿着塑料衣服，上蹿下跳地打着水仗，清凉的沟水喷得满身都是。两组作画的孩子吸引了我，一组是岩石画，孩子们的小桌上放着各种奇形怪状的石头，孩子们聚精会神地在石头上埋头作画，我问孩子们，这石头是不是自己带来的，孩子们说都是从水边和草坡上捡的。另一组是带着画夹写生的孩子们，有的画好挂在那里，有的立在大石头跟前，还有的正在描摹，大部分画的是树木、动植物，尽管稚嫩，却充满了童真。

顺着沟谷木砌台阶而上，是大片枝叶扶疏、姿态优美的白桦林。白桦俗称桦树、桦木、桦皮树，整个白桦林树干笔直，洁白雅致，树皮呈白色纸状分层剥离。细细观察，白桦树身上长满了大大小小无数的眼睛，让人浮想联翩，思绪缥缈。老百姓说白桦树是吉祥树，据说，刘渊都左国城后在刘王珲山操兵练马，带着千军万马路过这里，被这片白桦林震撼，认为白桦林寓意着吉祥，就让军队在此驻足休息，最后取得了胜利。白桦树也有"爱情树"的美誉，相传，孝文帝两岁丧母，常常思念自己的母亲，就想找借口瞒着冯太后为母守孝。一天，孝文帝对冯太后谎称要去民间微服私访，带着几个心腹从平城出发，直奔晋阳，隐入西华镇为母守孝三天，独自在白桦林中游历，偶遇坞壁坞主武兰英，二人一见倾心，互诉衷肠，互赠礼物，在桦树皮上刻下了自己的名字，也刻下了厮守终生的诺言，白桦树上那么多美丽的眼睛见证着他们的爱情，留下了他们的足迹。又一个三天后，孝文帝私访的日期到了，依依不舍地告别了武兰英。武兰英每天默默地来到白桦林，抱着那棵刻着名字的白桦树，尽情地回味着爱情的甜蜜。兰英等了一天又一天，一年又一年，头发渐渐变白了。孝文帝起先每每想起武兰英总是在偷偷流泪，他想去看武兰英，可凶狠的冯太后看管得很严，不让他离开平城半步。后来忙于平城改制、洛阳汉化等一系列政事，也就把此事忘掉了。冯太后死后，孝文帝亲政，忙于宫廷事务。一天，正在闭目养神的孝文帝突然听到白桦林中老态龙钟的武兰英在召唤，他应声而醒，原来是一个梦，他恨自己耽误了武兰英的青春，并决定亲赴西华镇去寻找。当孝文帝昼夜兼程赶到坞壁时，人们告诉他，武兰英因思念一个远在天边的男人，抱着白桦树死了。孝文帝找到了那棵刻着名字的白桦树，站在树前潸然泪下，不时呼喊着兰英的名字。他带着一生的遗憾与愧疚，返回了洛阳，给我们留下了一段凄美的爱情故事。

放眼白桦林，林中长着很多野花，随风摇曳的野花花瓣摆动着、跳跃着，让白桦林充满了无限生机。其实在白桦林最惬意的活动还是采摘蘑菇。白桦树是落叶树种，树林里常年凋谢的落叶堆积，腐烂后变成了蘑菇生长的温床，不过，蘑菇分有毒无毒两种，采摘玩玩，体验一下可以，带回食用就需格外小心了，但生长在树干上的蘑菇是可以放心食用的。在白桦林里，可以带上爱人用桦树皮许愿，写上祝福，挂在你所喜欢的桦树上，也可以和心爱的人儿在桦树旁合影，留下爱情的见证。

走完台阶，上到公路，回头俯视，山谷沟坡原始森林尽收眼底。我不禁想，来到大东沟，不仅可以欣赏到美丽的原始森林，还能在露营平台体验一场心与自然的融合，呼吸到新鲜空气，在大自然中尽情地放松自己，这绝对是在快节奏的城市里感受不到的。

柳林泉水清又纯

白占全

　　清河从赤尖岭、骨脊山、上顶山一路窈窕走来，到柳林聚成一个个迂回曲折的浅水湾。河水在河面上打着旋儿，又继续向西流去，从玉皇顶、香严寺山头看去，河流曲曲折折犹如一条美丽的飘带，系在柳林腰间，两边密密匝匝的柳树，一到春天便茂密成一条翠绿色的带子。

　　这是一条黄河的主干支流，全长 168 千米，因河流由北川、东川、南川汇流而成，故名三川河。三川河流经柳林龙门会、寨东、上青龙汇入柳林泉。一年四季清水长流，从不结冰，每到隆冬季节，河面热气蒸腾，民间又叫"清河""四十里冒气河""四十里抖气河"。三川河的干流为北川河，发源于方山县和岚县交界处的赤尖岭，流经方山县城，在吕梁市凤山底与东川合流。东川河有两个源头，偏北的一支叫小东川，发源于骨脊山，偏南的一条叫大东川，源自薛公岭神林沟，经吴城镇，在车家湾汇合小东川后，经田家会，在吕梁市汇入三川河左岸。南川河发源于中阳县界牌岭，在交口镇汇入三川河左岸。三川河从李家湾村北入境，呈东北西南走向，斜贯柳林中部，流经李家湾乡、柳林镇、穆村镇、薛村镇、石西乡 5 个乡镇，于石西乡两河口汇入黄河。

　　清河即使是在气候最干旱的日子，也从不干涸，它源于河南上青龙、龙门会，河北岸寨东、杨家港、刘家圪瘩无数山泉的喷涌，其泉出山石间，或正泛，或侧泛，喷涌如珠，明洁似玉，以轻盈的舞姿刻入河流，隐入水草深处，壮大着自己和生命。尽管在柳林工作 20 多年，但真正去柳林泉眼处的次数并不很多。20 世纪 80 年代工作单位傍依清河，就是坐在办公室也可以听到河水的哗哗流淌声。清晨在河边练拳，傍晚在河坝漫步，看坝内田畴中侍弄菜蔬的老农，听哗哗的水声，赏河中柔柔的水草、缓缓游动的小鱼。春冬时也曾携友去过几次，记忆较深的有两次：一次是春天，早晨天刚刚蒙蒙亮，我与好友沿青龙河坝一路小跑，到上青龙泉水出处时，每一个泉眼及流水已坐满了洗衣服的妇女，清清的河水里浸泡着一堆堆的衣服，妇女们或蹲或坐，一会儿用手搓揉，一会儿用棒槌击打。鸟儿时而在柳树丛中叽叽喳喳，时而飞入泉边饮水、潺潺的水声、鸟叫声、棒槌的击打声犹如一曲曲交响乐在鸣奏。到泉边眺望，大小泉眼遍布河滩，一汪汪、一泓泓，清澈碧绿。一簇簇、一丛丛的小草，一株株尺许高的小柳在微风的吹拂下，扭着柔弱的身姿，跳起轻盈的舞蹈。走近泉眼细看，泉水冲击着细沙，汩汩冒出，大泉眼由无数个小泉眼组成，翻涌着白色的浪花。几条小鱼在泉眼里嬉闹，长时间不出来。白中透着红，静中藏着动，两种柔情相融相戏，就如一幅美丽的图画。洗衣的老太太告诉我："过去的清河岸边到处都是垂柳，长长的水草随水飘摇，水很深很清，一眼可以看见水底。水中大大小小的鱼儿快活地游来游去，时常有几条小鱼游出水面，又钻入水中，那个调皮、那个可爱劲儿，十分让人羡慕。洗衣服的时候，它们会从你的身边，甚至手边擦过，感觉就和人在开玩笑似的。"站在泉边，使人顿生"赏泉不知醉，翠竹到泉边"那样的情趣。那泉水仿佛是人生命中的血液，通过血脉，泉水无声无息地默默流淌、默默喷涌。

好友是清河边长大的，看着泉边洗衣的妇女对我说："清河一年四季都有洗衣服的妇女，不过春夏秋分散在河的两边，隆冬时节集中于泉水涌出处。"我有些怀疑，数九寒天，寒风朔朔，河水冰人肌骨，怎能洗衣？以不相信的口吻对好友说："冬天我倒要看看她们怎么洗衣服。"冬天很快就到了，我冒着数九的寒风，顺河坝一直往泉眼处走去，只见清河河面上鸳鸯游来游去，上空热气蒸腾，向四野弥漫，越到泉眼近处，蒸气越浓，看不清周围的一草一木。到近处时，各个泉眼周围已坐着许多妇女，妇女们穿着厚厚的棉衣，穿着雨鞋的双脚浸泡在水里，水中泡着一堆堆的衣服，嘴上呼出的寒气与泉水蒸腾的热气融为一体。泡在水里的双手白里透红，不时有小鱼从手边游过。我不由得蹲下身子，双手浸入水中，全身顿时有一股温热的感觉，细细感觉水温，竟有二十度左右。从水中抽出双手，猛然全身哆嗦，手背像刀割似的疼痛难忍，我顾不得擦手，赶忙戴上了毛手套。

　　看着氤氲旖旎、蔚为奇观的柳林泉，使我想到了济南的趵突泉，一年四季喷涌不绝，遂有"泉生济南"之说，济南也因此有了"泉城"的美誉。济南泉水涌出量大，且具有绝妙的、优美的自然风貌，罕见的地质结构。柳林泉不仅皆具其特性，而且是温泉，冬季冒着热气，这是趵突泉无法比的。柳林泉所汇聚而成的清河，绵延40里，成为我国北方唯一一条不结冰的河流，隆冬之季云蒸霞蔚，热气弥漫，成为一大奇观。济南因泉而生，柳林也是因泉而名。世世代代的柳林人依泉水繁衍生息，代代传承着淳朴民风，既有点因循守旧而又不失清新超脱的生存活力。遥想当年，跋涉的商旅驼队，沿太军汾柳古商路逶迤而来，行到此处，或歇息，或转运，或驻足观光，这一处温泉驱走了商旅多少严冬的寂寞和旅途的艰辛，难怪他们说是"小北京"呢。汾军商路，一头是三十里桃花洞，一头是四十里抖气河，商人们也算是苦中有乐吧！也许对于他们来说，冬天的"小北京"那绝对是一处岭头梅了。

　　后来几次陪山西电视台、中央电视台去柳林泉拍摄，每次去之前都要查阅一些史料，才知柳林泉原来叫"青龙泉"。清光绪七年《永宁州志》载："青龙泉在州治西六十里青龙镇，其泉出，山石间流，与河会。大旱亦不涸，严冬亦常温。"也弄清楚了横穿柳林县境的母亲河清河的来龙去脉。"东川，导源州东北刘王珲山西南，流十里经归化村，又十里严村，又十里王村，又十里德岗村，又十里信义村，右纳相里沟水，又五里石村，又五里车家湾，又五里下芦桥，又五里田家会，又八里七里滩，又七里经城北与离石水会是为州之东川。""北川，即离石水，一名赤洪水，导源州北赤尖岭，南流二十余里，经桦林堡，又二十里方山堡，又十五里麻地会，又十里津良堡，又五里吴池圪洞，又十五里监军营，又十五里横泉堡，又十里峪口，纳吕梁山水，又五里南村堡，又二十五里大武堡，北涧水自州西北七十里，店坪沟东流十里，经高家沟，又十里大武镇，北入离石水，又五里神底堡，又五里漫塌堡，又十里霜雾都堡，又五里下安村，又八里赵家庄，又二里水西村，又二里西崖底，左会东川，是为石州之北川。""南川，导源于宁乡县之远望山，北经歇马店、金罗镇、东西合村二十里入交口村，接州之南境，与离石水汇，自是永宁、宁乡之水，悉汇为一川，西入黄河。是为州之南川。"从史料中不难看出清代以前，清河的河床较深，泉群段均为石质，泉从石隙中涌流，后来，由于三川河植被被破坏，遇洪水泥沙俱下，造成泥沙堆积，河床升高，致使泉群处被泥沙覆盖，泉水只得从沙窝处涌出，看着光秃秃的山头，不禁为清河多出几分忧伤！直到21世纪初始，柳林城区八座山头绿化，三川河沿岸大规模造林，柳林泉水质得以全面提升，我的内心已欣慰。柳林泉仍是柳林泉，以它顽强的生命力，特立独行，像极了冬天傲雪的寒梅，给人以经久不息的生命感悟。为此我曾写下《水仙子·四十里抖气河》词一首：

大雪小雪落村庄，山南山北着玉妆，源头源尾蒸气扬。暗风来何处香？转回头妇孺浣裳。玉指惊寒梦，槌声捣春阳，晨曦启光。

从有人类居住起，柳林人就一直与泉水相伴。在漫长的历史变迁中，柳林人倚泉而居，汲泉而饮，人们对泉水有着一种朴素的感恩之情，从而演绎出许多美丽动人的传说故事。相传，有一次龙王爷去向八仙之一的铁拐李借云给人间施雨，他从西海出发，一路腾云驾雾，来到铁拐李仙山上空，只见山清水秀，亭台楼阁，雾气缭绕，遂按落云头，来到铁拐李住处。老相识见面免不了要畅饮几盅。铁拐李拿出雏凤玉盅、仙鹤金盅，取出百年老酒，二人你来我往地喝起来。酒过数巡，二人略有醉意，畅谈人间美景、天上生活。铁拐李已有七分醉意，龙王一看时机已成熟，就挪了挪身子，靠近铁拐李说明来意："不瞒老兄，中原大地久旱不雨，人们祈求我普降甘霖，挽救众生，老弟虽有三分私雨，可无云怎么下呢？我看老兄周围云雾缭绕，不妨借来用用。"铁拐李故意难为龙王，说："老弟，要借云可以，但有一条件，我有一宝瓶，能装尽长白山的松柏，如果你能把西海水一口喝干，我就借你云。"龙王满口答应。于是二人开始变法，铁拐李从腰间取下宝瓶，口中念念有词，宝瓶在空中绕了三次，然后把瓶口一封，说道："龙王老弟，你去长白山看看有无松柏。"龙王随即驾云去了，按落云头一看，满山并无一棵松柏。于是转身回到仙山，说了声："李兄且看我的。"只见龙王飞身一跃，现出真身，长尾摇了三下，大口一张，然后两口紧抿，鼓着大肚子来到铁拐李身边，让铁拐李去看。铁拐李驾上他的穿云衣火速而去，果真，偌大的一个海，竟无滴水，立即转身返回。龙王道："怎么样，这云借给我了吧！"铁拐李说："我从来说一不二，来来来，咱们继续畅饮几杯。"龙王哪有心思喝酒，喝了几杯，即告别了铁拐李，到中原施云布雨去了。老龙王来到柳林地面，忽然酒性发作，一阵呕吐，那醉人的酒味飘散而去。与此同时，他肚里的海水也漏掉了几滴。于是，在柳林寨东一带就出现了一汪汪碧绿的清泉，因为泉水出自龙口，所以，冬天水常温，并冒着热气。

　　另一个传说。离柳林城十多里的龙花垣村，古时候有八角琉璃井，据老人们说，那是一口宝井。后来，南方人来北方盗宝，路经龙花垣，发现了这口井，他们趴在井上看，井里流金溢银，金光四射，尚有小白龙在井底吐水。他们看后知道是口宝井，屡次观察，发现了井的秘密：井水在深夜变少了、变浅了，且清澈照人。于是就思谋着如何去取井水。一天深夜，天空浓云密布，黑得伸手不见五指，大有毁城之势，盗宝者蹑手蹑脚来到井口，口中念着咒语，张开取宝囊，顿时，井水点滴皆无，尽皆收入宝囊，正要逃走，正好刘武周的马夫出来喂马，看见事情不妙，叫醒了周围的人。人们一传十，十传百，一呼百应，拿上木棍，提着灯笼，来追赶偷水人。盗宝者前边跑，人们随后紧追不舍，追到杨家港一带，背宝囊的人被一块石头绊倒，一下摔了个嘴啃泥，宝囊摔在地上摔破了口，水顺着宝囊流了出来，盗宝者只得拿上空宝囊逃跑。人们赶上来，看到地上有一汪碧绿的清泉，随即在当地借来一口大铁锅，把井水扣住。从此，清泉就从锅里流出，每到隆冬季节，泉水热气腾腾，白雾缭绕。

　　还有一个传说更为奇妙。距城东北十余里东洼有一个村叫百泉村，相传村中原有百处泉口，口口泉眼一年四季清流不断，喷涌不绝，垣头田连阡陌，渠畦星罗棋布，连年五谷丰登，百姓家家日子殷实，有一南方堪舆先生偶然路经村庄，见村里处处清流，绿树成荫，牛羊满圈，五谷丰登，男女老幼衣着华丽，不啻世外桃源，遂流连村庄，访知百泉村的兴隆全仗百口泉水，心生歹意，竟以魔法将百口泉眼盗起，意欲带回南方，幸被村民发现，群起追赶讨要。盗泉者做贼心虚，仓皇逃窜，只因身负百口泉水，步履艰难，再加上心急路生，惊慌失措，掉泉于康家垣与冯家垣二村之间的坡地，吓得垣头又掉落一泉于杨家港村下。当盗贼逃至龙门会与上青龙之间的河滩时，已是精疲力竭，慌不择路。看着村民穷追不舍，紧逼其后，盗泉水贼胆怯技穷，突被河卵石绊倒，九十八口泉水统统抛撒于河滩乱石林中，一时捡拾不得，只得落荒而逃。百泉村村民虽然及时赶到，但泉水已落河底生根，无法收回。从此之后，百泉村失去灌溉之利，水乡变为旱垣，康家垣与冯家垣二村间落下的一口泉井处，地名就叫成井道坡，杨家港村下落下的一口泉井处，地名叫潭洼。青龙城外九十八口泉眼一直喷涌至今，虽大旱亦不涸。

　　这些隐含着人们美好情感和愿望的传说，伴随着人们对地下泉水的敬畏和崇拜，随着泉水四处流传。搁浅在河滩上刻着象形文字的小木船，河边曾经拉过纤的汉子，吮吸着清河乳汁成熟的五谷菜蔬，长久地留在了记忆里。河流是大地的脉络，如同人身上的血管，像母亲一样哺育着生命，时而脚步急湍，时而悠闲，河道边茂密的柳条作为清河的守护者，千百年来在风雨中顽强地站立着，阻挡着泥沙的侵蚀、风雨的摧残，用全部的生命维护河水的清白。河如人生，人生如河，时间总是带着问号在追寻人生。清河用汁液喂养着柳林儿女，千百年来，先人在这里滋润着生命，千百年后，又将为柳林注入新的血液和生命元素。

散步大东沟

李够梅

7年前，我还有着发微信朋友圈的习惯。

有一次，我发了几张图一句话。图是大东沟的风景，也就是我习惯称之为信义沟的地方。话是"双休日惯例散步山沟……"一位好友评论说，在山沟里散步，这步散得大气。这么一说，霎时让我怀疑自己是不是有点矫情？毕竟山是山、沟是沟，纯纯的天然风光，无论上山还是下沟，都有点跋涉的感觉才对，虽然事实上我的确是以散步的心情和节奏，走走停停。

放在今天，若再有人这么说，我何至于为了化解自己那点不好意思，把自己归成"标题党"一类？近年来，离石区委、区政府在大东沟旅游开发建设方面下了许多功夫：石板的或木板的小路、河上小桥、林中帐篷应有尽有。即便抬头是巍峨的高山，低头是奔腾的流水，闭目只觉山风拂面，侧耳是或悠长或嘹亮或急促或婉转的鸟叫，可游人行走其间，完全可以脚下步履轻盈。野营的人们还可以扫码点餐呢！大东沟真的成了一条能以最闲适的心情和姿态感受自然造化之妙的山沟。

在这里，我还要为自己辩解一句，"惯例"一词，我还真不算过于夸大其词。虽然对离石信义这条沟里历史以来的宏大内容诸如四十里跑马场、刘王晕山与北汉刘渊的渊源，永红村与北魏孝文帝的关系，宝峰山上的古庙，严村山后的姑姑洞，等等，甚至于2019年因修路发掘的仰韶文化中后期古人类遗址……我都没有试图去真正理清过它们之间的来龙去脉，我比我喜欢的陶渊明更进一步，他是"好读书不求甚解"，我是不好读书，同时更加不求甚解。但我对信义沟的喜爱是毋庸置疑的，这么多年来，我确实是双休节假日，无数次地从离石城出发奔赴信义大东沟。就如去会一个老朋友，如东晋王徽之那样，突然想起老朋友戴逵了，"夜乘小舟诣之，造门不前而反"；也许像喝美酒，如唐代王绩写过的那个五斗先生一样,以酒德游于人间,"往必醉,醉则不择地斯寝矣,醒则复起饮也"。总之,无论是去看一眼就走,还是久久逗留,大东沟就是我安放心灵的地方,高兴的时候和郁闷的时候,都想去。

可是,当我想谈信义沟,想谈大东沟,我该从哪里说起呢?那记忆,那感觉,就如大东沟天上的白云,美好着轻盈着,一忽儿就漫为一片了。那么,方便起见,就从四季说起吧。当然,这四季也只能是我心中的,是我这里掬一把,那里拽一片而已,肤浅着,不是大东沟真正的四季。

春生

常常,我和我家孩儿她爹,大年初一就散步到这里来了。春节了,算春天了吗?路边、山坡上,积雪还披盖着,大地还光秃秃,但我就是觉着春天来到信义了。

沿途村庄只是永恒般地宁静着。那么,是因为树梢上成群的喜鹊吗?还是阳光和那大片大片裸露的土地搅拌酝酿出了一种特殊的气息?隔几天再去,地里杂陈的一些禾竿什么的被收拾掉了;再隔几天去,庄稼地里像凭空长出来似的星罗棋布着一个个黑润的农家肥堆;接着,土地变松软了,肥堆撒开摊平了……

信义的春天,是从地上冒出草尖儿之前很久就开始一步一步走来了,虽然它似乎走得比较慢,在天南海北的大城市的公园里已经花红柳绿许久之后,这里的山山水水还沉稳地安静着,但它的步伐从不停留。

直到有一天,你从公路走过,突然一片嫣红闯进眼来,那是永红村前那片杏林开花了。这也就是说,信义的春天到了最盛的时刻。

你可以把车驶到地头,然后下来,走进这花丛。

城里的公园有更多样更妖娆的花,而我却始终更爱信义的杏林,爱它没有喧闹着留影的游人。在大山环抱中,依村傍水,它安安静静地怒放。好像它的这份安静,才是生命生长的本来模样。在这安静的花朵面前,我一次次地预想着在若干个日夜之后,它们变成了一串串一嘟噜的金黄的果实。而在城里的公园里,花朵总是止于花朵本身,我只在乎它的漂亮,如此而已。成群的蜜蜂在花间飞来飞去,这花这虫,在天地间都很渺小,却也都很伟大。

它们懂得互相成就彼此。

　　有一年，我在这杏林恰好遇到林子主家修果树。一大枝一大枝开满花朵的枝干被砍斫下来。我有些心疼。果家说，花太稠了，果子长不大。这本来是个极简单的常识。然而，常识并不会由于它的简单就被人广泛牢记。比如我，在果农说出来之前，我只知道不舍。我想果农精于取舍，并不是由于他比我聪明，而是生活给了他智慧。那一天，我收获了好些花枝。我拣些含苞未放的折回去，插进家里的瓶瓶罐罐，饱了两三天眼福。

　　这个时候，你也可以沿着贯通信义的这条公路，从任何一个或大或小的旁边岔道深入进村庄，或者常深入到某一片不知道叫什么名字的山里头去，保证每一个走进去，都能让你体会到大美。有一年的阳历 5 月份，我和老头就从永红南面的那条岔路进去，穿行在灌木丛中。这里的安静是如此迷人——没有半点人世的嘈杂声音之后，才知道鸟的叫声会如此丰富，水的流动会如此清脆。这里的色彩也会令人惊喜不断——那天，我找到许多平常只闻其名的植物，比如：火棘、耧斗菜、筋骨草、水枸子、金花忍冬、土庄绣线菊、直立点地梅、岩生银莲花……我抬头望一眼深不可测的大山，觉得它真是一座无法想象的巨大宝库。

夏长

　　《黄帝内经》说"夏三月，此谓蕃秀。天地交气，万物华实。"

　　夏天是万物生长的季节。

　　也许是出生于农村的缘故，我尤其爱看生长的庄稼。信义沟里的庄稼地一直都被好好地侍弄着。大棚的蔬菜、水果也好，应时应季的粮食也好，这里的人家精心地安排着他们的土地，每每从这里走过，看着这些庄稼，觉得这才是最实在最根本的岁月静好。

　　尤其是傍晚时分，日头不那么毒辣了，来到信义沟，在村庄聚集的那一段路上，每隔一段路，就有一个在遮阳篷下的蔬菜摊。农民们自产自销的各种蔬菜新鲜着，看着都特别养眼。过往车辆不时会停下来完成一宗小小的买卖。人间烟火，人生况味。

　　曾经，我顺着一个土坡穿过一条小小的土路，来到一片庄稼地的旁边。午后的阳光从树隙间洒在乡间小路上，安静地明亮着。在一块山凹的地方，藏着一个废弃无人的院子，但院子里却有一个木栅栏围起的羊圈，羊儿咩咩叫着，不知道是饿了还是觉得寂寞了？天上飘过一缕云，如棉如绸，仿佛要和峁上的大树拉手，却又淡然离去了……然后就到了地头了。这块地里种着糜子、高粱、西红柿。我找块树荫的地方坐下来，看着它们。这些纯净的黄色、绿色和红色各自深深浅浅着它们的颜色。这些颜色的板块组成的画面看着是很喜人的，好像它们本身是一种神奇得能照进人心里的光线。在火热的阳光下，这些植物静静地站着，它们会无聊吗？我冒出这么个念头，随即自己否定了。它们和蟋蟀、蚂蚱、瓢虫以及蝴蝶什么的肯定会有交流玩耍，高兴了就晃晃身子拍响自己的叶子。

　　如果嫌热，不想看庄稼的时候，我们就会继续往东走，走到那远离村庄的山边去。避暑胜地，一点不夸张。

　　有一次，我们从千年里旁边一个叫水里的地方钻了进去。在汤汤流水的引导下，信步而行。柳宗元形容流水声为"如鸣珮环"，正是。溪边大大小小的石头参差错落，石头上有鲜绿的活青苔，茸茸地可爱。也有鲜艳明亮的橘黄色斑块，好像被烙在石头上，我猜是年代久远的苔藓形成的化石。灰白的石头就被这些颜色装扮得很好看。找一块够大够平的石头坐下来，安静地享受山间的清凉吧：暑气全消，清爽无比。可能是前面池塘边那户人家的狗吧，居然追着飞来飞去的喜鹊玩儿。不到山间，怎能看到如此奇景？小溪的对面一块小小的空地，三五只毛色鲜亮形态俊美的马儿在散步，夕阳照在它们身上，使它们和身体成为一种艳丽的红色。拿起手机来一框，这画面颇有欧洲风光的感觉。隔着灌木林，还不时传来牛儿哞哞的叫声。

　　看来，在夏天，拔节生长的不只是茂盛的植物。就是这些牛马们也毛色美丽，膘肥体壮。

秋收

　　当树叶开始黄的时候，信义沟也进入了它一年里最为斑斓的时刻。

　　这个季节，让我记住的是金黄抑或橘红的沙棘？

或是信义水库摄魂的秋波？

远山近山层林尽染的壮美？

……

其实，我从来不着迷于某种具体的东西，正如我从来只会佩服喜欢某一类人而不会崇拜任何一个具体的人。我认为万事万物各有其好。所以，我喜欢的是一整个的信义沟，或者叫做大东沟。

微曛的阳光，大约可以把空气酿成一坛好酒。

大团的白云，像长了力气似的飞高了，不再与山头耳鬓厮磨。

雨后的山腰雾气笼罩，缥缥缈缈，好像后面隐着一众神仙。

……

一切的一切，都令我身心无比舒展、惬意。

每每在这个季节来到信义沟，我家老头总爱奇怪：怎么不见收秋的人？在他的其实也包括我的习惯认知里，收秋的时候应该是人来人往，忙忙碌碌。而事实上，我们都对现实中的务农生活生疏了，已经不太明白现在的农活流程了。或许下次再去的时候，大片大片的玉米秆已经被放倒了，剥去包衣的玉米穗子一堆堆地躺在玉米秆上，往往好些日子就在那里躺着，并不是我们一直认为的那样一边割倒一边就运回家去的样子。虽然我们没有看到太多收秋的过程，收秋的人确实是存在的。有一回我坐在玉米秆上拿着一穗玉米拍了个照片，引来了好友的热烈围观——嗯，都是些跟庄稼打过交道有着所谓乡愁的家伙吧。

这个时候，摘摘野果子是免不了的。我是个粗人，摘到什么都习惯咬咬尝尝，每每换来一声呵斥："小心中毒！"有一次在严村后面的山地里，看到两株苹果树。树上挂满了红红的果子，果子不算大，是地道的本地旧品种吧。摘一颗来吃，却是出乎意料的好吃，甜度高水分大。这肯定不是野果了，应该是有主儿的。可是明明已经完全成熟的果实怎么不收回家去呢？尤其是它还这么好吃，超市里贵死人的苹果看着是个大形好，味道往往是寡淡的，比这个差太多了。抱着负罪感再摘一颗揣怀里离开的时候看看安静的村中街道，猜测是不是家里人外出务工去了？这棵果树让我惦记了很久。后来再到那个地方，却发现树被砍掉了。

这件事成为我走进信义沟经常会想来的遗憾事。

冬藏

吕梁山的冬天，可以用光秃秃来总结概括——地处北方，又山高风大，花草树木都是很聪明的，它们才不会在严酷中消耗生命，而是脱光了叶子养精蓄锐去了。

信义沟也不例外。

可我和老头还是会来。真的成了惯例了，并不是信口瞎说的。

而信义沟的冬天其实还是有它的属于冬天的魅力的。

比如，下雪的时候或者下过雪以后。你可别说哪里的天空不飘雪？无论下雨还是下雪，在城市里和在大山里都是不能相提并论的。在城市里看下雪，精致的建筑做背景，是童话故事的感觉。在大山里看下雪，有林教头风雪山神庙的即视感：苍茫苍凉之感有，渺小无奈之感也有，豪气豪爽之感也有。毛主席东渡黄河的时候写道"北国风光，千里冰封，万里雪飘……山舞银蛇，原驰蜡象，欲与天公试比高"，用在这个时候，特别贴切。有一回下雪天，我们单位的摄影记者说在路上看到我们的车了，然后他给我看他用无人机拍的照片。照片绝美，然而还是不如现场看得更美，它胜在空中俯看，能看到人看不见的地方。

从千年里再往东走一段，原来有一个小小的自然村，应该是这条沟里最东边的村子了。村名不知道叫什么，几个破旧的院子，似乎只有一两户人家居住的样子。然而村子前面的风光非常漂亮——有一条小河从深深的原始森林中高高低低地奔流而来，到了村尾变成了平缓的潺潺小溪。冬天的时候，这小溪会结冰，如镜面一样平滑。如今那些破旧的院落被拆除了，建起了崭新的楼房，不知道将会做什么用途。好在，它的景还在。有一年闺女放寒假在家，我们带她来这里玩。闺女是城里长大的孩子，又有年轻人的矜持，我让她踏过溪边积雪去滑冰，她不肯。但我知道她本性爱玩，信义那时还没建起滑雪场，她专门跑到太原五龙滑雪场玩呢。于是，我丢掉老年人的稳重，把她拖了下去。于是俺闺女平生第一次有了滑真冰的体验。成为那天小小的快乐。

现在，信义有了自己的冬季滑雪场，每次从它旁边过，看到雪场上玩耍的大人小孩，还会感叹如果我们的孩子晚生几年，何必为了个休闲玩耍要跑那么远的路？

总之，我要感谢大东沟年复一年给了我许多的快乐，安抚了我不时有些焦躁的心灵。结尾的时候说什么呢？最近对国画感兴趣，把看到的两段跟山有关的画论送给大东沟其实也非常合适：

郭熙说："春山烟云连绵人欣欣，夏日嘉木繁阴人坦坦，秋山明净摇落人肃肃，冬山昏霾翳塞人寂寂"。

郭熙又说："春山淡冶而如笑，夏山苍翠而如滴，秋山明净而如妆，冬山惨淡而如睡"。

两段话，出自宋朝《林泉高致》，意思却是高度一致的。虽然讲的是画理，对于今天喜欢旅游的人来说，也算导游。有心的人或许能在大东沟里找到可以体现"高远、平远、深远"之境的最佳观赏点也未可知。

散文二题

张静洲

边镇

镇子不算小，只是稍偏僻些。

三五家饭馆，两条商业街。暖烘烘的太阳下几个老人闲适地下棋，一旁卧条黄狗口水流了一地，几个赤脚的孩子拉着鼻涕大叫着跑过。几年前一位搞美术的朋友来边镇学校看我，对镇子里旧宅套院的破墙旧瓦表示了极大的兴趣。这位老兄拿相机一股劲儿地朝满是石头牛粪的墙角取景，"美！美！感觉太好了！"神经得让人莫名其妙。

50多年前这里是旧县城。县志记载隋代已有城迹，当地民间传说明大将常遇春曾大破岚州城，并策马挥矛于北山一参天巨石刺数字而去。现存的城墙是日军占领时民工修的，据说当时夯一层土浇一层盐汤。镇子西边一段城墙保存完好，城砖上弹坑绿苔依稀可见，平添了几许古老苍凉的味道。后来镇里的人偷挖城砖砌自家房基，偶然挖出一坛金叶子来，状若春韭，遂暴富。

镇子东门外一条小河上卧着一座石砌平板桥曰漫水桥。桥洞凡十孔，桥下水整日无语凝噎。十字街中心先前有一座高十几米的两层古楼，据说古楼附近居民夜深人静之时常能听到楼上一条大蛇出没的窸窣之声，遗憾终不曾亲见那异物。我曾见过这座古楼的一张黑白照片，照片中古楼重檐飞翘，鹅牙狮斗，虽景象模糊但仍不失雄伟。现在古楼底已成为边镇的新闻发布中心，每天许多国际大事和鸡毛蒜皮从这里像蒲公英一样飞播。

边镇中学所在地是以前的文庙。院内一株古椿粗可三人抱，树盖方圆数丈，枝叶繁茂，是棵风水宝树。县衙旧址上建了小学。镇子东边有一"五龙庙"，内供白、青、紫、红、黄五条神龙，祈福降雨，保民平安。现存正殿一，西厢房一，均为复制。

边镇北二里许有一大水库，我常抽空去水边垂钓，也享受因水而带给人的那份惬意。水闸的高处住着几窝燕子，常常二三十只精灵缭乱飞翔，翅点清波，叫声不断，舞尽天光水色。远处依稀两个人有一下没一下地划了小铁皮船撒网。咯——吱、咯——吱的划桨声和泼——喇、泼——喇的划水声贴着水面或清晰或模糊地荡过来。就想象他们也是烟雨中披了蓑戴了笠的古代渔夫，真是一幅恬淡的水墨写意呢。很久很久以前有一对小情人遭父母反对，深深地爱了一场后，双双携了手背着大石头一直走向水中央。这段故事让水库平添了几分神秘色彩，村人每每以此吓唬自家小孩，不要去水边耍，小心鬼扯腿。

边镇人物最著名的是古楼底宝芝灵的坐堂软骨先生，方圆几百里谁不晓得这个从不出堂门半步的杏林高手切脉之准下药之狠。边镇的文物却似雪泥鸿爪，有康乾年间盖着传国玉玺的八品儒人册封圣谕，有埋没于荒野的镇城之物石伏虎，余者民间所藏甚奇，不见流传于世。

边镇至今还保留着许多风俗习惯，可谓古风犹存。最精彩的是北街贡会。长长的一条街摆满了各家千姿百态色彩艳丽的面塑。其内容名目繁多，有神童拜佛、八仙过海、龙凤呈祥、杨门女将、娃娃抱鱼等。傍晚村人提了纸灯笼绕九曲迷阵，然后逛庙会看社戏。谷场上年轻人秋千荡得让人揪心，许多青皮后生趁机逞能，疯头疯脑地将身体甩得与大地平行，并且故意翻出一连串千奇百怪的动作，以博得众人惊笑更兼姑娘们的一声嗔骂：死鬼！

边镇的集市频繁，远近村子的男女老少有事没事都来赶集，也有专门看人或让人看的红男绿女。绿女们喜浓妆，眼睛一律描得像小熊猫，嘴唇红嘟嘟的。间或也有三五个极文雅素净的连衣裙戴着金丝眼镜娉娉婷婷地从旧的铺子门口飘过。一旁石阶上坐着的老婆婆们就指指点点：啧！啧！还是人家学校里的女先生模样儿"凤"。最后的那个"凤"，也许是"顺"，也许是"俊"。全怪老婆婆嘴里没牙漏风，让人听不清。

听雨看雾白龙山

一入白龙山，就仿佛置身于一个清凉世界。酷热，早被抛到赤道，连人的心底也像雪碧一样晶莹透亮。

溪水顺着山涧徐徐地欢畅，时隐时现，像是跟谁在捉迷藏。看着它你会想起大师沈从文的那句话——如果文章写得不够好，那就多看看水吧！

曾以为秋日的白龙山是最美的，那漫山遍野红黄错综的彩林，是一幅色彩绚烂的油画，简直能让人醉倒。然而夏天的白龙山则有梦雨灵雾赴约，美得不可方物。

拾级而上，登观雨楼，临轩开襟，万壑松风山前过，世间滚滚红尘亦随山风飘散。俯看远处那半山中华第一大寿石，如天降巨斧般砍砸在裸露的一大段岩层下，朱红的"寿"字在蔚然深秀的丛林中特别耀眼。

雨，却从山后悄悄袭来。

先是莫名其妙地飘过哈达般的一缕白雾。含着点点水气的凉雾钻进脖子里痒痒的，正惊喜间，大雾早已漫山而起，像夜幕立即笼罩了山、石头、溪水、松林，仿佛能听得见身边人的心跳，时不时有一股松香萦绕。双手往眼前伸出，就只见一尺远。噼里啪啦！雨声先从山后响起，清脆！是空山新雨前的清脆，是那种古钱大的雨点打在松枝上的清脆。一刹那，雷鸣电闪，振聋发聩，恰似万马奔腾，倾盆大雨便从天空直倒将下来，天地间一片茫然皆不见。人站在观雨楼上战栗不已，不知是恐惧，还是感动……

雾，终于缓缓散去；雨，也渐下渐小。这时看那山涧的溪水早成了大小几百挂绝美的瀑布，珠玉纵崖飞溅的白瀑愈显出山崖的苍黛，山前山后的水声叠加起来，雄浑而激越。

前后仅仅一刻钟的样子，云过天晴，恰又是刚才很好的太阳，雨后的白龙山却出落得愈发青翠。

听雨、看雾、白龙山，沉醉而又迷人的几个字。

黄河岸边看吕梁

卫彦琴

　　近日，我有幸参加了由山西省文学院和吕梁市文联联合组织的"一泓清水入黄河——生态文明　美丽吕梁"文艺采风活动。5天时间里，跟随采风团先后来到汾阳市、离石区、临县、兴县、岚县等地，深入生态环境保护一线，详细了解了黄河流域吕梁段高质量发展、环境污染综合治理、自然生态保护修复、资源节约集约利用、生态文明建设发展等情况，目睹了吕梁市在生态文明建设中取得的巨大成就，亲身感受了绿水青山、蓝天白云给吕梁人民带来的喜悦与幸福，对未来吕梁的美丽前景充满了期待。

一

　　"黄河之水天上来，奔流到海不复回"，李白诗句描写的是黄河雄伟壮观、一泻千里的气势，但另一首广传于民间的歌谣"黄河宁，天下平"，却道出了历史上黄河在国计民生中举足轻重的地位。上下五千年，黄河就是在与人类的同一个生态环境中不断搏斗、此消彼长中走过来的，既血脉相融，又冲突不断。自洪荒时代，人类似乎就以征服自然为己任，一直试图让黄河低头臣服，而黄河也仿佛感受到了人类的傲慢无知，愤然以全世界泥沙含量最高、治理难度最大、水害最严重的河流之一自居，一次次以横扫席卷之势通过冲破堤防而改道或决口，引发洪涝灾害，向人类示威。

　　吕梁位于黄河以东，黄河从兴县牛家洼入境，由北向南，流经兴县、临县、柳林、石楼，一路蜿蜒曲折流淌296千米后，最终从石楼县北头村流出，形成一个黄河流域重要的水源涵养区和补给区。从古至今吕梁不仅享黄河之利，也深受其害，洪水泛滥、水土流失严重，从"吕梁山，

黄河岸边看吕梁

一名骨脊山，禹治水经于此"（明万历《汾州府志》）开始，一代一代吕梁人致力于治理黄河水患和水土流失并卓有成效，改革开放特别是党的十八大以来，市委认真贯彻"绿水青山就是金山银山"的理念，对黄河流域进行了全方位、大规模的治理。当下的吕梁，山川壮丽、矿产丰富、文化厚重、英雄辈出，还有美丽乡村，共同组成了一幅绿色、健康、和谐、生态、美丽的壮丽画卷。

"一泓清水入黄河"，是习近平总书记考察调研山西重要讲话重要指示和批示的核心所在，市委坚决落实黄河流域生态保护和高质量发展重大国家战略，带领吕梁人民构筑了堤坝，阻断了污染，澄清了河水，染绿了荒山，一场新时代的黄河保卫战在吕梁大地打响。许多时候，我们可以淡定到"泰山崩于前而面不改色"，但当一只小小的毛毛虫爬上手臂之时，却很容易花容失色。因为在我们的内心深处缺乏与万物和谐共生的理念，潜意识中把非人类的事物都当作威胁生命的存在，企图灭之而后安心。吕梁乃至山西享黄河之利、沐黄河之惠，因此，保黄河之畅、护黄河之美就是我们的职责和使命所在，保黄河的岁岁安澜成了全体吕梁人共同的心愿。

我们漫步汾阳上林舍景区，叶子捧出翠绿，溪流唱起欢歌，鸟儿自由飞翔，形成一幅人与自然和谐共处的动人图景。全村以农、林、牧为主导产业，乡村旅游为发展方向，全新打造升级集乡村旅游、生态观光、休闲度假、户外运动、拓展研学、趣味娱乐、特色美食、国防教育基地为一体的生态区。这里有自然冲刷而成的曲折河道穿林而过，与周围的天然绿色植被自成一体，形成临山傍水，林茂果丰，藤缠树绕的天然氧吧。当我们行走于溪边的林荫小道时，山峦起伏、飞瀑流泉、溪水潺潺的景观共同构成了一个可以尽情放牧心灵的"世外桃源"，顿时读懂了王维山水田园诗中的意境，理解了陶渊明归田园居的惬意，体验到绝妙的宁静祥和，全身心得到荡涤和浸润。移步换景，跟随溪流的指引，绕过一个个童话世界里的彩色小木屋，走向浪花飞溅的山泉高处，就来到一代名将郭子仪马戏实景表演剧场。随着剧目开演，我们又被带进一个远古的战场，瞬间又被一种战马嘶鸣的历史感包围，神经瞬间兴奋起来，仿佛自己也正在草原上骑马纵情驰骋，心中充溢豪情壮志和奋起直追的勇气。真是"一日之内，一山之间，而乐趣不同"，是一处集自然风光、人文历史和休闲度假、拓展研学为一体的综合性旅游胜地，吸引来无数游客，不仅丰富了人民生活，而且增加了百姓收入。

　　同样，在离石区吴城镇王营庄文旅小镇，我们又见到了农文旅融合发展赋能乡村振兴的新图景。8月的骨脊山（吕梁山）脚下，成片的稻田黄绿相间，阵阵微风送来缕缕稻香；村民们走在田边，洒下鱼食，激起一片"银浪"，这是何等温馨惬意啊！这里是鱼稻和鱼菜共生的田园综合体项目种养示范田，这里种植的水稻品种生长周期短、产量高，实现了一水多用、一田多产，为群众增收，实现粮食、水产双保供，走出了一条农业转型和特优发展新路。在我的意识中，吕梁一直是不宜种水稻的地方，就连养鱼也只能在有限的几个水库，所谓"鱼稻共生"简直就是天方夜谭，但在王营庄却奇迹般地实现了。导游告诉我们，"所谓稻田养鱼、鱼稻互生就是在稻田里养鱼，在种植稻田的同时还能收获鱼。而鱼在稻田里面养殖，既能帮助除掉水里的一些害虫杂草，他们的排泄物还能给水稻田施肥，同时鱼在稻田里活动也促进了肥料的分解，为水稻的生长创造了极其有利的条件。因此这种鱼稻共生的新模式取得了一举两得的效果"。这就是生态环境的良性大循环，印证了习近平总书记"绿水青山就是金山银山"的论断。

　　"春风又绿江南岸"是王安石《泊船瓜洲》里的诗句，这句诗历来被奉为炼字炼句的经典，据说这个"绿"字就先后换了十几个字最后才定为"绿"的，我们今天借用这句诗，用"春风"暗喻"绿水青山就是金山银山"的理念，而"绿"则形容今天吕梁山生态环境的改善和吕梁精神的弘扬应该是非常恰当的。比如我们走进岚县的土豆花风景区，一眼望不到头的绿色海洋里，一些白色的花朵像翻腾的浪花，把岚城镇王家村的美丽推向游客。这里的土豆花十八景，标志性建筑土豆花篮、土豆神雕塑和马铃薯长廊前，游客们拿出手机，摆出各种姿势，把自己与土豆花共度的快乐时光定格下来。在这里，我们都是盛开的花朵，与纯洁质朴的土豆花一起怒放生命的色彩；我们都是美食家，与色香味美的土豆宴一起装点美丽乡村的盛景。目前，这里已成功举办八届"土豆花开了"旅游文化月活动，景区年接客5万余人次，带动王家村内发展土豆宴特色农家乐20余家，每年仅此项每户增收1.5万元，而岚县马铃薯繁育基地也随着土豆花香飘向娘子关外，享誉全世界。

二

"绿"来之不易，除了各级党委、政府的信念、胆略和决策外，就是广大干部群众的砥砺前行。吕梁作为黄河流域重要的水源涵养区和补给区，这些年坚定不移地践行"两山"理念，扎实推进污染防治攻坚战，积极推动中央生态环保督察和黄河流域突出环境问题整改，持续加大执法监管的力度。

在汾阳市智慧环保数字中心，我们目睹了环境问题的快速处理，处理过程可监控、可追溯，环境执法从过去的"拉网式"排查转变为"点穴式"监察、"靶向性"治理。智慧环保项目团队针对汾阳市大气污染防治工作提供了以"建设监测体系—加强研判分析—优化管控机制—量化管控评估"为框架的系统化解决方案，为环保执法提供了全面精准的检测依据。目前，汾阳共建成16个乡镇街道空气站，42个道路扬尘站点，181个固定微观站，31个高点视频，13家重点企业视频监控，4个自建水站，2个机动车尾气遥感，210个河道点位，520个摄像头，将重点排污单位在线排放、用电量数据、气象数据以及监测结果等信息接入，形成大数据综合决策管理系统，为监管部门日常监管与应急管控提供了强有力的决策支撑。公众还可通过环境信息门户网站了解当前环境的各种监测指标，并通过环境污染举报与投诉处理平台，向环保部门提出投诉与举报，帮助环保部门更加有效地管理违规排污企业，进一步促进环保执法的高效进行。

在汾阳杏花村汾酒公司污水处理厂和山西西山晋兴能源有限责任公司斜沟矿污水处理厂，我们看到了一场生动的生产、生活方式的绿色转型教育。污水处理厂不是污水的代名词，而是神奇的转化器，它起到了化腐朽为神奇的作用，将污水变废为宝，建立起大自然与人类社会系统沟通协调的重要一环。杏花村汾酒污水处理厂主要采用活性污泥法进行处理，主体工艺为"A10法＋过滤＋消毒"，处理后水质可达一级A类排放标准，厂区生产及生活污水经污水处理厂处理，达到回用标准后综合利用，大部分中水用于绿化、冲厕、人工湖补水和道路洒水，剩余的水输送至文峪河。斜沟矿的污水经过处理后，一部分被用于井下生产、选煤厂补水等生产环节；一部分再经过反渗透处理后用于洗浴、洗衣、冲厕、盥洗等生活环节；剩下的反渗透浓水又回用于选煤厂补水，使得矿井水全部回用，不外排。实现了水资源的循环利用，节约了用水总量。

临县月镜河入黄口的中兴社林草生态综合修复工程，见证了从一棵孤松到层林尽染，从一层阴霾到繁星闪烁，从一片黄沙到万物共生，一幅幅盎然绿意、空明澄碧、花香四溢的胜景。这项综合修复工程治理总面积 3 万亩，其中生态修复 2 万亩、枣树提质增效 1 万亩，涉及碛口、丛罗峪、刘家会 3 个乡镇 7 个村。站在山顶放眼望去，眼前一片明媚。漫山遍野的鱼鳞坑，顺着山势蜿蜒到山体的每一个角落，鱼鳞坑里的小树，像一颗颗绿色的翡翠，使得整座山就像一只跃出海面欲腾空而起的绿色巨鲸；那些整齐的水平阶，拥戴着一腔绿韵，一级一级地从山底染向山顶，指向蓝天，像闪耀着绿色光环的"五十弦"，弹奏着山清水秀的乐曲，反坡梯田里，一派绿茸茸的景象，摇曳着蓬勃生机。整座山如翠珠生辉、碧玉妆成，展示出特有的矜持与灵动。实在叫人难以和以前沙石裸露的荒山牵起联系。当问起这里种的什么树种时，负责人充满自豪地介绍道："我们在土石山、困难地试验开展飞播造林，播种灌木和花草，增加植被覆盖度，以侧柏、山桃等乡土树种为主，同时选用黄术、五角枫、火炬等彩色树种提升黄河沿岸景观。在沿黄一号公路及乡村道路栽植国槐、金叶榆、月季等，采用乔灌草立体搭配，建设四季有彩的景观带。"这项工程，在开展国土空间生态修复，开展退化、损毁和污染土地修复、生态恢复、生物多样性保护，恢复和提升生态系统服务功能方面，做出了值得借鉴的样板。

保护黄河，造福人民，是历史的使命，更是当代的责任。我坚信，只要我们用战略眼光，高瞻远瞩，定能开创人与自然和谐共生的美好未来，吕梁山一定是明日耀彩的金银之山；汾河、蔚汾河、湫水河、三川河、峪道河……也永远是子孙后代的生活之源。未来吕梁大地的繁荣景象一定是山头绿涛涌动，山里鹿兔奔跑；有沟袅袅琴鸣，凡川浩浩清波；游子翘首望归，游客流连忘返；信息伴纤指而纷至，山珍随电波至四海……

一泓清水出上林

田文海

汾河知道吗？黄河知道吗？这一泓清水来自哪里？

地处山西腹地，太原盆地西缘，吕梁山东麓的汾阳市以西 12.8 千米处，有一座名不见经传的山村，称上林舍。顾名思义，极易让人想到西汉辞赋大家司马相如的旷世名篇《上林赋》。《上林赋》我是读过几遍的，汾阳上林之地却未曾涉足。

后来，汾阳市诗歌协会组织男男女女十七八人到上林舍这个山清水秀的村落，在村庄最高处那所绿树环绕、古朴幽静的宅院里举行了诗歌创作基地挂牌仪式。然后被告知参加挂牌活动者有创作任务的，我就想写一首诗来"敷衍了事"。提笔之际才意识到，竟然忽略了那个山村的名字究竟是哪几个字。急忙打电话询问，得到肯定的回答：上林舍。我有点愣怔，地处穷山僻壤的村落怎么会用这几个字呢？一时间，竟不知自己是子虚还是乌有了，被亡是公先生奚落：独不闻天子之上林乎？

创作任务还是要完成的，便写了一首诗：

乐山的仁者
挽上林舍多情的风轻舞蹁跹
乐水的智者
伴上林泉清幽的旋律低吟唱念
秀木花草抖落昨夜的月色浪漫
摇曳绿意沐浴阳光灿烂
花翅的鸟儿叼着谜底炫耀先知的欢然
小草依偎大树静静聆听知了的宣言

知了知了
这是缪斯女神深情的眷恋
他们携杏花春雨抚慰峰峦
他们播得造花香山水之间
他们都是缪斯女神的孩子
扶犁品味小米核桃的香甜
犁歌一曲化作山欢水笑

　　诗写了，以我业余文学创作的一贯态度，便不去管结果如何。

　　时至 2013 年初夏，有朋友打来电话说，给我在上林舍租了块菜地。朋友兴奋地告诉我，这菜地是用上林泉水浇灌的，不上化学肥料，也不打农药，保证绿色无污染。长下多少算多少，不图数量图品质，吃着放心、养生，还能体验农人生活。朋友说得这般美好，我当即就表示感谢。隔两个月，有的菜就成熟了，我和朋友一起去菜地摘菜。偌大一片菜地被插在地头的一块块木牌分隔，木牌上写着的都是 QQ 网名。我找到了属于自己的网名和属地，激情采摘，红的西红柿、绿的黄瓜、尖的辣椒、圆的苘子白……这里有一个共同的名字：上林舍开心菜园。开心菜园让我案牍劳形的生活平添了诸多快乐和情趣。第二年，我毫不犹豫扩大了租地面积，还兴致勃勃介绍几位朋友也租了菜地。也许是业余文学写作养成的毛病，我高兴了就想写点东西抒发，就以新韵写了七律一首：

上林隅地熟新菜，唤友呼朋快莅临。
市井浮华高富帅，山中质朴仿农民。
清泉唱动撷英曲，铁路龙行入隧阴。
美梦能圆谁自信，耕耘播种靠辛勤。

　　我是喜欢上上林舍了，更想知道上林舍这个村名的由来。因为上林舍周边的村庄大多是以姓氏和地理方位而得名，唯独这里却使用了"上林"这个氤氲着皇家气息的词汇。我知道，古长安以西，有过秦王朝的旧苑，苑名上林。经汉武帝扩建，形成南傍终南山，北滨渭水，周围三百里，内有离宫七十所，珍树异卉三千余种的格局。司马相如以赡丽辞藻渲染，尽数上林苑铺张扬厉，写就千古绝唱《上林赋》。而汾阳这个上林舍又如何呢？没有任何记载和传说，只将穿村而过的泉水就叫上林泉。难道是因泉得名？那么泉又是因何得名？明初，汾阳城内建有庆成王府与永和王府。庆成王府设在城东北隅，人称东府；永和王府设在城西南隅，人称西府。西府出城往西便是栗家庄，栗家庄乃是西府的庄园，至今皇室后裔居多。人们说，王府在自己的庄园周边山水林泉间建造园林为一时之盛，上林舍属栗家庄乡，离栗家庄很近，上林舍之谓当是西府的文化人命名的。然则有老话口口相传：先有上林泉，后有栗家庄。又有出土碑石为金泰和五年（1205）《永丰梁记》，碑文中有"上林"村名字样，是这般，上林泉、上林舍早于明代，便是不容置喙的了，姑置勿论。汾阳素有"旱码头"之称，旱码头就是缺水的码头吧。汾阳缺水，汾阳人就稀罕水。上林舍山梁那边有一条千年古道，那里有一股清泉，人称向阳峡泉。不幸的是，太中银铁路吕梁段隧道工程施工中，凿涵洞凿坏了泉眼，泉水便断流了。幸运的是，上林舍这边开凿隧道的时候，这一股泉水却就找到了新的出口，并在上林舍西北的上林泉源头处与隧道那边的吴城泉和隧道这边的上林泉融会贯通喷涌而出，以每秒 3.6 立方米的清水流量，宣泄着同为奥陶水系的激情澎湃。端的是，汉王朝上林苑有"荡荡乎八川分流"，这汾阳上林舍却有清冽冽三泉汇流。上林舍居源头下游，以河道为分隔，南为村，北为寨；又以河道为连接，统称上林舍。上林舍自然环境优雅，海拔较高，无霜期达 150 天，年降水量在 450 毫米左右，无污染源，四季分明，气候凉爽，光照充足，植被良好，负离子含量较高，空气质量达国家 I 级标准。区域面积 440 余公顷，由三梁（西营梁、桃坡梁、牧家山梁）三沟（水沟、柏沟、安儿沟）三泉（上林泉、吴城泉、向阳峡泉）构成，分布在三梁三沟三泉的耕地总面积 100 余公顷。全村 130 户，350 余人依托三梁三沟三泉，以农、林、牧为传统主业，日出而作、日落而息。相伴这一泓三泉汇聚的清水沿着自然冲刷而形成的曲折路径，流经村内长约 7000 米，宽约 100 米的河沟，如斯乎不舍昼夜，清澈碧透，鱼翔浅底。更有沿河两岸，高处林丰果茂，低处蝶飞蜂舞；岸边藤缠树绕，拂面轻风驰荡。村舍人家犹如生活在人间仙境，水声常在耳，山色不离门。

　　在上林舍种菜，竟然收获了这样一些零金碎玉的素材，心中自是有许多小确幸的，是故再以新韵吟七律一首：

三梁耸翠三泉碧，三道沟滕万木芳。

牧者扬鞭歌野曲，村姑肆意自拍忙。

上林深处隐田舍，绿树梢头沐朝阳。

世事皆非天注定，怀德便可发其祥。

　　用汾阳话说，摘着菜，吟着诗，美着哩！忽被告知，明年上林舍的菜地不再对外出租，那一块田地可能会作为采摘园纳入上林舍生态旅游新型景区项目，进行更好的开发建设。这虽然是个让我有点扫兴的事情，但是也没有削弱我对上林舍的眷恋。忽一日，接到市文物旅游局艳萍电话，说上林舍支书王建伟邀约去村里聚聚。我欣然前往，再次亲近三梁三沟三泉，也与建伟书记谈起了乡村生态文明建设的话题。建伟年轻，一副文质彬彬的模样，他说，早年上林舍人虽然不是那么明白生态文明的意义，也没有过尊重自然、顺应自然、保护自然的高谈阔论，但是大家有这么个为后人"乘凉"而"种树"的想法和意识，其实就是要给后人留下更多的生态资产。中华人民共和国成立至今，一代又一代上林舍人依托这一股长流不断的泉水，一如既往大力发展林业，经济林始终保持在1000余亩，木材林保持在1500余亩。近年来，村两委一班人顺应生态文明是人类文明发展的历史趋势，以生态文明建设为指导，协调人与自然的关系，抓住机遇，积极行动，联络省内外投资商，于2019年初成功引资并成立了汾阳市上林舍生态旅游开发有限公司。以三梁三沟三泉为生态旅游的地域依托和载体，在抓好农、林、牧传统产业的同时，大力发展乡村生态旅游。外出打工的年轻人陆续回来了，在家门口上班赚钱；留守老人也变得精神了，力所能及地为村里做些事情，老有所为、老有所乐、老有所依。独特的旅游资源，丰富多样的自然资源和深厚的文化底蕴绽放异彩，仅2019年就吸引全国各地的游客30余万人次莅临观光。产业兴旺、生态宜居、乡风文明、治理有效、生活富裕的总体要求，正在成为美好的现实。上林舍先后被评为"山西省农业旅游示范村"，荣膺国家旅游局"全国乡村旅游模范村"称号，被吕梁市发展委员会授予"吕梁市乡村旅游景区"。其实，建伟书记所言不虚，我已看到了生态旅游开发中整修过的盘山路上车水马龙，也看到了参天绿树掩映的宽敞河道中白鸭舞翅，大鹅曲颈天歌，还有清澈见底的泉水边、树荫里俊男靓女穿梭在五颜六色的帐篷和木炭烧烤摊之间多姿的身影。

凉爽的清风伴着孩子们荡漾在秋千上的笑语和赤足戏水的欢愉。来自四面八方的游客朋友们就像回到了温馨的家园，全然一番甘其食、美其服、安其居、乐其俗的惬意模样。我被深切地感染了，心情舒畅，步履也愈发轻松自在，去三泉源头看了正在实施中的水上漂流及其他娱乐项目，又去看已经修复的上林舍龙天庙。龙天庙在半山腰，缘崖而建，因绿树环绕，颇有"深山藏古寺"的意境。龙天庙是在旧址上修复的，施工时挖出一通碑来，字迹还算清晰。我的心底里依然纠结着上林舍这个村名的来由，便想从碑上捕捉一点信息。这一通碑却是"龙天庙移置佛像增修穿廊碑记"。碑是康熙五十七年中秋时节立的。遗憾的是碑文中没有提到上林舍，有一段话却说得颇好：

夫人之事神，岂必大刹凌云丛林深邃始足将其诚敬哉？即一洞一廊而不沦于嚣杂焉，亦可以昭其祈报矣。则登斯崖也，仰视岚光千峰爽气映楼台，俯临涧水万倾溪云联碧落。层峦耸秀间，洞天忽辟，福地弘开，固与佛道之清幽允相协也。佛如有灵，不歆其明禋也哉。

我品味着这一段碑文从山腰返回，又进了胡二嫂农家乐饭庄。胡二嫂农家乐在寨上，坐北朝南，能听到上林泉哗哗的水声，能看到水边休闲娱乐的人们。农家乐后半部分是土窑洞，前半部分则是砖砌的平顶房；窑房相通，合为一体，风情别样。饭是在平房里享用的，桌上有几盘野菜。胡二嫂说，山里到处都是宝，从田地里劳动回来，顺手就能采摘五六样野菜，这五六样野菜可就是五六种天然绿色的好食材呢！酒喝得尽兴，饭吃得舒坦。之后，我进到土窑洞里，那里有一盘土炕。微醺，一如花看半开，在冬暖夏凉的土炕上歇息，该是怎样一种享受？这便躺在炕上，这便想到了孔老夫子的话："饭疏食饮水，曲肱而枕之，乐亦在其中矣，不义而富且贵，于我如浮云。"这般自我净化、自我感悟，竟是恍恍惚惚入得朦胧梦乡，不想醒来。

此后，又去过几次上林舍，眼见得上林舍大力发展乡村生态旅游，以水为魂，以山为魄，结合美丽乡村建设，将周边山丘、田野资源纳入开发构架，引导当地群众积极参与相关服务，如漂流船艇操作、旅游区维护、特色农家乐服务、乡土工艺品销售，等等，带动地方经济发展。通过分期开发和滚动发展，全新打造升级集乡村旅游、生态观光、休闲度假、户外运动、趣味娱乐、特色美食为一体的新型绿色生态旅游景区。而我，也曾在华北地区最长的高空玻璃滑道体验"树梢上的漂流"；也曾在丛林穿越、金色沙滩、神州飞碟、悬崖秋千、七彩旱滑、太空自行车、集体荡木等项目中寻求刺激；也曾在《一代名将郭子仪》实景剧中领略战马嘶鸣，目睹刀光剑影；也曾在生态旅游餐厅享用价廉物美的农家饭菜，品嚼几年前胡二嫂朴实的话语；也曾在林间小屋门前掬一捧甘冽清泉滋心润肺，清丽嗓音，吼几句土味十足的汾阳地秧歌。

2023 年 8 月 23 日，山西省文学院与吕梁市文联组织作家开展以"一泓清水入黄河"为主题的"生态文明　美丽吕梁"文学采风创作活动，采风活动的第一站便是上林舍。我有点兴奋地向远道而来的作家朋友们讲述上林舍的这一泓清水。这一泓清水为三泉汇聚，出于上林，大致方向是由西向东，流经汾阳安家庄水库、张家堡、河堤村、田村，直到汇入汾阳城西的禹门河生态公园，再流经汾阳北关园、米家庄、潞城等村，融入汾阳建昌村以东的三汇河，这般淙淙涓涓，击无创，射无伤，斩不断，焚不燃，生生不息，千回百转，终是绕了汾阳境域几乎一个半径后汇入文峪河。端的是，一鞭红雨五十里，贯穿丘陵平原；地肥水美沿线，经济林带绵延；广袤沃土良田，春华秋实嘉年。这一泓清水汇入文峪河后，就往相邻的孝义市寻找山西的母亲河汾河去了，在孝义市南姚村一带，扑进汾河母亲的怀抱，又一路欢欣鼓舞出吕梁、入晋中、达临汾、过河津，才与中华民族的"母亲河"黄河比肩同行，河汾同辉，一路向南，直到万荣县荣河镇庙前村才投入黄河滚滚洪流，述说汾河细浪碧波荡漾的情节和一路的艰辛曲折，还有汾阳上林舍这一方绿水青山生态文明的故事，激荡"一泓清水入黄河"奔流到海的豪迈与向往。

现在，我和我的作家朋友们徜徉在上林舍的上林泉边，憧憬着"生态文明，美丽吕梁"的诗情画意，陶醉于树木葱茏、草长莺飞、五谷丰登的自然大美之中。忽见王建伟先生满面笑容而来，建伟与我的作家朋友们打过招呼，短暂寒暄几句，然后把我拉到一边，似乎有点不好意思地说，他们拍了个很短的电视宣传片，能否给配一句美词？我说龙天庙碑上"仰视岚光千峰爽气映楼台，俯临涧水万顷溪云联碧落"就挺好。建伟强调只要一句通俗易懂的话。我亦吟亦唱：生态上林，等您踏歌而来……

走进大东沟

郑石萍

　　旅游是当下人们度假、消遣的首选，而户外露营更是游玩中新兴的热门话题。平日里蜗居闹市，成年人为了生活拼命工作，压力巨大；孩子们为了不输在起跑线上，上了学校的课节假日又忙于各种名目繁多的补习班，苦不堪言。山野的风、小河的水、大自然的美景，自然充满了诱惑。

　　千年信义，群山巍峨，骨脊山、宝峰山、玉林山连绵延亘。原始森林茂密，植被资源丰富，油松、白桦、云杉等应有尽有，河流潺潺，更有珍稀野生动物。最让人神往的是刘渊屯兵的藏兵洞、孝文帝行军途经的跑马神泉……大东沟，有山有水有故事，身边的美景，家门口的露营地。

　　大东沟位于离石区信义镇千年村，与千年景区的千年水库、千树塔露营地毗邻，出离石城区往东约 30 千米就到了，山清水秀，鸟语花香。之前由于山高林密，荆棘满山，无法通行，所以人迹罕至。大东沟绝美的景致、无尽的传说让多少人魂牵梦萦，欲罢不能。当下离石区政府依傍大东沟得天独厚的自然条件，开发出原生态旅游露营景区，搭建了 300 处露营台，撩开了大东沟神秘的面纱，走进大东沟已不再是梦想。

　　2023 年 4 月 29 日，离石区大东沟景区露营文化节开幕。活动现场人山人海，会场气氛热烈，远处的山峦积雪熠熠闪光，与会场的彩旗、气球交相辉映。城里已是暮春，而山间春伊始，真可谓人间四月芳菲尽，山寺桃花始盛开。顺着小溪，沿着石阶缓缓而行。山间的气温还很低，大多树木才吐芽，放眼望去皆是春，浅黄、浅绿、翠绿、深绿跳跃在棕色的树干、枝丫间。游人大多有备而来，轻薄羽绒服，漂亮的丝巾，五彩斑斓的帽子，穿梭于古树间，扑面而来的是原始森林古朴的气息。叮叮咚咚的琴声传来，和着潺潺的水声，仿佛远古的白胡子老人在抚琴，高山流水觅知音；拾级而上，书声琅琅，一队身着汉服的小学生摇头晃脑诵读经文；走过一片挺拔、苍劲的古树林，飘飘欲仙的红衣太极人正吸天地之精华，野马分鬃，白鹤亮翅；山坡上，银发飘飘的老画家支起了画架，一笔一笔神情专注，山水的精髓尽在笔端。

风儿吹过来了，送来叮叮当当的铃声，草地上牛儿们悠闲地晒着太阳，那神情，泰然自若，仿佛在此地站立了一千年。一只花白小牛友好地发出"哞……哞……"的叫声，像是在邀你合影呢！

小河从身边流过，清澈的河水越过卵石溅起白色的水花，哗哗的水声让人有蹚过河水的冲动。找一块喜欢的大石头坐上去，选一个心仪的角度，拍几张引人艳羡的照片。同伴在河边拣了几块漂亮的石头，无奈包包容量有限，只能艰难地取舍。

小道依山顺水而建，不急不缓，全程约 2000 米，或石阶、或木廊，错落有致，曲径通幽，步步生趣，处处有景，全程可观木、可听水、可玩石。帐篷平台点缀其中，一顶帐篷一个景，一处平台一个故事。在这里，你又一次感受到春天的美，又一次放飞了春天的希望！

时过一个月，再进大东沟。

夏天来了，山上的积雪融化了，取而代之的是一片绿，一片苍翠的绿。大东沟的风柔和了，大东沟的树都绿了，大东沟的水更湍急了，脚下的松针土更柔软了，林间的太阳更斑驳了。上次拍照的古树干不再是黄棕色，而是青棕色了。上次路过，河边一棵大树连根拔起，顺势倒在小河上，仰卧着，不免为树叹息；这次路过，大树挺拔的身躯毅然横跨小河两岸，稳稳地搭起了一座桥，树桥透着生命的力量。古老的森林里，树木自由自在地生长，老树虬枝主干并存，各种奇异的造型比比皆是。处处可见藤缠树，上次见到的是枯藤老树相依相伴，共御风寒。眼前的青藤托起古树，古树苍翠茂盛，焕发新颜。

"越过高山，越过平原，跨过奔腾的黄河长江……"峰回路转，一阵激越的歌声传来。这歌声回荡在山谷里，撞击着我们的心房，大家不由自主跟着唱了起来，循着歌声来到了木桥上。这首耳熟能详的歌，从小唱到大，眼前浮现出上小学过"六一"的情景：大日头下，班主任老师挥汗如雨，一遍一遍又一遍，不厌其烦地教我们唱这首歌，老师、同学们的表情、身影历历在目，洪亮的歌声犹在耳旁。眼前，是某个单位的主题党日活动，鲜艳的党旗在风中飘扬，年轻的党员们神情庄重，队列整齐，一遍又一遍高唱着："歌唱我们亲爱的祖国，从今走向繁荣富强……"

拐过一个弯，眼前出现了又一道风景。碧绿的山野里一个个黄色的亮点在轻轻移动，像是一颗颗眨着眼睛的小星星。这是环卫工人在景区小道、草坪、林间、河畔地毯式搜索、清除垃圾，他们神情专注，动作娴熟，缓缓前行，形成一幅流动画卷。满目苍翠的山水间，环卫工人的身影是那样的醒目，那样的伟岸。

转眼，秋天来了。

随着采风团再次来到美丽的大东沟，沿途风光秀丽，湛蓝的天空白云缭绕，远山层峦叠嶂，树木葱郁，近处庄稼绿油油的，一排排玉米掠窗而过，玉米秆粗壮笔直，挺拔向上，玉米棒子饱满紧致，黑紫色的须十分显眼。

走近大东沟，赫然映入眼帘的依旧是远处那座巍峨的山，那座变幻无端、神秘莫测、气势磅礴的山！

走过了春天，走过了夏天，走进了秋天，天更高更蓝了，蓝得空灵，蓝得深邃，朵朵白云在山顶缭绕、游弋、飘浮，不停地变换姿态，一会儿像憨态可掬的小狗，一会儿又似一头威猛的雄狮，一不留神又秒变婀娜多姿、裙裾飘飘的仙女……团团密集的白云轻盈地游过天空，似乎能看见云端里蒸腾的水汽，白云挡住阳光，地面投下一大片褐色的影子，极具沧桑感。人们在光影里走来走去，跳跃变幻的色彩给大东沟增添了几分神秘感。

新增的硬化路宽敞平坦，顺路前行，沿途的帐篷里挤满了一颗颗小脑袋，神情专注，这是在教室里不曾有的状态。这些专程来大东沟研学的小朋友在老师的带领下，抓住假期的尾巴，走进大山里，集游玩与学习为一体，让理论与实践在这里交融。一顶帐篷一个课题，一组师生一片欢笑。

耳边又响起淙淙的流水声，循声而去，小溪从脚下流过，水量充沛，顺流而下，不时泛起白色的浪花。坐在溪边，伸手探水，已有些许凉意，溪水澄澈，令人心旷神怡！顺着河道往上走，一大片形态各异的石头映入眼帘，相传女娲在骨脊山下修建炼石场，补天时五彩石陨落在此，离石这座城市的名字因此而得。大禹治水也是从骨脊山出发，"千树塔""卧虎塔"、玉林山的石勒墓，离石的名小吃"碗团"，都与汉王刘渊、后赵皇帝石勒有着千丝万缕的关系。走进大东沟，你仿佛走进离石的历史，从新石器时代起，从古到今，大东沟给你娓娓道来。

露营帐篷里人头攒动，欢声笑语随风飘来。或扶老携幼举家出游，过一天远离都市、远离厨房的神仙日子；或呼朋唤友三五集结，在大东沟里海阔天空、信马由缰。不用累赘地自带炊具锅碗，不用费心自备食材调料，在这里你可以扫码点餐，或烧烤、或火锅……应有尽有，分分钟送到你面前。"围炉聚炊欢呼处，百味消遣小釜中"，这里没有包间的沉闷，没有卡座的喧嚣，仰头是蓝天，低头是溪水，呼吸的是最纯净的空气，听到的是最婉转的鸟鸣，看到的是最美的风景，品尝的是最具人气的美餐，这不是人间仙境吗？

我的一位朋友钟情于大东沟，多年来每逢节假日必进大东沟，一年四季春夏秋冬，寒来暑往从不间断。她见证了大东沟的春生、夏长、秋收、冬藏。她说大东沟就是她安放心灵的地方，高兴的时候和郁闷的时候都想去。

阳光正好，温度正好，山风和煦，流水清澈。邀约吧！周末、假日，带上你的家人，约上你的朋友，领上你的团队，走出高楼，走出城区，走进这华北第一露营地——大东沟，零距离拥抱大自然，让心灵在古老的森林里接受洗礼，让你的孩子了解大东沟的历史，感受大东沟的博大、厚重，我相信，大东沟一定让你不虚此行。

黄河从我家门前流过（外二篇）

程建军

我独自伫立在六郎寨的驼峰岭上，极目远眺，黄河就在家门前的脚下。

远处，沿黄公路如彩带般摇曳飘拂，灿烂的晚霞拥抱着西归的落日，多情的秋风亲吻着黛青色的远山，岚漪河和蔚汾河如久已失散的兄弟在这里重逢，把萍水相逢的故事一点一滴写进历史的襟袖之间。

近处，金色水流从宽阔的河面踏浪而来，一波一波，开合自如，温柔地拍打着那一垛垛红砂岩垒砌的堤岸。

日之夕矣，牛羊归来。黄昏越来越近，波光粼粼的河面被这五彩的霞光映照得越发柔美起来。

此刻，一向嘈杂的六郎寨倏然安静了许多，万物停止了喧闹，时间似乎停止了前进的脚步。

天光与云影一色，水波共芦荻齐舞。还有，还有那浪花与河滩的多声部合奏，在我耳畔不断地轰鸣。我知道，黄河在三江源头一直是清澈的，流过黄土高原忽而变作浑黄。有人说这就是泾渭分明的真实写照，但我觉得更像是一对双胞胎向世人裸露出迥异的性格。

黄河之水天上来，奔流到海不复回。在我眼里，黄河就是四海为家的大丈夫，一路行色匆匆，于惊涛骇浪中立定脚跟，于咆哮怒吼中心雄万丈，于天地日月间挥洒自如——这气场这豪迈这追求，足以让我们顶礼膜拜。

黄河进入山西，一头撞开老牛湾，冲出杀机四伏的晋陕大峡谷，一路狂奔到碛口附近，军渡附近，三交附近，合河附近，黄河好像顿悟了什么，一下放慢了肆意驰骋的脚步，收敛了那些与生俱来的野性。

突然，水流变得和缓曼妙了，变得柔媚旖旎了，变得平淡冲远了，此刻，忽然飘来了妹妹的"摇三摆"，哥哥的"亲圪蛋蛋"，一种自然纯朴的韵味在黄河两岸飘散着。

就这样，一种如山丹丹般含蓄的美好渗透进吕梁山的魂灵里，令人情不自禁手舞足蹈——是啊，这黄土的黄，这黄河的黄，毕竟是这片土地上生活了祖祖辈辈的吕梁人最恒久的挂念和最醇厚的热爱。

就这样，黄河不舍昼夜地向前奔跑着，它时而放声歌唱着，时而奔流冲突着，时而无言抽泣着。在我眼里，她的高傲，她的沉沦，她的哀婉，同样是中华民族博大厚重的表现。

骨脊山顶有汉代记载大禹治水的碑文"吕梁碑"——传说大禹治水就是从骨脊山下开始的，三过家门而不入的故事至今在吕梁大地广为流传。

上下五千年，黄河岸边是我家。每一朵悄然上岸的水花，都是插在吕梁儿女鬓角上的骄傲；每一尊纹饰精美的龙纹觥觫，都是中华民族鲜活如初的记忆。

我继续眺望，黄河两岸依旧静默不语，遥远的天际与奔涌的河面似乎亲密地融化在一起。秋风携着点点凉意，不停地翻卷着我显得还有些单薄的衣衫，身边的枣树飘散着细碎的幽香，黄河水从天边裹挟而来的淡淡的清香，还有庄稼自然坦露的神秘芳香——连同故乡满载丰收的喜悦，一一流过我的五脏六腑。

对岸，牧羊人和他的羊群在大地上幸福地游走，蓊郁的垂柳诚恳地挽留走西口的人儿和他的驼队，河面上奔流翻滚着吕梁人的金黄色念想——此刻，黄河母亲慢慢睁开她的慧眼，正在遥远的云端深情地凝望着她的子子孙孙。

无论是波平浪静，还是雪卷千堆，近在咫尺的黄河就这样不断丰富着我的认知，不断涤荡着我一直有些蒙昧的心智。此刻，我的整个身心都沉浸在这一条闪烁着丝绒般灿然阳光的大河中，被一种崭新的神性和灵气所萦绕。

我深情地凝视眼前这万古斯年的黄河，翻卷的水花仿佛跳跃的琴键，弹奏着吕梁山人至今年轻无比的英雄梦。

在我看来，黄河前行的脚步就是中国历史虚与实的对白，就是黄河穿越黄土高原千年沉淀的底蕴，就是时间远去的另一种形式的复活。正如这黄河岸边一朵朵不畏贫瘠的酸枣花，在阳光灿烂的午后，一如既往地迸发出无穷无尽的生命力，向着静谧、安定、永恒升华，义无反顾地向前、向前……

子在川上曰：逝者如斯夫。聆听黄河震撼天地的轰鸣，俯瞰那些翻腾绽放的水花，它们如同发起冲锋号的战士一样，奋不顾身地冲击着岸边的泥土和石头——在这一道又一道水波粼粼的光芒里，我仿佛站立成了那位手执耒耜以为民先的圣人大禹。

在数十米高的点将台附近，蓦然出现了一排悬挂于崖壁之上的水蚀浮雕，每块坑坑洼洼的石头上有虫纹也有鱼纹，有汉字也有蒙文，它们扭曲着缠绕着，犹如女娲娘娘当年不小心遗落在故乡两岸的天书——那是大自然的鬼斧神工，那是来自生命中的神秘符号，那是祖先用生命镌刻的壁垒，无言地护佑着两岸上千年的安宁。

面对这幽深阴暗的大峡谷，面对这溢满彩虹的忠义谷，我能想象黄河在这逼仄困窘的环境里，想要突围的欲望是多么的强烈：它闪躲腾挪，它仰天长啸，它横冲直撞……

"你晓得天下黄河几十几道湾哎？几十几道湾上有几十几只船哎？……"夜幕下的裴家川口，一只只小小的秋蝉低声吟唱着人生苦短，一群群雀鸟的吟唱缝合了河流破烂的衣裳，一曲曲扳船号子灌醉了船工的黎明与黑夜——诸如此类的故乡民谣，撷取了宇宙洪荒的大美，赋予了故乡山野田园以别样祥和宁静的力量。

此刻，一轮明月高挂，河面上空蒸腾着隐隐约约的雾气，刻骨的秋凉慢慢地围拢了寂静的客栈。

在这如水的月色之下，银辉包裹着天地万物，石板街上的父兄姊妹，屹蹴在自家门口，三弦琴弹奏出或哀婉或热烈的曲子，与伞头秧歌扭出故园最美的夜色，如果再能喝上几大碗辣油翻滚的冒汤，你就是这盛大典礼中当之无愧的主角。

在黄河岸边，枣树勇敢地托举着心形的叶片，以自己独特的方式表达对大地母亲的爱意。我喜欢它们的果实，持重赤诚又不失浪漫。它更像一位满怀慈悲的爱心使者，朝身边的每一个人发出善意的邀请，用每一颗经历夏雨秋霜的枣子与我们结成血缘结成亲友。

在宋家沟，我还有幸与74岁的高华处老先生见面，倾听他讲述几十年来植树造林、绿化山川的酸甜苦辣。

大雨滂沱的午后，老人的植物园里高朋满座，鲜花盛开，小草起舞，生机盎然——苹果、桃子、脆梨、西梅、葡萄、红梅、向日葵、西葫芦、西红柿、南瓜、扁豆、生菜等五彩缤纷、硕果累累……

这样的午后，再来一盆煮熟的新鲜糯玉米，一大块无籽的麒麟瓜，一大把水灵灵的毛豆，让人胃口大开，心花怒放，更感受到乡村生活的快乐与美好。

还有那些松，那些柏，那些榆，那些杨，那些柳，那些栎，那些白桦林，那些灌木丛，那些莎草……在高华处老先生眉飞色舞的介绍中，我醉卧在这片翠绿色的丛林里，久久不想起身。

其实，在过去，在山西吕梁尤其是沿黄河汾河两岸更是水患水灾频发的地区，水涝时夺流改道，洪水四处漫流，黄河汾河两岸百姓流离失所，民不聊生。

是啊，黄河承载着文明，也孕育了灾难。洪水猛兽是形容难以抗拒的灾难的常用之词，来自黄河的洪水，三年两决口，浊流横溢，毁田庐，荡家舍，更是历史上难以忘记的大灾大难。据黄河水利委员会统计，3000 年以来，黄河下游决口泛滥约 1500 次，较大改道二三十次，其中有 6 次重大改道。

1875 年 7 月 17 日（清光绪元年六月十五日），在黄河晋陕峡谷东侧吕梁山以西的蔚汾河、湫水河、三川河、义牒河等黄河支流上发生了一次暴雨引发的特大洪水。

这次暴雨的特点是范围相对较小，强度大，历时短，约一天时间，洪水陡涨陡落，来势猛，各调查河段均为 1875 年以来之首位洪水。兴县、临县、离石（永宁州）三县（州）志对这次洪水都有记载。如《临县志》载："夏六月十五日迟明，大雨如注达日湫河暴涨……"《永宁州志》载："六月十五日卯刻，东北两川同时暴涨……"《兴县志》载："……湫河暴涨，漫天无涯，冲没河堤河神祠水不及女墙者数尺，城内二道街房屋均被水伤。"

我们国家最伟大的惠民工程，就是从 20 世纪 50 年代中期开始大修水库工程，到如今党旗飘扬的治汾工程——几代人接续努力涵养水源，生态修复初见成效，终于彻底改写了几千年来"三十年河东，三十年河西"的历史。

1959 年，文水县境内兴建了文峪河水库；1969 年，阳曲县境内兴建了汾河第二水库；1972 年，岚县兴建了岚城水库……植树造林、拍卖四荒、小流域治理，山西省治黄的决心和行动史无前例。

"一棹春风一叶舟，一池清水一轻钩。蓝天无垠山作岸，芳草萋萋在岚州。"

这首优美的诗歌，描写的就是如今山西水利风景区——岚城水库，水库周边群山掩映、碧波荡漾，是一个旅游、垂钓、休闲和避暑的绝佳去处。

目前，岚城水库已经成为岚县"打造晋西北旅游休闲度假区和省城后花园"特色定位和战略目标的重要组成部分，并准备招商引资，逐步利用水体、湿地、周边山体及绿地进行深度开发，建设成集垂钓、水上游览、休闲度假为一体的旅游景区。

多年来，临县积极探索沿黄修复治理的新路子，其中的生态发展经验更值得进一步推广。

临县用5年时间把沿黄区域20.6万亩石质荒山和中东部15万亩宜林荒山进行修复治理，防治水土流失，让荒山绿起来。调整树种结构，增加树种多样性，"增阔减针"提升景观效果，让山川美起来。实施提质增效，把低效林变成高效林，把单一林变成立体种植林，拓展经营模式，推行经济林保险，发展林下经济，开发黄河旅游，让百姓富起来。

近年，临县通过飞播造林10万亩，采用穴盘苗、容器苗、客土保活等抗旱造林技术，采取生物隔离防火、定点监测防虫提高造林营林科技含量，提升生态建设水平，让质量高起来。实行局地合作、运用PPP模式、引入社会资本等，形成社会办林业，全民建生态，共同搞好黄河流域治理的良好格局，让机制活起来。

寨则山示范工程、刘家会林草融合产业提升工程、中兴社林草生态综合修复等工程的实施，不仅扮靓了临县山村，更为碛口古镇旅游拓宽了生态外延，丰富了生态内涵，实现了历史文化旅游与生态观光休闲相结合，绿化、彩化有机统一，达到治一片水土、建一处景观、富一方百姓的目标，是新时期践行"绿水青山就是金山银山"理念的生动实践。

在吕梁人积极探索黄河流域生态保护和发展新路径不懈努力之下，一片又一片的绿色在吕梁千沟万壑迅速延伸。我们有理由相信，绿水青山将很快变为吕梁山更加美丽的现实。

"黄河宁，天下平。"治理黄河，自古就是安民兴邦的大事。近年来，生活在黄河沿岸的吕梁人民坚持山水林田湖草沙综合治理，吕梁山区的自然环境发生了根本变化，"一泓清水入黄河"的目标已经初步得到实现。

"让黄河成为造福人民的幸福河。"吕梁儿女以习近平生态文明思想为指引，在当地党委、政府的领导下，咬定青山，久久为功，不断创新生态环境治理机制，走上人与自然和谐共生的现代化的光辉大道。

恍惚间，我觉得这也更像是曾经被我着意抒写过的黄土与黄泥，溢满了大爱的神光。大河上下，巍巍吕梁，黄土情深，清香诗句，一泓清流，顺着大海，静静地流向心心念念的诗与远方。

我轻轻地抚摸着这岸边瘦骨嶙峋的石头，虽然历经千年的风吹雨打，但身份卑微的他们从无任何怨言，始终将这一份独有的骄傲深藏于黄河两岸。

还有这风中的芦苇，顺着秋风的指引，摇曳着修长的身躯，它们自得逍遥，执着热烈，为奔流的黄河歌唱，为勇立潮头的健儿鼓掌。

还有游艇、快艇、皮筏、木船，轮番竞技，尽情冲浪，如同孩子在母亲怀中挥洒久违的童真……

过往的一切迅猛地跃入我的眼帘——我双眸的泪水，像黄河一样竞相逐流，旋转纠结而复又离散。

"哎——嗨——哟，嗨哟，哎——哎嗬，嗨——嗬，哎哎，嗨嗬！"霎时，扳船号子裹挟着五千年的悲喜从天而降，无穷的召唤带走我恍惚的魂灵，如雷如电，浩乎沛乎，充塞着我疲倦干枯的心灵。

英雄的黄河啊，有多少英雄豪杰都来把你敬仰！

风云际会黄河边，浩气长留天地间！杨六郎曾于此地安营扎寨，留下一座吞吐日月威风八面的六郎寨。走近簇新的寨门，上有伟人书写的"六郎寨"三个遒劲有力的大字，闪烁着无限的亲和力。在山顶的遗址上，人们新建了六郎点将台。古朴苍凉的六郎寨，横刀立马的点将台，至今遗留的马道、哨所、烽火台、洞穴兵营等遗迹，向世人诉说着许多传奇、悲壮的爱国故事，令来来往往的游人无限感佩，叹为观止。

遥想当年一二〇师在晋绥，气吞万里猛如虎！1937年9月，咆哮的黄河岸边，一支8000多人的部队，迎风破浪渡过黄河。迎着滚滚狼烟，踏上了对日作战的艰苦征程。

"铁流两万五千里，直向着一个坚定的方向。"一二〇师挺进晋绥，照亮了黄河上空，照亮了穷苦人的心头，也照亮了中国历史的天空！晋绥抗日根据地巍然屹立在黄河以东，筑起了一道不可逾越的屏障，使日军无法渡过黄河进犯陕甘宁边区，拱卫着延安和党中央。

鏖兵三晋，纵横南北。不辱使命，血洒黄河。曾记否，在那个战火纷飞的年代，有许多的父子、兄弟、夫妻和姐妹，携手踏上革命征程，走向抗日前线，无惧死亡，愿用自己的生命换取中华民族的独立自由。曾记否，一个馒头掰成两半，战士吃了百姓吃，9 万兴县人民节衣缩食养育了 4 万余人的晋绥党政军革命队伍，再现了边区军民同甘共苦、共赴国难，军爱民、民拥军的动人场面，根据地人民用生命和鲜血谱写了老区的光辉诗篇。

黄河水缓缓流淌，吕梁山陈述着遥远的往事，烈士的英魂化作天际的雄鹰在阳光下翱翔，拥军爱民的情怀熠熠生辉，红色基因坚定了军队和人民共同的共产主义信仰，"军民鱼水一家亲"的信念也必将在这片古老而神奇的黄河两岸世代相传、生生不息、源远流长。

田家会反"扫荡"，甄家庄伏击战……晋绥军民一次一次击退了日本侵略者。十余载的战火洗礼中英勇奋斗，晋绥儿女前赴后继用自己的青春热血铺出了共和国的诞生之路。

1940 年 2 月，蔡家崖成立了晋西北行政公署，后改名为"晋绥边区行政公署"。1942 年，晋绥军区司令部暨一二〇师师部移驻兴县，同时成立了中共中央晋绥分局。

从此，这里成了当时晋绥政治、军事、文化中心，时人誉称"小延安"。晋绥党政军主要领导人贺龙、关向应、林枫、续范亭、周士弟、李井泉、牛荫冠等同志长期生活和战斗在这里，毛泽东、周恩来、朱德等领导同志也先后路居这里。

黄河两岸遍地是故事，吕梁山上到处是传奇。

微微风簇浪，散作满河星。这宁静，是母亲河亲手装点的圣地乐土，是浸润在她身体里的蛙鸣、芦笛，是挺胸抬头的高粱大侠，是深藏不露的土豆公子，或者是黄土高原胶泥的美味，或者是挂在炊烟上的伞头秧歌……

生态与文明，就是横亘在我们每个人面前的巨大命题。今天，我们还能不能像东坡先生一样领会清风明月的取之不尽与用之不竭？

欲穷千里目，更上一层楼。此刻，黄河正从我家门前缓缓流过。两岸花香氤氲，故乡的月亮正在慢慢地揭开它朦胧的面纱，我的心从宽阔的河面上展翅高飞，翱翔在九霄云外寻觅黄河梦境最真实的一面。

朋友们，请和王营庄加个好友吧！

红日高照，绿意盎然。

我们采风团一行数十人乘车穿行在吴城镇上王营庄村，宽阔的村村通公路铺满柏油，如一条条光滑的丝带在青山绿水间飘拂；公路两旁盛开着各色鲜艳的花朵，如一位位盛装的礼仪满带笑容欢迎五湖四海的宾朋；古色古香的农家小院写满时尚高雅，如一幅幅彩绘的画卷时时处处显露出文化气息……

烤肉串、烤鱿鱼、肉夹馍、炸鸡柳……除了以上各色美味之外，光影展区更是吸引了许多孩子好奇的目光。

"火山为什么会爆发？""影子究竟从哪里来"……孩子们的问题层出不穷，孩子们的好奇心彻底被激发，孩子们的讨论热烈真诚——光影展区人声鼎沸，场景真是火爆！

小小的沙池里，孩子们用小手造就了"沧海桑田"，这是测距仪发射的红外线在大显神威啊；在镜子迷宫里，孩子们终于做了一回隐身人，这是神奇的光影在闪烁着万千的奥秘啊；消失的水、封印的水、火焰掌、液氮舞……孩子互动表演认真投入，这是科学的魅力在召唤着孩子们的兴趣啊！

在这里——科学实验室、空气实验室、静电实验室、鲁班实验室、显微镜实验室、冰壶体验室，孩子们亲眼观测，亲自动手，切身体验，书本上的知识在这里真正得到了验证。

不错，神奇的光影里，既有惟妙惟肖的皮影，又有琳琅满目的汉字——科学与文化的融合，别说是孩子觉得有趣，就连见多识广的大人们也是大开眼界。

朋友们，请和王营庄加个好友吧！用"吃喝玩乐"的方式来加深我们的友谊，和孩子们一起打开通往科学世界的神奇大门吧！

参观完王营庄科创研学馆，我们又兴致勃勃地来到王营庄稻渔综合种养示范田。

7月的吕梁山上，绿油油的稻田随风起舞，阵阵稻香沁人心脾；行走在田埂上的工作人员迈着矫健的步伐，随手洒下一把把精美的鱼食，竟然引来一片片翻滚的"银浪"，真是令人羡慕不已。

据工作人员介绍，在20世纪离石就有稻田种植的成功经验，后来因为产量不高而退出了历史舞台。不过，50年后的今天，在山西农业大学农技专家的指导下，王营庄种养区精选了生长周期短、产量高的水稻品种，稻田的丰收不在话下，自然是指日可待。

但是，将水稻与鱼、虾、蟹等淡水生物进行混合种养，这在我们吕梁山上还是开天辟地头一回。

通过近年的实践证明，这种种植与养殖相结合的模式逐渐走向成熟，已经能够有效降低水肥管理成本及加强病虫害防治，已经能够充分实现一水多用和一田多产，已经能够使稻田综合种养项目产生收益促进村集体增收，的确是新时代新农业转型发展的一条新路径。

朋友们，请和王营庄加个好友吧！用"种植养殖"的方式来体验乡村生活的新业态，和农民朋友一起打开通往共同致富的康庄大道吧！

此行的第三站，是参观王营庄广场东侧的温室大棚。

据介绍，光种植户李祥田就有19个大棚。葡萄、西红柿、茄子、辣椒、萝卜、樱桃、草莓、黄瓜、豆角等时鲜蔬菜应有尽有；杏树、桃树、金太阳、梅杏、玫瑰香、艳霞等水果，按照节令依序种植……

在挂满希望的葡萄架下，我们见到了忙碌的种植户李祥田，他笑着对我们说："从前默默无闻的家乡，一下子华丽变身为文旅小镇，吸引了大量全国各地的观光客，给一向寂寞的村子带来了许多生机。特别幸运的是，今年，应游客们的要求，我的葡萄园还适时开展了采摘活动，这不仅节省了人力，而且打开了销路，更是大大增加了我的收入。"

在王营庄，还有像李祥田一样勤勤恳恳的种植户，他们诚心诚意为村民提供各种工作机会，不计代价与村民分享种植技术，同心同德带动村民走上共同致富之路。汇聚绿色正能量，在王营庄，正是有许多个像李祥田一样的"领头雁"在引领新农村发展的新未来。

据统计，今年以来，王营庄乡村示范区共接待游客30余万人次，实现直接经济收入290余万元，吸纳周边群众150余人就业，带动76个村集体年均增收6万元以上。

王营庄，触目所及，美景遍地，希望升腾，热潮涌动，乡村振兴的鼓点正在这片充满生机的绿色大地上敲出最洪亮的回响。

习近平总书记指出："推动形成绿色发展方式和生活方式是发展观的一场深刻革命。"我们有理由期待，在党和政府的领导下，王营庄的村容村貌必将会不断改善，生态环境品质必将会不断提升，美丽田园必将会更加靓丽。

朋友们，请和王营庄加个好友吧，让我们一起用心守护大吕梁农业强、农村美、农民富的美好明天吧！

寻梦大东沟

离石大东沟左倚关帝山，右靠云顶山，千年以来，一直是信义镇的地标之一。

左边的关帝山历史悠久，香火旺盛。

北魏时期，拓跋氏龙兴，此地为封山消夏牧马之处；朱明之季，此处又成了藩王牧马之地。此山因官家地盘而得地利，所以被称作官地山，又因为山上历朝历代陆陆续续盖了几座关帝庙，附近村民为叫着顺口，后来便把它改名为关帝山。

右边的云顶山秘境幽深，植被丰茂。

"雾锁云山人未识，春风难渡雁来迟。野花争艳松才绿，又到秋深欲雪时。"

据说，此山出产一味名贵中药材——明参。因云顶灵气所钟，这里的花花草草四季常青，甚至连普通的沙参都能开出一朵朵菊花心，隐逸之美端的是烛照人间。

大东沟懂得择邻而处，茂林修竹何其有幸！

大东沟泉水叮咚，自然天成，随处可见。听吧！哗啦哗啦，那是大股的山泉水在快乐地奔跑；听吧！咕嘟咕嘟，那是小股的山泉水在草地上动情地歌唱。看吧！吕梁学院暑期社会实践团来啦，奔流的泉水给游客树起了文明游玩的意识；看吧！东关小学六年级学生来啦，孩子们用松果制作风铃，潺潺的泉水让他们尽享原生态山林间的欢愉时光……

"临流晓坐，欸乃忽闻；山川之情，勃然不禁。"没错，大东沟山水之乐不在五色迷离，而在于它能给予人们渴望回归自然的虔诚之心，暂时忘却尘世的所有烦闷和抑郁。

大东沟百草丰茂，绝美之处还数那一大片一大片遮天蔽日的森林。

走进森林大家庭，有整齐的白桦玉树临风，有修长的云杉昂首向天，有披离的古槐仪态万千……还有那柔柳千条，微风吹拂，树影婆娑，青烟绿雾，自然多情，让人叹为观止。

穿行在长满苔藓的林间小道，一朵朵各色花儿竞相开放，争奇斗艳，令人目不暇接；一丛丛红艳艳的马茹茹让人垂涎三尺，顺手摘几颗塞进嘴巴，甜丝丝凉飕飕，好不舒服；一只只褐马鸡拖儿带女，在草丛成群结队招摇过市，忽而又扑啦啦飞到另一块草地；一片片油松林，泼上了绿染料似的，在阳光下发着绿光……好一幅多彩的天然画卷啊！

如果你力气足够，还可以爬到山顶开阔的地方，还可以大口呼吸负氧离子，还可以扯开嗓子吟唱一段关于孝文帝与西华镇女堡主的凄美爱情故事……

"山川之美，古来共谈。高峰入云，清流见底。青林翠竹，四时俱备"。走进大东沟，喜见夏日清新，喜见青山婀娜，喜见山泉清澈，喜见林木森森，喜见星星眨眼，喜见昆虫伴唱，喜见红男绿女的高跟鞋"咯噔咯噔"敲打在乡间小路上，喜见连绵的山水画卷慢慢映入眼帘，大伙儿被城市钢筋水泥长时间压抑的身心，怎么能不为之一振呢？

"峥嵘突兀吕梁雄，我来冰雪未消融。花信迟迟春有脚，夕阳满眼是桃红。林壑幽深胜太行，收罗眼底不辞忙。雪海冰山行不得，飞岩绝壁路偏长。"这是一代儒将陈毅将军于抗战胜利前夕途经大东沟写下的著名诗篇，诗句虽短但道尽了大东沟"潜力在山，特色在水，优势在林"的独特魅力。

朋友，请走进大东沟露营景区吸氧游玩放松身心，请来大东沟7000米原生态步道踏上森林秘境之旅吧！

在清澈的小溪边，在郁郁葱葱的绿地上，搭几顶帐篷，备一壶美酒，约知己一二，依山而游，枕林而憩，高谈阔论，吟诗赋词，踏春追夏，野外写生，森林音乐，亲子绘画，瑜伽展演，经典诵读，茶艺民乐，帐篷彩绘，风铃制作，野外拓展，树叶拓印，民歌演出，旗袍走秀……

朋友啊，就让我们一起沉浸乡村露营旅游新业态，一起寻找山水和谐的田园梦，一起体验家门口的"诗和远方"吧！

就恋这一片片绿

梁桂连

深秋，一个阳光明媚的上午，我们开车从兴县城出发，沿着工业大道向北行驶约 10 千米，在岔路处左拐，不远就到了写有"宋家沟生态园"的入口处。沿着指示牌箭头所指方向往里走，看到的却是另一番景致：沟道两旁及山坡上的树木，深绿、浅黄加苍灰如两幅巨大的水墨画立在沟道两旁。这样的画面延伸约 3 千米处，沟开阔了，画面也铺展开来，路分成三个岔道，在分岔处立着一块巨大的牌匾，白底红字："贯彻习总书记'黄河流域生态保护高质量发展'的重要指示，坚持综合治理，为实现'一泓清水入黄河'而努力奋斗！"这分明是这里的主人在传达黄河流域生态保护高质量发展的重要性，以及为实现这一目标而努力奋斗的决心。

空气中弥漫着泥土与树木、庄禾散发出来的清香，深吸一口，沁人心脾，天然氧吧果然名不虚传。放眼望去，满沟都是树，郁郁葱葱，错落有致，形态各异。有的树冠如花盖，枝繁叶茂；有的树干挺拔，直指云天；有的树皮斑驳，沧桑古朴；最显眼的是油松，一排排如卫士，林立在山头、路旁、各种建筑前后，生机盎然、挺拔威严。这些树在阳光下摇曳生姿，仿佛在向人们诉说生命的奇迹。顺着林立的油松往前走，上一个小坡，来到三孔窑院里。在这里，我见到了宋家沟的主人高华处，还有他的妻子刘老商。74 岁的高华处头发花白，面容消瘦，但精神矍铄。见到我们，他慈祥的脸上堆满笑容，我称赞他好精神，他却说："不行了，老了，今年大病一场，精神不如从前了！"是啊，老高老了，但他种的树却风华正茂！

这次我来，是想听听老高的故事，关于他与树的所有故事……

第一次与树结缘

兴县中学初中毕业后的老高，当过公社通讯员，两次被推荐上工农兵大学都没走成。1970 年，21 岁的他响应号召回到他的家乡兴县杨家坡公社水江头大队。当时的水江头大队是全公社问题最多最穷的村，公社书记看中了老高是个好苗子，就让他火线入党，同时担任水江头大队的党支部书记。老高接过重担，暗下决心，一定要让水江头大队村风正起来，社员过上好日子。

那时的村里荒山秃岭，每当刮风，黄土漫天飞扬，一到下雨，洪水裹挟着泥土从山坡上冲下来，声势浩大地从沟里奔涌而出，流入黄河。老高说："看见一刮风就黄尘雾罩，一下雨就水土流失，心里不是滋味，如果不治理荒山秃岭，人居环境永远得不到改善，肥土都流走了，怎么种地？再说黄河哪能接纳这么多泥土！"老高思前想后，想到了种树。种树是一举两得的好事，种挂果树，既绿了山又锁住土还有经济收入，更是一举三得的好事。于是老高将大队工作重点放在种树上。"阳坡苹果阴塔梨，沟沟岔岔杨柳榆。村庄四坡树成网，荒山秃岭穿绿装。白天高音喇叭响，晚上电灯亮堂堂。循环公路通四方，干部群众喜洋洋。"老高将自己规划的目标写成了几句顺口溜挂在墙上，用以鞭策自己的行动。他成立了 25 人的植树造林专业队，负责植树，而他自己整天东奔西走，筹措树种、树苗，他要实现他的"阳坡苹果阴塔梨，沟沟岔岔杨柳榆……"同时，他也要带领老百姓过上好日子。通过考察筛选，他选中了经济效益最好、受益时间最长的核桃树。

现在想来，20 世纪 70 年代老高就有了"绿水青山就是金山银山"的理念，他的理念不仅体现了对环境保护的深刻认识，更展现了他超前的绿色发展思路。在那个时代，环保意识还很淡薄，人们更注重眼前利益，而老高却能够看到生态与经济发展的密切关系，这是多么难能可贵的远见卓识！

几经周折，老高从新疆调回 6 麻袋核桃，带领村民将核桃育成树苗，然后经县、乡机关干部，学校师生等 50 多人的外援帮助，加上水江头全体社员苦战半个月，终于将 2100 亩梁地种上了核桃树。

树种上了，老高心里别提有多高兴。但村里有些人却不高兴了。他们认为核桃树栽在地里影响了种庄稼，当时的这种"林粮矛盾"在村里越演越烈，讽刺的、反对的，甚至有人到县里告老高的状，说老高不务正业。最可气的是当核桃树树冠大了些时，有人竟然开始砍树，说树妨碍了长庄稼。砍上树骂上老高："高华处的引魂幡，害死人了！"

于是老高带领部分社员代表去汾阳南偏城村参观人家的核桃树，让南偏城村已经受益的村民给水江头村民介绍栽核桃树的周期和受益情况。现身说法让水江头村民看到希望。老高的这一招果然奏效，参观回来后，村民们开始把核桃树当宝贝养了，每年耕地、除草、施肥样样不落。几年后，核桃树挂果了，水江头的村民果然就发了。

老高带领全村除了种核桃树也种其他果树、枣树及灌木树，村里真正实现了"村庄四坡树成网，荒山秃岭穿绿装"。到现在水江头的核桃树仍在挂果，村民仍在受益。说起种树，全村仍在念老高的好！

壮心不已种树去

也许是"天将降大任"于老高吧，老高因为在水江头村当支部书记工作业绩突出，被县里选拔为公社补贴制干部，后转为正式干部。先后在杨家坡公社、县街道办事处、县政协工作。几经周转又调到县林业局当了副局长。任职期间，老高跑遍了兴县的每一个村寨，不遗余力地为兴县的林业事业奔走忙碌，积累了许多植树造林经验。

2000年，老高从林业局副局长位置退下来了。离岗后的老高壮心不已，时值"四荒"拍卖，他想抓住这个时机，承包一个流域种树去。老高将这个念头一说出口，马上遭到家里人的反对，妻子骂他："你有神经病吧，好好的日子不过，折腾什么？"但老高拿好的主意谁都拦不住。他说："对一个县的整体绿化我无能为力，治理一条沟，把一条沟绿化好，这个能力我还是有的。"

老高承包了小时候到村外走读经常路过的一道占地4800亩的荒沟——宋家沟，一个乱石滚滚、荒无人烟、没有一棵树的荒沟。

那年的农历七月十六日，老高将承包宋家沟办好的相关手续压在箱底，给他的妻子讲了几箩筐的道理和好话，终于征得了妻子的谅解和同意，拿了一点简单的行李、一顶帐篷、一个小火炉就带领妻子来到宋家沟安营扎寨。

"坐在宋家沟较宽敞的地段，举目四望，东西全是荒坡，南北是乱石沟，要将这样的沟治理好，这势必是一场持久战、艰苦战。但开弓没有回头箭，吃苦受罪咱不怕，咱就把后半生交到这里吧！我要在这道沟里锁住山坡上流下来的水土，我要让这道沟绿起来！"老高讲述当年的事，话说得仍然掷地有声。

第二天老高就叫来三个邻村的人帮忙，在河槽挖下一个坑积攒河水，先解决吃水问题，第三天他请来工队开始砌筑石坝。当时正值雨季，筑坝淤土才是第一要务。但进沟的路实在不好走，雨天泥泞，走起路来连鞋都穿不住，叫来铲车铲了半个月，好不容易铲出一条刚能通行的土路，谁知遇到大雨，路又冲毁了，只能接着再修……到了晚上，有各种野兽怪叫，听得人毛骨悚然，有的野兽会到访他们的帐篷周围，老高就点燃早已备好的火把，把它们赶走。他的兜里常揣一把折叠刀，以防不测。没电没通讯信号，这才是最制约人的事，有事靠腿跑，没办法老高只好买了一辆摩托车做交通工具。石坝筑完紧接着筑一条条土坝……水是林木生长的重要保障，打井、筑水塔、高位提水更重要，工队一批批进来，又一批批出去……国庆节过后秋收结束，老高赶紧组织宋家沟周边村民70多人开始在沟里植树，历时一个月，栽下了宋家沟第一批树——核桃树和槐树。快入冬了，老高才在沟里盖起了一间16平方米砖木结构的简易房子，总算可以遮风挡雨，最主要的是再也不用怕野兽、毒蛇的侵扰了。

初进宋家沟的头两年是最难熬的，基础设施要解决的同时还得扎沟坝地、种树植树。

2002年春，清明节过后，老高买下12马力的柴油机和4寸水泵各一台，开始容器育侧柏苗。他动员周边村民100多人齐上阵，成功育苗10亩。留20万株自己用，其余全部售出。秋季又雇了周边村民一次性种下刺槐和油松、侧柏800余亩。那年雨水足，栽的树全都活了。但第二年春旱，又栽了200余亩，成活率就不高，老高只能在秋天再补栽。

艰难困苦可以克服，最让老高头疼的是资金问题。每年临近年尾，上门要工钱的络绎不绝。老高花干了自己的积蓄又透支了给儿子准备结婚用的资金，还欠债十几万，没办法，老高一咬牙，把自己城里住的两间平房卖掉，才还清了债务。他的老伴哭诉："这就是个无底洞，何时才能填满啊！"此时的老高想到了放弃，但一想到他的初心，他还是坚持下来了。"锁住山上流下来的水土，让宋家沟绿起来。"这个初心，如一盏明灯，永远不会熄灭！

经过几年的艰苦奋斗，宋家沟的流域治理初见规模，老高的这种愚公精神终于得到上级有关部门的关注与支持，采用以奖代助的形式，帮助他解决了住房、通电、打井等基础设施建设中资金紧缺的难题。

有了上级领导的支持鼓励，老高劲头更足了，春夏秋冬都在忙活，一年四季都有安排，所有的奋斗都朝着一个目标——绿化宋家沟、美化宋家沟，同时把最好的树苗育起来，输送到外面去。

冒严寒、顶酷暑，风餐露宿、历尽艰辛，原本壮实的老高消瘦了，头发也白了，但两眼炯炯有神，闪烁着坚毅的光芒。治理宋家沟 23 年，老高累计造林 6120 亩，植树 20 余万株；苗圃 420 亩，累计培育苗木 500 余万株；累计整出坝地及高标准农田 615 亩；修筑河堤 200 米，筑坝 20 座；新建高位水池两座、3000 立方米大口井 1 孔、普通井 9 孔；修乡村水泥路 8 千米、田间道路 5 千米、各设施景点之间道路 2 千米；为周边村民无偿支援价值 50 万元的各种苗木 10 万余株，为宋家沟所属地碾子村 800 多人口的村子无偿解决人畜吃水的问题；23 年来长期雇养残疾人 3 名、五保户 3 名、脱贫户 10 人，让他们有收益的同时学会了植树造林专业技术。

不能让树寂寞

老高说："我是为种树而生的，要不怎么一看见树我就高兴？我一辈子什么都不爱，就爱栽树，与树打交道，能和树在一起，我就觉得比什么都快乐！"朴实的话语道出了一种对自然的敬畏，对生命的尊重，对环保的执着。他的快乐源于对树的爱恋，源于对自然的照顾和理解。这种理念支配下的老高，生出了"不能让树寂寞"的理念。他说："现在这些树有我陪伴，我死了呢？一沟的树就无人管护了，树就寂寞了，那么就植一些文化元素在沟里吧！"

于是老高就在宋家沟里建了九曲黄河阵、晋绥文化碑林（88通纪念碑，包括晋绥革命先烈、兴县历史名人及现当代知名人士）、一二〇师学校劳动实践基地、碾子村世纪中学学习经费林地、临时舞台、篝火沙滩、健身场地、生态广场、休憩凉亭、采摘园等；他还开出20亩空地，无偿提供给吕梁佛教协会，建起一座弥陀寺。接受当地群众的请求，在沟西半坡建起方圆百姓信奉了几百年的娘娘庙。老高说他自己没有这方面的信仰，但民间文化不能轻视，能让老百姓高兴就好！民俗、历史、农耕、宗教、现当代等文化元素的植入，宋家沟的树真不寂寞了。有了这些文化元素，老高将宋家沟命名为"宋家沟生态园"。节假日，来这里研学的师生、观光旅游的情侣、教育孩子的家庭、崇尚佛道的信徒以及摄影、美术、文学等社会团体络绎不绝，当然还有春秋两季来这里选买优质树苗的人。

宋家沟里有这样一条标语："从我做起，为实现碳达峰、碳中和目标而努力奋斗！"二十几年的实践，老高一直用行动从自身做起，将一个荒沟流域治理成现在的样子，没有坚定的信念、没有崇尚绿色的理念、没有艰苦奋斗的精神是不可能完成的。老高说："人来世一回，会给地球带来好多麻烦，我用种树的方式弥补，尽量不给地球添麻烦！"

74岁的老高在后沟松柏苍翠的半山腰选了一块空地给自己碹了墓地，他说："我现在已经是半截身子入土的人了，等我死了就把我埋在宋家沟吧，让我一直陪伴着我的这些树！"

老高一辈子种树，也把自己种成了一棵枝繁叶茂的大树，他的根早就深扎在了宋家沟的泥土里！

太阳西沉，我缓步走出沟口，站在那块庄严的大牌匾下，思绪纷飞，回想老高一生的种树情缘，23年来，他毅然决然远离城市的舒适繁华，选择在宋家沟驻足、生根、守望，坚守着他的信念，眷恋着这片绿色，以生命和热血浇筑这里的一切，用坚韧和毅力诠释了对生态保护的深刻理解，展现了一名共产党员的责任与担当。老高的故事告诉我们，生态保护并非一蹴而就，它需要我们持之以恒、不懈努力。让我们学习老高的精神，以实际行动践行生态保护、绿色先行的发展理念，齐心协力，为实现"一泓清水入黄河"而共同奋斗！

故乡的河（外一篇）

张宇春

故乡的河像一桩心事，一直珍藏在我的心底。

故乡依山傍水，空气清新，景色优美。故乡的河就在村子的南面，一条弯弯曲曲、四季流淌的小河，由东向西，日夜不停，奔向远方。河水清清，水流缓缓，水声轻轻，水面倒映着蓝天白云，倒映着古老的故乡，倒映着我儿时的身影和笑脸。像久别重逢的游子紧紧依偎在故乡的身边，诉说着难舍难分、绵绵不绝的思念之情。故乡的河承载了我儿时的大部分时光，从孩提时起，那里就是我日思夜想的地方，梦寐以求的乐园。那里有流连忘返的风光，有小伙伴们在河里欢聚玩耍，恣意挥洒着童年的天真任性激情，当年的情景至今历历在目，一幕一幕时常在脑海中浮现。

河水清澈见底，整个水面像一块大镜子。水面下小鱼、小虾、青蛙、小蝌蚪游来游去，活灵活现，清晰可见。只要水面有惊扰，这些可爱的小生命马上就钻到石头下或污泥里、水草丛中，在自以为安全的地方隐匿起来，之前活泼的身影顷刻间消失得无影无踪。

河的对面是山，山的顶部就像一个人的头，戴着一顶绿色的大帽子，上面覆盖着大片郁郁葱葱的森林。每到夏秋时节，草木繁茂，满目葱茏，山花烂漫，鸟语花香，美不胜收，宛如一幅绝佳的山水画。帽子下面就是偌大的山体，上面分布着层层叠叠的梯田，一块一块的梯田像一条条玉带缠绕在山腰上，排列整齐，错落有致，赏心悦目，这是勤劳淳朴的父老乡亲自力更生、艰苦奋斗的真实写照和生动展现。当年，在没有大型机械和设备的困难条件下，硬是靠驴驮人背小平车造出来的，靠苦干实干拼命干干出来的，从此"三跑田"变成"三保田"，成为村里一道独特的风景。故乡的河滋润着故乡这一方水土生生不息，父老乡亲守护了这一方水土福泽子孙。

河畔上的树和山上的森林里各种鸟儿发出叽叽喳喳的叫声，此起彼伏，悦耳动听。辽阔而湛蓝的天空中，老鹰张开双翅在空中盘旋，许久它才懒洋洋地扇动一下双翅，看似漫无目标，一副心不在焉的样子，其实这样想就错了，爷爷告诉我，实际上老鹰敏锐的视觉一刻不停在高度关注着地上和水面的情况，一旦锁定目标，便以风驰电掣般的速度，像箭一样从空中俯冲而下，一举击中目标，尽显空中霸主之雄风，而且所击目标几无逃生的可能。在低空中飞行的喜鹊、红嘴鸦、麻雀、乌鸦等鸟儿，地面上的野兔、野鸡、老鼠，蛇，浅水下的鱼、虾、青蛙等都是老鹰猎食的对象。小河不仅是孩子们嬉戏的乐园，也是老鹰等猎食者向往的地方。根据习性，老鹰一般在中午翱翔天空，但其注视的不仅仅是地面，还有低空和水面，它的视野广，视觉佳，所以随时捕捉目标的成功几率较大。

此时低空中飞行的喜鹊、红嘴鸦、麻雀、乌鸦密切搜寻着水上和地面的目标，一旦盯住合适的目标，瞅准时机，迅速拿下，同时它们还要高度防备处在高空中的老鹰的偷袭，稍有不慎，就可能变成老鹰口中的美食，这是常有的事。地面上的各种爬虫、蚂蚱，水下的小鱼、小虾、小蝌蚪，水面上漂浮的蝇虫等都是喜鹊、红嘴鸦、乌鸦等的最爱。当这些鸟儿出现在水面上时，小鱼、小虾、青蛙等立刻四散逃窜，有的躲藏不及，被鸟儿叼走，有的钻在石头下，乌鸦就站在石头上，静静等待它们的出现，果然这些小鱼小虾没有耐心，刚一露面，就被乌鸦叼在嘴里。

我们被这里良好的自然环境、优美的山水风光、红火热闹的河面景象、惊险刺激的捕食场面深深吸引、深深陶醉，也带给我们深深的思索：大自然优胜劣汰的法则在这里体现得淋漓尽致，唯强者生存，优者生存，适者生存。技不如人，不要逞强，每一个生命都不平凡，要想生存下来，须时时谦虚，步步谨慎，须臾不得懈怠，唯有拼搏奋进，自己变得更强更优，才是生存下来的不二法则。

我们一边欣赏着小河边的风景，一边打闹玩耍，俨然成为小河绝对的统治者。小伙伴们有的把裤子挽得高高的，赤脚站在小河里，打起了水仗；有的一个猛子扎到较深的水域，尽情展示自己的泳技；有的胆子小，站在河畔上，不断助威呐喊，小脸胀得通红。小伙伴们在水中互相追逐，活蹦乱跳，伸展双臂拍打水面，水花四溅，水波荡漾，欢笑声、鸟鸣声、流水声合奏出一首欢快的乐曲，在这旷野里悠悠回荡。鱼儿在我们的脚下游来串去，东躲西藏，脚上时不时有痒痒的感觉。我们弯下腰趁机摸小鱼、捉小虾、逮青蛙、抓蝌蚪……尽情释放着纯真的天性。此刻，这里只有欢声笑语，没有忧愁烦恼，我们是世界上最幸福最快乐的人。

我一不留神被脚底下的石头滑倒，仰面朝天倒在河里，听到落水声和下意识的惊叫声，小伙伴们蹚着水立刻向我围拢过来，他们有的拽胳膊，有的扶头，有的扶肩膀，七手八脚，齐心协力把我抬起来，问长问短，犹如春风扑面，焦急和担心写在脸上，所幸安然无恙，看到我轻松无碍的样子，伙伴们紧张不安的神情瞬间消失，反而露出了如花的笑靥。小伙伴们在我危险时刻表现出来的真心实意真情善举温暖着、感动着我幼小的心灵，此刻，我感到，仿佛满世界的温暖向我袭来，从此他们的淳朴善良厚道烙在我的脑海里。

我们把小鱼小虾装在小瓶里，这些小生命在这个狭小的空间里不停地飞舞、翻滚，搅得瓶子里昏天黑地，像沸腾了一样。我们却感到特别新奇刺激，好玩极了，心情异常兴奋开心满足，好像有一种得胜回营凯旋而归的喜悦与自豪。

往事如烟随风去，真情似金存心底。几十年过去了，总是难忘故乡的河，它承载了我逝去的童年岁月，见证了我童年的真挚情谊，想起故乡的河，仿佛又回到了那天真无邪的童年时期，总有一股暖流溢上心头。浓浓乡愁乡情充盈胸中，伴随着我走过人生的风风雨雨，跨过人生的坎坎坷坷，把一个无怨无悔无愧的漫漫人生留给岁月和子孙。

山水有情家乡美

我的少年和童年是在家乡度过的，家乡的亲人，家乡的山水，家乡的一切，深深地刻在年幼的记忆里，至今魂牵梦绕，历历在目，挥之不去。

家乡四面环山，环境优雅，村子前面有一条十多米宽的小河，四季流淌，清澈见底。每到夏季这里鸟语花香，气候宜人，漫山遍野草木茂盛，苍翠欲滴，简直变成了绿色的海洋，这里是我和伙伴们儿时的乐园。在这个季节里，最好玩的是我和伙伴们到山林里摘野花、打野果、捉小鸟、拣鸟蛋、玩打仗。我们站在高高的山顶，对着空旷的山沟齐声大喊，顷刻间，整个山沟里发出同样的声音，回响着我们的呼叫。

最有趣的是村西边有一泉水，日夜汩汩流淌，像沸腾的水一样翻腾着。听老人说，这泉水喝起来可口，味道不一般，而且防病抗病，延年益寿。这话有没有道理，不得而知，但当时村里七八十岁的老人的确是不少，村里几百口人的吃水就全劳驾它，而且源源不断，十分充足。更感到奇怪的是即使寒冬腊月，泉水不但不会结冰，反而热气腾腾，简直成了一道独特的景观，引得十里八村的人来驻足观看。因为有些名声，过路的人总要喝上一口，为的就是图个吉祥、健康。

世世代代居住在这里的人们，穷了一辈又一辈，但想改变现状的探索一直没有停止过，20世纪90年代曾有人引资办大企业，但又要改河，又要伐木，还破坏环境，污染水源，村里人坚决不同意，他们宁可不要大企业，也不愿失去大自然赐给他们的青山绿水。面对村人的选择，我很不理解。时隔几年之后，我有幸回到家乡，呈现在眼前的是一幅新农村美景：宽阔笔直的柏油大道纵贯全村，路两旁一排排整齐的新房，配上红墙碧瓦更显气派典雅；一座座农家旅馆和具有农家风味的特色饭馆如雨后春笋；以土豆和精莜面为本地特色的一道道农家菜散发着热腾腾的香气，吸引着四方宾朋前来享用，直吃得客人连连赞叹；农家超市更是人头攒动，络绎不绝；一袋袋精美包装的土豆和一盒盒"岚山牌"精莜面成了客人的抢手货；还有那山蘑菇更是供不应求，成为城里人饭桌上的美味佳肴。环顾四周，山山相连，郁郁葱葱，亭台楼阁，错落有致，一级级石阶从山底一直通到山顶，好似云梯降人间，每隔一段，就出现一个凉亭，供游人歇息。脚下更有潺潺流水，林中鸟语啾啾，花香袭人，使人赏心悦目，流连忘返，真是旅游避暑的人间胜地啊！此情此景，不由得吟诵出孟浩然的诗"绿树村边合，青山郭外斜。开轩面场圃，把酒话桑麻。"山还是从前的山，但现在的山真正变成金山银山了，变成能赚大钱的旅游资源了，村里人的钱袋子鼓得满满的。朴实勤劳的山里人从来也没有像今天这样高兴和幸福。

随着村里山水田园风光旅游的升温，村里的甘泉变得越发金贵，村民们像爱护生命一样爱护着甘泉，建起了漂亮的水房。凡来休闲度假的客人，必定要去看它、品它，走时还要带一瓶回去，并且留下买水钱。谁也想不到，小小的泉水现在变成了能赚钱的香饽饽。而且客人们把它夸得完美无缺，说什么口感好、水质好、味独特，比市场上的矿泉水好喝；什么能防病治病，防癌抗癌。还有的说，清朝有位皇帝饮用过此泉水，连连赞叹，当即赐名"御泉"，这些说法真实与否，有待考证。不过慕名而来的矿泉水生产商已有两家，通过化验、可研论证，有意与村里达成合作协议。正所谓靠山吃山，靠水吃水，山山水水永远是人们赖以生存的根本。假如"御泉牌"矿泉水成功问世，村里又将是怎样一派生机勃勃、更高水平的新农村景象啊！

青山绿水映白云（外一篇）

孙玉香

航拍下的兴县，似一串颗粒饱满、挨挨挤挤、玲珑剔透的葡萄，焕发着旺盛的生命力。横贯东西的岚漪河、蔚汾河与南川河交错汇集，缓缓流入母亲河，共同滋养着这一方土地。

兴县，是"一泓清水入黄河——生态文明 美丽吕梁"采风活动的第四站。它位于山西省西北部，吕梁市北端，东邻岚县、岢岚，南连临县、方山，北倚保德，西与陕西省神木县隔河相望，是山西省面积最大的县。

土生土长的兴县人喜欢这样称呼兴县所辖的七镇八乡。县川以奥家湾乡、蔚汾镇、蔡家崖乡、高家村镇横贯东西，沿 337 国道串联而下；西川瓦塘镇、魏家滩镇经济双雄背靠背；南川康宁镇、固贤乡自古以来素有"兴县粮仓"之美誉；西南赵家坪乡、孟家坪乡天然气仓库首尾相接；罗峪口镇、圪垯上乡、蔡家会镇，一碗地道的羊肉臊子调豆面，引发无数兴县游子的怀乡之情，乡村振兴的王牌农产品——山花烂漫，更是走出兴县，享誉世界；东南山东会乡、交楼申乡的土豆、莜面等，绿色农产品自然天成。

兴县历史悠久，"以近新兴郡而名也"，取兴旺之意。早在 5000 多年前就有人群生息繁衍。春秋时期，属于晋国疆域。战国初期，在三家分晋后，今兴县一带成为赵国的疆域。公元前 221 年，秦始皇嬴政一统六国后，在郡县制下，今兴县一带属雁门郡。后数次易名。北齐时期，正式设立蔚汾县，兴县旧志云："置县于北齐，因县城地处蔚汾河谷之宽平处，故取名为蔚汾县。"历朝历代多次改制。明洪武二年（1369），始称兴县，隶太原府，至今 600 多年。清朝这一历史阶段，兴县先属山西省保德州，后属山西省太原府。

革命战争年代，兴县是晋绥革命根据地的首府。

作为革命老区，兴县又被称为"晋绥首府"和"小延安"，红色旅游资源极为丰富。

兴县已调查登记的红色革命遗址有 70 多处，其中，国家级文物保护单位 5 处、省级文物保护单位 3 处、市级文物保护单位 8 处，是名副其实的红色文物大县。现为大众熟悉的"两馆一园"（即晋绥边区革命纪念馆、"四八"烈士纪念馆和晋绥解放区烈士陵园），一直是兴县人民从小接受爱国主义教育的基地。记得小时候，每年清明节去晋绥解放区烈士陵园献花，长长的石阶两旁是枝繁叶茂、庄严肃穆的松柏，陵园工作人员在绿荫繁密的小道上介绍一座座墓碑的故事，以纪念并缅怀先烈；国庆节时，学校组织共青团员以"苦不苦，想想红军二万五；累不累，想想雷锋、董存瑞"为口号，一路红歌接龙，响彻云霄，几百个学生每人携两个月饼，徒步从县城至蔡家崖晋绥边区革命纪念馆，上午参观，中午馆内工作人员会免费提供几大锅开水，我们月饼就开水，一边吃一边听校团委书记从长征讲起直到抗美援朝结束，当时内心燃起熊熊烈火，瞬间树立这样的理想：绝不能辜负先烈流血牺牲换来的美好生活，吾辈当自强。

兴县人民从小耳濡目染，爱国奉献、艰苦奋斗、乐观向上、自强不息的革命精神，就像母亲河一样影响着兴县人民，洗涤着兴县人民的灵魂，坚定了兴县人民的信仰，这种信仰一直激励着兴县人民"贫贱不能移""迷失急转向"。

站在六郎寨主峰口倚栏而望，一泓黄河之水蜿蜒而来，蛇形般前行中，路经西川、北川、南川、西南川，纵横南北，润泽着兴县沿河三镇两乡，成就了沿河农耕生态文明。

走进农耕文化馆，仿佛回到了石器时代，一幅幅泛黄的古老图片，一件件带有历史印痕的青铜乐器，一尊尊农民亲手捏出的泥塑作品，一堆堆不同年份的陶罐、瓦罐，开启了人类原生态农业进化演变史，再加上李文庆老师精彩的解说，把我带入了农耕生态文化的历史画卷。农耕文化馆展示区分古代农业、传统农业、现代农业、乡风习俗四大部分，从天然砍砸器、石斧、石柄再到牛耕犁种、石磨碾盘等实物展示，真实再现了从刀耕火种到现代化耕作技术的发展历程。

当然，您要是觉得六郎寨的农耕文化馆令人意犹未尽，那就沿着黄河公路进入西川瓦塘镇后石门庄村史馆。村馆里的铁犁伸手可触；织布机可以摇转；羊腿把子、水烟袋、长杆烟锅子，静静地躺在玻璃展柜里，仿佛在讲述他们的主人是如何捻着自家种的烟叶子吞云吐雾的；墨水瓶油灯和各种手工编织的购物篮、晾晒蔬菜瓜果的平底筛子，打谷场上的螺杆、叉子、筐箩、簸箕……瞬间把你带回上世纪，唤醒你朴素而原生态的童年记忆：一湾玉带似的清水绕村而过，全村人洗衣、浇地、饮牛、洗菜，甚至是饮用，小孩子抓蝌蚪、捉鱼苗、以狗刨姿势在河里游泳，那时青山绿水、蓝天白云，空气中都是甜甜的味道……

曾几何时，这样的空气中蔓延着雾霾；

曾几何时，这样的清水枯竭发臭；

曾几何时，清冽的母亲河变了颜色；

曾几何时，青山难觅，众鸟呜咽……

环境危机似洪水猛兽般侵蚀着人民的健康！

兴县在高速发展阶段，也曾忽略过环境的治理，以牺牲环境为代价，单纯求取经济的飞速增长。新时期，习近平总书记提出"绿水青山就是金山银山"的发展理念，兴县随即调整方针政策：既追求经济的持续增长，又竭尽全力打造生态文明。

无疑，兴县人民这些年是幸福的。在追求"一泓清水入黄河"的道路上，有着"壮士断腕"的勇气。兴县强化"三水统筹"，强力推进"五水同治"，通过精准治污、科学治污、依法治污，加快夯实治污基础，有力促进全县水环境质量的再巩固再提升。第一、二生活污水处理厂，让城区管网内的生活污水实现了100%全处理。兴县的污水处理网络，正延伸至园区、乡镇和农村。

多年来，兴县按照国家黄河流域入河排污口排查整治要求，组织开展入河排污口再排查、再整治专项行动。通过"一口一策"整治，坚持分类治理，并启动实施污染源、入河排污口、国考断面一体化智慧化管控平台项目，对蔚汾河、岚漪河等支流入河排污口实施统一监管，提升入河排污口管理水平，确保蔚汾河、岚漪河汇入黄河前水质达标。

　　而今，蔚汾河波光粼粼，清澈见底。南山公园宛如青罗翡翠，山上到处都是鸟语花香，绿草茵茵，植被茂盛，被誉为人造氧吧，是居民休闲晨练的好去处。

　　蔚汾公园假山奇石、天然湖水、树木花草争奇斗艳，引来百鸟争鸣，是漫步休闲、观光旅游、康养健身的好去处。

　　同时，驻地企业也承担了自己的社会责任。山西焦煤西山煤电斜沟煤矿是兴县第一家主动申请封堵排污口的企业。其自建的污水处理厂，对矿井污水和生活污水全部深度处理，实现了"污水零外排，水资源全部循环利用"的目标。斜沟煤矿的污水处理厂是山西焦煤集团标准化污水处理厂之一，其矿井污水处理车间建成于 2010 年，2015 年进行升级改造，日污水处理能力 1.5 万立方米，水源主要来自井下开采过程中产生的污水和地质性涌渗水。当水质达到回用标准后，再次复用于井下生产与消防用水，部分经反渗透过滤后回用于生活用水。该车间拥有的先进的 PAC、PAM 自动加药设备，不仅可以减少药剂消耗，更可以高效精准地保证处理水质的安全性和稳定性。

　　在政府引领、企业担责的同时，兴县人民也贡献着自己不可或缺的力量。

　　那一天的细雨轻抚着每一片树叶，仿佛为它们披上了一层薄薄的水纱。雨水润湿了树叶，滴落在泥土中，清新的气息萦绕在每一个角落，氤氲缭绕的白气弥漫了整个宋家沟上空，伴着树木的清香与泥土的芬芳，我们进入了被绿包围的世界。首先映入眼帘的是树——葱葱郁郁的树，高低不一、错落有致的树，品种多样的树。一棵棵枝繁叶茂、直插云霄的槐树，树皮灰白、斑斑驳驳的白桦；如卫士挺拔、威严肃穆的松树；不畏严寒、挺直脊梁的柏树。

　　74 岁，满头银色短发，皮肤黝黑而步履坚定的高华处从一排排油松中间走来，满脸朴实地笑着。这就是宋家沟生态园的主人——高华处，一个因树而生，与树共生，把植树造林当成终生事业的人。

　　宋家沟，也叫冯家沟，是一条乱石荒沟，有十里多长，属于县川蔡家崖乡碾子村和高家村镇宋家山村、冯家沟村的交叉地带。高华处，2000 年从林业局副局长的岗位上退休后，承包了这个乱石荒沟，一开始，老伴、子女无人理解，各种抱怨，好不容易筑坝淤土种活一些树，周边村民却觉得妨碍了农作物的生长，边骂边砍树。老高既要克服毒虫猛兽的恶劣环境，还要改变村民"林农相背"的固有思想，常常忙得吃不上饭，身体素质急剧下降，但老高一想到大片土地在强降雨之下，微量的耕地随雨水流失，滚滚洪水卷积着泥沙，浩浩荡荡流入母亲河的情景就重振士气，以一名老党员的标准严格要求自己，用红色信仰鞭策自己继续投身于扎沟坝地、植树造林中。

23 年如一日的坚持下，得到了省、市、县领导的高度重视，在经济上适度支持，老高改善了住房条件，由简易帐篷逐步修建起二层小楼，添置了现代化治理工具，引进了文化元素：九曲黄河阵、晋绥文化碑、篝火沙滩、生态广场、绿色食品采摘园等，无偿提供 20 亩土地给吕梁佛教协会，建起一座高规格的弥陀寺，重建了方圆百里百姓信奉了几百年的娘娘庙。民俗、历史、宗教等文化元素的加持，让宋家沟的树有了灵魂。

治理宋家沟 23 年，老高累计造林 6120 亩，植树 20 余万株，育苗木 500 余万株，扎沟坝地筑出肥沃农田 615 亩，修筑河堤 200 米，筑坝 20 座，为周边村民无偿支援价值 50 万元的各种苗木 10 万余株，扩大了植树造林面积，贯彻执行了习近平总书记："黄河流域生态保护高质量发展"的重要指示，为实现"一泓清水入黄河"而努力奋斗！

雨点击打着屋顶，雨水顺着简易帐篷的边缘流淌，在"宋家沟生态园"吃过纯绿色、无公害的晚饭后，我们一行登上了返程的客车。临别之际，高老略带伤感地说："我今年已经 74 岁了，干不动了！但我是一名老党员，我准备以党费的形式把这里无偿交给国家，让它继续为黄河、为周边的百姓发挥更大的生态效益。"

望着他略微佝偻的身影，我耳边久久回荡着这样一段话：人最宝贵的东西是生命，生命对每个人来说只有一次，人的一生应当这样度过：当他回首往事的时候，不因虚度年华而悔恨，也不因碌碌无为而羞愧。在他临死的时候，他能够这样说：我的整个生命和全部精力，都献给了世界上最壮丽的事业——为人类的解放而斗争。

我用这段话致敬高老——为"一泓清水入黄河"而奋斗终生的人！

曾经以脏、乱、差，被嘲笑、打趣的兴县，正以一日千里的速度，迈向生态、宜居、大美的行列，与时代并行，刷新全国人民的固有印象，向祖国递交新的社交名片。

美丽乡村游

今年离石区文联组织吕梁市作家"书写离石故事"采风团，深入信义文旅小镇——王营庄、华北第一露营地——大东沟，做实地采风。

作为一名在离石生活了 25 年，把离石当作终老之地的外来人员，第一次对信义镇有了比较全面而详细的了解。这是一个有历史厚重感的乡镇。既是上古时期女娲补天、大禹治水的传奇神话之地，又是春秋战国、南北朝时期北魏的军事重镇，还是游击队员抗击侵略者的英雄之镇，更是晋商古道的驿站，见证过晋商的辉煌与变迁，是举足轻重的交通要地，是晋商精神的流传之地。

这是离石区委、区政府实施乡村振兴的最佳名片。王营庄是吴城镇的一个自然村，因秦末汉初名将王武在此驻军，并训练出大规模的骑兵而得名。常住人口不足 500 人，经 209 国道来到村口，沿着康养大道缓缓而行，两旁都是仿古风格、青砖伴瓦漆的木质结构小屋，每年秋收之际的农博会上，都会有地方特色美味的展览，不仅让你一饱眼福，更能品尝到无公害、天然绿色的农产品。

平日里，小镇的特色店铺照常营业，有顾客时，店主热情相迎，用本地方言跟你谈谈生意，聊聊家乡，临走时还不忘嘱咐你下次再来；没有顾客时，清洁卫生，设计店内陈设；抑或研究新品美食，不沉迷于一日得失，不喜怒于生意好坏。

节假日，小镇游人如织，观赏花卉、亲子采摘、光影展里体会现代科创的魅力，稻田里活蹦乱跳的鱼，让久居城市的游客忍不住跃跃欲试、摩拳擦掌，做一顿就地取材的美食。

"闲庭漫步雨幽幽，青砖玉瓦路尽头。"在小镇剧场感受民间传统文化与现代文艺相结合的雅俗之趣；逆流而行，拾级而上，赏鱼跃浅底的闲情逸趣；驻足于"我爱离石"的网红打卡之地，手捧一杯冰镇柠檬茶，拍几张松弛的美照，体验一把"老夫聊发少年狂"的时尚之趣。一时之间，竟然有种如释重负、神清气爽、怡然自得的惬意。

出小院，上河道，一路向前走，在琳琅满目、绚丽多彩的花卉基地，既可以打卡留念，还给每一位深居都市的孩子普及了生物知识，迎面吹来的是一股新鲜泥土味儿，略带着一丝江南水气。

不远处就是一排排弯腰插秧的农民，青衫红袖，身着齐膝皮靴，袖口挽至肘上，动作整齐、轻盈、灵动，让我讶然一惊，不禁想起了一曲舞蹈《插秧舞》，他们以天地为舞台，以日月为灯光，踩着春夏秋冬的节拍，用锄头、镰刀和汗水，舞出城镇化快速发展的新农村风貌。

我甚至像孩童一样，热烈而急切地想品尝到"鱼稻共生"田里收获的大米、各种风味的鱼，携三五知己，在王营庄的康养小院"开轩面场圃，把酒话桑麻"。

若是想像王维一般来个短暂佛系，与大自然尽情拥抱，那一定要去千年村的大东沟，一进沟口就能看到高远而明亮的天空、飘逸而薄如蝉翼的白云，还有那如草原般广袤而宁静的露营地，远远望去，一顶顶帐篷就像草地上盛开的一朵朵大花。牛排和大虾在铁板上滋滋作响，啤酒和饮料冒出喜悦的泡儿，豆角和茄子在火红的木炭上翻转跳动……带上空灵的音乐，在星空下来一场露天电影，牵手触足载歌载舞开一场篝火 party……

相比这些，我更喜欢避开车行道，携一根林间的自然木棍，在青草与牛粪混合环绕的古树森林中，伴着啾啾鸟鸣，和着淙淙溪流，在阳光闪烁的林间寻路，踩在松软的树叶上缓缓向前，下沟壑、撩溪水、抓蝌蚪……跟同行伙伴环树而戏，与半湿的牛粪来个"足部亲密"，随即开怀大笑……竟觉得回到了童年。

眼前的五彩迷你炫色灯，林间栖息复古坐榻，木质旱桥……还有那手举小红旗，高唱《没有共产党就没有新中国》的团建队伍和着游人爽朗的笑声，让我们有了更丰富而美好的体验。

三交古村的红色文化

白占全

三交村毗邻黄河，是黄河岸边一个远近闻名的千年商贸古村落。村因秦赵魏三国交界，也因黄河、屈产河、留誉河（大黄沟）三河相交而得名，有"击鼓响秦晋，鸡鸣惊四县"之说。这里不仅是盛极一时的水旱码头，而且红色文化遍布村庄各个角落。

寒冬时节，随作家采风团乘坐大巴去三交镇采风。车出沟岔，顺沿黄公路南行，到达中国红枣第一镇三交镇所在地三交村红枣一条街下车，参观电影展览馆。趁闲暇，我走入后院黄河岸畔俯视，河畔明显宽了一些，河水低了些许，半浑浊的黄河水从坪上拐峁绕了个半圆，便奔腾激昂着扭头南下，卷起波涛汹涌的浪花，直奔三交而来。转回展览馆门口，抬头向街道东侧半山腰望去，已修缮一新的老爷庙矗立在我的眼前。庙宇三进院落，中轴线建有山门、戏台、献店、老爷殿、佛店，两侧分别建有钟鼓楼，上院东西配殿、下院东西两侧建有砖瓦房窑洞。老爷庙虽为庙宇，但红色历史丰厚。1936年2月20日，红一军团突破黄河天险坪上渡后，横扫三交顽敌；21日晨，老爷庙战斗异常惨烈，固守老爷庙的阎军二〇七旅四一四团杨贵有机炮营负隅顽抗，红一师五团将士从红沙坡向敌阵地猛冲猛打，在付出惨重的伤亡代价后，终于攻破了老爷庙，全歼守敌，解放了三交镇。这一天，从坪上到三交段黄河上，全是乘小木船、羊皮筏子渡河的红军战士。三交解放后，中阳县苏维埃政府成立大会就在老爷庙召开，戏台就是主席台，苏维埃政府相关人员及当地群众1000多人参加了成立大会。

此时，电影展览馆参观的作家也已走出来，我们顺红枣一条街南行，沿街两侧300多家红枣商铺摆满了琳琅满目的红枣产品，沿街的夹肉饼、油旋、豆腐，不时散发出一股股浓浓的香味，撞击着人的味蕾。行约500米，进入刚刚修复的石板铺砌的古街。村支书刘贵平说："三交古时有名的商行有德胜新、永德厚、万胜泰、万兴隆、三合成、恒源当、仁义堂、万和玉、四义堂、自成永、德和厚、勤俭老店等商铺50余家，各种行业应有尽有，曾是中阳县的四大商贸古镇之一。去年投资700余万元，整设了500米长的街道店铺，相信三交的商贸随着游人的增多会更加繁荣。"

顺石板街前行，来到了当街红军东征纪念馆，纪念馆设在一个大型的二层四合院落，是修建于清朝光绪年间的"三合成"商行，商行临街有门店三间，门店东西两边各有小窑一孔，院内正面有砖砌窑洞三孔，高圪台下院两侧各有窑洞三孔，二楼三面各有砖瓦房五间。展馆共有苏维埃政权文物资料展、刘志丹将军事迹展、周恩来办公用品展、黄河民俗文化展、明清古艺术展等展室11个，收藏文物万余件。说是东征纪念馆，其实是周恩来路居处。1936年3月初，周恩来从清涧马灰坪村经绥德沟口渡黄河来三交检查工作，就住在"三合成"商行。周恩来在三交住了三天三夜，在第二展厅那孔简陋的窑洞里，陈列着周恩来用过的木床、木椅、木凳、麻油灯、办公桌、笔墨纸砚等。东征纪念馆西南拐角处是红三十军军部。1936年2月底，中央派阎红彦率领新成立的红三十军部分人员，来到三交村，协助红军贸易部和中阳县苏维埃革命委员会开展筹粮筹款扩红工作，住在"永兴恒"商行。短时期内，扩红300多人，全部补充到红三十军，并成立了中阳县红军游击队。

东征纪念馆背后就是山西第一个苏维埃政权——中阳县苏维埃革命委员会旧址。旧址沿街店铺五间，内有三孔小窑，院内东西各有窑洞七孔，北面有窑洞四孔，东侧二楼有窑洞七孔，北侧有砖瓦房七间。1936年2月26日，中阳县苏维埃革命委员会成立后，选举李文才为主席，黄石山为副主席，高立山、李文信、李凤鸣、刘中杰分别担任军事委员、财政委员、保卫委员和粮食委员。组建了工作队、宣传队、保卫队，建立了三交、坪上、坪头三个党支部，发展了十余名党员，并建立了三交、坪上、坪头、康家岭、宋家沟、宋家垣、惠家坪、曹家山、杜家庄、神堂峪、关上、郝家庄16个农民协会。黄河红色文化发展有限公司负责人强周元说："苏维埃旧址现已全部修复，目前已进入布展阶段。另外紧挨旧址修建了培训中心住宿小二楼窑洞18孔、大型教室一间，苏维埃旧址必将成为红色文化观赏、干部教育培训、文旅民宿为一体的综合文化活动场所。"

红三十军军部西侧紧靠河塄畔的石鼓院是红军贸易部。石鼓院为明柱厦檐院子，正面有砖砌窑洞三孔，二楼有砖瓦房五间，东西两侧各有窑洞三孔。1936年2月21日，三交解放后，毛泽民就率黄石山等清涧东区地方干部从沟口渡黄河来到三交，住在石鼓院，开展筹粮筹款扩红工作，不到一个月时间，就筹粮300多担，白洋数千块，动员300多名青年参加了红军。

到三交，必看刘志丹将军纪念园。出石鼓院，在河塄畔路边乘坐大巴，爬山来到刘志丹将军殉难处，山峁西边是刘志丹将军纪念馆，馆内陈列着刘志丹将军的英雄事迹，纪念馆坡下西侧是二十八军战时临时指挥所——一间老爷庙，纪念馆北侧是刘志丹将军汉白玉雕像，采风团全体在雕像前合影留念。尔后过塬，顺台阶登上三交村鏊子疙瘩将军殉难处纪念亭，殉难处靴子圪巴、鏊子疙瘩四周千余亩松柏树郁郁葱葱。

透过树林远眺横在沟底的战斗遗址水台山庙堡、崖头望战壕遗址、兔城疙瘩碉堡、富喊疙瘩碉堡、大疙瘩碉堡，想象着1936年4月14日的那场激烈的战斗场面，红一团、红二团很快攻下神塬则高地、五里塬高地碉堡，大疙瘩碉堡、桑地疙瘩碉堡被二团攻下，水台山庙堡被红一团攻占，转攻崖头望敌阵地，战斗受阻，红二十八军军长、西北革命根据地的创建人刘志丹将军站立在光秃秃的黄土山头，面向敌人阵地，沉着指挥战斗，不幸被敌人机枪榴弹射中，壮烈牺牲。为纪念刘志丹将军，1958年三交公社改称志丹人民公社，三交小学改称志丹小学。1986年至1996年，三交镇先后投资240余万元修建刘志丹将军纪念亭、刘志丹将军六角彩绘亭，2007年至今累计投资1300余万元修通了三交至刘志丹景区2千米的盘山硬化公路、刘志丹将军事迹展览厅、刘志丹将军汉白玉雕像、题词碑廊。并修建了景区小型停车场、太阳能路灯、景区通道仿木护栏。2019年，投资70余万元，在省级国防教育示范校三交小学校内，建成木结构红色文化长廊、志丹雕像及红色文化展厅。

站在靴子圪巴环顾四周，黄河闪着金灿灿的光，浩浩荡荡向南流去，东疙瘩山头的碉堡挡住了远眺黄河母亲峰的视线，古村背后成片成片的红枣林迎着寒风傲然挺立。我想，三交古村众多的红色文化与黄河风情游渗透融合，必将在新时代乡村振兴的大潮中彰显出无限的魅力。

那一缕阳光让我心花怒放

冯璐冰

这是一个美妙的世界，这是一个神奇的地方，这里曾经是中吕焦化厂建筑遗址，这里已经是传统风格的主题公园——城南工业主题公园，它东西1120 米，南北 44 米，占地面积 47.5571 万平方米。这里有活动广场结构区、生态水系结构区、体育运动娱乐游玩区，还有种植绿肺区。真可谓城南升明月，居民跃园中。

我家就居住在城南工业主题公园附近，2019 年以来，几乎每天早晨我都要来这里晨跑，这里已经是我的美好去处。

又是一个晴朗的天气，我带着愉悦的心情第一个来到这里开始晨跑。这里的空气格外清新，我尽情吮吸着新鲜的空气，那空气中的氧气随着我的呼吸道缓缓地进入我的肺部，渐渐渗入我的血液，我的全身都活跃起来。

我迈开步伐继续跑步，微风轻轻地抚摸着我，鸟儿早已经开始欢快地鸣叫，仿佛在和我对话。

"你好！鸟儿"，我对着鸟儿微笑。

鸟儿扇动着翅膀从我身边掠过，发出叽叽喳喳的叫声，仿佛在说："你好！早早锻炼身体好。"

"可爱的鸟儿们，你们飞得好高。"我对着它们喊着。

它们却给我来了一个精彩的表演。看吧，它们一会儿飞在树丛中，伸伸腿，点点头；一会儿飞在草丛中，东瞧瞧西看看；一会儿停留在跑道上，摇摇头，抖抖翅膀；一忽儿扑棱棱飞向天空……它们早已经是我们人类的朋友，它们不再害怕我们，它们还在靠近我们，它们甚至敢于站在我们的肩膀上与人类对话，好一个美好的世界。

鸟儿依然在欢快地唱歌，依然在自由地飞翔，我依然在快活地晨跑，依然在幸福地思索。

这时，一缕阳光从树丛中向我洒来，那阳光透过茂密的丛林，静静地静静地直从东方而来，整个树木被它晕染出光怪陆离的色彩，地面上到处是斑驳离奇的诗画。看吧，狮子练舞、鱼儿戏水、小鹿奔跑、小狗蹦迪、小猫酣睡、小羊吃草……你正想把这一幅幅画面记录下来，忽然就变了，变成另外一幅幅感人的画面：有人正捧着书本看书，有人在背着吉他前行，还有人正坐在电脑旁打字…… 每一幅画面都在不停地变化。好神奇的画面啊！我不由得喊出了声。我这次一定要快速记录下眼前的所有景色，等我拿起手机准备拍照的时候，画面又变了。这景色就是这么神奇，无论你如何去欣赏它，它都会以一种全新的姿态面对你。

仰望天空，枝枝蔓蔓的树叶居然呈现出深浅不同的绿色，或浅或深，或浓或淡，都离不开生命的绿意。最令人感到神奇的是这树枝居然枝叶相连，露出一个长方形的天窗。透过天窗，你会发现蓝色的天幕已经和树木粘连在一起，瓦蓝瓦蓝的天空上虽然也有朵朵白云，但依然淹没不了晴朗的天空，真可谓天地合一，人物相融。

这时，公园里的人多了起来，打羽毛球的、打篮球的、踢足球的、散步的、跑步的、练剑的、跳广场舞的都来了。公园里热闹起来了，我也便准备打道回府，内心却装满了无尽的喜悦。

从公园到我家还要路过一段小桥，这段小桥下面曾经是一条臭水沟，每每路过此地，我都要屏住呼吸或是佩戴口罩。如今已经是一条清澈的小溪，潺潺流水总会让你流连忘返，小溪两旁绿草如茵美妙动人。

站在小桥上，只见一辆辆新能源公交车从你身边驶过，所有人员只要乘坐公交车出行，都无须花钱，由政府支持免费乘坐。还有专线公交，专门为那些赶时间上班的人设置，大家都不用因为交通拥堵上下班发愁了。生活在这样的一个城市，想去哪儿就去哪儿，老人小孩乘坐公交车都很方便，所有的乘客都很有礼貌，排队上下车、携老扶幼、主动让座已经是一种习惯。整个城内公交车按时按点发车，公交司机礼貌待人，车内整洁漂亮。你还有什么理由说出行不方便呢？

我呼吸着清新的空气，哼着童年时的乐曲，向着阳光走在回家的路上。

岚州岚州

胡春良

岚州者，吕梁岚县也。

之所以称岚州，是因为唐武德六年改东会州为岚州。唐天宝元年（742）改岚州为楼烦郡，乾元元年（758）复改岚州。

恕我无知，我对岚县知之甚少，也从未想象有一天和它相遇。

记得 2018 年 7 月，应邀参加《山西铸造史》编写学术会议，而且地点就是岚县，更令人期待的是，首先要参观岚县首届土豆文化节。

车过静乐，让人欣喜的是沟壑纵横的黄土高原披上了绿装，尽管树木尚且稀少，但这漫山遍野的淡淡的绿已令我非常开心了，黄土高原绿了！我甚至痴痴地想就做这土塬上一棵孤独的树吧，见证沧桑变迁。这里气候同我家乡中条山深处有几分相似，这故园的味道，让我对岚县产生了亲切感，心生喜爱。

风风火火、兴冲冲赶到岚县，安顿于岚州宾馆。遗憾的是已是下午五点多，再去景区已经赶不上了。这也是文化节的最后一天了，就这样与土豆文化节失之交臂。在晚饭时只能分享其他参会人员拍摄的影像资料了。当然，晚饭有许多土豆佳肴，地地道道的土豆宴，算是与文化节亲密接触。想象着和岚县的相遇就这样没有故事了，戚戚然。晚饭后，没有任何期待地去溜达了。街道宽敞整洁，灯火辉煌，商业发达，传统与现代交融，建筑时尚，街头巷尾美女出没，年轻的小伙子们自信而阳光，颇具大城市的风尚。没想到吕梁山深处的小县城竟然如此具有魅力，如此人文宜居，让人颇为意外！我有些陶陶然，忘归了。像在故园一样放松惬意。

由于在车上听到一句话，穿城而过的岚河河道已被改造成景观公园。我决定一探究竟。第二天早上起了个大早，呼吸着清新的空气，在温润的气息中直奔岚河边！

　　这里正被改造成懿荷公园，面积达 400 余亩，水面达 170 余亩，曲径通幽、凉亭雅致、鲜花怒放、树木葱郁、环境优雅，健身器材点缀其间，雕塑不时映入眼帘，让人欢喜得不得了。岚县风光的摄影展陈廊道，更添人文情怀。岚河静静奔流，人们或漫步，或慢跑，或太极，浓浓的生活气息，一如温婉乡歌，朴素纯粹。秀容御苑气派的高楼倒映水面，远山近树，俨然水墨江南。放不下这公园，吃过晚饭，又兴冲冲钻进公园，在色彩生辉的夜色中漫步，让自己醉入其中。第三天早上，照例早起，照例去岚河边，这是故园一样亲切的地方，我就像多年远行的游子回归故里，这儿也看不够，那儿也看不够，寻找乡音寻找依稀的故事和情怀。意外发现居然还有个和谐园和裕丰湿地公园，同懿荷园依次依岚河布列，成为小城的名片。壮观的铜鼎展示着岚州儿女的精神和气度，《岚之韵》雕塑诉说历史人文，清荷绽放清雅，鸭子游戏水中，白鹅浮水绿波，老者垂钓，铿锵的合唱回荡飘扬！芦苇把河道布置得更加葳蕤，廊桥回环通幽，风情奇美。岚州、岚州，居然可以如此之美。我怀着一腔热爱，总怕落下什么。在格桑花灿烂静谧的笑容里，我就愿成为岚河边的一株水草，或者堤岸上的一棵树，青山绿水，白云清音，逍遥自在，怡然自乐！一念痴牵，午饭后我没休息，又一次拜访湿地公园。岚州，你轻快明丽地留在记忆里了！岚州，你活色生香幸福在灵魂里了！

　　岚州、岚县，就是心爱的家园，历史久远。商为燕京戎所居地，周为娄烦胡地，春秋末年晋国在古城村建汾阳邑，西汉为汾阳县，属太原郡。艰苦卓绝的抗战时期，又是贺龙一二〇师重要的战斗活动区域之一。这生长历史的土地，这养育英雄的土地，在新的历史时期，科学发展，谋民生之福，兴发展之举，贫穷换新颜，凤凰涅槃，浴火重生！这是幸福，这是发展！为岚州的巨变致敬。岚州，你是一抹惊艳；岚州，你是家园的风情！一次偶遇，一生怀想。在土豆花开的淡淡清香里，在土豆生长的土地上，在土豆宴的风味里，我的心留下了！成为岚州八音的一曲新歌。

　　离开岚县之时，我毅然梦想成为山梁上的一棵树。一棵守望的树，一棵幸福的树，一棵自信自乐的树！

清静世界自清凉

老　祁

夏季入伏,南方人被闷热湿气包围着,身上满是黏糊糊的感觉,一出空调房,头上的汗突然冒出,桑拿自然又免了费,感觉却不是那么舒心。龙城太原的人们一方面骄傲着,一方面庆幸着。骄傲自有理由,2500多年的历史,从三家分晋到清末太原起义,中山先生莅临文瀛湖,即兴演讲,开创了民国山西新气象。地下都是宝,除却煤铁铝锰,价值连城的文物时有发现。蒙天赐福,冬不冷,夏不热,夏天最热时分不过十来天,那种有时水也深火也热的气候离龙城人太远了。平心而论,龙城太原的确是一块风水宝地,一个夏天,除了有条件又矫情的人家,很少有人家用空调。并非出于经济方面的考虑,实在是用不着。

若因酷暑不苦龙城人窃喜的话,有一个地方的人定会呵呵一笑。

沿西环上太佳,西行90千米,自娄岚口下高速,续行20余千米,便到了一暑天午休亦需盖棉被的清凉世界——岚县白龙山。

山不大,属大万山的一部分。因山腰处的白龙庙而得名。大凡风景名胜,非佛即道,人们心目中的好去处,无不为他们自己打造的神仙所喜欢——人们是如此想的。如此看来,无论是人还是神,自有相通之处。白龙庙非佛非道,山上的侍奉者不僧不道不俗,含混不清。所供奉的,在雍正八年修订的《岚县志》中作了记载:土木堡之变,帝困漠北,一老者送饭食与,回帝问:吾白龙山白龙神也。后,帝赐享春秋二祭,名灵渊侯。此为传说也。每年农历四月初八,附近人们顶礼膜拜,不多不少,收得布施若干,也养了附近村庄几许闲汉懒人。

车行至功德门,泊于停车场,沿青石台阶一步步到达万寿岩,天空烈日兀自悬着,头上却是蔽日阴翳,看不见的蛛丝不时粘到脸上,需手不停地舞着拨开。树荫中知名不知名的鸟间或鸣叫一声,从人的头顶快速飞过。

一块顶天立地的石头面南背北,面南的一方平如镜面,上刻一硕大的寿字,据说是亚洲第一。所题字来历不小，改革开放之初，县里领导去北京请赵朴初老先生题写，然后放大刻于飞来石上，再然后便成了一处来之必去的标志性风景。

可以说，没有文人墨客的润色，再美的风景也都少了灵性。

春秋两季带老年人至此处留个影不失为一件有意义的事。春天，树未吐芽，秋季，叶将落尽，老者双手叉腰站在寿岩下，红的字，白的鬓，气宇轩昂，精气神自然添了几分，偶有微风吹过，白发飞扬，又成为一道妙不可言的人文景观。

沿右上方行，从两块飞来巨石的一线天穿过，经铁梯至飞来石顶部，虽头顶烈日，但有山风扑面吹来，不疾不徐，令人心旷神怡。对面山头是迎客松，距离远了，看上去比实际小了许多。手握铁栏杆，面朝迎客松，拍一照，作为到此一游的纪念。

从万寿岩或下坡或上坡曲折西行，丽日为树荫阻隔，仿佛到了仙境。各种树木自由生长着，叶子大小不等，身材却以曲折者居多，亦有如南方之藤者，互相缠绕中又缠绕到山杨树或其他高大灌木的身上。

有天然泉水自山顶处，沿山流下，自辟己路，尝一口，冰冷刺骨，吸入口中，凉意顿生，炎炎夏日中行走于尚有凉意的山间林荫，无边的快乐从头到脚。

自山腰，路由高向低处蜿蜒，随路标达临风亭，不知道从哪里来往哪里去的风不管不顾，向亭间吹着，看是看不到的，一路行走头上生的汗被风吹着，有经验的，赶紧拉了衣服上的拉链。名实相副，夏日至此，还作何想！

临风亭至主殿，则以下坡为主，偶有迟开的野玫瑰开放着，间有蜂蝶驻足其上，见人至，振翅飞至他处，只留下孤零零的花兀自颤着抖着……

无论什么建筑，皆任人意，即便粉妆玉砌技术再高，恐怕是高不过大自然的。

离主殿曲折向南，满径树荫，习习凉风中至迎客松，一切出于自然之故，意趣自生。倒是树枝上的红布条让人产生了不伦不类的感觉。站在迎客松的位置向东向南眺望，云雾缭绕，白的云，绿的树，青色的山，曲折蛇行的路，有山有水，有云有雾，岚县岚字的由来一目了然，心中的疑惑茅塞顿开……

心中有美，哪里也是风景。

初 冬 暖 阳

李瑞花

初冬的一个早晨，薄雾弥漫，橘红色的太阳从东方升起，给大地涂上一层霞光。阳光穿过稀疏的枝丫，洒在地面上，形成一片斑驳的光影。一阵风吹过，枯黄的树叶被高高抛起又散落下来，顺风贴着地面卷动，发出沙沙的响声。北方的冬天一点也不含糊，昼夜温差大，虽是初冬季节，地面却已结了薄薄的一层冰。

晨跑归来，走在冷冷清清的大街上，只感觉丝丝寒气斜切着领口、袖口往身体里钻，我只好缩着脖子，时不时地往手上哈着气，疾步向前走。

对边徐徐驶来一辆流动垃圾车，车顶插着的一面小国旗随风摆动，猎猎作响。车停了，下来一个环卫工人，走到垃圾桶旁开始忙碌起来。他身材矮小，背稍微有点驼，穿着橘黄色的工作服，站在两个堆满的垃圾桶前，愈发显得矮小。他弓着身体从垃圾车上拖下两个空垃圾桶，弯腰徒手把纸箱类垃圾捡出来，简单折叠摞在一起；再转身从垃圾车上取下铁锹一锹一锹地把地上的垃圾铲入空桶，用力拍瓷实。他动作缓慢、神情专注，埋头处理着那些在别人看来有些恶心的垃圾。

我停下脚步，向垃圾车望去，突然眼前一亮，发现车把手上赫然插着一束花。这是一束仿真绢花，娇艳的红玫瑰，优雅的白百合，婀娜的康乃馨衬托在翠绿的波斯叶里，是那么鲜艳动人。车的仪表盘边上缠着一条印有好人一生平安的红腰带，一股热腾腾的生活气息扑面而来。环卫工人注意到我，抬起头冲我笑笑，黝黑的脸上皱纹愈发深了。

我好奇地问："师傅，你怎么会想到在垃圾车上插一束花呢？"

环卫工人停下手中的活，直起腰把铁锹拄在地上笑着说："噢，那是邻居家孩子结婚用过的，不要了，扔了可惜，我就插在车上了，沾沾喜气。"

"花真好看，没事多瞅两眼，心情也好。"我附和着，接着问："你干环卫几年了？这么大年纪了，一大早就出来工作，挺累的吧？"

"五年了，累也没办法，这就是我的工作，应承下了就要干好。咱也没文化，当环卫工工资稳定，不用担心吃了上顿没下顿，只要天天有班上，我就很开心。"他用手背蹭了蹭鼻子，说："如今社会对我们也很关心，前面就有个户外劳动者驿站，里面可以洗手、接热水，还能临时休息一下。"

我笑道："你说的倒是实在话，孩子们都结婚了吗？"

"结了，趁身体硬朗，多少挣点可以帮衬孩子们。"他意犹未尽地说："活虽然累，又琐碎，但社会没有环卫工也不行，我们跑得勤快一点，垃圾就攒不下。除了每天早上的大清扫，现在我们是随时发现随时清理，你看大街上是不是比以前干净多了？"

我环顾了一下四周，点点头："是呀，我还没注意到，真的是比以前干净多了。"

环卫工人边收拾工具边开心地说："城里变整洁确实是我们的功劳，保护环境我们也是有贡献的。比起以前来，现在我们这些人的负担轻多了，病了有医保，老了有养老金，放在以前，想也不敢想。人有了基本保障，挣下钱就敢花了，就觉得有盼头。"说完，他拍拍车上的花，花儿轻轻摇曳着，像是在用最美的舞姿来迎接世界的温柔与美好。

我目送垃圾车走远，望着"暖阳橘"载着"中国红"渐渐消失在街的尽头。环卫工人的话让我很意外，一直以来，我狭隘地认为环卫工的工作又脏又累，他会怨怼、发牢骚，不承想，面对生活的窘困，他是那么豁达开朗。从他的身上我看到了平凡人的不平凡，他们不懂月光的浪漫，却知烟火的温暖。正如鲁迅先生说的：能做事的做事，能发声的发声，有一份热，发一份光。

我抬头向东方望去，薄雾已经散开，金色暖阳洒满大地。脑海突然闪过袁枚的诗：

> 白日不到处，青春恰自来。
> 苔花如米小，也学牡丹开。

触摸历史的痕迹

韩 晓

滚滚的黄河水裹挟着泥沙奔涌向前，以滔滔之力，经过九曲十八弯，翻山越岭来到山西吕梁临县的碛口。"黄河行船，谈碛色变"，庞杂的砂石、凶险的暗礁、湍急的水流让商贸往来就此不前，来往船只只能在此转陆路，这也使得这里成为黄河北部干流上的贸易中转站，店铺林立，商贾云集。

如果说碛口古镇是晋商进行货物贸易的前沿阵地，那么距碛口古镇三公里的李家山村，就是他们生活聚居的大后方，也是商界成功人士的藏宝库。

沿着蜿蜒曲折的盘山路行进，李家山村逐渐露出它本来的面目，颇有"犹抱琵琶半遮面，千呼万唤始出来"的感觉。

李家山村，是碛口古村落中较有代表性的一个，经岁月洗礼，当初的繁华已经不再，留下的是斑驳的历史印迹，在向人们叙述着晋陕大峡谷曾经的辉煌。

放眼望去，一层一层的窑洞"镶嵌"在山坳中，以 70 度山坡就势而上，完美地结合了坡度的走向，一气呵成，又灵活多变，最高处可达 11 层，呈阶梯状分布得错落有致、层次分明。这些房屋仿佛给山体做了一个装饰，使山有了生机，有了烟火气，有了厚重感。而窑洞上那一条条圆弧线的勾勒，显出黄土高原独有的地域特色，仿佛是一双双眼睛在安静地观看着前来驻足的人们。

目光慢移，整个山坳就是一幅凝固的立体画卷，呈现出极具震撼力的视觉效果。曾经被大山遮掩，被时间遗忘的李家山村，此刻却沉稳地出现在众人面前，不急不缓、不慌不忙，淡定而从容，平静又安宁，散发着一种古老而朴实的美，是不是给人一种"吾家有女初长成，养在深闺人未识"的欢欣和喜悦？

走进山坳，这沉寂了多年的村子展露出它质朴的风貌，静谧中彰显沧桑，典雅里透着空灵。院门、院墙、窑洞、厢房，层层叠叠，立体多变。你家的房顶就是我家的庭院，我家的房顶又是他家的晒场，上下相通，左右连贯。无论是走到哪个点停下脚步，看到的都是一幅完美的画面，"横看成岭侧成峰，远近高低各不同"这句诗用在这里没有丝毫的违和感。

踏着石砌的斜坡缓缓向上，这里以条石砌成棱，用块石铺作面，这种石板路，高高低低，弯弯曲曲，看起来既简单美观，又有增大摩擦力的作用，脚下不容易滑，不得不赞叹设计者的奇特而巧妙。

站在由窑洞堆叠的山梁上，一览整个李家山村，虽沉静无语，却厚重包容，极具画面感、立体感和视觉震撼力，耳边似乎响起这样的歌声："我家住在黄土高坡，大风从坡上刮过……"

俯视李家山村，绵延的黄土丘陵依偎在黄河两侧，它就像一只展翅的凤凰。村子有两条向南的小沟在村南汇合，两沟之间的山峁形似凤凰头，左右两山就像凤翼，所以人们也把李家山村称作凤凰村。

在凤身上建宅的是李登祥，人称东财主，在碛口开有"德合店""万盛永"。院子是一座两层窑院，人们叫"东财主院"。大门对联是"书为天下英雄业，善是人间富贵根"，读书让人明事理知荣辱，而后内敛自谦，严于律己，宽以待人；从善让人明礼仪滋德行，而后修身养性，闻过则喜，闻善则拜。这种读书、从善的倡导是多么的明智，放在任何时代都有很好的教育意义，明礼修身、从善养德也正是中国五千年历史之文明的折射。朝南的大门上匾额书"堂构增辉"，对应着前面的对联，仿佛对联的因可以诱发匾额的果，这也是房屋主人的一种荣耀和祝福吧。墀头上是细腻逼真的砖雕"麒麟献瑞"，寓意着太平长寿，象征着人杰地灵……院内正北是三孔石窑，旁边有石阶通向二楼厢房。院子不算奢侈宽大，设计却精巧别致，文化浓郁淳厚，也从这样的房屋建造看出主人当时富足又具有文化底蕴。

在位于西侧山坡上，即凤翼上修院的是李德峰，人称西财主，在碛口开有"三和厚"。他家院子叫后地院，也叫香亭楼，坐西朝东，由主院和两个小跨院组成。主院正房有两层，一层是石窑，二层是砖窑，均为七孔。北侧厢房也是两层，一层是石窑，有三孔，二层是带前廊的砖瓦房，有五间。整个窑院宽敞明亮，设计精心，施工精细，造型殊异，风格独特，体现出主人的浑厚财力和非凡实力。

也正是两家财主的一路亨通、日进斗金而相互攀比、暗暗较量，才在这李家山村大兴土木，留下了这样的建筑风貌，才有了这样的千古奇村，正如吴冠中老先生所说："这样的村庄，这样的房子，走遍全世界都难找到……"

精巧的石雕、精美的匾额、讲究的图案、华丽的屋檐翘角……怎么都不会想到，这种具有很高观赏价值和艺术价值的人物、山水或花鸟鱼虫、飞禽走兽，是大山之中、沟壑之间、树木之下真真切切的存在。如果不是明知是个山村，一定会以为是哪座城市的哪个达官或大户人家的府邸吧！

被称为"一炷香"的，是独门独窗的土窑洞，有人说这样的窑洞现在还有人住着，过的是原始穴居的生活。这也看出贫富之悬殊啊，但这也给人们展示出李家山村不一样的住房风格。

"东财主院""后地院""新窑院""桂兰轩""一炷香"……无论是那些奢华的清代建筑群，还是这些简陋的穴居房屋，李家山村这一处处极具代表性的院落，多种形态的民居样式，历经百年的雨雪风霜，有些斑驳，却历史感满满，无不蕴藏着淳厚的黄土民俗、丰厚的黄河文化，李家山村不同风貌的住所，流露着质朴，透射着淳厚，彰显着魅力！

观望四周，村子的道路旁边，有石质的排水沟，布局合理，安排恰当，一直流出村外，根本不用担心会因为雨水过量而导致山体滑坡坍塌。沟坡有种植的蔬菜、果园，青翠葱茏、蓬勃盎然，还有漫山遍野的红枣林，盆口粗的、碗口粗的枣树在扭动腰肢，随风舞动，地上也有从树上散落下来的红艳艳的大枣，一股香甜的气息迎面扑来，怡人、醉人，颇有诗情画意的味道，同时也为这个沧桑古村点缀出勃勃生机，焕发出旺盛的生命力。难怪画家吴冠中老先生这样说李家山村："外面看像一座荒凉的汉墓，一进去是很古老很讲究的窑洞，古村相对封闭，像与世隔绝的桃花源。"

金色的夕阳穿过云层斜射在李家山村的屋顶上、窑院里、小道旁，被时间遗忘了的村落瞬间生动起来，灵活起来，苍凉的岁月也有了光彩，有了温度。这里的山，这里的水，这里的民居，这里幽静典雅的自然风光与淳朴清新的人文景观交相辉映，密密匝匝的窑洞、盘旋而上的山路、繁盛青碧的绿植，叠加出纯朴的百姓人家、浓郁的黄河风味。

　　李家山村，这个具有独特魅力的山寨古村，凭借着错落的院落布局及深山里的隐秘属性和黄土高坡与人居建筑的完美结合，已逐渐成为美术与摄影爱好者留恋的地方，用他们的画笔描绘它的厚重，用他们的镜头记录它的美好，他们与自然进行沟通，与历史达成共识。甚至有不少海内外知名人士、众多学者、游客和艺术家慕名前来，对李家山给予高度评价。

　　走进李家山村，就是走进一种淳朴，走进一种宁静，走进一段历史，它像是一个过滤器，把尘世的浮华与喧嚣滤在了九霄云外，带人们进入一个单调却纯净的天地。在这里，空间是清澈的，时间是定格的，思维是静止的，一切都是那样的安静祥和。

　　走出李家山村，留给人们的不仅是一间间窑洞、一片片山野和一条条小路所带来的沧桑感、荣耀感和新鲜感，更多的是这窑洞、山野和小路所承载着的晋商当初的兴旺发达、繁荣昌盛，曾载在文明史册里的山西商人在明清及近代史上留下的辉煌。

　　历史的洪流滚滚向前，黄河缓缓向南而去。回归人们视野的李家山村，是艺术生写生的绝佳之地，是摄影采风的优选地，是艺术民宿、艺术创客和弘扬黄河文化、晋商文化、民俗文化、红色文化的基地，是游客喜闻乐见的网红打卡地，是中国历史文化名村，是黄河岸边的桃花源。

听黄河涛澜里的交城故事

张国强

　　黄河是中华民族的母亲河，中华文明发端于黄河流域，千万年来哺育着生生不息的中华儿女，河水滔滔，九曲蜿蜒，流经之处，泽被生灵。黄河流域孕育了河湟文化、河洛文化、关中文化、三晋文化、齐鲁文化等，是中华文化的摇篮，是神州厚土的根脉。黄河之水天上来，奔流到海不复回，她以百折不挠的磅礴气势塑造了中华民族自强不息的民族品格，是中华民族坚定文化自信的重要象征。

　　古人云："黄河宁，天下平；黄河清，圣人出。"河清海晏，自古以来就是天下君民的美好愿望。2019 年 9 月 18 日，习近平总书记在黄河流域生态保护和高质量发展座谈会上的讲话中指出，保护黄河是事关中华民族伟大复兴的千秋大计。保护传承弘扬黄河文化，让黄河成为造福人民的幸福河。要推进黄河文化遗产的系统保护，守好老祖宗留给我们的宝贵遗产。要深入挖掘黄河文化蕴涵的时代价值，讲好"黄河故事"，延续历史文脉，坚定文化自信，为实现中华民族伟大复兴的中国梦凝聚精神力量。

　　山西的母亲河——汾河，是黄河的一条主要支流，而交城之得名，正因地处汾河与孔河交汇之处。在这一方土地上，交城以其特有的地理与人文秉承了黄河文化的雄浑博大和深厚质朴。自隋开皇十六年（596）置县以来，已有 1400 多年的历史。山川形胜，文化昌明，古风蕴藉，人文荟萃，被称为"千年古县""忠信之乡"，当前交城县委、县政府提出建设"山水交城、忠信之乡"的战略部署，既是对交城这座千年古县的光大发展，也是对黄河流域文化的一次源流引深。

　　我交之山川秀气，得之为人才，如文章道德，志节事功表于世者代有

之。——（康熙八年版《交城县志》）

交城这座可以上溯到旧石器时代的文明丰碑，镌刻着凝重的历史沿革与厚积的人类创造。有着 10 万年前的旧石器文化、7000 年前的彩陶文化、5000 年前的灰陶文化、2500 年的道家文化、2000 年的冶炼文化、1500 年的佛教文化、1300 年的玻璃文化、1200 年的瓷器文化、600 年的晋商文化等源远流长的地域文明。

交城物华天宝，人杰地灵，具有多元文化特质。春秋时期，晋大夫狐突以"教忠不二，杀身成仁"的大节不夺之气而名垂青史；其子狐偃以"信义立国，师直为壮"的雄才伟略辅佐晋文公成就一代霸业；北魏孝文帝拓跋宏以一国之君因祖母丧而居忧避政的孝举传颂万代。他们以不同的人文品格在交邑大地上完成了足以震古烁今的精神构建，成就了中华民族忠、孝、义、勇的文化图腾。

交城山川秀美，风光绮丽，境内文化遗产不胜枚举，拥有数十处国家、省、市、县级重点文物保护单位，其中"交城十景"是其自然人文景观的最佳概括。拥有蜚声中外的玄中寺，以"山形卦象"而闻名于世的全国重点文物保护单位卦山天宁寺，国家级自然保护区庞泉沟，亚高山草甸区四十里跑马墕，狐爷山景区及春秋狐氏古墓群落，上古文化遗址范家庄、瓦窑，唐宋窑址磁窑，明清官兵、农民军兵寨遗址靖安营、三座崖，省级重点文物保护单位永福寺、竖石佛石窟等文物旅游资源，形成多维文化纵览和多元景观内涵交汇融合的三晋著名旅游景区。

交城世代传承着无数独具浓郁地方特色的文化精品。代表民俗文化的琉璃咯嘣、堆锦、云儿香、交城山民歌，代表晋商文化的滩羊皮、毛皮画、五香调料面；代表宗教文化的玄中寺鸠鸽二仙传说、卦山庙会等 100 多项文化遗产，分别被列入国家、省、市、县级非物质文化遗产名录。交城县天宁镇阳渠村被命名为"山西省首批特色文化村"，交城县被命名为"中国玻璃文化艺术之乡"等称号。

交城悠久的历史与文明滋养出独具特色的文化土壤，造就了藏古涵今的千年古县。

忠孝传儒，仙圣弘道——交城的名人文化

据说，在太原傅山祠前，曾挂有一副对联，其下联云："忠孝神仙本一途"。忠臣孝子，人人敬仰，死后英名也不湮没，为后世赞颂，千古不朽，岂非如同神仙长生不老一般。历史上忠臣孝子死后被祭为神灵的代不乏人，春秋时晋国大夫狐突就是其中之一。

狐突，交城人，晋国大夫。他以预察先知的大智，以国家社稷为重。"教子忠不二，杀身成大义。"大节不夺之气，是中华民族最早的"忠"文化精髓，深得历代统治者推崇，并被神化，宋代被封为"忠惠利应侯"。千百年来，交城县境内立庙数十座而祀之。狐突是见于《左传》《史记》等正史中的"中国第一忠"。

狐偃，狐突之子，辅佐晋文公使晋国成为春秋五霸之一。他奉行的"三教""藏富于民、致师而战""信赏必罚、不避亲贵、法行所爱""兵不厌诈""表里山河""师直为壮"等治军治国理念，是儒家"仁、智、勇"最完美体现（其事迹见于《左传》《韩非子》《国语》《史记》等）。

北魏孝文帝拓跋宏，崇信佛教。他5岁登基，难理朝事，由祖母冯氏抚养教育并代理朝政。冯氏亡后，孝文帝悲痛万分，五日水米不进，后又离朝赴交城关帝山丁忧，人思其德，立庙于关帝山主峰山巅，后人名其"孝文山"。一国之君因祖母丧而居忧避政，堪称"天下第一孝"。

八仙之一张果老，据《太原府志》记载，是交城县东关人，曾在境内西部山区修仙得道，后来他骑着交城山的灰毛驴驴云游天下。离开果老峰时，恋恋不舍，一步一回头回望自己赖以成仙之地，后来索性倒骑毛驴，挥别仙山。

翘心净土，栖虑禅门——交城的佛教文化

位于石壁山的玄中寺是净土宗两大祖庭之一（另一处是庐山东林寺），是全国重点佛教寺院。净土宗作为中国佛教八大宗派中最大的宗派，其影响力远及东亚、东南亚各国，门徒信众数以亿计。净土宗历史上三大祖师昙鸾、

道绰、善导先后在玄中寺卓锡弘法。其中昙鸾大师晚年在玄中寺光布净土真谛，著《往生论注》，成为佛教经典，北魏孝静帝敬其学问，赐号"神鸾"。贞观九年，唐太宗李世民亲临玄中寺拜谒道绰大师，贞观十二年赐名"石壁永宁寺"。寺内拥有唐代全国三大戒坛之一的"甘露无碍义坛"、全国独有的由唐代女书法家书写的渤海高氏碑、全国鲜见的八思巴文与汉文双面碑。玄中寺内凤尾竹与花椒、牡丹并称为"玄中三景"。玄中寺还在中日文化交流中起着重要的桥梁和纽带作用，缔结两国佛法宗风，成就一段佳话，殊为奇缘。

　　卦山融儒、释、道三教文化于一体，主要建筑天宁寺创建于唐贞观元年（627），相传佛教华严宗初祖法顺曾在此山讲经说法而建寺，是名闻天下的华严道场、佛宗巨刹。卦山奇特的地形地貌与太极八卦图形天然吻合，寓中华古老易经文化于地理山川之中，山形卦象，鬼斧神工，是全国唯一的易学研究实体。景区内拥有千亩柏林，是全国最集中的侧柏林，著名的有七星柏、龙爪柏、牛头柏、连理柏、文武柏等，形态各异，妙趣盎然，流传着许多美妙的神话传说，鲜明准确地体现出中华民族思维的特征：感性、象征、神异、附会。清代曾将"黄山之松、云栖之竹、卦山之柏"并称为华夏树木奇观。宋代大书法家米芾题写"第一山"横匾，对卦山山林之奇推崇备至。

货殖天下，陶朱遗风——交城的晋商文化

　　明清时期，交城毛皮业兴盛发达，以其精湛的制皮工艺而享誉全国，素有"交皮甲天下"之称，是当时全国的皮货加工集散地。清代康乾年间，交城的皮行已成为山西一大商帮。张家口"交城社"就是清乾隆时期山西皮社的代表。晚清时以交城四合源为首的"交城皮货帮"在中国第一商城天津独树一帜，与平遥日升昌票号帮并列于天津十二商帮，成为缔造晋商辉煌的重要组成部分。清末民初，仅县城皮坊皮店就多达127家，至民国25年，从业工人多达万人，占到当时交城总人口的1/10，以毛皮产业带动百业发展。当时，美、俄、英、法、日、荷等国45家洋行在交城从事皮革出口，全国23个省份有交城商人经营。在归绥、定边、张家口，交城民俗文化成为当地文化的重要组成部分。尤其在定边，交城籍人口占到全城人口的50%以上。仅在交

皮业，资本拥有额达285万银圆，年产值达300余万元。清末到民国，山西太谷、祁县、黑龙江西集，内蒙古归化，新疆哈密等县商会会长都由交城商人担任。清末民初的交城已成为中国的皮都，交城的皮业文化影响了交城500余年的历史。

交城皮革因工艺精湛而扬名中外，从原料采买到成品，必须经过数十道工序，"交城滩羊皮联制技艺"成为国家级非物质文化遗产。

碧水苍山，林泉胜景——交城的生态文化

庞泉沟自然保护区位于交城西北关帝山腹地，是全国八大鸟类保护区之一，是世界珍禽、山西省省鸟褐马鸡繁衍栖息地，素以"华北落叶松之乡"而著称，是全国重点生态保护地区之一，是黄土高原上难得的一片绿洲，是镶嵌在吕梁山的一颗璀璨明珠。"南有九寨沟，北有庞泉沟"是人们对这里的绝佳赞誉。

自然保护区南北长15千米，东西宽14.5千米，总面积达14430.5公顷，层峦叠嶂，林木参天，雨量充沛，溪水潺潺，年平均降水量在800毫米左右，水源总储量1.9亿立方米。境内立体气候明显，年平均气温在3℃~4℃，相对湿度为60%。森林7745公顷，覆盖率达74%，有植物60余科500余种，生长有松、柏、桦、枣、核桃等百余种树种及党参、黄芪、茯苓等200余种野生药材，灵芝、银盘、黑木耳、羊肚菌等野生菌类10余种，沙棘、山杏等野生果类20余种。保护区野生动物有21目51科186种，其中兽类有6目11科36种，鸟类有15目40科150种。其中，有国家一级保护动物、山西省鸟褐马鸡，以及金钱豹、黑鹳、金雕、猞猁等数十种珍稀动物。形成了褐马鸡、华北落叶松、云杉次生林为主要保护内容的森林生态和野生动物类型自然保护区。

庞泉沟有着悠久的历史文化渊源，东晋十六国时期，后汉王刘渊登临云顶山，此山遂称为"刘王渊山"。北魏时期，魏道武帝拓跋珪牧马于孝文山，因此成为皇家马苑。之后孝文帝因祖母丧，一度居忧避政于此。隋代，武则天之父武士彟于仁寿四年购置此处山林，经营木材生意七年。武则天称帝后，于天授元年追封其父为"大周无上孝明高皇帝"，此山即称为"孝明山""高

帝山"。

保护区内峰险景奇、山泉长流、鸟类群居，以具有较高观赏价值的自然、人文景观吸引了无数游人，拥有庞泉沟十大奇观妙景（"孝文古碑""云顶日出""笔架生辉""文源晚翠""龙泉飞瀑""古树宝塔""天门瑞气""绿色长廊""雄狮夕照""翁孙守林"），八道沟十二景，齐冲沟四景，龙洞沟三景，且春季芳草如茵，夏季花团锦簇，秋季万紫千红，冬季银装素裹，四季皆成景观，美不胜收，多姿多彩，如梦如幻。区域内浓荫蔽日的林海、刀削斧劈的悬崖、千奇百态的山石、甘甜可口的清泉、如练似银的瀑布、碧波荡漾的深潭，无不令人神往。

凿渠引水，以解民困——交城的龙门渠文化

"交城的山，交城的水，不浇交城浇了文水"，一曲脍炙人口的民歌《交城山》唱尽了几百年来交城人的辛酸与无奈，交城世世代代的黎民百姓传承着这一古老的企盼与梦想，交城人与交城水有着难以割舍的不解情结。

清朝康熙年间，交城县知事赵吉士在《开凿龙门渠碑记》中写道："万物产于土而资于水，故天下无水之地必瘠，山右为境，恒山、太行亘其左，五台、霍镇峙其右，最艰于水，故瘠。莫如晋而交其尤也。汾出于静乐之管涔山，南入交境，历交境殆将百里，又西有文谷河，势亚汾源发于交山之西峪浑峪二水，以蕞尔邑两大水三面环绕，当称乐土，乃交之若无水滋甚，何也？平原山谷异其势也，而蒙其泽者交邑平原，独南境二十里尔，余皆群山盘礴，汾与文谷之出西北而东，西入他境也，皆山为之也。"道出了交城水不浇交城浇文水的缘由。

龙门渠之父赵吉士身为交城的父母官，为百代计，效乐天东坡浚湖通渠之举，上书至省府，建议开凿龙门渠。他说："山可凿而通也，夫凿山通水，古之人有行之者，虽非常之举，黎民所惧，然不一劳者不永逸。此利一开，且及百世，予不于此时肩其任，谁肩其任者？"赵吉士虽大业未竟，为此抱憾，但作为一位封建时代的地方官员，能有此担当精神，实为后继者之楷模。

历史上的交城县因水而困，发源于交城关帝山的文峪河流域年径流

12000 万立方米，90% 以上的流域面积为交城县管辖，但由于山峦阻隔、地域限制，文峪河出山后与交城县擦肩而过。一首民歌《交城山》唱出了交城儿女的无奈和"望水而叹"的尴尬。千百年来，面对着让人产生复杂情愫的文峪河，交城儿女曾一次次与命运抗争，修甘泉渠、修龙门渠，试图引水文峪河滋养交城大地，破解水源丰富而用水紧张的困境。

从唐开元二年 (714) 倡修甘泉渠，到清康熙十二年 (1673) 赵吉士始修龙门渠，再到光绪三十三年 (1907) 王家驹再修龙门渠，历次均因受制于时代和条件局限未能成功。交城依旧是十年九旱，地瘠民困，一次又一次唤起交城人民对于开凿龙门渠引水进城的梦想。历代贤达士绅、平民百姓皆为兴修龙门渠出资出力，尽心擘画，但仍凤梦难圆。早在 20 世纪 50 年代，引文峪水浇交城地再次成为交城县委、县政府的重要议事日程。可仅靠一腔热情接引不到水源，受技术、经济条件限制，引水工程在 1976 年被迫停工。

开凿龙门渠，引水文峪河，接续着交城儿女的情感记忆，也关乎交城县发展蓝图的实现。进入新世纪以来，在省市各级领导的高度关注和支持下，在历届交城县委、县政府的努力下，龙门渠引水工程再次提上议事日程。2009 年 10 月，省柏叶口水库工程建设领导组出台《联合建设柏叶口水库工程纪要》，明确将龙门渠引水工程纳入省重点工程柏叶口水库项目序列。由此，龙门渠引水工程进入一个新阶段。2012 年 2 月 23 日，龙门供水一期工程各标段正式破土动工，历经五年，于 2017 年 6 月 29 日正式通水运行。

5 年间，在建设这项艰苦卓绝的历史性工程中，无数交城儿女锻造了艰苦创业、自强不息的龙门渠精神，这是交城人民千百年来摧之不倒、压之不垮、艰苦奋斗、生生不息的真实写照，既是交城精神的象征，更是吕梁精神的重要组成部分。

在地理与人文的融汇中，在往古与时代的流转中，在吕梁山的峻秀逶迤中，在汾河、文峪河的川流不息中，交城默默地走过了千年。交城以它史诗一般的故事和画卷似的山川，为黄河文化增添了多彩的一笔。

天地交泰，钟毓此城。

此即三交

卫彦平

三交，一个栖居在吕梁山褶皱里的黄河古镇。南十里有龙泉水（又名屈产河）入于黄河，北十里有大和沟（又名大黄沟、暖泉河）入于黄河，黄河则呈北南向从镇脚流过，"三水"交汇，此"三交"一谓也；历史褶皱里，赵魏相争，以大和沟（和好、和合之沟）为界，沟之北曰赵，沟之南曰魏，河之西则秦也。秦、赵、魏"三国交界、三国交战"之所，此"三交"再一谓也；兴废承替，属柳林，接石楼，望绥德，"三县"交分，此"三交"又一谓也。谷倚山连，控山带河；秦晋通衢，晋西门户；傍水而生，得水而旺。这些名头，是三水一路、水陆交通成就它的。

认识三交，有许许多多的视角。我以为，三交的神韵，全在一个"红"字。

三交是"红枣之乡"桂冠上的那一抹红

每至秋天，香风过处，绿树摇红。村边路畔，房前屋后，沟沟岔岔，山山洼洼，高高低低的枣树上都是红艳艳的果实。男人们在树上打枣，女人、孩子们在树下拣枣，满载红枣的大卡车小三轮潮水般涌向街道。三交"红枣一条街"两边的店铺，里里外外摆满了红枣，新采收的鲜枣堆积如山，深加工的蜜枣、贡枣、滩枣、玉枣、空心枣、珍珠枣琳琅满目。街道人头攒动，人们熙来攘往，交头接耳，南腔北调，活脱脱现实版的"清明上河图"。三交红枣全有机种植，获国家农产品地理标志认证，"山娇""六郎""亿利""达滋""久久红"等几十家红枣加工销售企业，共同演奏着"中国红枣第一镇"之繁盛乐章。

三交是"红军东征"旗帜上的那一片红

"正月二十八，红军结疙瘩，沟口过的河，坪上往上爬……"回味外婆曾经无数次哼唱过的民歌，我仿佛看到黄河滩头将星云集，彭德怀、林彪、叶剑英、聂荣臻、左权、罗荣桓、黄克诚、刘亚楼、陈赓、杨成武、彭雪枫、杨得志、耿飚、谭政、张爱萍、曾国华等一众将领从坪上渡口登岸，拉开了东征序幕；我仿佛看到三交古镇群情激昂，周恩来、毛泽民、阎红彦、李文才、刘耀东等军政领导筹粮、扩红、建政，扩大了东征战果；我也仿佛看到鳌子疙瘩风云突变，刘志丹、宋任穷、裴周玉等率部再战三交，保障了东征回师。当年的战火硝烟早已散去，红军东征的故事却永远写进了古镇光荣的历史，并已成为千年黄河壮丽史诗中的不朽篇章。红军东征坪上渡口、红军东征抢渡黄河天险浮雕、红军东征纪念馆、周恩来办公旧址、毛泽民办公旧址、李文才故居、红三十军军部旧址、山西省第一个县级苏维埃红色政权旧址、刘志丹将军殉难纪念园，一处处遗迹、一座座遗址，无不娓娓诉说着那段可歌可泣的烽火岁月。

三交是"红火商贸"底片上的那一街红

店铺商号，是排列在三交古街中的乡愁诗行。虽然，传说中也曾"千船百筏，热闹非凡"的下街道、中街道，在三次暴雨、数度洪峰之后，连同满街的故事，一起沉寂在水位线之下了。但从街道升起的市井烟火，却没有被淹没，它仍以柴米油盐的方式浮荡在水岸河畔，凭借"凤凰双展翅"的石头河埂与自强不息的血脉赓续，重新孵化出一条街巷，后靠在浪崖底。街道的商铺很快雨后春笋般地达到50余家，粮店、枣店、杂货店、饭店、酒馆、当铺、药铺、粉坊、染坊林立。永兴泰、万兴隆、和顺德、德厚长……每一处字号，都跟进着"永"和"兴"、"德"与"厚"；乐仁堂、四义堂、谦和厚、三合成……每一笔生意都秘藏着"仁"和"义"、"谦"与"合"。记得小时候，我心目中最红火热闹的去处就数三交了。三交古镇每月逢一逢五都有集市，人们习惯把三交称作"街"，而且"街"的音节后面拖着长长的尾音，听起来亲切而自豪。我吵着闹着随大人们去"街"赶集，不为别的，只溜瞅、踅摸那些饼子、麻花、麻糖等现成食品。特别让我嘴馋的是那"红心心"出炉的滚饼子。街道打饼子的人，一边不时地用饼子棰棰敲打几下案板，发出清脆的响声，一边还不忘用特有的磁性的腔调吆喝几声："饼子饼子红心心，买上几个串亲戚"……那种诱惑、那种美好，至今难以忘怀。

岁月更替，华章日新。熙攘间，三交仍秩序井然地摆渡着四季丰枯，过往春秋；奋进中，三交亦大开大合地集散着潮来潮往，震荡变革；新时期，三交又生生不息地传承着意绪精神，国梦乡愁。我不愿过度解读当下旅游经济话语下、景观里的三交应该是什么样子，我只觉得，三交就应该是三交，三交就应该存在于自己的存在方式里，不必修饰，不需演绎，更不用虚构。三交就应该是"黄河在这里拐了个'弯'""一湾合抱，聚湾成势"的三交湾；一个美丽之湾，"湾"出了灵动秀美的自然风光，也"湾"出了物华天宝的"古韵三交"；一个文化之湾，"湾"出了多元厚重的地域文化，也"湾"出了风云激荡的"红色三交"；一个财富之湾，"湾"出了精美城镇的核心亮点，也将"湾"出创新引领、开放崛起的"大美三交"。

五谷加红枣，胜似灵芝草；天天吃仁枣，百岁不显老。

枣乡柳林，扬诚信之本，荣膺国家生产基地称号；魅力三交，集黄河之蕴，首获"中国红枣第一镇"命名；柳林红枣，纳黄土之怀，有机种植，喜得国家农产品地理标志认证；柳林红枣，承晋商之脉，上乘品质，又添国家地理标志商标。

社会发展，日新月异；时代潮流，浩浩荡荡。红枣产业，面临挑战；供求关系，重新洗牌。小康之华章，城乡共谱；富民之责任，党政比肩；滚滚兮科技大潮涌，浪打浪；浩浩兮兴枣强风起，波连波。做强红枣产业兮，春风送暖；助力乡村振兴兮，春意盎然；特色农产品展示兮，春色满园；传统特色小吃品鉴兮，春光灿烂。提高科技含量，延伸产业链，创新商业模式，提升"附加值"已欣"文化引领"。

歌曰：高天厚土，物华天宝。获乾坤之滋养，得日月之灵光；人才与产业齐飞，经济共文化一色。喜哉，红枣为本，则席间滋味、舌尖甜蜜美矣；乐哉，文化传承，则醉里乡愁，大美中国梦兴也！

温家庄，藏在青山秀水间的世外桃源

马红梅

陶渊明也许不会想到，他心心念念的世外桃源会在名不见经传的温家庄成为现实。

温家庄是位于苍儿会乡三道川的第一个村庄，整个村庄依山而建，四周山中泉水环绕，偏远而幽静，像是羞答答的村姑藏在青山秀水间，淳朴得不修边幅，却散发着天然的醉人的美。

温家庄的春夏秋冬都是美的，秋天尤其美得纯净。站在山顶放眼望去，丛林掩映，难见居舍，全然是"绿树村边合，青山郭外斜"的意境。无拘无束的牛儿饱餐野草，畅饮山泉，胜似闲庭信步；悠闲的牧羊人躺在坡上打着盹儿，任凭山羊毫无顾忌地埋头贪吃着；清清的山泉潺潺地弹奏着交响乐，一竿一笠一椅，一人独钓一江秋。和其他村落一样，留守村中的大多是老人，他们不舍故园，就如村中的两棵千年古槐，历经岁月沧桑，执着地守望家园，不离不弃。

温家庄依山傍水，山高涧深，地势险要，曾是古时太原通往离石、汾阳的咽喉要塞，因此，旧时的温家庄一度备受青睐。相传，北魏孝文帝将这一带作为狩猎场，一代女皇武则天的父亲武士彟把这里开辟为伐木场，李渊也曾委派武士彟在此操练兵马，因此，这里有个山沟就叫练兵场。据当地年长者讲，村内曾有一条暗道直通练兵场，如今已寻不到了。烽火岁月里，这里也曾是八路军和游击队的根据地，贺龙元帅在此率兵作战，征战沙场，当年他办公的居所留存着岁月斑驳的记忆。修建于明代的二层古过街牌楼是温家庄典型的古老地标建筑，影片《刘胡兰》《高山上的述说》《中国有个工卫旅》都曾在这里选景拍摄。遥想当年，这里定有远客南来北往，极尽繁华。原来，是自己肤浅了，"待字闺中"的温家庄早已声名在外。

踏着蜿蜒的石路入村，才知"桃源深处有人家"。随处可见的是石块砌的小径、泥土夯筑的小屋、石头垒成的院墙，各种花草放肆地生长，散漫地攀爬；笨重的柴门也被花草装饰得格外别致，轻轻推开柴门，是典型的农家小院和古朴的窑洞。院中，一位古稀老者正专注地挑拣着一簸箕新收的黄豆，饱满壮实的黄豆金灿灿的，散发着傲骄。优越的自然条件赏给了温家庄村丰厚的馈赠，农作物被喂着农家肥长大，纯天然、无污染。香甜的小米，糯口的山药蛋，肥硕的野生蘑菇、黑木耳，晶莹剔透的沙棘果……无私地养育着这方儿女，一辈又一辈。

而今，沐浴着乡村振兴的春风，温家庄醒了，集绿色小杂粮、黑木耳、梨园、山楂园、玫瑰园等为一体的立体采摘基地正在酝酿规划中，深藏闺阁的温家庄将不再娇羞、不再沉寂。

望得见山，看得见水，留得住乡愁，远离喧嚣心归自然，已不再是奢侈的梦想。闲时，相约家人或三五好友，走进这方青山秀水，亲近一草一木，听涛、赏林、观山，看牛羊满地、闻花草芬芳，尽情呼吸大山的清新空气，无丝竹之乱耳，无案牍之劳形。体验种菜、采摘的农家乐趣，或者坐在炕头喝一碗香甜暖胃的小米粥，听村人讲过街牌楼，讲武士薅伐木练兵，讲贺龙率兵作战……

还有什么比这更惬意更幸福的事呢！于是，好想邀约陶大师穿越时空到此圆梦一回，期待大师妙笔生花再著美文《温家庄记》。

3/诗词

写给吕梁（组诗）

梁大智

骨脊吕梁

伴着洪钟大吕的庄重

从息壤萌动的远方走来

带着古老的文化和美丽的传说

耸起一座骨脊的丰碑

汉代画像的大气

唐代窑洞的宽容

青铜器中潜藏的文化密码

诉说着昨日的繁荣

讲述着"魏绛和戎"的故事

道教发源地雄奇灵秀

佛教净土宗祖庭肃穆幽谧

鬼谷神话云仙梦境

时光磨砺出黄河峡谷奇湾

流水成碛而生水旱码头

那一代才女林徽因笔下

"很有流水别墅风味"的

峪道河九十九座水磨坊

汇聚成马刨神泉的潺潺琴弦

琉璃咯嘣陶醉了孩子们的童真
剪刀旋舞出巧匠幸福的灵感
伞头下演绎着东方狂欢
盘子前又亮起红红的旺火
满街精致的面塑供奉着慧莲的善心
灯影班的唢呐
唤醒了碗碗腔铜铃碗响
呼风唤雨的觚子
迎来风调雨顺的丰收年景

举一杯竹叶漂浮的美酒
犹见女皇杯上的那朵芙蓉
尝一颗露水打过的红枣
满眼是当年的战地黄花
褐马鸡翩翩的舞姿
穿越三十里桃花洞
飞过四十里跑马滩
吼一声《信天游》纵身跃马
去追赶云顶散落的牛羊

大禹在这里开始治水大业
先民在这块沃土上耕耘繁衍
而那地质的裂变
山川韵致曼妙万象
浪花冲击天风松涛
伴着洪钟大吕的庄重
从息壤萌动的远方走来
带着古老的文化和美丽的传说
铸就一座骨脊的丰碑

庞泉秋色

站在秋的高处
感受着天门瑞气
那一片黄色的叶子
怎么能抵挡住秋的脚步
一树一树的金黄
搅起满沟的暗香浮动
妖艳多姿的庞泉
拽不住时光飞转的速度

还是用多情的眼波
领略云顶日出
欣赏雄狮夕照
注视笔架生辉的远方
望着层层叠叠的古树宝塔
听到潇潇洒洒的龙泉瀑布
重峦叠嶂的沟谷里
飞溅出串串珠玉音符

唤醒沉睡的孝文古碑
时光伴随着褐马鸡起舞
醉倒的一片红叶
依然仰望悬崖上那棵高树
我仿佛感觉到
秋天匆忙的脚步
让人抓不住那多变的色彩
跟不上季节交替的速度

一夜的风情
化作一场红透的晨暮
那飘零的优雅弧线
铸就多情的灵魂
慢下来吧
我急匆匆赶路的脚步
好好品味秋的芬芳
体会心灵承载幸福的温度

文峪河纪事

关帝山的乳汁
孕育着庞泉潺潺
越过陡峭山岩
穿过苍松翠柏
一路的欢畅
伴着暖暖阳光
和那果实低垂的庄稼

目光追逐你的奔波
挽留你优美的背影
笑声溅起的浪花
逗弯了撩水的姑娘
芦苇后隐藏着
一群洗衣的婆娘
原野上荷锄的汉子
眉头舒展着丰收的喜悦

那清凌凌的碧波
托起圆圆的落日
把牧归的影子拉长
隐约一首《信天游》
伴着屋顶袅袅炊烟
飘来农家甜蜜的幽香

世泰湖印象

倒影在波光中延长
仿佛伴着红灯笼的悠扬
曲水竹桥通往的地方
柳色染绿心岛的帷帐
一弯石路踏入湖边小屋
去垂钓庭院的矮窗

挂在亭楼尖的斜阳
用晚霞装点西厢
蒙古包传出的歌声
卷帘半掩着醇酒飘香
天空一行南飞大雁
依恋在魂梦萦绕的故乡

湖面游来多彩画舫
谈笑声随着微波荡漾
突然听得乡音呼唤
老友相逢醉了岁月时光
一袭婚纱宛若湖中央
陶醉了船头娇美的新娘

轻风舞动着春的霓裳

红袖倚栏笑脸映醉花廊

迎着归来的桅帆

浮标上的白鹭轻轻低唱

半湖绿水浸入碧天

鲤鱼跳上了艄公的船桨

夜鹭搅动了鱼池萍踪

翠鸟悠然穿越荷塘

摇曳菡萏清雅的疏影

芦苇悄悄将羞怯隐藏

潺潺流过的汾河

总是散发着泥土的芬芳

我在秋天的苍儿会等你

我在秋天的苍儿会等你

等着你用金色为山坡梳妆

露珠儿涌动成一汪清泉

倒影中舞起了炫目霓裳

我在秋天的苍儿会等你

眼睛里含着相思的泪光

薄雾扯来了甜蜜的希望

柔情诉说着爱的天堂

我在秋天的苍儿会等你

草坪上足迹没有彷徨

一声《信天游》在沟壑回荡
吼闹唤醒了沉睡的山梁

我在秋天的苍儿会等你
果岭上闪耀着少女的芬芳
秋风牵手披上盛装的姑娘
春天的梦想依然在前方

梦中的汾河

不管我走到哪里
你就是我的故乡
是你用生命的血脉
呵护着农家的天堂

那些渐行渐远的思念
总会依偎在你的身旁
父辈汇聚的汗水
构筑成你无尽的流淌

一群赤身玩水的孩子
一湾绿油油的村庄
你宽广无私的胸膛
就是乡亲幸福的殿堂

你有寂寞忧伤
也有快乐徜徉
任凭时世的风浪
挡不住无怨无悔的前方

农家喜悦离不开你的滋养
幸福的眼神里全是盼望
打开流连故土的心扉
干渴的胶泥地充满希望

看看堆积的打谷场
听听铁牛的欢唱
放羊人的一声叫喊
打湿了白琵鹭的翅膀

花儿在荷塘静静开放
记住那些血染的沧桑
让我的心随你荡漾
在斜阳下闪耀着金光

苍儿会的阳光

仿佛世界有一种久违的美好
感觉走进了传说中的天堂
白云下鸟儿正尽情歌唱
小溪在歌声中欢快流淌
绿的草绿的树凝固成绿色空气
深深吸一口再吸一口
来这里的人为啥变得如此贪婪
从今天起，我要做一个幸福的人
学会在大自然寻找干净的地方
呼吸那带着露珠儿空气的清凉
学会发现晨曦里的第一缕曙光

欣赏那霞光里盛开的朵朵鲜花
从今天起，我要做一个善良的人
为每个需要温暖的人提供帮忙
送去晨曦里的明媚光芒
祝福我的每一个朋友
从此不再有雾霾的忧伤
来吧，朋友
我要挽起你们的臂膀
共同享受苍儿会香味阳光

我想让时间停留

我羡慕苍儿会的每一只小鸟
每一棵小草
羡慕苍儿会的每一朵白云
每一条小溪
很想让时间停下来
最好像我一样
止步在宁静的山坡上
向小草问好
向白云致敬
凝神聆听
流水与飞鸟的对话
很想让时间陪我
停留在这儿
不需要太多的思想
只需要纯粹的自由的呼吸
让清风从容拂去心头的尘埃
让苍儿会代替我的灵魂

在高处
再次看清天空的寥廓

黄土地上的军号声

站在这厚重的黄土地
滴滴答答的军号在耳边吹响
那一往无前的勇士
铸就蔡家崖精神的辉煌
广袤的黄土地上
闪耀着英雄们无畏的刚强

高高的黑茶山
闪烁着不朽丰碑的光芒
苍林叠翠的松涛中
隐约听到飞机轰鸣的声浪
捧一把鲜血染红的热土
让思绪随白鸽在苍穹翱翔

虎啸马蹄萧风阵阵
伴着将军远去的脊梁
是谁将大地的烽火点燃
激情像奔腾的黄河流淌
勇士们震撼山河的呐喊声
伴着大青山的战鼓擂响

伟人洪亮的声音
还在晋绥边区上空回荡
迎接全国人民的大解放

军号声中有了前进的方向
春雷总会在严冬后炸响
那鲜艳的红旗在厚土上飘扬

这是英雄的黄土地，
承载着一代代英雄的梦想
燃烧在天际的朝阳
尽情照耀着丰收的禾秧
鸟儿自由自在地欢唱
一曲《信天游》在蓝天上飘荡

碛口随想

高台临河雄踞
诉说着晋韵悠悠
耳畔秦腔回荡
交织船工的号子声
那流碛而过的冲击
好似佩玉鸣銮
闲云在歌舞中飞度
星月落潭影里摇曳
铁骑和着春潮暮雨的战鼓
马帮驼队的铃声渐渐远去
旧街墙上的油渍
照亮汾州府的灯光
岁月洗出壕沟的石板路
刻下了岁月的积淀
成就了辉煌也成就了衰落
层层叠叠的古堡

韵味十足的匾额
是在说明什么
故居毕竟是故居
只有那一双黑龙的眼睛
从古看到今
由今看到古……

柳林有条抖气河

从青龙吐出的一缕清泉
绕着寨东桥下积聚的狂欢
北大街的茶香和香严寺的香火
交汇在一个随意转身的岸边

香严寺的鸽子晃荡在眼前
隔开了玉虚宫对望的依恋
鸳鸯的热情化开冰封千年
河水从此泛滥着无尽的温暖

袅袅云烟巧手绘就抖气成仙
缥缈风雨把春秋古今相牵
彩虹架起古城装点扮靓的南山
明清街叫卖声唤醒沉睡的碗团

一路的流淌飘出歌声流连
空中飞驰的高铁把歌声追赶
前方的道路不管多么遥远
坚强的脚步去追逐母亲的思念

汉高山随想

站在汉高山的龙头
远望涧水流过大禹沟
跨越座座高山峻岭
打开黄河欢快的歌喉

层层叠叠的野陌田畴
像一群群身披铠甲的勇士
听着碛口奔腾的怒吼
战袍飞扬在西汉的河流

跑马梁上长剑在手
古道浩气映染烽火九州
巍巍高祖庙雄风依旧
红心石诉说着别样春秋

大风歌中举起一杯浊酒
换来西汉帝国的强盛宇宙
历史造就的天道胜境
化着汉高山的千年守候

黄河——我生命的走廊

田承顺

黄河——你是我生命的走廊，
你的姓氏就是我皮肤的恒定色泽，
你的名字就是我数千年——
一个民族血脉不屈不挠的无尽流淌！

我是你岸边一叶东渡的扁舟，
是你东西两岸悬崖上迎春绽放的桃花阵，
是你碛口古镇上久远的回声，
是你连接华北与西北那座跨河高速桥，
是你沿黄公路上开着小轿车来来往往的男人女人！

黄河，你是我生命的走廊，
我背着生命的行囊走遍大河上下，
我与黄河的汉子一起赤裸着身躯把手中的啤酒，
一饮而尽，然后在奔流的河水中游向远方！
我与那几位狂野的艄工一起，
把汽船的船桨摇动，
然后自上而下观赏那崖壁上变化无穷的水蚀浮雕！

黄河，你是我生命的走廊上，
演奏着生命交响曲的金色大厅。
成行的岸柳用十万只秋蝉的协奏，
让母亲河的生命交响曲变得更加澎湃激昂！

黄河啊，在你几字形的生命走廊上，
承载着我生命的星宿海！
从查哈西拉山、卡日扎穷山、巴颜喀拉山中
走出来你啊三位窈窕的少女，
然后你们结伴而行最终流成一个民族的母亲河！

黄河啊，你是我生命的宽阔走廊，
是你用无穷的乳汁哺育着七十五万平方公里的土地，
是你把曾经的污垢洗涤殆尽，
是你把无视生态的愚昧思想冲刷得老远老远！

黄河啊，我的生命河，
我的生命走廊！
只有天人合一才能让你这座生命走廊永葆青春，
只有科学精进才能让你这座生命走廊金碧辉煌！
因为你是伟大的艺术家，
是无私的乐队指挥，
是人类亘古无俦维护生命的特级大师！

生命不息，民族复兴，
每一个崭新的黎明，都将记录在你的走廊上！
每一个宁静的黄昏，都将自省在你的走廊上！
每个人，每个村庄，每个省、市、县，
都将用他们的全部努力，
重新雕刻着你这座伟大而不朽的生命走廊！
保护你就是保护人们自己的眼睛！
保护你就是保护人们自己的母亲！
黄河啊，你终究是我永恒的——
生命走廊！

寻访：吕梁山水（组诗）

刘月秀

六郎寨，望黄河

站在一条河流之上
耳边的山风
热烈，如山上盛开的花
听不见黄河的浪涛
只有山上的石头
不被岁月惊扰
用质朴和慈悲的力量
为黄河守护着
曾经的沧海，和桑田

因为有金鹏曾在这里展翅
给世人平添了一个神话
因为有一位名叫六郎的人
在此安营扎寨
一个英雄的名字
和黄河水一样响亮
眺望辽阔的山河
黄河水，从未老去
而六郎寨，却长满了皱纹

一块石头的前世今生

我眼前的这块石头
世人称呼它为金鹏
在很多年前从水中走丢
流浪到一座山的高处
与白云、山风为伴
用望眼欲穿的姿势
与黄河相守相伴

透过石头身上的小孔
任由山上的风
在石头的身体里
不断地回响
激荡着一个英雄的名字
在六郎寨流传千年

于是，一座山
便成了我笔下的一首诗
我习惯了这样的书写
又是一个秋天
树叶，就要开始归根
而这只金鹏
早已把六郎寨当做了故乡

六郎寨的格桑花

我，正好赶上一场花期

秋风，吹打着花朵
我看着花朵随风摇摆
仿佛自己站立摇摇晃晃的人间
那摇摆不定的命运
如同我的青春、爱情
和岁月里的雨雪
一起飘落我的前半生

我，爬上六郎寨山顶
才遇见那些花
在一片寂静的空旷里
它们，用怒放的生命
给了我一座山的温暖
来年，我还想与它们重逢
对于我，只是隔着一年
对于它们，却隔着一世

流浪的石头

在六郎寨
有很多石头，在流浪
它们，被风雨洗礼过
也被月光拥抱过
如果可以
我想把一块石头带回家
可又怕它离开了故乡
在夜里会失眠

我，与一块石头
一起坐在落日与晚风里
那一刻，相视一笑
我仿佛是石头失散多年的亲人
今天，在六郎寨偶然重逢

我想让这块石头
从此，不再孤独
于是，轻轻地捧于手心
把它放到更大的一块石头之上
为它寻找到一份依靠
我才安心下山

去古镇，不问归期

来到碛口
便踏上了古老的渡口
推开一扇虚掩的门
曾经是谁题写的牌匾
是谁留下的院子
在黄河水冲刷的岁月里
沉寂了数百年

古镇的辉煌与光芒
从水旱码头小都会开始
一直耀眼至今
而我要写的诗行
比奔腾的二碛还要有激情

从一首诗，走进古镇
如同古诗里的意境
在这里落地生花
在古镇适合吟诗、作画
也可以在黑龙庙高歌一曲
向一方山水致意

夜晚，居于河畔
古城的灯光
几分温暖，几分禅意
在奔流不息的河边
如果能听懂
一条河流与古镇的对话
便成了古镇的知己

山间寺庙

碛口古镇的寺庙
居于卧虎山间的高处
风，雨，与雪
是一年四季的常客
每天的日子，与一条河
相守于一座古镇

寂静的寺庙
比庙中的石碑本身
还要寂静几分
偶尔有小鸟在鼓楼鸣叫
那沉浸百年的大钟

在日落时分
修得一份金色的圆满

一阵风，吹响了铃铛
也吹动了我的诗行
仿佛听见曾经辉煌的晋商
在这古老的渡口
对黑龙、河伯以及风神的祈祷

土豆，也有花开

我喜欢天地间
朴素，且无华的事物
比如，岚州的土豆花
在高寒之地
以倔强、笃定的姿态
开出一片花海
成为岚州地图上的坐标

七月的田野
泥土深处藏着硕大的土豆
朴素的土豆花，如同信仰
支撑起一代又一代生命的脊梁
成为一座城的名片
待到土豆花开
岚州遍地都是赏花人

在岚州这块土地上
再没有什么花朵

可以比土豆花开得更加辽阔
开了一季，又一季
把根扎入岚州人的灵魂深处
来年七月，还是在岚州
有个人在清晨，黄昏
等去年的赏花人

小木屋里的童话

一个叫上林舍的地方
与时光重叠在一片树林之间
我，独自站在小木屋门前
与我小时候看过的童话相遇
每个小木屋
都有一扇窗，可以打开
晒晒村庄里的幸福

眼前的小河，奏着欢乐颂
在斑驳的光阴下
以流动的姿态
抵达我手中的笔墨纸砚
在上林舍的草地上
写下最柔软的诗行

风，吹动树林
也吹动整个村庄的日子
我的文字，像一道光
一路穿过风
穿过树木，划破黑夜

照亮小木屋里的童话
成为上林舍上空的光芒

汾清两杯

小小的杏花
可以造就一座村落
它的过往连接着农耕文明
属于酒的国度
汾河两岸
栖息着一部《酒经》

汾清两杯
不止穿越了晋王杯中的江山
那酒中浮起的竹叶
可以跋山涉水，飘落长安
让一代女皇在杯上写芙蓉

那儿的杏花，都爱仰望
在汾州的版图上盛开千年
那儿的春风，可以催酒熟
一片竹叶，便能留住千古情

如果有一天
我再去杏花村
我将带着我的长笛
与杜牧笔下的牧童结伴而行
为更多的路人
指引酒家的方向

千年里的白桦树

初次来到千年里
如同走进天地间铺开的油画
走在这里的人
都已入景、入画
成为某位画家笔下
最自然、真实的人物速写
绿色，是一道盛大的光芒
普照山河、树木和行人
万物宁静、柔和
瞬间，我与这里的一切
同时在经历一场禅修

此刻，有白云飘过
像有女子身披洁白的婚纱
在蓝天中奔赴一场婚礼
我抚摸着一棵白桦树
我知道，它出现在这里
一定是与这片土地
有着前世的约定
这片树林，从不寂寞
流淌着一条小河
阳光雨露，日月星辰
皆是这片山河的一部分
每个来访的人
都在重复着一个古老的命题
今生，与这里的山水
有一场相逢

凝望吕梁山

卫彦琴

一泓清水入黄河

亿万年的奔腾
沧海桑田从眼前上演
咆哮到平和
回眸之间，一泓清水相约而至

黄河敞开胸怀
和岸上的绿色浑然一体
这是北方的生命本色
河水裹挟着泥土，脚步不急不缓
洗涤着岁月与思想

根，深扎大地
叶，伸向蓝天碧海
一步步走来，山水相依
我们心间的百折不回，激荡
一幅生动的历史画卷
时代的潮流

——混浊与荒芜一去不复返
浪花涌出笑声
把日子推向更远、更亮……

土豆花海

一朵朵金色的小酒盅盅花
你拥着我，我拥着你
如此亲密，像是纯朴的山里姑娘
不羡慕繁华都市，独恋这深山僻壤

怒放无悔的青春
它们是多么的自信啊
播下青春的浪漫、无悔
脚下这片热土，是祖祖辈辈的根基
抱定颗颗秋天的丰硕
摇曳一世的蓬勃与繁茂

青山无语，苍天有情
就连头顶的云朵也酝酿一场雨
来滋润这方田园
我牵来诗行里的雨滴
落在土豆花上，像翅膀，像蜂蝶
喧闹十万里春天！

面塑

是谁的巧手夺得天工
用粮食的精华——
面塑。弹奏一方风姿神韵

送子观音，玉面朱颜
手执仙壶，用佛手默默捻动
天下苍生所愿
一个又一个的宝娃娃
白白胖胖，生龙活虎
被观音的玉手指托举成
人间最美的颂歌

无声的语言，静态的舞蹈
——这是华夏的福音
潮水般，一波又一波，唱响太平盛世

岚县的山，英雄的山
一二〇师的足迹，铿锵而豪迈
从这里走过，
黑暗，从此被岚县人民重重踩在脚下
一座无字的丰碑
耸立在天地间

六郎寨麒麟石

高耸的麒麟，一定是接受了神的某种旨意
将广博的大爱，孵化成一尊石像
踏云而至，脚步稳健
头颅始终向上
饱经风霜雪雨，将一颗千年不变的心
修炼
大漠荒草，圣母指路

空的是悲喜，言的是上善
有足迹来矣，不老的长城
一路莲花……
架起一道人间彩虹
连接你、我，美好的明天

秀美家园

东川河的甘露
滋润着北方的稻田
粒粒饱满，阳光簇拥
乡村丰收的图景

王营庄，鱼虾戏水，满塘春色
乡野独特的餐饮，品出文化风味
开发观光旅游、高效农业
孵化一批特色产业品牌

大东沟，林臂高擎、水袖舒展
引来万千蜂蝶
文旅之路上，策马扬鞭

饮马池感怀

程建军

得儿，驾

哒哒的马蹄声

敲醒了牧马人的宿梦

咳，咳，还是再背几块石头

再把石台垒高一点点吧

起身，登上赤坚岭

看啊，长安的那一朵落日

还是没有落入醉酒者的怀抱

得儿，驾

杀，牧马人鞍前马后

杀，牧马人冲锋陷阵

杀，牧马人铁面无私

杀，牧马人醉打皇叔

杀，涡窝池里西风呼啸

杀，战袍上的土豆花渐渐黯淡

得儿，驾

涡窝池清澈见底

枣红马银壶灌鼻

将军扬鞭策马

感谢老神仙一路指引

得儿，驾

将军跨马飞驰

将军南征北战

赤龙神驹劳苦功高

饮马天池名声在外

得儿，驾

吕梁风年年吹过

高天流云深植厚土

绿色林海松涛阵阵

土豆花开出漫天希望

山间小路上走来一群追梦人

乡村振兴就要开启新的纪元

新时代的英雄高擎大旗

岚州城里风起云涌

唯有传奇代代不朽

注：饮马池，原名涡窝池，传说是唐朝大将尉迟恭饮马的地方。

土豆花儿开

白色的，紫色的

淡红色的，粉红色的

亲爱的，好看的

还有那记忆星星点点的

通通飘浮在土豆秧上的

……

土豆花，如此灿烂

王家村，世界葳蕤茂盛

哥哥呀，你怎么如此的不通人情
大把的花骨朵说掐就掐
大把的土豆花丢在了你脚下
大把的掐，大把的掐，掐得奴奴我可是好心疼
哎呀呀，我的好哥哥
你可千万不要把花花都给奴奴我掐得光光喽

我的好妹妹啊，养分都要跑到花儿上
土疙瘩怎能变成金疙瘩？
花儿中看不中用
该掐还是得掐一掐
哥哥手下依旧不停歇

妹妹啊，我的好妹妹
你可千万不要哭哭啼啼
哥哥我，这就把好看的那几朵朵
细细给你留下来，留下来，留下来

土豆花儿唱啊摇
土豆花香醉人心
土豆花海微风吹
土豆篮里土豆嫩
紫皮的，白皮的
亲爱的，好看的
还有那记忆星星点点的
通通飘浮在土豆秧上的
满是泥土芳香的土豆花
满是蹦蹦跳跳小可爱

临州诗韵（三首）

郭军峰

走累了的地方，就是家
你看，这些草都歇在坡上
它们肆无忌惮地
簇拥，偎依，缠绵，打闹

你看，这满山的花朵
多像这座紫气氤氲的大山
为回家的候鸟
准备的仪式和颂词

你看，这山涧的刺槐
和峭壁上的油松
都愿意张开双臂
接纳远来的白云，和过路的走兽

你看，有了阳光和雨水的偏爱
绿藤攀上了悬崖
矮胖的灌木也有了登高的勇气
义无反顾地站上了绝壁

你看，那林场的工人
他们并不孤独

这里的每一片叶子，每一只鸣虫
都是他们的孩子，他们的亲人

你听，这是大善寺的佛号
像上善之水
从山巅淌向山谷
感化着这座名为大度的山峰
以及，山上的草木万物

水韵

湫水有它的慈悲
在白龙山下
湫水寺的禅声和佛号
每天都在为新生的流水
祈福，求愿

温厚是湫水的禀赋
在阳坡的温润水波里
每一尾游鱼，每一条水草
皆有着辽阔的内心
皆可以享受安逸的时光

湫水的秀美
都留在了县城
十里的水光潋滟，映照出
一座小城
精致的面容，内心的芬芳

澄澈是一种必需的品质
庄稼还给阡陌，泥沙留给大地
在碛口古镇
湫水把一生的清冽
都还给了黄河，还给了母亲

一条河流的一生
可以短暂到只有 122 千米
但却是用生命托起了
临州大地上
茂盛的草木，充盈的食粮
还有，那万千的生灵

城韵

这是一座简洁的县城
恬静，安逸
除了古朴的街巷
就是绿草，绿树，绿灌木
星罗棋布的绿
仿佛来自一幅春天的画

四围的山峦，都不高
绵延的绿色
恰好能遮住冬天的冷风
和夏日的热浪
恰好能容纳下
满城的喧嚣，偶尔的飘尘

穿城而来的湫河水
总喜欢用波浪
去拂拭岸边的浮尘
和心头的苦闷
沿河舒展开的公园
像画卷，从这头铺到那头

这是一座古老的县城
一卷县志，一段城墙
像两份证词
相互证明的
是临州古城曾经的繁荣
和过往的辉煌

这也是一座文风厚重的县城
山上的文塔
像一枝擎天的巨笔
正书写着
小城的岁月静好
书写着临县文脉的生生不息

风从黄河游来（组诗）

贺 安

邀请梦去碛口

于我而言，黄河应该对我无感
我来自黄土高原的寓所，同河水
只在印象里，才会衍生一种关联
车毂洞悉了郊游的心思，一路向南
在蜿蜒的国道里穿行。山垣和沟壑
在晴空中，脱离风的束缚相互写实

远近交叠的黄河，泛着幽绿的水纹
倒映在蔚蓝的天空中，就像我用画笔
绘就的那样炫美。车在光影之间
折叠着魔术，让郁郁葱葱的美景
在瞳孔里，有意识地开始进进出出
请动用相机，记录下这一帧美好

孕育文明的河流，在我脚下晃悠
而我所带来的愉悦，要为它披上花环
作为一种新的布局，我要感叹水的形态
让我在太阳的耀斑里，来揭秘光明
那就是让晨曦，能够和黄昏不再对立
在新的蕴意里，闪耀它的斑斓

　　放眼碛口古镇，我痴迷于这样的
山川河流。河水并不是生命唯一的底色
就像盎然的枣树，它定然愿意分担
黄土的贫瘠。我在青石路上踱步踏走
以不同的韵律，感知新生事物和自然
愿他朝气蓬勃，愿他丰腴饱满

游憩和行吟并存

　　十里的歌谣，沿着银幕边缘扩散
在这个古镇上驻足。霓虹灯箱上演着
轻畅的呼喊，和弦着河流的涛声
从诗意中抽离出睡意，来聆听月色
在风中滴落的声音。水纹不舍昼夜
在河床里，鼓荡着自己的一隅江湖

　　河流清澈的暗光，眷写着银色的月
混和明媚的波光，来探讨辽阔的含义
仿佛兴致衍生的味道，更贴近水韵
绵长的夜，在寻梦中不断闪现
进而感慨不受掌控的情思。心底的系恋
洋洋洒洒赶来抒情，这奥妙的万物

　　唢呐声独有的音质，刺破云端
鼓点打开闪电，以铿锵的韵律行进
大红绸挽着欣喜，重复和舞步交流
婉转悠扬的曲调，分明是乡恋在浅吟

望河，对歌，赋诗，混合无可指摘的
心情，扭出了对扇子舞的另类感怀

秧歌，道情，和晋剧的三角关系
给了这片热土，更蓬勃的生机
文化就像一个密码，期待着你用
热忱来把她——解开。这是夜色下
又一种韵味的碛口，就如同
高挂的红灯笼，在和萤火虫互相媲美

在碛口做一个弄浪者

就像借用树叶的浓荫，来遮蔽
虚无的惆怅和忧郁。清水也能治愈
焦渴的思念。如同山川河流
都有提前设置好的攻略，来给行吟者
安排最好的路线，还有需要
打捞的词汇，以及诗意的归宿

打开波涛，我要做弄浪的孤勇者
在翻滚的旋涡里，勇敢迎风弄潮
浪花中行船，需要提前把暗流清场
用光递解雷同的月亮。浑浊的泥沙
传递着高原的另一种文明。譬如枣树
会把绿色的丛林，用虬根抱紧河岸

表里河山，蕴藏着黑龙庙古老的传说
晋风的建筑，给了游客更多的感叹词
这里是情的世界，也是歌的海洋
咿咿呀呀的唱词，用水袖念白
沿着喇叭的脉络，传遍大河上下
三弦书在说唱着，碛口的古往今来

江河依旧在迤逦，说不清她要
流向哪里？只有收纳浪花碰撞的声音
才会让我的血液沸腾。汉语阳光
形成的汗渍，在额头聚集
我要在这船舷之上，搏风斗浪
让漾荡的现实，重新创造一个个希望

兴与性之下的碛口

东征的松脂，早已珍藏好燎原的火炬
从延安枣园传来的呼喊声，也早已
选择安静。只有遗留在黄河岸上的精神
不曾腐朽，还在用不同形式
激励着一张张面孔
来模拟坚硬的石头，柔软的河流

几百年前，当陈大善人的决策
在纸上从虚幻走到现实，一座水旱码头
崭新地建立起来。驼铃乘船西渡

留下的骡马，驮载着传说
去寻找沙漠中的玫瑰。牛皮筏子
和着纤夫的号子，越过青石堤岸东去

野生鲤鱼收集的味蕾，和苦杏仁
一样清新。每个酸枣仁都在宣讲
绿色生态需要表达的细节。河流
赋予生命更葳蕤的主题。彩色公路
沿着黄河叫卖，被风雨剥蚀的画作
在烟火人间的下划线，延续生活的质感

准备好新的历史题材，来书写理想
就像少年古朴的愿望，会穿越
苦难的界限，将一个时代再次扬帆
这就是接近于生存的本质，从阳光中
迎接下一轮关于繁荣的挑战。和奋斗
对语，请允许富足在河面再次飞驰

印象碛口

树叶泛着盎然的光芒，惬意的绿
在用不同方式典藏着，关于
生态建设的各种恋曲。山水在传递
盛宴的花火。当梦幻拉开帷幕
此时的欢快，已经抵达左心房
这是碛口的枣儿，在马尾辫泛起绯红

红也在粗犷的脸上，呈现出非凡的
热烈。幸福和奋斗是如此的相见甚欢
越过时光打磨的喜悦，红灯笼的心事
　在激发着每一个，丰收的发音
　黄土地上的倾诉，还在和匠心黏连
　一场盛大的篝火，被赐予更多祝福

　锣鼓依旧青睐，聚光灯下的色彩
　朗朗上口的调皮，穿过五彩的扇子
　谱写新的纯情和天真。红色碛口
　在紫色的枣木上，抒情关于文化赓续
　　如何准备好，一份关于摘取
　太阳的演讲稿。灯光相互解构汉字

　用形体的节奏，提升舞美和灯光
紧密的配合度。奋进的旌旗在激流中
　迎着浪花招展，仿佛是对水旱码头
给予一种更加浑厚的誓言。学会运用
　学会打造，学会宣传，学会发扬
用最简单的赤忱，提炼碛口新的维度

碛口感怀

在黄河的激流中，抚摸它的温度
波光粼粼的河面，像极了它的姣容
　那些肥美的鲤鱼、鲶鱼，越过
石头漾起的浪花，扮演飞跃龙门的

场景。冲锋舟在水中划开它的身体
连同敞开的号子，在尽情地呼应呐喊

络绎不绝的游客，牵引着小毛驴
抖落了嘴唇上的新奇，哼唱起
《走西口》的小调。骆驼弯低驼峰的高度
把沙漠从西域迁徙而来。芦苇化为哨片
在这个摩登时代，吹奏起好日子的音符
祖先遗留的财富，是山水构建的画廊

用笔调色心情，你会发现幸福
激发出的声音，原来和生活的节奏一样
奔走的理想，从高原上把生态寻回
绿色的大地，构成村庄新的版图
各式各样的叫卖声，装点着碛口
让喧嚣和繁华，融入这个忠实的古村落

请接纳我的昂扬，和青春并列的文字
会和植被更加友好地互动。譬如
在杨柳依依，枣花的芽蘖之上
传统工艺，会给予它们更加厚重的寓意
我以自己的诚挚，来邀你到碛口做客
在四季里，体验不同的各种风光

碛口与桃花源的关系

我来时，碛口已然将星辰的光芒
装进了席地而坐的，路灯之上

　　我捕捉到的太阳，却和夜景有所不同
　　　在瞳孔中，我喜欢绿色的涌入
　　小草，森林，以及青黛色的苍茫
　　绵延的山峦，一切都融于暮色之中

　　　晚霞是河流内在的乡愁，那些花
　　　　在夜幕上，显得更加妖娆
　　海平面激荡的感应，用手机像素
　　不停地记录，每一个真实的自己
　　五彩的霓虹亮起来了，把躁动揉进
　　音乐之内，开始自由地扭动起腰肢

　　　夜晚的喧闹，是另一种形式风格
　繁华探出头，注视着被游客领养的喜悦
　　仿佛夜未央，是连接彼此心灵的脐带
　　这里的美食亦同夜色一样，具有诱惑
　　红印印饼子、糖火烧、碗托、莜面
　　定会让你的味蕾沉溺，而流连忘返

　　　每一处文化，都会孕育一方水土
　让每一个关于碛口的故事，灵动起来
　以新的经验，将它的美丽传播于四野
　　以新的繁华，缔造另一个生态碛口
　　　维系机遇，要锲而不舍地坚持
　让碛口成为情的旅游地，梦的桃花源

山水吕梁　诗意吕梁

岳望军

太阳，在吕梁山的清晨
冉冉升起
美丽的吕梁
诗意的吕梁
在人与自然和谐共生的
道路上
汇聚着前进的力量

用辛勤的汗水
绘就吕梁的碧水蓝天
用独特的匠心
雕琢吕梁秀美的容颜
用澎湃的激情
筑梦吕梁精神

一幢幢高楼跃动动听的音符
一道道坦途书写优美的旋律
一处处公园美景谱就一章章组曲
心中的那份自信
代代传承着吕梁儿女担当的
历史使命

厚实的土地
淳朴的民风

流淌在故乡吕梁的血液中
同样的情怀
同样的美好
一泓清水入黄河
我们与吕梁山同在

美丽吕梁　全民行动
践行绿色生活
践行生态文明
践行天地人和
用奉献追求卓越
助吕梁成就未来

我们是绿色吕梁的实践者
产业兴旺领略春风激荡
生态宜居处处鸟语花香
乡风文明践行时代风尚
治理有效唱响吕梁华章
生活富裕携手共奔小康

朵朵葵花心向太阳
在故乡吕梁的心中
始终有一盏灯闪亮
留在吕梁山的深处
留在黄河的涛声中
留在黄土高坡的崖畔

伴着悠扬的乐曲
我们用铿锵的步伐

踏遍吕梁的每个角落
览尽吕梁的秀美山川
我们用如火的激情
高唱吕梁不朽的赞歌
点燃山水吕梁的"梦"

追梦者的身影
向着太阳的方向
传递着生态治理的
红色接力棒
建设美丽幸福吕梁
我们用实际行动
牢记习总书记的嘱托
立志书写诗意吕梁的不朽篇章

带着习总书记的殷切希望
让淳朴善良的吕梁儿女
心中最深沉的爱
永远眷恋吕梁这块沃土
留下更加美好的明天

吕梁，转型引领，蹚出新路，蓬勃发展
再续辉煌篇章
吕梁，自强不息，图治不辍，吕梁儿女
更加斗志昂扬
吕梁，回首过往，我们同心同德
砥砺奋进不畏难
吕梁，展望未来，我们意气风发
昂首阔步永向前！

黄河组诗三章

梁桂连

黄河的脚印

在历史的册页里

黄河　你镌刻着千年的脚印

古老的河床　是你的躯体

九曲十八弯　是你的足迹

你是大地母亲的孩子

从雪域高原走来　一路奔腾向前

你的歌声　穿越时空

复苏两岸的田野　唤醒沉睡的大地

你的脚印　在黄土高原上留下深深的印痕

那是岁月的痕迹　那是历史的见证

你的河水　滋养了无数生命

你的波涛　激起了无数人的豪情

坚实的脚印　在华夏大地上延伸

如铁的印记　如雷的回音

从远古到今朝　从北国到南疆

书写下史诗的壮丽与恢弘

在你的河边　我捡拾历史的碎片
光亮的卵石　讲述着你的故事
细软的沙粒　抒写着你的激情
岸上的古村落　是你兴衰的见证

你的河水　咆哮着向前 无畏无惧
象征着中华民族　勇往直前的精神
你的脚印　是历史的记忆
是民族的不屈与坚韧

我跟随你的脚步　穿越岁月的长河
感受那无尽的沧桑　体验艰难的历程
在你的河边　我看见了历史的车轮
在你的脚印中　我找到了华夏的源与根

黄河　你的脚印是我心中的图腾
你的故事是我灵魂的食粮与精神
在你的河边　我学会了坚强与勇敢
在你的脚印中　我找到了民族的灵魂

一泓清水入黄河

在黄河流域　昔日的狂暴
已被生态治理的力量安抚
我们的心　像被绿色的浪潮抚平
等待着那泓清水的归来

一泓清水　洗净了沙尘

浇灌了绿色的希望

它的力量　赋予了大地生命

像一位母亲　呵护着她的孩子

河畔的柳树摇曳　野花绽放

绿水青山　重新焕发生机

黄河流域　从荒芜到繁荣

这是生态治理的奇迹

曾经的泥沙滚滚　如今清澈见底

曾经干涸的土地　如今绿意盎然

我们的心　随着那泓清水的归来

一起跳动　一起欢笑

黄河之恋

在黄河岸边　我生活

守护着母亲河的赠予

黄色的河水　滔滔不绝

是我心中最深的热爱与敬畏

晨曦中　黄河醒来

带着新生的光芒　奔腾不息

黄昏时　黄河沉静

映着落日的余晖　温柔如诗

在黄河岸边　我守候

看四季更替　听岁月歌声

黄沙漫漫　　风吹过脸颊
那是母亲河在低语　　讲述着历史

我爱她　　因为她是生命之源
哺育了千千万万的生灵
我敬畏她　　因为她的力量无穷
在她的怀抱中　　我找到了安宁

在黄河岸边　　我播种爱的绿意
让母亲河永葆生命的旺盛
在黄河岸边　　我担起时代的责任
让母亲河永远流淌　　生命永恒

环卫工

汲玉生

是谁，弹奏着美妙的琴弦
与启明星对歌
是谁，灵动着轻快的舞步
与晨辉比美
环卫工
山村里的又一道风景

推车里，村道净了
送走了积垢
勤扫中，街巷亮了
不见了污浊
弹奏声声
不断改变着旧习
舞步轻盈
不停地书写出新风
山村在变
出落得如花似玉
焕发着时代青春

谁会想到
偏远的山旮旯
古老的小山村
被时代点亮

环境得到改善

生活质量提升

人人脸上布满笑容

感谢时代的给予

高歌党的恩情

珍惜当下过好如今

家乡

打开尘封的记忆

找寻曾经

羊肠小道陡坡地

圪梁梁上风沙扬

石头房子土窑洞

早出晚归人人忙

米饭炒面家常饭

土布衣衫家做鞋

不缺的是艰辛

走出的是勤奋

带着满脸的笑容

看看今天

黄土高坡林成网

牛羊成群牧歌扬

农家勤田机械化

新村乡民居楼房

远望，红的是楼顶

一幢幢

近瞧，来往的是时尚

兴冲冲
不缺的是笑脸
走来的是幸福
看到的是干净整洁

时代在变
改变着国人的观念
辛勤更浓
丰富着民众的生活
一个宜居美丽的家园
一个富民强国的梦
正在把巨龙打扮
正在为美好着装

总想，让家乡更美丽

张奋平

总想
黄土高原披满绿色
吕梁山四季郁郁葱葱
浑浊的黄河水变成清凌凌
仰望天空永远蓝莹莹

总想
大马坪的骏马越来越多
灵泉的圣水万年不枯
东山林场永葆原始的记忆
远方都是诗意般的存在

总想
石口刮来的风没有一粒沙尘
屈地的雨水不带任何"酸"字
花果山的花果四季鲜美
头顶的阳光总是明媚灿烂

总想
东征大街整洁如新
沁园春广场纤尘不染
石楼的母亲河风光无限
呼吸的空气总是清新养肺

总想

前山帅枣帅满天下

黄河滩的红薯红满九州

裴沟西瓜顶呱呱

四季的鲜果遍地开花

总想

车家坡的谷子掀起"金色希望"

沙窑的大棚无任何公害

二郎坡种植的都是绿色蔬菜

无污染的食品令世人喜爱

总想

高原氧吧热情服务四海宾朋

生态石楼康养华夏儿女

低碳生活托起人们的梦想

优雅的环境永远造福子孙后代

总想

生态文明建设一直蒸蒸日上

环保意识牢牢深入人心

"五新"石楼人人增砖添瓦

古老的屈地从此一日千里

写给吕梁靓丽山水的一首诗

师赟辉

一

一生命虽然平凡，
却心怀激昂。
每每赋写清丽的词语，
寄托着美好的希望。
把汗水洒在岁月之间，
雪莲似的你在心中种满了阳光。
你说自己始终是农民的儿子，
这片土地为你留下无尽的馨香。
坚信创作的幸福，
结果仍凭世人评判又有何妨。
乡土也是你心目中的净土，
感情永远珍藏。

二

人生多有曲折离奇，
海燕在暴雨下也会有些迷离。
沧桑的苦难从未忘却，
故乡才是内心的栖息之地。
这一方源泉涓涓流淌，
你感谢黄土多年的养育。

不知梦归几何，
生存的悲苦不仅仅是生计。
你不断追求卓越的心，
战胜困难钦佩自己。
坚持现实中的信念，
人生最终归属至两极。

三

这一片黄褐色的土壤，
与你的心深深纠结，独有思量。
翻滚的黄河是你的本根，
这里你能审视自己最真实的模样。
千里黄土被清风带去江南，
婉约豪迈一一品尝。
在朦胧里徘徊不定的身影，
诗意才是你永恒的征象。
历经轮回的时光，
仍旧回归到最初的信仰。
感情交错纵横相连，
激情倾注却又热烈奔放。

浪淘沙·夏游文水世泰湖

舟行晓露戏鱼莲，云淡风轻笑旧年。
侧枕莺啼人未醒，直将暮色认桃源。

爱我绿水青山

梁　冰

昼夜乐

忆不堪那凌霄高阁耸云端，却无心凭栏，计难觅青山，阴霾久遮极目眼。喜东君遣散那紧声霓幻，还人间紫燕呢喃景物斑，醉我心间，醉倒也应无憾。忌贪，忌贪，历史大观，须远。千年，千年，莫再负蓝天，遗人唾俺。勇担当补天责在肩，留遗子孙好山川。江北江南，江北江南，再岂被污尘患。

西口古道

一条呀古道千年走，
山圪梁梁一直呀望尽那沟，
曾留下多少泪啊，
多少愁。
依稀见那天涯漫漫断魂路，
齐天黄沙迷归处。
往出走啊，
不回头。
一声唤啊泪双流，
亲爹亲娘啊我走了，
狠心泼洒了那温热的酒。
蜂巢巢蜡造有六边，
故土难离呀可哪里有咱家的田。
我的心尖尖啊哥走了，

泪蒙双眼呀看不见你招手，
更不忍见你呀望尽头。
你纳的鞋啊怀里揣，
三年内你一定要等我穿着它接你来。
西口驮不尽那故土的念，
双脚踏过黄沙漫。
西口驮不走那故乡的沙，
脚印丈量了家中华。
西行漫道啊今又走，
高架桥直通那天尽头。
穿过了多少岭啊，
多少沟。
要观那铺地光伏天际边，
红日斜照油井轩。
多少汗啊，
勤劳手。
黄河又唤急奔流，
华夏儿女啊不停留，
饮罢再满盛那异域的酒。
地球村尽接咱北斗，
一机在手啊到哪里也不离开家里头。
风车急转啊劝慢走，
西风催它呀频向我招手，
它要为我来把扇儿摇，
青青的毯子奶子酒
旷野中让驴友观星豪醉住一宿。
西风吹不灭那"一带"的愿，
畅怀将世界的手儿牵。
西风吹不进那"一路"的沙，
崛起的民族大中华。

一泓清水入黄河

韩鹏飞

为民造福措施多，疏浚工程不可拖。
大县小屯齐上阵，长机短械共高歌。
八方携手排淤道，九曲连环扬碧波。
百鸟飞翔松柏翠，一泓清水入黄河。

诗词五首

郭 忠

水调歌头

在习近平生态文明思想感召和吕梁市委领导下，文水做了诸多改善环境利国利民的大工程，其中"滨河公园"的建设就是其中之一，感怀之中，余即兴走进公园，便得此阕。

洪福是何物？默想问苍生。
不知繁杂人意，将此作何评。
我欲匆忙求证，又恐辞言简径，难以叙分明。注目曲桥望，倾耳野歌听。

榭亭丽，笙鼓醉，逸情盈。
转游戏院，台上佳作百花争。
时见黎民攒拥，正作尧天吟诵。
答案已标呈。但愿长安泰，天下共琅嬛。

文水城东门外旧道改修感怀

春风化雨沐甘霖，环境优良贵似金。
鬼斧工中增景色，人行路上有林阴。
华灯齐放银光耀，广众相逢履迹临。
笑以长安街自誉，康庄大道得民心。

文峪河改造工程感怀（七律）

鸿猷奏效若东风，福惠于民此处雄。
两岸垂杨呈叶碧，一湾流水映霞红。
人行塑道精神爽，肺吸磁场巴马同。
环境优良生态美，和谐社会乐其中。

暖气管道通我村

农村取暖用煤焚，烟气伤人时有闻。
今日热源输各户，城乡一别旧区分。

咏吕梁

骨脊悠悠自晋西，北南横绝与天齐。
手牵子夏人文厚，腹孕媚娘蟾日低。
褐马珍禽鸣古树，庞泉锦石过清溪。
为言骚客休沉醉，在此无诗何处题。

诗词二首

韩贤锐

清游

薛公岭上老林区，流转浮云接太虚。
入世风传山蛋蛋，打牙醋蘸面鱼鱼。
谁知松柏重围里，却是人家自在居。
低处虫蛇高处鹤，皆为岁月旧乡间。

临江仙·老村

沿途不语羊肠径，盘来盘去营生。
说他有趣有人情。雨敲岁月响，草涨界沟平。
望处千秋云雾重，指间丝缕烟轻。
寒风吹散又无形。一声山丹丹，红艳到曾经。

诗词二首

闫少军

咏吕梁生态文明

天地精华聚季秋，
文明生态满睛收。
日升恒月扬三晋，
独占无双誉并州。

卜算子·咏柳林县清河

滚滚水清河，
暖气微微雨。
疑是张生降世来，
煮海求龙女。
神话本非真，
煮海多难取。
暖气穷究哪里来？
生态文明许。

忆江南　家山好（三首）

李福庆

一

家山好，空气绝纤埃。
西岭遥瞻仙境美，东山春到百花开。
蜂蝶采香来。

二

家山好，绕宅水潺潺。
摩诘重来疑画卷，青莲到此改诗篇。
碧玉北川间。

三

家山好，总赖护持人。
决策得宜凭政府，遵规守法是村民。
环境保清纯。

沁园春·环保

　　绿水青山，实与民生，密切关联。奈山遭滥伐，成为秃岭；水因污染，变作毒源。洪害横行，雾霾频至，疫病常行城镇间。常如此，纵户盈万贯，幸福何言？皆因只顾金钱，把环境安全撇一边。幸人民领袖，警钟屡奏；各层公仆，治理纠偏，天渐蔚蓝，河趋滢净，遏制违规乱占田。持之久，保千秋黎庶，惠泽绵延。

七律二首

任春晨

清河吟

欲识柳林奇绝处，忽闻故事最清河。
泉花飞渡青葱地，烟树来从黄土坡。
浣女严冬嬉逐影，鸳鸯酷暑肯随波。
才游秀水三千丈，便醉南山九曲歌。

吕梁生态文明建设有怀

芳草萋萋秀色融，艳阳朗朗映苍穹。
一泓清水无穷碧，万里丹霞别样红。
叶茂犹怜黄土地，根深更爱吕梁风。
初心凝聚全民力，众志方成百世功！

诗词两首

高兔荣

满庭芳·礼赞绿化

山起沙尘，壑流泥浪，雨风天地遭殃。退耕还草，人定换山装。三北欺沙植树，创奇迹、沙棘胡杨。沿河岸，封山固土，一望绿汪洋。

茫山锦绣，松风柏韵，莺语花香。硕果枝头艳，奔富银行。高峡平湖韫秀，岭含玉、荡漾天光。兴风雨，云蒸雾蔚，北国胜南疆。

临江仙·步韵抱一老师植树节抒情（贺铸体）

银锄铁臂山河绣，蓝图大漠移春。松栽绝顶柳河唇。挽霞花织锦，醉绿树铺云。

鱼游云间鹰击浪，松涛莺语时闻。白榆落地化财神。邓林出逐日，种橘足儿孙。

一泓清水入黄河

李阳平

领袖拳拳切切心，
凭高眷嘱意何深，
一泓清水入黄河，
降伏蛟龙万代功。

兴水治水大工程，
以"河长治"做牵引。
环境治理打头阵，
资源保护紧相跟，
工程建设不松劲，
灾害防治全推进。

党政同责一条心，
部门联动齐上阵，
奖惩分明鼓干劲，
众志成城泰山动。

修田筑坝速造林，
清淤防洪雨污分，
泥沙减少水变清，
黄河奔流福万民。

天蓝水碧白云净，
百花竞艳绿植增，
生态吕梁处处景，
鱼跃鸟飞入诗心。

七绝·生态治理

冯仁芳

清除污染大攻坚，
从我开头走在先。
生态文明齐建设，
吕梁美丽福无边。

菩萨蛮 · 大美吕梁

陈鹏飞

吕梁山水如鳞栉，龟蛇骏马庞泉泚。

碛口母河泽，贾庄竹影娑。

值高歌劲鼓，生态石州筑。

宁世永葳蕤，苍穹神凤飞。

南乡子 · 大美吕梁

郭鼎耀

胜地若吕梁，碛口紫环古镇芳。

名水仙山鳞次比，轻扬，文创风声入贾庄。

白马洞中藏，孝义寻根拜古皇。

出观余龙庞泉舞，思量，似是迎君嬉此乡。

诗词二首

张文卓

吕梁行吟

传唱红歌七十春，长河时见跃金鳞。
清香满岸多名酒，秀色环城出美人。
百里画廊云涧碧，三川沃野故园新。
欣看渌水山前过，昔日寒乡早脱贫。

注：黄河在吕梁境内全长 292 千米。留下大量天然水蚀浮雕，在临县、兴县一带最为集中，称为"百里画廊"。

题石楼县黄河奇湾壁

大河流转掉头东，万里长风远塞鸿。
一曲沁园春雪后，谁来煮酒论英雄。

新吕梁故事

田承顺

离石区首届露营文化节

草长莺飞步道闲，唯瞻骨脊众山间。
大东沟里风光秀，生态天然好醉眠。

吕梁氢燃料电池重卡

脱碳征程赛道长，氢池重卡换新装。
车行万里山花艳，碧水蓝天意未央。

兴县杂粮面食文化节

三产相融业链全，杂粮优质品牌妍。
晋绥故道农家富，圆梦前贤富裕年。

岚县土豆节

锦绣芬芳土豆花，乡村故事载千车。
人间美食夸岚县，回味留香溢齿牙。

中阳木耳文化节

科技兴农岭壑明，栽培新技夏催生。
长松古柏遮天地，木耳为媒四海行。

中国杏花村国际酒业博览会

古邑英雄义兴豪，汾清竹叶酿才高。
杏花产业名天下，把盏吟哦动楚骚。

孝义氢能

氢能千亿笑谈间，零碳物流任往还。
示范工程看小镇，鹏飞科技引登攀。

交城硝基复合肥

转型已领钙都名，肥业硝基贸易赢。
交水交山迎远客，五洲盛友和嘤鸣。

兴县铝镁新材料

开启名企接上游，低端摇变质无侔。
循环产业颜皆绿，铝杆新材铸令猷。

后　记

黄河是中华儿女的母亲河。黄河流域生态保护和高质量发展是习近平总书记亲自谋划的重大国家战略，"一泓清水入黄河"是习近平总书记寄予山西的殷切期盼。

饮水思源，保护黄河流域水环境与生态屏障是压在我们肩头刻不容缓的责任。吕梁市委、市政府成立"一泓清水入黄河"工作专班，制订《吕梁市"一泓清水入黄河"行动方案》《吕梁市"一泓清水入黄河"工程方案》，坚持上下游、干支流、左右岸、水陆域一体谋划，山水林田湖草沙一体修复，治山、治水、治气、治城一体推进，治污、调水、清淤、增湿、绿岸一体实施，谋划实施六大工程41项子工程，高标准打好黄河流域生态保护治理攻坚战，全力做好治水兴水大文章，确保实现"一泓清水入黄河"。2023年，全市15个地表水国考断面水质首次全部达到优良，改善幅度连续两年在全国339个城市排名前三，提前两年实现"一泓清水入黄河"目标。

为深入学习贯彻落实党的二十大精神和习近平生态文明思想，牢固树立和践行"绿水青山就是金山银山"理念，生动展现吕梁"一泓清水入黄河"工程建设成果，贯彻落实《关于促进新时代生态文学繁荣发展的指导意见》精神，2023年8月，山西省文学院、吕梁市生态环境局、吕梁市文学艺术界联合会联合举办了"一泓清水入黄河——'生态文明　美丽吕梁'文学采风创作活动"。

活动期间，我们组织省、市优秀作家，深入吕梁生态环境保护第一线，聚焦吕梁黄河流域高质量发展、环境污染综合治理、自然生态保护修复、生态文明制度建设等工作实践，创作推出了一批优秀文学作品，用文学的形式生动讲述生态文明建设和生态环境保护的吕梁故事。采风过程中，作家们对吕梁黄河流域生态保护有了更深刻的认识，大家不由感叹，随着"一泓清水入黄河"工程的实施，黄河吕梁段及其支流水质逐渐改善，流域植被更加茂盛，生态多样性得到了极大改善和提升。他们用深情的笔触，记录下"一泓清水入黄河"这一伟大工程的巨大变化，描绘了吕梁大地生态环境建设的点点滴滴，书写了吕梁人民与自然和谐共生的生动实践。

本书选取"一泓清水入黄河——'生态文明 美丽吕梁'文学采风创作活动"期间作家们创作的部分优秀作品，以及吕梁市黄河流域生态保护方面的部分优秀文章。感谢山西省文学院的鼎力支持，感谢山西省文艺评论家协会杜学文主席为文集作序，感谢汾阳市、离石区、临县、兴县、岚县市委、区委、县委宣传部，生态环境局与文联对《黄河岸边看吕梁》的出版给予的大力支持。

《黄河岸边看吕梁》即将付梓，书中难免有不尽如人意之处，敬请大家批评指正。

吕 梁 市 生 态 环 境 局

吕梁市文学艺术界联合会

2024 年 5 月

图书在版编目（CIP）数据

　　黄河岸边看吕梁："生态文明　美丽吕梁"采风作品集 / 吕梁市生态环境局，吕梁市文学艺术界联合会编 . -- 太原：山西人民出版社，2024.5

　　ISBN 978-7-203-13461-9

　　Ⅰ . ①黄 ... Ⅱ . ①吕 ... ②吕 ... Ⅲ . ①中国文学—当代文学—作品综合集 Ⅳ . ① I217.1

　　中国国家版本馆 CIP 数据核字（2024）第 108005 号

黄河岸边看吕梁："生态文明　美丽吕梁"采风作品集

编　　者：吕梁市生态环境局　　吕梁市文学艺术界联合会
责任编辑：魏美荣
复　　审：崔人杰
终　　审：梁晋华
装帧设计：刘伟明

出 版 者：山西出版传媒集团·山西人民出版社
地　　址：太原市建设南路 21 号
邮　　编：030012
发行营销：0351 － 4922220　4955996　4956039　4922127（传真）
天猫官网：https://sxrmcbs.tmall.com
电　　话：0351 － 4922159
E － mail：sxskcb@163.com 发行部　　　sxskcb@126.com 总编室
网　　址：www.sxskcb.com

经 销 者：山西出版传媒集团·山西人民出版社
承 印 厂：山西金艺印刷有限公司

开　　本：720mm×1020mm　　1/16
印　　张：24.5
字　　数：420 千字
版　　次：2024 年 5 月　第 1 版
印　　次：2024 年 5 月　第 1 次印刷
书　　号：ISBN 978-7-203-13461-9
定　　价：118.00 元

如有印装质量问题请与本社联系调换